U0728906

US

当爱消散的那一天

〔英〕大卫·尼克斯 著

郭雯 译

北方联合出版传媒(集团)股份有限公司

万卷出版有限责任公司

果麦文化 出品

纪念我的父亲艾伦·弗雷德·尼克斯

你教我感觉到自己的心——你投来一束光，向下探入我的心底，向上照亮我的灵魂。你教我认识了我自己，若非是你，我只会依着影子认识自己——看着那舞动在墙壁上的光影，竟以为那就是我的举手投足。

我最亲爱的，你可知道你把我变成了什么模样？若是情况稍有变化，竟让我们见不得面，岂非想想就可怖？

——纳撒尼尔·霍桑《致索菲娅·皮博迪的一封信》

1840年10月4日

目录

Contents

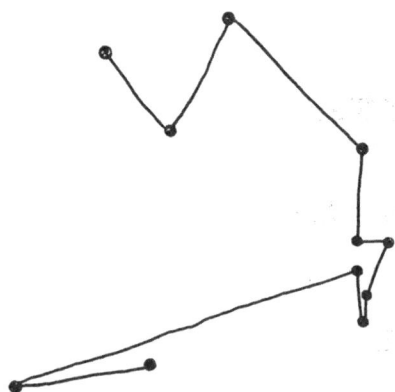

The Grand Tour

第一卷

欧洲大环游

Part One
England

第一部

英格兰

——

他们各顾各的习惯已经开始在她嘴角添上
皱纹，看上去如同双引号的皱纹——仿佛
她说的一切都早已有人说过似的。[1]

——洛丽·摩尔《艾奥瓦的阿格尼斯》

---

1. 译文选自张晓晔译《美国鸟人》，人民文学出版社，2017年版。

1. 窃贼

去年夏天，儿子正准备离家去上大学，一天夜里，老婆把我从梦中叫醒。

我被她摇醒，起初还以为家里进了贼。搬到乡下后，老婆的睡眠越来越轻，哪儿"吱"一下、"嗡"一声，或是"哗"一下，她准会一哆嗦惊醒过来。我试着给她宽心。我说那是电暖气，是栅栏格热胀冷缩，是狐狸。而她会说，没错，偷笔记本电脑的是狐狸，拿钥匙偷汽车的也是狐狸，于是我们仍旧躺在床上，竖着耳朵。睡床一侧一直有个"紧急按钮"，可我连想也没想过要按它一下，万一打扰了别人——比如打扰了窃贼——就不好了。

我这人既没有生猛的胆量，也没有生猛的体格，但偏偏就在那一晚，我看了眼时间——四点过一点儿——然后叹一口气，打了个哈欠，走下楼梯。我从那条形同虚设的狗身边经过，轻手轻脚地把房间挨个走了一遍，查看过门窗，然后再次上楼。

"一切正常，"我说，"也许就是水管里进了空气。"

"你说什么呢？"康妮已经在床上坐了起来。

"没事儿，半个贼影儿也没有。"

"我没说有贼。我说的是，我们的婚姻到头啦。道格拉斯，我想跟你分开。"

我坐在床沿边，发了一会儿呆。

"嗨，总算没进贼。"我说，但我们俩谁都没笑，也都没再睡着。

2. 道格拉斯·提摩西·皮特森

我们的儿子阿尔比十月份就要搬走，我老婆紧跟着也要走，这前后脚的两件事给我一种错觉：要是阿尔比当初考砸了得重读，我们的美满婚姻就还能多苟延残喘一年。

且让我先谈谈自己，勾上几笔"文字肖像"，再回头说这件事以及那年夏天的种种，耽搁不了多少时间。我叫道格拉斯·皮特森，今年五十四岁。诸位可注意到"Petersen"的最后一个音节里有个耐人寻味的"e"？这据说是斯堪的纳维亚民族的古风，承某位曾祖辈的先人所留，然而我并没去过那地方，当地的趣闻故事更是一个也讲不上来。传统上认为斯堪的纳维亚人俊美、健壮、爽朗、豪放，而我通通沾不上边。我是英国人。父母——已故——在伊普斯威奇镇将我抚养长大；我父亲是医生，母亲是生物教师。本人之所以得名"道格拉斯"，实在是因为母亲对好莱坞偶像派明星道格拉斯·费尔班克斯抱着少女春心。言归正传，这么多年来，大家换着花样地称呼我"道格""道吉""杜吉"之类的，什么都有。我妹妹凯伦自称皮特森家族第一号"强势人物"，她管我叫"D""大D""D号人物"或"D教授"——她说我万一哪天坐了牢，准会得这么个称呼——但这些名字渐渐都无人问津，我依然是道格拉斯。我的中间名是个鬼见愁的"提摩西"。道格拉斯·提摩西·皮特森，受过正规训练的生物化学家。

再说外表。想当年刚遇见老婆时，彼此的长相、脾气，还有"打心眼里觉得顺眼"的地方，说上三天三夜也不尽兴。老婆说我长得"没毛病"，见我失望，又忙不迭地说我的眼睛"实在善良"，这究竟算什么意思，我也无心追究。话倒没错，我的脸蛋儿的确没什么不妥，眼睛虽极可能是"善良"的，却是成色十足的"丑褐色"[1]，我的鼻子尺寸合理，我咧嘴一笑，照片就得报废，其余的实在乏善可陈。一次晚宴上，话题扯到了"找哪个明星演你的传记"。大伙儿你一言我一语地热议着影视明星，一时间妙趣横生，满是欢声笑语。一位十八线欧洲女演员被拿来跟我老婆康妮相提并论，而康妮刚一表示反对——"她可比我惊艳多了"之类的——我立即听出她心里其实美滋滋的。游戏往下进行，到我的时候突然冷场了。客人们品味起葡萄酒，用指尖一下一下轻点下巴。大家不约而同地注意到还有背景音乐。看样子，我大概与整个人类历史长河中的任何一位名人骚客都没有任何共同点——想来我要么天下无双，要么过于寻常。"谁要奶酪？"主人发话了。大家赶紧换了话题，品评起科西嘉岛和撒丁岛的优缺点，或是别的什么有的没的。

总而言之，我今年五十四岁——好像说过？——有个独生子阿尔比，绰号"鸡蛋仔"，我全心全意地爱着他，他却时时报以纯粹而饱满的轻蔑，使我的胸中涌起无限的、不可名状的凄凉之感。

家是小家，怪可怜的，我们三个人也常觉得这家太小了点儿，若是天塌了，多一个人扛着岂不更好。原本康妮和我还有个女儿，可惜出生不久就夭折了。

---

1. 美国俚语中，褐色眼珠较之于蓝色眼珠为"低等颜色"。

3. 颜值抛物线

我相信人们有个普遍看法，男人的颜值会随年龄而增长，直至达到某个极值。果真如此的话，想必我已经开始沿着该抛物线下滑了。"保湿！"刚认识康妮的那会儿，她总是这么说，但现在我宁可刺个大花脖也懒得再照办，果然，我的容貌酷似老妖贾霸[1]。从好多年前开始我穿T恤衫就有点儿傻，但在养生方面，我尽量不含糊。我饮食讲究，以免重蹈过早死于心脏病发作的先父之覆辙。医生说他的心脏"说白了就是炸开了"，我觉得他这么津津乐道似乎不甚得体，所以我开始慢跑，三天打鱼两天晒网的，还有点儿难为情，因为不知道两只手该往哪里放。也许该背在身后。我以前很喜欢跟康妮打羽毛球，虽然她老是忍不住咯咯笑，没个正形儿，因为她觉得羽毛球有点儿"傻气"。这种偏见十分寻常。羽毛球打不出壁球那种商界才俊的霸气和网球的浪漫花样，但它仍是世界上最受欢迎的球拍类运动，顶级羽球选手也同样是具有杀手本能的世界级运动员。"羽毛球时速可达二百二十英里，"我看着弯腰趴在球网上的康妮，"别笑了！""但它长着羽毛呢，"她说，"我下不了手去狠抽这么个小毛球，好像我们俩想扇死这只小麻雀。"说完，她又笑开了。

还有吗？五十岁生日时，康妮送我一辆竞速自行车，我有事没事就沿着林荫道骑一骑，领略大自然的交响乐，畅想着要是撞上重型卡车，我这把老骨头会变成什么样。五十一岁的礼物是跑步装备，五十二岁是耳毛和鼻毛修剪器——这东西总令我半是惊骇

---

1. 电影《星球大战》中的怪物，体形笨重，像个没有腿、浑身涂满稀泥的大鼻涕虫。

半是膜拜，它如微型除草机般一路窃笑着深入我的头骨。这些礼物有着同样的潜台词：动起来，别服老，不准随波逐流。

话虽如此，可人到中年却是无可奈何的事实。套袜子得坐下套；起身时浑身乱响，前列腺核桃似的夹在两臀之间，存在感与日俱增，惹人心烦。我一向以为人之衰老本应泰然、欣然，如同冰山悄然而至。如今我才意识到，这事儿就是呼啦一下子，如同檐上积雪崩落。

人比人，气死人，同为五十二岁的妻子在我眼中还是初见时的美人。要是我说出这话，她准会说："道格拉斯，那只是客套话。没人愿意长皱纹，没人愿意有白头发。"而我会说："可我不觉得意外。遇见你的那天，我就早早知道你会越来越老。这有什么可困扰的？我爱的是你这张脸，而不是二十八岁、三十四岁或四十三岁的容貌。只要是你的脸，就好。"

这话兴许她爱听，可我从没机会说出口。我总觉得来日方长，可在这个无须竖起耳朵防贼的半夜四点钟，坐在床沿边时，我突然觉得已经来不及了。

"有多久了，你……"

"有一阵子了。"

"那你打算什么时候……"

"不知道。不会马上，在阿尔比搬出去之前不会。过了夏天吧。秋天，要不明年？"

最后："能问问为什么吗？"

4. 前康妮时代和后康妮时代

想知道问题从哪里来，答案往哪里去，可能得把前因后果交代清楚。我本能地觉得我的人生可以泾渭分明地分成两个阶段：前康妮时代和后康妮时代。在我详述那年夏天的始末缘由之前，有必要先说说当年的初见。这可算是本爱情小说，当然得有爱情。

5. 另一个 L 开头的单词

"孤单"是个令人困扰的词汇，没法轻轻松松地说出口。它让人不自在，还能召唤出一批变本加厉的形容词，比如"伤心""失落"之类的。我一向自认为大家都喜欢我，人品、性格都是有口皆碑，但仇人少并不等于朋友多，况且无法否认的是，即便算不上"孤单"，当年的我也不如自己希望的那么合群。

对大多数人来说，二十多岁往往是"集群属性"爆表的年纪。二十多岁，刚开始踏入现实社会，找个工作，社交活跃、热闹，恋爱，在众多诱惑里扑腾得无法自拔。我注意到这一切就在身边发生。我耳闻目睹那一家家夜总会，一场场画廊开幕式、小型演奏会和商品展示会；我看见人们宿醉，连着几天穿着同样的衣服上班，在地铁上接吻，在餐厅里哭哭啼啼，但我仿佛是隔着某种钢化玻璃观察到这一切的。我说的是八十年代末那段时间，艰难动荡之下，似乎还算是个相当振奋的年代。墙壁被推倒了，无论是在实际意义上还是在象征意义上；政治人物走马灯似的换了又换。我不确定是不是该称之为革命的年代，或者"曙光初现"什么的——欧洲和中东还有战争，还有暴动和经济动荡——然而那个时代至少还有不确定性，有改变的势头。我记得在彩页增刊里读过好多所谓"爱之夏运动再起波澜"之类的文章。第一次爱之夏运动时我还小，而第二次运动时，正赶上我博士毕业——研究对象是蛋白质和核糖核酸反应及基因转录过程中的蛋白质折叠问题。"这间浩室里唯一的酸，是脱氧核糖核酸。"我特别爱在实验室玩这个谐音梗[1]，可惜没几个人接得住。

八九十年代显然是变化的年代，这变化虽发生在别处，属于别人，我却也在默默思考，自己是否也该变一变，该如何变。

6. 黑腹果蝇

我搬到巴汉姆镇那年，柏林墙还在。我已近而立，堂堂一位生物化学博士，背了很重的房贷才得以蜗居在主路尽头一间小小的半毛坯房里，在工作和负资产之间疲于奔命。我将周一到周五和大半周末的时间用来研究我的第一个博士后课题：果蝇（学名黑腹果蝇）。说具体点儿就是使用诱变剂进行经典正向遗传学筛选。那个年代果蝇研究很热门，读取和操控果蝇有机体基因序列的工具层出不穷，从专业角度，不带个人感情地说，那也是我的黄金时期。

如今，除非有一盘水果，否则连半只果蝇也找不到。这几年我在一家私营商业机构——用我儿子的话说，是个"邪恶的公司组织"——做研发部主管，头衔相当气派，可这也意味着我再也

---

1. "这间浩室里唯一的酸"原文为"The only acid in this house"，含义双关。"Acid house"又指酸性浩室音乐，是一种音乐曲风。

享受不到做基础研究的自由和快感了。我这几年的职位老是跟组织、策略这些概念打转。我们为大学研究机构提供资金，力求最大限度地激发学术专业性、创新性和学术热情，但是这年头，一切都讲究"转化"，必须得有点儿实际应用的价值。工作挺开心，也挺顺手，有机会还能去实验室转转，可我的本职工作是协调，我得管理年轻人去做我当年的工作。我从不欺负员工。我相当称职并且小有成就，所辖部门秩序井然。问题是，这工作再也没有当初那种爽上天的感觉了。

因为当年跟一群有拼劲、有激情的人共同奋斗确实爽上天。在当时的我看来，科研令人热血沸腾，令人为之雀跃，是世界的基石。回顾二十年前，当初在果蝇身上做过的实验其实大有可能在医学上带来超乎想象的创新，可当年我们的动力却只是单纯的好奇，几乎是在追求好玩。好玩是真好玩，可以毫不夸张地说，我曾深深热爱着自己的研究。

这并不是说，其中没有大量枯燥无味的部分。那个年代的计算机时好时坏，功能单一，约等于一台大而事多的计算器，其计算能力甚至远不如我口袋里的手机，光是输入数据就能累死人。小小的果蝇作为实验有机体来说优势多多——繁殖力强，孵化周期短，具有卓越的变态性——个性方面约等于零。我们在实验室的昆虫箱里养了一只当宠物，它有自己的小罐子，里面还放了一张小垫子和娃娃屋家具，一只结束生命周期，就换上另一只。辨别果蝇的性别相当棘手，但我们仍决定将其命名为布鲁斯，可将其视为生物化学家的"原型级幽默"。

扯几段小插曲还是有必要的，毕竟，给一群果蝇打麻药，再用精细的小刷子和显微镜挨个检查，观察其眼部的色素沉着或翅膀的形状，以捕捉其中细微变化的过程极易使人变得大脑麻木。这工作有点儿像拼巨型拼图。一开始，你觉得"想必挺有趣味"，可打开收音机，泡上一壶茶后，却意识到拼图的数量无边无际，而且都是天空那部分。

结果就是，当时我根本没力气参加我妹妹的周五夜聚会。再说，不光是累，我还有好多别的顾虑呢。

7. 媒婆

我对我妹妹的厨艺敬而远之，永远是意大利面和廉价奶酪，表面涂上一道道黑色，半化没化的硬皮底下藏着听装吞拿鱼或油渍肉馅儿。我对派对也敬而远之，派对——特别是聚餐——总是与无情的角斗有几分神似，胜利的花环献给最风趣、最成功、最出风头的人，而失败者在油漆地板上流血陈尸。在这样的环境下表现自己的压力让我浑身麻痹，到今天也一样，可我妹妹却一次接一次地强迫我走上角斗场。

"你总不能一辈子窝在家，D。"

"我没有窝在家，我很少在……"

"坐在你那个悲惨的洞里，只有一个人。"

"我那不是……我一个人很开心，凯伦。"

"你不开心！不开心！你怎么可能开心，D？你不开心！不开心！"

诚然，在那次二月的晚间聚餐之前，我的生活的确谈不上热烈，没什么值得放烟花庆祝或挥起拳头欢呼。我挺喜欢同事们，他们也喜欢我，但在周六下午跟保安史蒂夫告别后，我还是宁可一直保持缄默，直到礼拜一再"啵"的一声与他问好。"道格拉斯，周末过得不错吧？""噢，挺清净，史蒂夫，非常清净。"工作有乐趣和成就感，每个月在酒吧玩玩游戏，礼拜五跟同事喝上几杯，要说我也偶尔觉得生活中缺了点儿什么——话说回来，谁的生活不缺点儿什么呢？

我妹妹就不缺。凯伦二十五六岁时结交了不少狐朋狗友，她混的圈子，按我父母的话说，是"伪艺术圈"：想当演员的、编剧的、写诗的、搞音乐的、跳舞的，都是些花枝招展、不务正业的年轻人。他们夜里不睡觉，白天凑在一起一杯接一杯地喝茶，喝得情绪亢奋。在我妹妹看来，生活就是一场久久不散的集体拥抱，而把我推到她的小伙伴们面前展览一番则让她暗觉有趣。她总爱说我略过青年阶段直接跳级到中年，还说我在妈妈的子宫待到四十三岁，不过有一点我认为并不错：我从未掌握年轻的奥妙。既然如此，她干吗非要拉上我呢？

"因为那儿有姑娘——"

"姑娘？姑娘……没错，我听别人谈论过这种事。"

"尤其有一个姑娘——"

"我认识姑娘，凯伦。我跟姑娘交过朋友、说过话。"

"这个可不一样，信我没错。"

我叹了口气。不知为何，"给我安排相亲"成了凯伦颇为热衷的一件事，她那副半是居高临下半是哄骗的架势具有相当的欺骗性。

"你是想一辈子打光棍儿吗？是吗？哼？是吗？"

"我根本没这个打算。"

"那你打算到哪儿去找，D？在衣橱里找？在沙发底下找？

还是要在实验室里种一个出来？"

"我实在不愿聊下去了。"

"我这么说，还不是因为我爱你！"凯伦一切令人恼火的举动都打着爱的旗号，"我在餐桌上专门给你留了个位置，要是你不来，这个晚上就全毁了！"话音刚落，她便挂了电话。

8. 金枪鱼烤通心粉

那天晚上，在图亭社区一套窄小的公寓里，我被按着肩膀推进窄小的厨房，里面已经有十六个人挤挤挨挨地围坐在一张搁板桌旁。桌子本是贴墙纸的辅助工具，一看就不结实，上面赫然摆着我妹妹那道令人闻风丧胆的烤通心粉，这道名菜隐隐闪着鬼火，形似陨石，散发着烤猫粮的气味。

"大伙注意了！这是我亲爱的哥哥，道格拉斯。你们都对他好点儿，他是个胆小鬼！"我妹妹的拿手好戏就是指着胆小的人，大吼："胆小鬼！"我的竞争者们纷纷跟我打招呼：哈啰，嗨，你好，道格拉斯。我勉强挪动屁股，挤进一把狭小的折叠椅里，一边挨着一位毛发浓密、身着黑色紧身衣和条纹马甲的英俊小伙儿，另一边是一位异常貌美的女士。

"我叫康妮。"她说。

"幸会，康妮。"我的嗓音像手术刀一样尖利，我就是这么遇见我妻子的。

我们默默无语地坐了一会儿。我考虑过要不要让她把通心粉递过来，又怕那样一来就非吃不可，于是我话锋一转……

"你做什么工作，康妮？"

"问得好。"她说，其实问得根本不好，"我想，我算是个艺术家。我学的是艺术专业，但说是艺术家有点儿装模作样……"

"一点儿也没有。"我答道，心里却在想，哦，老天，艺术家。如果她说自己是"分子生物学家"，那我可如入无人之境了，但我很少遇见这类人，在我妹妹家更是绝无仅有。艺术家。我不讨厌艺术家，一点儿也不讨厌，但也没半分兴趣。

"那么，是水彩还是油画？"

她哈哈大笑起来："比那个要复杂一些。"

"嘿，我也算艺术家！"左边那帅小伙横着膀子挤进来，"飞索艺术家！"

我闭上嘴。这个身穿马甲紧身衣的、轻飘飘的家伙名叫吉克，是个杂耍演员，他爱这份工作，自我感觉良好。这家伙靠挑战万有引力定律吃饭，我哪里竞争得过？于是我安静地坐在那儿，用眼角瞥着康妮，得出如下观察结果。

9. 关于康妮的七点观察

1. 她的头发相当不错。修剪得当，整洁有光泽，发色黑得有些不真实，发梢在耳朵上方朝前梳（"发梢"，是这么叫吧？）衬托她的俏脸。描述发型我不是很在行，词汇匮乏，但是康妮的发型有种五十年代电影明星的韵味，按我母亲的话说是"规规矩矩"，却也很潮很现代。"潮"——看我的用词！反正我一坐下就闻到一股洗发水味和她的香味，当然我没傻到凑近她的脖颈像獴似的一通嗅，实在是因为桌子太小。

2. 康妮善于倾听。在我妹妹那帮人里，"聊天"等于轮流说话，而康妮却在专注地倾听我们那位飞索艺术家的倾诉，她的手背贴着脸，小指搁在嘴角处。她克制、沉着、文静，看上去有头脑。她脸上摆出一副表情，专注却并不唯唯诺诺，也不一脸正经，所以你根本看不出她是深以为然，还是觉得你在胡扯，她这种态度贯穿了我们婚姻的始终。

3. 虽然我觉得她十分可爱，但她也算不上最漂亮的一个。我知道，要说第一次邂逅爱人，按老规矩，应该说他们焕发着特殊的光彩："她的脸让整个房间一亮"或者"我简直没法移开我的目光"。说实在的，我的目光完全移得开，我也这么做了，而且我必须说实话，至少是用约定的表述方式来说，那天在场的人里，她的美貌大概排第三。我妹妹——她那个性实在太夸张——喜欢被极端"酷毙"的人物簇拥着，可"酷毙"和"和气"老是无法集于一身，这些人物对我妹妹的态度要么倨傲，要么粗暴，要么趾高气扬，再不就是如同看待白痴，而在我妹妹看来，这些只是人格魅力的小小代价。因此，既然现场有这么多活宝，我倒十分乐意坐在康妮身边，虽然她第一眼看上去并不汨汨冒泡，也不嗞嗞放电，也没有发射幽幽冷光什么的。

4. 她的嗓音十分悦耳——低沉、干练，有点儿沙哑，带着浓重的伦敦口音。多年后的今天，她的口音早没了，可当年绝对是有点儿吞元音的。这种口音通常意味着某种社会背景，但我妹妹那群人例外。我妹妹有个伙计是老伦敦人，说话像路边摆摊的小商贩，可他父亲却是巴斯和维尔斯的双料主教。康妮呢，她抛出的问题亲切而机智，却暗藏机锋又逗乐，类似"小丑在台下和在台上一样搞笑吗"这种问题。她说话时有着喜剧演员那种与生俱来的节奏感，还有冷面搞笑的天分，一向使我羡慕不已。我这人好不容易讲个笑话，却总忍不住挤眉弄眼，像只受惊的猩猩，而康妮却能冷若冰霜。"这么说，"她的表情像个假人，"你冲搭档飞过去时，在最后的最后关头，有没有特别想要这样——"说到这里，她扬起拇指放在鼻子上，四根手指摇啊摇，我觉得精彩至极。

5. 她酒量不错，总在杯子喝干之前又添酒，好像怕那葡萄酒不够分似的。酒好像没什么效果，也许大伙儿聊得更带劲儿了些，似乎谈话就该专心。康妮喝得没心没肺，有股"给你喝到桌子底下"的豪爽劲儿。她似乎挺有趣。

6. 她绝对时髦。她的穿着并不昂贵，也不华丽，可就是特别合她的气质。当年的潮流是"宽袍大袖"，我只记得一桌子人都活像三四岁的娃娃穿着爸妈的T恤衫。康妮则不然，她的衣衫都是旧式样（那次我才知道这叫"复古"），整洁又时髦，那衣服合身又舒服，勾勒出她的——我得道个歉，找不到更委婉的说法——"玲珑曲线"。她聪明、诚恳，比所有人的反应都快半拍，又酷似黑白电影里走出来的老派人物。回头想想，在她的反衬之下，我的表现则毫无形象可言。当年我的衣橱涵盖了从灰色到褐色的完整色谱，与苔藓类植物的颜色完全重叠，很有可能还有不少卡其布材质的衣服。话说回来，我的隐身术卓有成效，有明证如下……

7. 右手边这位女士对我无一丝兴趣。

10. 飞索怒汉

她干吗对我有兴趣？飞索艺术家吉克敢于直视死亡，而我最多在夜晚直视电视。那不是一般的杂技，那是朋克杂技——属于新潮杂技的一种——他们用电锯玩连环抛，在点燃的油桶上狂敲不止。现在的杂技走性感路线，会跳舞的大象过时了，走红的是裸体柔术演员加上极端暴力，再加上吉克所说的"一种无政府主义的、末日般的审美，就像《疯狂的麦克斯》"。

"你是说，小丑不开轮子掉了的汽车？"康妮板着脸问。

"不开！去他的！汽车都炸了！我们下礼拜去克拉彭广场演出，我给你弄两张票，你也可以来。"

"哦，我们还不是一对儿呢。"她脱口而出，似乎接话接得太快了，"我们才刚认识。"

"啊！"吉克点点头，似乎在说"有道理"。紧接着是片刻沉默，我抓住机会：

"你倒是说说，飞索艺术家是不是买不起像样的汽车保险？"

我脱口而出时，总会多少来几句连我自己也觉得莫名其妙的话。也许我想开个玩笑，也许我想模仿康妮那种挑眉冷笑的邪魅犀利风格。就算这样，反正全无效果，康妮没有一丝笑容，而是又添了些葡萄酒。

"不是，因为我没跟他们说。"吉克挑衅道，一副天不怕地不怕的嘴脸。哼，希望你以后索赔的时候走运吧，傻大个。于是话题转向保险，我挖出一点儿金枪鱼烤通心粉，不巧将一道油腻的车打芝士滴在了康妮的手背上，那东西跟火山熔岩一样滚烫，趁她往下擦的时候，吉克又开始独白，还冲我伸出手，要更多的酒。我对飞索艺术家所知有限，印象中他们都是五十年代硬汉小生波特·兰开斯特那类油腻强壮的帅小伙儿，油光水滑，一袭紧身衣裤。吉克充满野性的气息，浑身密布篮球色的体毛，可无论怎么看，他都是个强壮的帅小伙儿，二头肌上刺着一圈凯尔特人刺青，一丛火红的乱发抓成一个油腻的小髻。他话特别多，目光穿过我那隐形的身体朝康妮乱闪，我不得不承认眼前正在发生赤裸裸的勾引。我不知如何是好，只得伸手去够那道简单的蔬菜沙拉。那上面不管不顾地浇了麦芽醋和食用油，我妹妹发挥她罕见的烹饪天赋，愣是把莴笋做出了薯片的味道。

"在半空中的一瞬间，"吉克朝天花板舒展身体，"你在坠落，但差不多也是在飞翔，无与伦比。你想要抓住那一刻，但那片刻……稍纵即逝。就好比延迟性高潮。你有过性高潮吗？"

"有过？"康妮面不改色，"此时此刻我正在高潮。"

我笑出了狗叫，这立刻招来吉克的怒视，于是我飞快地递上那盘气味浓烈的沙拉："卷心莴苣来了，谁要卷心莴苣？"

11. 化学物质

热泥似的金枪鱼烤通心粉总算咽下去了，吉克的滔滔不绝到餐后甜点还没停。点心是英式奶油松糕，上面覆盖着满满一层罐装奶油、聪明豆和软糖，足以诱发2型糖尿病。康妮和吉克几乎叠在我胸口处，空气中充斥着暧昧的生物信息素，在情欲磁场的作用下，我的椅子不停后退，离搁板桌越来越远，最后几乎退入门厅，跟自行车和一摞摞电话黄页为伍。康妮终于看不下去了，她转向我说：

"那么，丹尼尔，你是做什么工作的？"

丹尼尔？听着还挺亲密。"我嘛，我是科学家。"

"对，你妹妹告诉过我，她说你有博士学位。哪方面的博士？"

"生物化学，但是目前我在研究果蝇，一种苍蝇。"

"还有呢？"

"还有？"

"再给我讲讲，"她说，"难不成是重大机密？"

"不是机密，只不过一般人都不愿意多聊这个。怎么说呢……这么说吧，我们用化学物质诱导基因突变……"

吉克响亮地嘟囔了一句，伸手去拿葡萄酒，我觉得脸上似乎拂过了什么东西。对有些人来说，"科学家"这个词令他们联想起眼神疯狂的科学怪人或者某个极端组织的白大褂，《007》系列电影里总有个这样的小角色。吉克显然已经产生了这样的联想。

"突变？"吉克愤愤不平，"你干吗要让果蝇突变？可怜的浑球儿，干吗不让它们好好活着？"

"这个，关于突变，没有一种突变在本质上是非自然的。突变只是自然进化的另一种说法——"

"我认为干扰大自然是错误的。"他开始对全桌人发表演说，"杀虫剂、除霉消毒剂，我认为这些都是邪恶的。"

也有这么一说吧，不过似乎难以成立。"化合物是否本性邪恶，这我不清楚。人们的使用方法倒可能是愚蠢或不负责任的，不幸的是，有时候——"

"我有个姐们儿，她在斯托克纽因顿有块地。她那儿什么都是有机的，她的食物真漂亮，绝对漂亮……"

"我绝对相信，但我觉得斯托克纽因顿那地方也许没有蝗灾、干旱，或者土壤贫瘠的问题——"

"胡萝卜就该有胡萝卜的味道！"他嚷道，典型的、匪夷所思的"推不出谬误"。

"抱歉，我不是——"

"化学物质，都是化学成分！"

又是一个"推不出谬误"。"可是……一切都是由化学物质构成的。胡萝卜本身就是由化学物质构成的，这盘沙拉也是化学物质，尤其是这个。吉克，你本人也是由化学物质构成的。"

吉克一脸不甘受辱的表情。"我不是！"他说。康妮哈哈大笑。

"抱歉，"我说，"可你的确是的。你主要由六种元素构成，百分之六十五的氧，百分之十八的碳，百分之十的——"

"这全是因为人类偏要在沙漠里种草莓。如果我们只吃本地农产品，纯天然种植，不添加这些化学物质——"

"听起来棒极了，但如果你的土壤里缺少基本化学元素，如果蚜虫或者真菌病害导致你的家人吃不饱饭，也许你就得对某些邪恶的化学物质感恩戴德了。"我还说了别的，但如今已经想不起来了。我对自己的事业一往情深，我相信它有意义、有价值，当然也有理想主义和嫉妒心作祟。我喝得有点儿多，被冷眼和无视轮番折磨了整整一个晚上之后，我怎么也喜欢不起来眼前这个对手——他那个学派认为解决疾病和饥饿问题的奥妙在于更长更劲爆的摇滚音乐会。

"解决全球粮食问题其实很简单，问题出在做决策的人身上。"

"说得没错，但不能让科学背这个黑锅！那是政治问题、经济问题！科学无须为干旱、饥荒和疾病问题负责，但这些问题正在纷纷出现，科学研究只是介入其中。我们的责任是——"

"是制造更多的敌敌畏、更多的沙利度胺？"最后这一击似乎让吉克大为满意，他对听众们放送出一个迷人的冷笑，因他人的不幸为他提供了有价值的论据而心情大好。敌敌畏和沙利度胺都是十分不幸的悲剧，但我绝不认为该负责任的是我本人，或者我的同事们——他们全都是富于责任心和人道主义精神的可敬人士，不乏道德和社会意识。另外，这几例事件与科学研究带给人类的非凡发展相比实属孤例。当时，我脑海中出现了一个十分清晰的自我形象，我正站在一顶马戏帐篷的阴影最尖端，用一把小折刀拼命地锯一根绳子。

"假设，"我大声提问，"假设你从飞索上摔下来——老天原谅我——摔断了腿，大面积感染，你会怎么办？到了那个时候，我非常乐意，吉克，我非常乐意守在你的床边，把抗生素和止痛剂放在你近在眼前可就是够不着的地方，然后告诉你，我知道你痛不欲生，但这些药我不能给你用，因为，我担心，你知道的，这些都是化学品，是科学家们合成出来的，我万分遗憾，但恐怕我得截去你的两条腿，而且，不能用麻醉药！"

12. 冷场

也许我的手摆动得太过火了。我原本想慷慨陈词一番，结果却像精神错乱。我的话含有恶意，而聚餐的时候没人喜欢恶意，尤其是公然的恶意，我妹妹当然不喜欢，她冲我怒目圆睁，手里的大汤匙滴滴答答地往下淌着芥末酱。

"道格拉斯，我们都不希望出那种事。"她有气无力地说，"再来点儿奶油松糕？"

更让人难受的是，我在康妮面前失态了。虽然没说几句话，我却十分中意这位女士，急于给她留下个好印象。我有些恐慌地往右瞥了一眼，只见她正用手掌托着下巴，一脸的无动于衷和神秘莫测，而当她的手从脸上移开，放在我的胳膊上并微微一笑时，我更是觉得她加倍可爱。

"对不起，道格拉斯，我之前好像管你叫丹尼尔来着。"

这句话……这句话不亚于亮起一盏明灯。

13. 世界末日

"我们的婚姻到头啦。"她说，"道格拉斯，我想跟你分开。"

我知道自己沉浸在美好的过去中，有些偏题了。也许我的叙述过于风花雪月。我知道伴侣们常常粉饰"初次邂逅"，演绎各种细节，诠释各种意义。我们把这些邂逅说得温馨浪漫，说成童话故事，目的是对自己，也对儿女后代强调姻缘是"命中注定"。想到此处，我认为还是暂且按下不表为妙，让我们回到之前的叙述——二十五年后那个夜晚，那位当初机智风趣、魅力十足的女人把我叫醒，说如果我不在她的身边，她也许会更幸福，未来更充实更滋润，简而言之，她可能会活得"更有感觉"。

"我试着想象阿尔比走后每天晚上我们两人独自生活的样子。我知道，他让人抓狂，但也正是因为他，我们俩才走到今天，还在一起……"

是因为他？只是因为他？

"而且一想到他要离开家，我就害怕，道格拉斯。我一想到那个……空洞就害怕。"

什么空洞？我吗？

"怎么会有空洞？不会有空洞的。"

"只有我们两个人，孤零零地在房子里……"

"我们不会孤零零的！我们会有很多事情做。我们会忙起来，我们要工作，要一起做很多事情。我们……我们会把那个空洞填补起来。"

"我需要重新开始，换个环境。"

"你想搬家？那我们就搬家。"

"不是搬家的问题。问题是你和我没完没了地绑在一起，有点儿像……像贝克特的戏剧。"

我没看过贝克特的戏剧，但估计不会是什么好东西。"康妮，想到只有我们两人生活在一起，真的这么……恐怖吗？我总觉得我们的婚姻很美满……"

"很美满，的确很美满。跟你在一起我很幸福，道格拉斯，非常幸福，但是未来——"

"那你为什么要离开我？"

"我只是觉得，我们作为夫妻已经完成了使命。我们尽力了，可以翻篇儿了，我们的任务结束了。"

"对于我来说，这可从来不是任务。"

"对我来说，有时候这就是任务。现在阿尔比要走了，我想要一个起点，而不是走向终局。"

走向终局？她说的这还是我吗？她口中的我简直如世界末日一般。

我们聊了好一会儿，康妮吐露心声，说了个痛快。我听得难过，语无伦次，拼命想理解这一切。她这种感觉有多久了？她的生活真的这么郁闷，这么疲惫吗？我能理解她想要"缓一缓"，可她怎么就不肯让我陪着她"缓一缓"呢？她说因为我们的任务已经完成了。

我们的任务完成了。我们养育了一个儿子，他还算……还算健康。他有时候似乎挺开心，那是在他觉得没被人盯着的时候。

他在学校很出风头，显然有一定的魅力。当然他也擅长把你气得跳脚，而且他向来各方面都更随康妮。他们俩向来更亲，他总是"跟她一伙儿"。虽然没有我就没有他，但我总疑心我这儿子觉得他妈妈当初能找个更好的。尽管如此，难道我们二十年夫妻一场，全是为了养育他，全是因为有了他？

"我以为……我从没想过会……我一直还以为……"我疲惫不堪，话都说不明白了，"我一直以来的印象是，我们能在一起是因为我们愿意，因为我们大多数时候很幸福。我以为我们是相爱的，我以为……显然我错了，但我一直盼着我们能一起慢慢地老去。我和你，一起变老，一起死去。"

康妮冲我转过身，脑袋还搁在枕头上："道格拉斯，哪个脑子正常的人会盼着这种事？"

14. 斧子

晨光微露，今天是礼拜二，正是六月的艳阳天。过不了多久，我们就得疲惫地起床，洗澡，并排站在洗手池前刷牙，面对生活的平庸，灾难也得先让让。我们吃了早饭，对阿尔比大声说再见，听着他踢踏的脚步声和嘟嘟囔囔的所谓道别。我们在碎石车道上稍微拥抱了一下——

"我还没打算收拾行李，道格拉斯。我们还得再谈谈。"

"好的，我们再谈谈。"

——之后，我开车去上班，康妮去火车站搭八点二十二分开往伦敦的火车，她在伦敦有份每周三天的工作。我会跟同事打招呼，对他们的笑话哈哈大笑，回复电子邮件，陪来访的教授们吃上一顿由三文鱼和西洋菜构成的简餐，餐后听他们通报进度并频频点头——

"我们的婚姻到头啦，我想跟你分开。"

仿佛脑壳里塞了一把大斧子，还得假装一切如常。

15. 度假

当然，我还是稳住了自己，绝望写在脸上多不职业。我一直坚持到最后一个会议，这时我的举止终于开始不够稳重了。我坐立不安，浑身冒汗，在口袋里来回捻弄钥匙，会议记录还没确认，我竟然起身借故开溜。我抓起电话，胡乱编了些借口，一个踉跄摔向门口，屁股底下的椅子也跟着我滑出去好远。

公司的办公区和实验室中心簇拥着一座广场，广场有个可笑的名字叫"大露天"，设计师颇有创意地使它无论怎样都晒不到太阳。水泥长椅不怀好意地安在青一块黄一块的草皮上，冬天里黏软湿滑，夏天则黄焦焦的满是尘土。我在这块荒无人烟的空间里来回踱步，完全暴露在同事们面前，我用一只手捂住嘴巴："我们得取消欧洲环游计划。"

康妮叹了口气："到时候再说吧。"

"这件事没个结果，我们没法周游欧洲。那样能好好玩吗？"

"我认为还是去，为了阿尔比。"

"对，只要阿尔比开心就行！"

"道格拉斯，等我下班我们再商量。我得挂了。"康妮在伦敦一家著名的大型博物馆上班，她在艺术普及部，负责与中小学联络，跟艺术家们联合设计展览，还负责其他一些我不大弄得明白的事务。我突然开始想象她压低声音与各种同事谈话的样子，什么罗杰、艾伦或克里斯之类的。那个油光水滑的小个子克里斯，穿着西装马甲，戴一副小眼镜。"我向他坦白了，克里斯。他能接受吗？不太能。亲爱的，你做得没错。你终于能逃离那个黑洞了……"

"康妮，你是不是有别人了？"

"哦，道格拉斯……"

"是不是这么一回事？你是不是为了另一个人要离开我？"

她的声音疲惫不堪："到家再说，但是不能当着阿尔比。"

"你必须马上告诉我，康妮！"

"跟其他人无关。"

"是不是克里斯？"

"你说什么？"

"小个子克里斯，穿着西装马甲的克里斯！"

她大笑起来。我心想：我脑壳里的大斧子一下一下地往外戳，你还有心情笑？

"道格拉斯，你不是不认识克里斯。我又没疯。没有别人，我没喜欢别人，尤其没喜欢克里斯。这件事只与你我有关。"

我不知道我的心情是更好，还是更坏了。

16. 庞贝古城

事实上，我对妻子的爱恋之深难以用语言形容，我也很少用语言形容。虽然我不善言辞，可我一直觉得我们会白头到老。当然，这都是痴心妄想，就算不考虑天灾人祸，总会有一个先走的。在庞贝古城有个著名的景致——我们本打算夏天周游欧洲的时候去看看——一对紧紧相拥的情侣，应该说是"彼此相扣"，在滚烫的毒云顺着维苏威火山的山坡隆隆滑下把两人闷死在炽热的火山灰中时，他们的身体弯成了问号的形状。跟有些人的想象不同的是，他们的残骸并没有变成木乃伊，也没有变成化石，而是随着身体的腐烂，形成了一个三维立体的中空模型。当然，这两人是否是夫妻就无从得知了。也许他们是兄妹、父女，也许是两个通奸的男女。但是在我想来，他们的画面只会令我联想到婚姻：舒适、私密，共同抵御硫黄风暴。虽然不见得能树立起欣欣向荣的婚姻形象，可也是个不坏的象征。结局是残忍的，但至少他们陪伴在彼此身边。

然而我们波克夏镇很难找到火山。如果我们两人中哪个先走，我衷心希望是我。我知道这么说很变态，可在我看来，这样才圆满，才说得通，因为，这么说吧，我妻子使我应有尽有，她给了我一切美好的、值得留恋的东西。我们共同经历了如此多的岁月，没有她的生活，我无论如何都无法想象。毫不夸张，我想象不出来。

我想好了，我不允许这样的事情发生。

Part Two
France

第二部

法兰西

—

"在家里火炉边你任何时候抬起眼睛都会
看见我在那儿，我任何时候抬起眼睛也会
看见你在那儿。"

她沉下脸来，就这样过了一会儿，一句话
也没有说。[1]

——托马斯·哈代《远离尘嚣》

1. 译文选自傅绚宁译《远离尘嚣》，人民文学出版社，2018年版。

17. 给自己看的小字条

欧洲大环游成功指南：

1. 活力！避免"太累"或者"情绪不高"。

2. 避免与阿尔比起冲突。说说笑笑别太当真，禁止恶意报复或中伤。永远轻松愉快。

3. 没必要事事争个对错，尽管有时候你就是对的。

4. 心胸开阔，乐于尝试新事物。如不卫生的厨房做出来的罕见食物、实验艺术、罕见的观点等。

5. 做个有趣的人，跟妮妮和比比说些轻松亲昵的玩笑话儿。

6. 别绷着。别老想着以后，享受当下。

7. 有序，但是不要——

8. 一贯有趣，一贯真诚。

9. 留意康妮，听她说话。

10. 别跟阿尔比打架。

18. 时髦的"火车游欧洲"

周游欧洲的计划是康妮提出来的。"好好来个欧陆周游，为进入成年人的世界做准备，像十八世纪那样。"

我也不是很了解这些。康妮说这是一种古老的传统，属于古代某个阶层和年龄的年轻男子，他们去欧洲大陆来一次文化朝圣之旅，沿着固定的路线，跟着当地导游，亲眼欣赏古代遗址和艺术品，等他们回到英国时，就已经进化为文雅世故的成年男人了。实际上这种文化在很大程度上只是为酗酒、狎妓和一掷千金找了一个借口，带几样哄抢回来的艺术品、几瓶当地酒和性病回家。

"那我干吗不直接去伊维萨岛[1]？"阿尔比问。

"相信我，"康妮说，"这远比伊维萨岛有趣得多。"那是一个礼拜天早晨，我们坐在餐桌旁——彼时依然岁月静好，我妻子还没来得及跟我摊牌——我那本老掉牙的《泰晤士地图集》正翻到西欧地图，康妮欢欣鼓舞，我有一阵子没看见她这样了。

"别忘了，那个时代还没有廉价复制艺术品的技术，因此，除了严重失真的黑白雕版画之外，欧洲大环游是唯一一个能目睹这些艺术杰作的机会。古典时代和文艺复兴时期的伟大艺术品、沙特尔主教座堂、佛罗伦萨圣母百花大教堂、圣马可广场、罗马斗兽场。你可以上几节击剑课，翻越阿尔卑斯山脉，探索罗马城市广场，往维苏威的火山口里俯瞰，在那不勒斯的街道上漫步。当然，少不了喝酒、狎妓、斗殴，但等你再回来的时候，可就是个男子汉了。"

"那还是去伊维萨岛吧。"阿尔比说。

"来吧，鸡蛋仔！一起玩！"康妮说。她像一位所向披靡的将军一样，手指沿着旧地图册的纸页一路摩挲："看，我们从巴黎出发，去几个必看的景点，去卢浮宫和奥赛博物馆看莫奈和罗丹的作品。我们坐火车去阿姆斯特丹，去看伦勃朗和凡·高的作品，然后寻路——不坐飞机也不坐汽车——翻越阿尔卑斯山去威尼斯——就因为它是威尼斯。返程时途经帕多瓦，参观斯克罗威尼礼拜堂；去维琴察看帕拉帝奥的别墅建筑；维罗纳，维罗纳可漂亮极了；去米兰看《最后的晚餐》；佛罗伦萨，去乌菲齐美术馆看波提切利的

---

1. 位于地中海西部的西班牙小岛，世界知名的派对胜地。

作品，然后游览城市——接下来是罗马！罗马美不胜收。在赫库兰尼姆和庞贝停一停，最后抵达那不勒斯。当然，如果是在没有缺憾的世界，我们就往回走，直奔维也纳的维也纳美术馆，再去柏林，不过那得看看你父亲的账户能撑多久。"

我正在腾空洗碗机，我坦言所剩无几的碗碟光亮剂和自杀式的旅行开销同样令我心烦意乱。但康妮却仍然兴致勃勃，也许这次不同以往。最近的几次全家旅行中，我们只是在昂贵的度假村里坐立不安，挨虫子咬、被太阳晒，要不就是在地中海的沙滩上为了巴掌大的立足之地与人争执不休。

阿尔比仍然狐疑不定："这么说，我其实是要跟老爸老妈一起拿火车通票周游欧洲了？"

"没错，你这鸡蛋仔运气不错。"康妮说。

"可如果周游欧洲是一种成长仪式，那你们俩在旁边岂不是适得其反了？"

"不会适得其反的，鸡蛋仔，你将了解艺术。如果你对美术的兴趣是真的，这次旅行就是你的训练、你的大学。现在也一样。你可以画速写、拍照片，通通吸收进来。如果你想吃艺术这碗饭，就一定得看看这些作品——"

"一帮过气的大师，一帮死了的欧洲白人。"

"——就算是这样，你的颠覆也算有个目标了。再说，毕加索也是早就死了的欧洲白人，你不是很爱毕加索吗？"

"我们能看看《格尔尼卡》吗？我想看《格尔尼卡》。"

"《格尔尼卡》在马德里，我们以后再去。"

"或者你们把钱直接给我，我一个人去！"

"跟我们一起你才能学到东西。"康妮说。

"跟我们一起才能保证你上午起床。"我说。

阿尔比痛苦地咕哝了一声，把脑袋埋进胳膊。康妮扭着手指头，插进他后脖颈的头发里。他们母子总是来这套，活像两只灵长类动物彼此理毛。

"我们也会去找乐子。我保证你爸爸把这个安排进去。"

"四天一次，是不是太多了？"我又转向洗碗机。

不光是碗碟光亮剂，还有洗碗盐。都见底了，我琢磨着怎么重新调一下设置。

"你还是可以找姑娘，可以喝酒，"康妮说，"只不过得让我和你爸爸监督，听我们指挥。"

阿尔比叹了口气，把脸蛋藏在拳头底下："雷恩和堂妹要去哥伦比亚露营。"

"你也可以去！明年。"

"明年他也不能去，"我的脑袋还钻在洗碗机里，"不准去哥伦比亚。"

"闭嘴，道格拉斯！鸡蛋仔，小甜心，这可能是最后一次我们全家一起过暑假了。"

我抬起头，脑袋重重磕在洗碗机边上。最后一次？是吗？真的？

"以后你就得一个人去度假了。"康妮说，"但是现在我们试着好好过个暑假，好吗？就这最后一次？"

也许那时她已经在盘算出逃计划了。

19. 田野里，嘘声吵架

当我妻子说她将要追随落叶离去时，我的生命是否也随之走到了尽头？我是不是溃不成军，没能熬过那些日子？

当然，后来还有一个个无眠的夜晚，一串串眼泪，旅途开始前的一次次指责，但我没时间崩溃。另外，阿尔比也正在完成他那些艺术和摄影"研究"，屏幕打印也好，盯着水罐也好，他回家时总是疲惫不堪。因此我们一直很小心，我们遛着狗——一条叫琼斯先生的老拉布拉多——走到离家一定距离的地方，在狗头上方嘘声吵架。

"我简直不敢相信，你突然给我来这一手！"

"不是突然，我有这种感觉好多年了。"

"你什么都没说过。"

"我不能说。"

"现在突然提出来，趁着这个时候……"

"抱歉，我只是想实话实说，就像——"

"我还是觉得应该取消周游欧洲……"

"为什么非得取消！"

"你还想去？我们这件事还没完呢。"

"我觉得该去——"

"背着包穿越意大利，活像办丧事的队伍……"

"不必非得这样。可以很有趣。"

"如果你想取消旅馆预订，现在就得拿主意了。"

"我已经告诉过你了，我想去。你为什么总是不肯听我——"

"因为要是你真的过得生不如死——"

"别跟我来这套电视剧台词,亲爱的,没用。"

"我不明白你干吗提出要去旅行,你都不想——"

"我不想过下去了,可我还想去旅行!"她顿住,松开了我的手。

"那件事,等到秋天再说吧。我们一家去旅行,跟阿尔比痛痛快快度个假——"

"然后我们回家,一拍两散?你连行李都不用收拾,直接把行李箱塞进出租车就可以走了……"

话说到这个份儿上,她叹了口气,用她的胳膊钩住我的,仿佛一切正常。"到时候再说。到时候看情况。"于是我们遛着琼斯先生回了家。

20. 地图

路线渐渐确定下来:巴黎、阿姆斯特丹、慕尼黑、维罗纳、威尼斯、佛罗伦萨、罗马、那不勒斯。当然,这些地方康妮上艺术学校前大都去过,那是一次史诗般的奥德赛之旅,一路畅游,跟当地小青年接吻,干点儿女招待和导游的零活,或是当互惠生。我们刚开始确定关系那会儿,如果能匀出时间,能抠出几块余钱,我们有时会搭廉价航班飞到欧洲,在那里,康妮看见一条长凳、一间酒吧或是一座咖啡馆,便会沉浸在回忆的思绪中,讲述她和朋友们在克里特半岛的海滩上睡了整整一周,在布拉格郊外的废弃工厂里参加的狂野派对,1984年在里昂和某个不知姓名的少年爱得无法自拔,那个雪铁龙工厂的汽修工有一双强壮的大手,折断的鼻梁,头发一股机油味。每逢此时,我便换上一副笑脸,岔开话题,但是显然,"好好旅行一番"在康妮看来完全是另一种意思。

我的人生中从未有过这种仪式感十足的大事件，这可能与我父亲有关，这位激烈的爱国者狂暴地反对一切不踏实工作、不学"正统"英语，或与我们的生活方式不同的人，别管他来自哪国。任何含有"外国"意味的事物都令他狐疑：橄榄油、公制计量、在外就餐、酸奶、哑剧、羽绒被、享乐。他的外国恐惧症并不局限于欧洲，而是辐射全球，不设边界。我父母来到伦敦参加我的博士毕业典礼时，我实在不该为了炫耀自己的"世界性"带他们去图亭区那家中餐馆。"清迈私房菜"倒是很符合我父亲对于餐馆的基本要求，它便宜得令人发指，店堂里灯照得雪亮（"好让你看清吃的是什么鬼！"），然而，我父亲被奉上一双木头筷子时脸上的表情至今犹在眼前。他像拿弹簧折刀那样用筷子指着侍者的鼻子说："来副刀叉。刀、叉。"

我们自然少不了一番争论。他说英法海底隧道就像是"大门洞开"，我问他以为会发生什么事，难道会有一大群横冲直撞的西班牙斗牛士、意大利小食店服务员和洋葱贩闯进肯特郡的福克斯通港？公平地说，我父亲的父亲牺牲在1944年的比利时战场，这也许能为他的怒气提供些深层次的解释，可他这么一个讲道理的人，在这个问题上实在是蛮不讲理。在父亲看来，"外国"是个光怪陆离、不可理喻的地方，那种地方的牛奶有股怪味，而且怎么放也放不坏，其中必有妖孽。

因此我没怎么旅行过。事实上，认识康妮之前，我连欧洲也算不上熟悉。我们俩不管走到哪儿，康妮都已经去过了。她的欧洲地图上插满了红色的别针，丢过背包的地方，错过了航班的地方，在艺术公园里留下过慵懒一吻的地方，担心自己怀孕的地方，新鲜橙子从树上落下的地方，早餐喝茴香酒的地方。我第一次来到康妮的公寓，就瞥见她的冰箱上贴着几张照片，那是在西西里的一个露台上，新浪潮范儿的康妮和一帮抹着发胶的艺术学校的朋友们冲着照相机飞吻，或是光着上身抽烟——光着上身！抽烟！

那是我第一次去她的公寓，我甚至都没迈进大门，那时她还没跟吉克绝交。

21. 弹射座椅

我妹妹那道怪味雪莉酒松糕被丢进垃圾桶后，大伙儿突然间焕发了生机，开始积极地换位置混搭。康妮和吉克立即以弹射座椅的速度离开自己的座位，他们俩的"混搭"等于在桌边换了个位置继续热聊。

"嘿，谁有口香糖？"

我离开了餐桌。

凯伦在她的卧室里拦住我，我正在小山似的外套堆里翻腾。

"你要走了？还不到十点！"

"凯伦，我觉得这儿不是我的'场子'。"

"你怎么这么没劲，D？"我妹妹看上去颇为自得。要是爸妈在场，她没胆子叛逆，倒很喜欢把我当作他们的替身。我只是个最趁手的老古董罢了。

"哦，因为我每天晚上都练习没劲。"

"我要疯了！"

"正好我要走。"我已经找到大衣，正往脖子上缠围巾。

"留下来吧。"

"不。"

"干吗不？"

"因为我不愿意，烦人鬼！你干吗非要逼我！"

"因为我觉得你应该多参加些派对！也许能展现出你的另外一面。"

"那抱歉让你失望了，我没有另外一面。我的全部，全都在这里。"

凯伦把手放在我的胸口。"我觉得康妮喜欢你。"

"哦，是吗？"

"事实上，她亲口告诉我的。"

"你这个扯谎精，凯伦。"

"她说觉得你很有趣，连科学研究那套话都很有趣。她说，能遇见个不只对自己有兴趣的人，还是很不一样的。"

"我找不到另一只手套。这儿应该有一只手套……"

"她说，觉得你很有魅力。"

我哈哈大笑："那你又为什么觉得我会喜欢她？"

"你的舌头都不会说话了。再说，你神经不正常才不喜欢她。每个人都爱康妮，她棒极了。"

"要是你找到我的另一只手套，帮我放起来好吗？它的样子……就跟这只一样。不用说。"

凯伦把我堵在卧室的门口，把围巾从我脖子上往下拽。"别走，再待半小时吧。"

22. 糊掉的照片

"我们坐得软和点儿!"我妹妹发出命令,眼睛骨碌碌直转,客人们从厨房走了出来。我刚把玻璃餐具在水池里泡上,就被拖进狭小的起居室,地上摆着枕头,蜡烛无情地舔舐着窗帘脚,空气中弥漫着灰色的香烟气。卡洛尔·金的专辑《织锦画》被换成了某种混着小锡鼓和晃晃悠悠的钢琴声的音乐。那首曲子里,"贝斯"跟"脸蛋儿"都能押上韵,不一会儿,大伙开始跳起舞来。

我开始觉得自己在犯傻。这就好像排队等一个我不想玩的过山车。我干吗要留下来,靠在角落里跟一个写剧本的尬聊?我留在这里的动力正倚在豆袋沙发上,吉克窝在她的脚下,活像一只肥硕的橘猫。凯伦说对了,我一下子就喜欢上了这个姑娘。我喜欢她那有目共睹的聪慧,喜欢她给予他人的高度关注,喜欢她樱唇边、眉眼间随时呼之欲出的幽默感。当然,我也觉得她很漂亮——脸蛋、身材……

当年那些日子里,康妮的身材是我们俩永恒的关注焦点,车轱辘般的循环论证——我好难看,你不难看,我难看,你好看极了——这是我怎么也无法打破的死局。她觉得——一辈子觉得——自己太胖。我说,我反正觉得你身材棒极了。她只是漠然地耸耸肩。她觉得自己像照糊了的照片,"我的颧骨都没了"——说得好像有人巴不得脸上长出根骨头似的。说实话,我对她依然如同初见,如从前那般心潮澎湃。我们毫无共同之处,然而在我眼中,她智慧、优美、亲切,那人头攒动的房间——或者不如说我整个生活中——没有一个人比得上她。

于是我继续等待,她终于感受到我的注视,灿烂地一笑,吉克的目光也尾随而至。他低吼一声，企图在她起身时拉住她的手腕——我注意到她有点儿站不稳。她抽出手，跨过房间，朝我走过来。

我借故离开了那写剧本的家伙。

23. 磁场

"你还没走！"她对着我的耳朵说。

"待会儿就走。"我也对着她的耳朵说。

"我想对你道歉，晚餐时我们没机会好好聊聊。吉克很有趣，可他没多少幽默感，或者说，没多少好奇心。"

"的确没有，我也发现了。"

"你威胁要砍掉他的两条腿时，我很喜欢。"

"我威胁了吗？好像有吧。"

"我直盯着你的脸。你很有口才，又有激情。当然，你说的话我连一半也听不懂。自然科学方面我根本是差等生。我不懂什么围着什么转、天为什么是蓝的、原子和分子有什么区别，真丢脸。去年我带侄女去海边，她问潮水为什么来了又去，我告诉她，跟磁场什么的有点儿关系。"

我笑起来："我想，这也算一种理论吧。"

她把手放在我胳膊上："那是不是磁场呢？请你一定、一定要告诉我就是因为磁场！"

我滔滔不绝地讲起月球引力如何影响大面积水体，她突然顿住，双手放在胸前，瞪圆了眼睛。

我们环顾四周。过多的酒精似乎给人们的姿态带来了毁灭性的影响，人人都弓着肩膀。尤其是我妹妹，活像个松鼠般蜷成一团，专心致志地往里嘬着嘴唇，手里一下下地摇着看不见的小沙槌。

"看看这帮人。"康妮摇摇头，"人们常说：'来点儿这个，喝点儿那个，你就能放飞自我。'我们真正需要的恰恰是能把自己收回来的东西：'来点儿这个，让你好好清醒清醒。'这样大伙儿都能好过得多。想象一下，你早晨醒来，对自己说：'天哪，昨天晚上我一点儿都没放飞！'"

"其实我对自己就是这样说的。"

她哈哈大笑，我想，这应该是头一次。"你真走运！真可爱！"我们静默了片刻，脸上却在微笑，随即她说："这里太吵了。我想喝水。我们去厨房怎么样？"

我注意到吉克，他的眼皮耷拉着，两只眼睛保卫领地般怒视四方。"其实我打算回家了。"

"道格拉斯，"她回眸，伸出手，"你这么容易就打退堂鼓了吗？"我一边琢磨她这话到底是什么意思，一边跟了上去。

24. 塑料小勺

在厨房里，我强忍着想要把所有的厨房台面全擦一遍的欲望。

"你妹妹说你是个天才。"

"我妹妹的门槛比较低，那个房间里的每个人在她嘴里都是天才。"

"可那还是不一样的，对吗？他们是有天赋，大部分连天赋也算不上，只是很自信。她说他们是天才，意思是他们嗓门儿特别大。你呢，你是真的懂得很多。再给我讲讲那个果蝇。"

我拿出看家的本事，尽量用大众能听懂的语言说起来。她站在水池边，从一只品脱杯里"咚咚咚"倒了好大一会儿清水，之后仍然朝后仰着不动，一大股水顺着她的脖子淌下来。

"……然后我们就用下一代果蝇，检查一下这种化学物质如何改变……你还好吗？"

她直起脖子，眨眨眼，晃晃头。"我？我挺好，我喝得有点儿多，现在……"她叹了口气，放下捂着脸的手，"天哪，真是个天才的想法！你知道吗，我刚分手？"

"哦，太遗憾了。"

"不，我做得对。那段感情糟透了，只是……四年了，你知道吗？"

"时间不短。"

"陪我说话，好吗？别扔下我。"

我根本没想走："然后我们就在果蝇的——"

"你有女朋友吗，道格拉斯？"

"我？现在没有，好久没有了。工作压力大。"我说，好像真是因为这个似的。

"我知道你是单身。"

"真的那么明显吗？"

"不是。我是说，你妹妹告诉我了。我觉得她想撮合我们两个。"

"是的，是的，真对不起。"

"别道歉。不是你的错，她坚信我很适合你。或者说，你很适合我。不管谁适合谁吧，反正不会有结果。"

"哦，"我仿佛被飞来横锤击中，"这个，我觉得不一定吧。"

"抱歉，抱歉，不是你的问题——你人似乎特别、特别好——只是，你知道，收拾心情什么的，我有点儿……"

片刻的静默。"我以为你喜欢——"

"吉克？天哪，我没有。"

"晚饭时看上去就这么回事儿。"

"是吗？抱歉，我想跟你聊天，可是他就是不肯停下来。吉克？他真的不适合我。你能想象他像个染了毛儿的大熊似的冲你张着胳膊飞过来吗？我可要把两只手好好地塞在口袋里，不管他有没有安全网。"她往品脱杯里倒上红酒，一饮而尽，就跟喝柠檬大麦汁似的那么干脆利落，"要是我想要个自以为是的自恋狂，我给我前男友打电话不就得了。"她用不稳当的手指点着我，"不许叫我给前男友打电话！"

"我不会的。"

片刻停顿后，她微微一笑。她的唇膏掉了，取而代之的是红酒留下的黑渍，黑色的刘海儿也汗津津的。她那双瞳孔有点儿散开的眼睛美极了。她扯着裙子的前襟说："是这儿太热，还是只有我觉得热？"

"是你觉得热。"我说。我已经在考虑与她接吻的滋味，并与错过末班地铁的滋味权衡利弊。接吻没准儿有戏，但是趁着化学物质降低了人家的门槛占便宜总觉得有点儿不绅士。当时的情形显然如此，眼下她正在一边哆嗦一边微笑着说：

"别误会了，道格拉斯，不过你是否介意靠过来点儿，就……就抱抱我？"

说时迟，那时快，一颗火球似的脑袋"嗖"地钻进厨房，一把将康妮捞过去扛在肩上。"你在躲着我，小淑女？"

"把我放下来行吗，吉克？"

"跟弗兰肯斯坦博士偷着跑了……"他像扛一卷地毯似的把

康妮在肩膀上换了个位置，"过来跟我跳舞！马上！"

"住手！请你住手！"她似乎难堪又恼火，脸都涨红了。

"吉克，我觉得你应该把她放下来——"

"看着这儿。你能做到吗，弗兰肯斯坦博士？"他的动作那么轻松自如，要是康妮也是自愿的，那场面倒相当悦目，他把她往空中一抛，再用两只手掌接住，他的胳膊肘紧紧扣住，因此康妮的脑袋在灯影下上下跳动。康妮的黑裙子正在往上退，她用一只手往下拉，脸上的微笑凝固，换成了愠怒。

"我说了，把她放下！"

我简直不敢相信这个声音，不敢相信胳膊尽头那只挥舞着沾了金枪鱼烤通心粉的塑料勺的手是我的。吉克瞥了一眼塑料勺，又瞥了一眼我，哈哈大笑起来，他把康妮翻了个个儿，放在地上，娇俏地来了个马戏团亮相般的一跃，离开了厨房间。"闹着玩儿呢！"他撂下这么一句。

"我希望他们拿掉你的安全网！"康妮一边扯着裙子边儿一边喊，"自以为是的浑蛋！"

"你没事吧？"

"我？我很好，谢谢你。"我顺着她的目光看去，那塑胶餐具还在我手里，"你拿着那东西准备怎么做？"

"如果他不把你放下来，我就给他喂点儿东西吃。"

她哈哈大笑，活动着她的肩膀，把手放在脖子上，好像在评估伤势。"我很难受，我得出去待会儿。"

"我跟你一起。"

"实际上……"她把手放在我的胳膊上，"……我不光是出去，我得回家了。"

"地铁已经停了。"

"没关系，我走路。"

"你住在哪里？"

"白教堂。"

"白教堂？八九英里呢。"

"没事儿，我愿意走。我得换双鞋。我没事儿，只是……"她把双手放在胸口，"我得走走，把酒劲儿散掉，可要是我自己，我就得……撞上什么东西，或者撞上什么人。"

"我跟你一起。"我说。

沉默片刻。"谢谢你，"她说，"我喜欢那样。"

"我得去打个招呼。"

"不要。"她抓住我的手，"我们来个法式告别。"

"什么叫法式告别？"

"就是不告而别。"

"没听说过。"

法式告别：不用说"谢谢邀请"，不用说"今晚我很开心"，就这么走了，潇洒又得意。我不知道自己能否做到。

25. 琼斯先生

出发那天早晨我们五点半醒来，跟琼斯先生亲热道别，在我们周游欧洲的整整一个月里，它要被托付给邻居斯蒂芬妮和马克夫妇来照顾。我们总是惊奇于思念琼斯先生的程度。即便拿犬类标准衡量，它也足以算个笨蛋，永远撞大树、掉水沟、吃水仙花。康妮管这叫"幽默感"。扔根树棍给它，琼斯先生多半给你叼回来一条没人要的内裤。它还极易胀肚——生化武器级别的。然而它愚蠢、忠诚又热情洋溢，康妮全身心地爱着它。

"再见，老伙计，我们给你寄明信片。"她把鼻子埋在它的脖颈上，哄小孩子似的说。

"别以为寄明信片有什么用，"我说，"只会被它吃掉。"

康妮深深叹了口气："我又不会真的寄。"

"是的，我知道你不会寄。"自从康妮提出要搬走，我们开始故意听不懂对方的玩笑。这小小的刺并没什么杀伤力，然而它潜藏在我们的一切行为之下，发出低沉的杂音。就连跟琼斯先生告别也是话里有话：把它分给谁？

就这样，我们叫醒阿尔比，对他来说，八点之前起床堪比侵犯他的基本人权。我们坐出租车去雷丁，再挤进一辆往返列车到达帕丁顿车站，阿尔比全程都在睡觉，或是装睡。

虽然我暗暗下了决心，但前一天晚上我们还是吵架了，这回是因为阿尔比坚持要拖着他的木吉他周游欧洲。我觉得这份热爱荒唐又不切实际，他照例还是"咚咚咚"地跺着脚上楼梯，康妮则是万年不变的叹气，还有她著名的缓缓摇头的动作。

"我怕他去街头卖艺！"我说。

"那就让他去卖艺！十七岁的孩子，卖艺算不上最糟吧？"

"我就怕他要去干那些更糟的事。"

然而，木吉他似乎跟护照一样都是必需品。不消说，在"欧洲之星"火车站推着行李箱转过旋转门，拖着它过安检，再把它塞进列车狭小的行李架的全是我。等我们总算坐下来后，热咖啡从我的手腕往下滴，我又得用纸巾擦拭。有一种狼狈叫作人在旅途。你沐浴更衣，出门时神清气爽、兴致勃勃，以为跟电影里的旅行一样；车玻璃洒满阳光，脑袋枕在伴侣的肩上，耳畔是欢声笑语和轻松的爵士乐。可在现实中，还没等到过安检，狼狈已经开始：衣领、袖口蹭上了脏东西，呼吸里有股咖啡的味道，后背往下淌汗，行李太重，路程太远，口袋里是皱巴巴的纸币，谈话也全是自说自话、答非所问，没有片刻清静和安宁。

"那就再见了，英格兰！"我想打破沉默，"四个礼拜之后见！"

"我们还没离开国境线呢。"这是十二个小时以来，阿尔比对我说的第一句话，他掏出他的尼康相机，为自己的鞋底拍起特写来。

26. 阿尔伯特·萨缪尔·皮特森

阿尔比肤色黝黑，这一点像他妈妈；他的头发也是黑色的，又长又卷，在他的两只眼睛前晃来晃去，蹭着眼角，搞得我老想凑过去给他撩开。他的棕色大眼睛水灵灵的——大伙都说这叫"含情脉脉"——眼周的皮肤跟被揍过差不多。他有一只长长的鼻子，嘴唇丰满，唇色很深，总体上说他是个帅小伙。康妮有个闺密说，他很像卡拉瓦乔画中的凶恶杀手，我本来不明白这个比方的含义，一番考据后方才恍然大悟。可很显然，这种以碎头发帘子和肺结核病为特征的文艺复兴晚期杀手风格很有市场，姑娘们深受吸引，觉得跟他"很有共同语言"，而我早就懒得去分清那些丽塔、那些妮娜、那些索菲亚和西塔斯谁是谁，这些姑娘觉得不修边幅、没责任心和恶劣的卫生习惯都属于无法抗拒的魅力。

可她们说，他"酷"，他"深沉"。人们都被他吸引，这方面他也不例外地随了他妈妈。据他的辅导员老师说，他"不是读书的料，但情商非常高"，这个词儿让我的嘴巴立刻紧紧闭上。情商，真是个绝妙的、自相矛盾的词！"情商是怎么测出来的？情商能干什么用？"开车回家的路上，我问康妮，"也许是选择题测出来的。跟六个人一起关在房间里，让你选一个人拥抱。"

"情商高是说他有同理心，"康妮冷冷地说，"他能感知他人的情感，并且表达关怀。"

要这么说，那阿尔比随我们家这边的似乎只有我父亲的瘦高个儿了，可他好像连这一点也觉得难堪和憎恨。他总是含胸驼背，走路一蹦三跳，两只胳膊晃悠来晃悠去，好像不堪双手的重负。哦，还有吸烟，这也是随了我父亲。考虑到我对此事的态度，他总是偷着抽，然而，从乱扔的打火机和瑞斯莱香烟的数量、从衣服上的烟味和肮脏卧室的窗台上的烧灼痕迹来看，他并不屑于认真保守秘密。"怎么弄上去的，阿尔比？"我问，"是燕子？燕子在免税店买烟回来抽？"我一说这话，他就笑着用脚把门踹上。哦，他那狭小的胸腔里说不定还正在酝酿着肺气肿、癌症和心脏病。他还有一种疾病，他每天要睡够十二小时，入睡时间绝对不能早于凌晨两点。

其他呢？他爱穿领子低得令人发指的鸡心领T恤衫，好让一道道的胸骨露在外面，他还总要把胳膊缩在袖筒里，两只手交叉塞进胳肢窝。他不穿外套，这是一种不可思议的矫揉造作，仿佛外套是什么"老派"或者不酷的东西，好像体温过低才够"潮"。他到底跟什么过不去呢？暖和？还是舒服？"随便他，"康妮话音未落，他便袒露着胸腔，昂首阔步地走进了寒风中，"他不会冻死的。"——但他有可能被冻死，就算他冻不死，我准会被他气死。比如说，他那间卧室脏得没处下脚，一个名副其实的无人区，一个大型皮氏培养皿，培养基是长了绿毛的面包屑、啤酒罐和超乎想象的袜子，那袜子准有一天得给封在切尔诺贝利那样的水泥窖里，造成这一切的不可能是懒惰——不可能，要造成这种极致的、令人恼火的情形，要付出实打实的努力。这是故意针对我的！不是他妈妈，而是我、是我，因此这里不仅仅是个卧室，还是个表达鄙视的大型现场。

他还是嘟囔怪、吞字妖。六年来，他生活在伯克郡最高尚的地区，却说着一口怨天尤人、拖着长腔的伦敦土话，好像活不起似的，愿老天诅咒那个勤奋又成功的父亲！要是谁以为他过得舒服，有人疼有人爱——虽然他只想要一份，父母却给了他双份的呵护——愿老天诅咒他！

简而言之，我儿子让我觉得自己是后爸。

我也曾体验过一厢情愿的爱，我可以告诉你，那并不容易。然而，如果你只有一个孩子，对他的爱却有去无回，那种痛就如同硫酸在缓慢地烧灼着你的心。

27. 赫尔穆特·牛顿

此时此刻，火车总算缓缓开动，阿尔比那勇于揭示真相的镜头也终于从他那散开的鞋带转向了伦敦东部地铁隧道的墙壁上，毕竟肮脏的水泥墙壁怎么拍也拍不够。

"我希望你能多多地拍些埃菲尔铁塔，鸡蛋仔。"我用柔情的、开玩笑的语气说，"我和你妈妈站在铁塔前，竖起大拇指，好吗？"我们俩做了个样子，"要不——提个小建议——我可以像这样张开手，好像捏着——"

"那不叫摄影，那叫游客照。"假装听不懂笑话似乎也会传染。康妮冲我眨眨眼，在桌子底下捏了捏我的膝盖。

我儿子就要开始学三年制的摄影专业，出钱的是我们，虽然我老婆坚持认为他有天分——而且她不是外行——和"一双摄影家的眼睛"，可这一点却使我感到一股必须奋力压抑的焦虑感。他还曾想要学习戏剧——戏剧！——我总算至少将它扼杀在摇篮里了。现在又是摄影，这之前他还有一长串始乱终弃的爱好——"街头艺术"、滑板、混音、架子鼓——这些三分钟热度的遗骸塞满了地下室、阁楼和车库，旁边堆着我一厢情愿买回来却被他扔到一边的化学仪器套装、寄予热望购入的未开封的显微镜，还有一个积了灰的盒子，打开它，就有希望"种出你的专属水晶"！

但他的热情却是无可否认的。背着相机的阿尔比很有派头，他蜷缩起瘦长的身体，弯折成问号的形状，好像在扮演一个"摄影师"。有时候他在一臂之遥按动快门，我认为这是所谓"黑帮风格"，有时又踮着脚，弓着后背，活像个西班牙斗牛士。一开始，只要阿尔比掏出相机，我就露出傻笑，站着不动，但很快我就意识到自己的错误：我不走出镜头，他就不按快门。事实上，阿尔比拍过几千张照片，其中绝大多数都是他亲爱的妈妈——她的眼睛、她的笑容——加上他百拍不厌的湿漉漉的纸板箱和被车撞死的獾等，其中却找不出一张我的照片。倒不是一张也没有，只是没有拍过我的脸。有一张极近景特写拍的是我的手背，呈现出强烈的黑白反差，那是一张作业，后来我才知道作品名称是"废弃·衰败"。

阿尔比对于摄影的热情也引发了我在其他方面的敌对情绪。

我的家庭办公室里有台打印机，一台最高端的彩色打印机，特点是速度堪比冰山，耗材堪比金山。因此，有天我下班回家时正心情烦躁，却听见打印机在"铿锵"地作业。我心烦意乱地从一堆8×10英寸的照片中拿起最上面的一张，似乎是一张高对比度的高清黑白照片，看上去像是某种黑色霉菌，可当我凑近了细看，却猛然意识到这原来是一张裸体女性照片，侧面照。我失手扔了那照片，然后小心翼翼地查看下一张。一张水洗做旧风格的黑白照片，可以看作是覆盖了积雪的山峰，可那山尖的真相却是苍白下陷的乳头。与此同时，打印机正轰隆隆地吐出第三张，从打出来的那部分看，那正在逐渐成形的东西怎么看怎么像是两瓣屁股。

我把康妮喊进来："你看见阿尔比了吗？"

"他在房间里，怎么了？"

我递上照片，不出所料，她果然用手捂住嘴，笑了起来："哦，鸡蛋仔，你在搞些什么啊？"

"他就不能拍点儿人脸吗，就一次？"

"因为他是个十七岁的小伙子，道格拉斯。他们就是这样。"

"我当年就不是这样。我拍野生动物，鸟类、松鼠和铁器时代的城堡。"

"所以说你是生物化学家，而他是摄影艺术家。"

"那我无所谓，可是他知不知道这样打印有多费墨？"

康妮一边听一边凑近了看那两瓣屁股。"我赌这是甜宝宝洛克仙的屁股。"她把照片举到灯光下，"我认为拍得相当好。当然，这都是模仿比尔·布兰特玩高对比度那一套，但的确不坏。"

"我们的儿子是色情照片摄影师。"

"不是色情照片，这是裸体艺术。如果他在素描课上画人体，你根本不会抬一下眼皮。"她把打印照片钉在我办公室的墙壁上，"或者说，至少我希望你别抬眼皮。谁知道会怎么样呢？"

28. 热情

没多久，阿尔比宣布他将为一项爱好奉献一生。我问康妮，他怎么就不能像我们其他人一样研究点儿实际的东西，周末和晚上再去享受他的爱好？因为艺术课程不能这么学，康妮答道。他需要被挑战，去发展他著名的"艺术眼光"，学着使用他的工具。可阅读使用手册不是要便宜得多，也快得多？我完全理解有人还会像我那个年代一样使用暗房，可是这些冲印技术早就过时了。如今，只要有手机和笔记本电脑，人人都能精通摄影，阿尔比哪还有希望脱颖而出？更过分的是，他不想当摄影记者或商业摄影师，不想为报纸、广告或商品目录拍照。他不想拍模特儿，不想拍婚礼、运动员、狮子追羚羊，不想拍人们会付钱买的那种照片，他只想做艺术家，专门拍烧煳了的汽车或者树皮，故意找角度叫你看不出拍的是什么。这三年，除了抽烟和睡大觉，他还能干什么？三年以后，他能找到什么正经职业？

"摄影师！"康妮说，"他会成为摄影师。"

我们在厨房里跑前跑后，疯狂地清洁，我没有夸张，我们在做清洁，疯狂地清洁。葡萄酒已经喝光了，夜已经深了，我们刚结束了一场痛心疾首的漫长争论，阿尔比一向如此，先挑起争论，然后愤然逃离。"你就不明白？"康妮一边往抽屉里扔刀叉一边说，"就算这条路不好走，也得让他走走看！如果他热爱，我们就得让他试试。你干吗总要踩碎他的梦想？"

"要是他能脚踏实地，我才不会干涉他的梦想！"

"脚踏实地的梦想不是梦想！"

"所以说那是浪费时间！"我说，"之所以不能让人们想干什么就干什么，就是因为这根本不符合实际，否则这世界上就只有芭蕾舞演员和流行明星了。"

"他不想当流行明星，他想摄影。"

"我的观点仍然成立。但凭着一股热爱，就能心想事成，这是完全不正确的——根本不正确。生命是有限的，他越早面对现实对他越好！"

我就是这么说的，我认为自己在为儿子的利益着想，所以我才这么理直气壮。我想让他学一门技术，过上有保障的生活，高质量的生活。他正躲在自己的房间里竖着耳朵听着呢，他无疑听见了我全部的话，却丝毫没有理解我的心意。

可这场争论并不是我最得意的时刻。我开始扯着嗓子说教，但我还是惊讶地发现康妮纹丝不动地站着，手腕按在额头上。

"你什么时候开始变成这样了，道格拉斯？"她的声音很低，"从什么时候开始，你认为一切都不应该有激情？"

29. "大开眼界"丛书

"当初你为什么要当科学家？"

"因为我没想过干别的。"

"可是为什么……抱歉，我忘记你的专业是……"

"生物化学，这是我的博士研究方向。跟字面意思一样，研究的是生命的化学规律。我想知道人体的奥秘——不只是人类的生命，还有一切生命体。"

"什么时候决定的？"

"十一二岁。"

康妮笑了："我想成为发型师来着。"

"我母亲是生物教师，父亲是全科医生，所以一切理所当然。"

"可你没想当医生。"

"我想过，可我不知道自己对病人是否有耐心。还有，我父亲说过，学生物化学比学医强，毕竟没人要求你看他们的屁股。"

她笑了，这令我十分感动。深夜的克拉珀姆大街并不美，一点多的凌晨也许危险重重，但我很享受与她聊天，或者说对她聊天，因为——按她的话说——她已经醉了，除了倾听什么也做不成了。那天夜里特别冷，她紧靠在我的胳膊上，估计是想取暖。她的高跟鞋已经换成了厚厚的运动鞋，穿一件十分好看的黑色旧外套，领子可能带点皮，我的心中充满自豪与爱怜，甚至自感坚不可摧地穿过成群结队的醉汉、无业游民和享受着步入婚姻之前最后的疯狂的雏鸡雏鸭们。

"我是不是变得很没劲？"

"一点儿也不，"她眼皮发沉，"接着说。"

"他们一直给我买《大开眼界》，或者叫别的什么名字，我父母不许家里出现幼稚的读物，例如《花花世界》或是别的什么稀里哗啦之类。所以我一直看的都是那些特别枯燥、特别规矩的杂志，里面是试验、图表，还有用醋和碳酸氢铵、小苏打做的好玩的东西，如何把柠檬变成电池——"

"你能把柠檬变成电池？"

"我有这个本事。"

"你真是天才！"

"这都要感谢《大开眼界》。科学趣闻！你知道铯的原子序数是55吗？类似这种。当然，你在那个年纪就像一大块海绵，什么都学得进去，可是我最喜欢的是卡通漫画《伟大科学家的故事》。有一本是有关阿基米德的，我可以给你当场画出来：阿基米德泡澡时发现了体积和密度的关系，高兴得光着身子在街上跳舞。还有牛顿和苹果，还有居里夫人……我非常向往这种灵光一闪的美，仿佛灯泡突然亮了，对于爱迪生来说还真的是这样。有一个人类个体体验到这种灵光一闪，突然间整个世界都被彻底改变了。"

我已经有好多年没说过这么多了。我希望康妮的沉默说明她觉得我有趣透顶，可我望向她，才发现她的眼睛早翻到后脑勺去了。

"你没事吧？"

"抱歉，我只是太兴奋了。"

"哦，好吧。我是不是该闭嘴了？"

"别，我爱听。你说得我心情低落，但这是好事。哇，你的眼睛好大，道格拉斯，占满了你整张脸。"

"好吧。那……我继续说了？"

"好的，请继续。我喜欢听你的声音，就像听天气预报似的。"

"让人无聊。"

"让人安心。我们继续往前走。再跟我说说。"

"反正，这些故事大都是胡扯，要不就是大大地简化了。科学进步大都是缓慢而艰辛的，多半是来自一个圈子里的对话，很多人都沿着同样的思路在思考，艰难地推进，而不是什么闪电。

牛顿的确看到了苹果落地，可他之前已经对重力进行过大量的思考。达尔文也是一样，他可不是一觉醒来，就突然想到自然选择的！那是年复一年的科学观察，还有讨论、辩论。好的科学是缓步徐行，有条不紊，询证而为。理论。结果。结论。就像我的老师曾经说过的：'假定假定，假如你和我光着腚！'"说到这里，我一厢情愿地以为她会笑，可康妮只是张着嘴，呆望着我扭动的手指尖，"但我还是很着迷。我似乎有点儿英雄主义情结，至少有点儿像我不知道从哪里接触到的那种英雄主义。一般的男孩子都想当足球选手或流行明星，或者参军，而我想当科学家，因为有那样一个瞬间岂不是棒极了！完全创新的想法。一种治疗方法，对于空间和时间的思考，水力发电机。"

"想出来过吗？"

"还没。"

"来日方长！"

"当然，要是在过去那个年代，创新会容易得多。如果人们仍然以为太阳绕着地球转或者人有四种体质，要有所建树就会容易得多。现在我要取得那样的突破，已经没什么机会了。"

"哦，不！"她情真意切地说，"不是这样的！"

"恐怕是的。科学是竞赛，你得争第一，第二名两手空空。看看达尔文，那些理论明摆着的，可他就是第一个发表论文的人。现在，我要想扬名立万，只能靠穿越回过去，比如说，到1820年。我要写点儿有关进化论的东西。我要给皇家外科学院好好讲讲，为什么要重视洗手。我要发明内燃机、电灯泡、飞机、复印技术、盘尼西林。要是我能穿越回1820年，我就是世界上有史以来最伟大的科学家，比阿基米德、牛顿、巴斯德或者爱因斯坦更伟大。唯一的问题是我迟到了一百七十年。"

"显然，你要做的，"康妮说，"就是发明一台时间机器。"

"时间机器在理论上是不成立的。"

"你又来了，煞风景。你能把柠檬变成电池，时间机器有何难？我肯定你能做到。"

"你根本不了解我。"

"但我就是知道，我有感觉。道格拉斯，总有一天你要做些惊天动地的大事。"

当然，此时她已经神志不清，然而有那么一瞬间，我觉得她真的相信我能做到。连这一点，也有可能是真的。

30. 隧道和桥

话说旅途仍在继续，一家三口在一种我愿意称之为"友善而沉默"的气氛中，从后门溜出伦敦，驰骋在一片令人昏昏欲睡的乡村景色之上。窗外只有高压线和高速公路，偶尔闪过一条河——是梅德韦河支流？——消夏游艇拥挤在河面上，在英格兰的阴郁夏日里愁眉不展，之后是稀稀拉拉的林地，然后又是高速公路。没多久，列车员宣布我们即将进入海底隧道，乘客们纷纷朝窗外看去，想看见——想看见什么？色彩亮丽的鱼群沿着水族馆的玻璃游弋？海底隧道并没有人们想象的那么有看头，可即便如此，它也仍是一桩了不起的成就。海底隧道的设计者是谁？人们已想不起他的姓名。世间再无布鲁内尔或史蒂芬森这样的伟人，而海底隧道，虽然其本身从未像大桥那般受到瞩目，却仍是人类的壮举。我朗声说出心中所想："人们低估了隧道的价值，想想我们头顶着巨大的石块和水体却仍然觉得安全，就该知道它也是一桩工程奇迹。"

"我没觉得安全。"阿尔比说。

我往后一靠。工程学——我儿子怎么就对工程学没兴趣呢？

列车出了隧道，又行驶在光天化日下，窗外闪过军事用地、围墙、水泥掩体、陡崖，之后是赏心悦目的方格子农田，向前延伸，直至巴黎。若是认为跨过人为划定的国界心绪也会随之改变，当然只是一种幻觉。农田就是农田，树木就是树木，可纵然如此，列车无疑已经到了法国，车厢里的气氛陡然一转，抑或只是感觉上如此，法国乘客抒发起归乡的欣慰，其他人则沉浸在正式"踏出国门"的兴奋中。

"我们来了！法兰西！"

连阿尔比也挑不出刺来。

我歪脖攥拳地沉沉睡去，脑袋哆哆嗦嗦地靠在窗玻璃上，正午过后蓦然醒来时，火车已然驶入巴黎郊外，阿尔比喜滋滋地看着眼前的涂鸦和肮脏的市容，肉眼可见地雀跃不已。我递上A4纸大小的聚丙烯文件袋，里面是此行北欧段的日程表、旅馆地址、电话号码和列车时刻表，还简要列出了可逛的景点。"指南而已，不用严格执行。"

阿尔比翻动纸页："爸，这东西怎么没塑封？"

"就是，怎么不是塑封的？"康妮说。

"你老爸有点儿老糊涂了。"妻子和儿子就喜欢挤对我。这让他们开心，于是我顺便赔上笑脸，我有信心，有他们感激涕零的那一天。

一下火车，我们精神一爽，吉他盒子"咣咣"地撞击着我的膝盖，咖啡在我的胃里直反酸，这家火车站似乎特别嘈杂，可这些突然都无所谓了。"看好你们的包。"我提醒大家。

"任何一个火车站，世界上任何一个地方，"康妮对阿尔比说，"你爸爸准要告诉你，看好包。"

我们终于走出巴黎北站，站外的天空豁然开朗，湛蓝地迎接着我们。

"兴奋吧？"儿子钻进出租车时，我问。

"我以前来过巴黎。"他耸耸肩。康妮在车后座上迎上我的目光，冲我眨了眨眼。我们出发了，在粗粝得并不可爱的城市腹地朝塞纳河方向走走停停，我和康妮像三明治的两片面包似的夹着儿子，三个人的屁股少见地紧挨着。我们欣赏着巴黎林荫大道的繁华商业区，等待场景变换为杜伊勒里公园灰蒙蒙的庄严典雅，然后是可爱又可笑的卢浮宫、塞纳河上的桥。协和大桥？皇家大桥？在伦敦，像样的桥不过两三座，而这里则不同，塞纳河的每一个渡口都令我惊叹不已，两岸的景色一览无余。我和康妮贪婪地顺着彼此的目光左顾右盼，而阿尔比只顾低头盯着他的手机。

31. 在伦敦桥上

凌晨两点四十五分刚过时，我们正走在伦敦桥上。当年的伦敦与今天大不一样，更老派，脸皮也没这么厚，乡村版华尔街，对于最东边只去过托特纳姆法庭街的人来说感觉非常陌生。如今这地方已经废弃，仿佛提前进入了废墟模式，我们步行经过伦敦大火纪念碑，走过芬彻奇街。夜色中，人声分外真切，我们对彼此讲述着故事，那些人们挑选出来讲给刚结识的人的故事。

康妮恢复了说话能力，又给我讲了不少她那个大家庭的破事儿。她妈是个"老嬉皮"，轻浮，好酒，喜怒无常；她的生父早就没影儿了，除了姓氏"摩尔"外什么也没留下。康妮·摩尔——我觉得这个名字糟透了，像个爱尔兰村名。她的继父更是万里挑一，竟是个塞浦路斯商人，在沃德格林和沃尔瑟姆斯托经营着几家可疑的烤肉店。康妮一向是家中的异类：有艺术天分，头脑聪明。"我有三个同母异父的兄弟，全都壮实得像斗牛犬。他们都在我家店里干活，对我的工作一无所知。我父亲也是一样，只要他看见电视里出现圣诞节岛，只要度假时看见日出或橄榄树，他准会说——康妮的英语突然变了调儿，她一向十分擅长模仿方言——'康妮，看见没？画下来，马上画下来！'要不就是向我订画：'给你妈妈画一幅，她真美。给她画一幅，我付钱。'"在基马尔看来，只要画中人的两只眼睛能朝同一个方向看，这艺术就已经登峰造极了。

"或者会画手。"

"没错，画手。手指头能画全，就是提香那个级别了。"

"你会画手吗？"

"不会。但是我很爱他——基马尔——也爱我的兄弟们。他们很宠我妈，我妈也照单全收。但是我觉得自己跟他们完全是两路人，跟我妈也是。"

"你父亲呢？你的亲生——"

她打了个寒战："我九岁时，他就跑了。我不能提他，因为我妈一听到就会发作。他非常英俊——这个我知道——非常有魅力，是个音乐家。他跑到欧洲去了，在那边……的什么地方吧。"她指了指东边，"我也不太关心。"她耸耸肩，"换个话题，问我点儿别的。"

这种情形下的自述不可能完全客观，康妮为我展现出的是个相当孤独的灵魂。她并不自怨自艾，也不矫揉造作，一点儿也不，然而，一旦她褪去坚强的外表，她又似乎少了些底气，少了些自信，她的坦诚令我受宠若惊。我很喜欢那一夜的谈话，尤其是她的酒劲总算消失之后。我的问题没完没了，我也愿意听她娓娓讲述自己的身世，从头说起。假使她愿意，我要陪她走到白教堂，继续走到莱姆豪斯，再到埃塞克斯郡，走到泰晤士河河口，去出海。她对我也是充满好奇，我已经很久没有体验过这种感觉了。我们聊了彼此的父母，聊了兄弟姐妹、工作、朋友、学校、童年。我们彼此觉得，必须有这么一番了解，以备未来之需。

当然，时至今日我们的婚姻已经走过了四分之一个世纪，陈芝麻烂谷子的问题早就问了个遍，只剩下"今天怎么样""什么时候回家"和"垃圾倒了吗"这类问题。我们的过往早已是你中有我，我中有你，频频出现在对方生活的每一帧图景中。我们无须索要答案，毕竟身临其境，我们不再对彼此好奇，想必取而代之的，是缅怀美好的往昔。

32. 带咸味的房间，很多奇怪的马

计划旅行时，我的最初策略是"从丰不从俭"，待计算出支出总额后，转而采取"舒适但不浪费"原则。本着这种精神，我们住进了巴黎七区的邦唐旅社，英语也许该翻译成"好时光旅馆"，也许不该翻译成这样。旅馆方面在"能塞下双人床垫的最小空间"上赌了一把，六〇二房间的布局显然就是这么来的。张扬又俗气的床架一定是在房间里组装的，就像微缩瓶里的轮船。凑近了看，我们的房间似乎还是存放欧洲人多余阴毛的总仓库。

"说来说去，我还是更喜欢枕头上放个巧克力。"康妮说着，掸掉了枕头上的脏东西。

"也许是地毯纤维。"我乐观地提议。

"这玩意儿到处都是！就好像女佣拖了一麻袋进来扬了一把似的。"

我突然觉得很累，倒在床铺上，康妮也凑了上来，被套发出静电的噼啪声，活像范德格拉夫起电机。

"你为什么选这个地方来着？"康妮说。

"你说过，这家旅馆在网站上显得很吊诡，那些图片把你逗笑了。"

"现在不那么好笑了。哦，天哪，抱歉。"

"不，是我的错。我本该好好找找。"

"不是你的错，道格拉斯。"

"我想让一切都顺顺利利的。"

"挺好的。我们叫他们进来重新打扫一遍。"

"'阴毛'用法语怎么说？"

"我从没学过这个词，从来没想过。很少用。"

"我就说：'Nettoyer tous les cheval intimes, s'il vous plaît.'[1]"

"是'cheveux'，'cheval'是马。"她抓起我的手，"哦，好吧，我们反正不会老在房间里待着。"

"就是个睡觉的地方。"

"没错，就是个睡觉的地方。"

我坐直起来："也许我们应该出去走走。"

---

1. 请清理掉所有亲密的马。

"不要，我们闭上眼睛。就这样。"

她拉过我的手，头靠在我的肩膀上，四条腿在床沿边晃荡着，好像在河岸上一样。"道格拉斯？"

"嗯？"

"你知道我们上次……谈的。"

"你想现在谈？"

"不，我想说，我们在巴黎，天气很美，我们一家人在一起。我们别谈那件事，等度假结束再说。"

"好的，我没问题。"

就这样，被判了刑的男人面前摆上了最后的晚餐，提醒着他，至少奶酪蛋糕味道还不错。

我们小睡了一会儿。十五分钟后，我儿子在隔壁用短信叫醒了我们，说他想要"做自己的事去"，晚饭再见。我们坐起来，伸伸懒腰，刷了牙，然后离开房间。在前台，我用错误百出、连猜带蒙、发音诡异的某种类似法语的新语种告诉服务生，我们那带着咸味的房间里有很多奇怪的马。说完，我们便出了门，踏进巴黎的午后。

33. 追忆似水年华

我们俩沿着格雷内尔大街洒满阳光的一侧，从巴黎七区进入巴黎六区，康妮一路都在笑。"你到底从哪儿学的？"

"我差不多是自己编的。怎么了，哪里不对？"

"词、发音、句法都不对。你老是绕不清楚哪些是非循环句。'到旅馆的出租车是来接我们的可能性是不是'……"

"如果我跟你一样也学过法语，说不定……"

"我没学过！我是跟法国人学的。"

"跟法国小伙子学的，十四岁的法国小伙子。"

"没错。我学过'别急''我喜欢你，不过只是把你当朋友'；我学过'能借支烟抽吗'，还有'我保证给你写信'——'Ton cœur brisé se réparera rapidement.'。"

"意思是……"

"你破碎的心将会愈合。"

"很有用。"

"我二十一岁的时候很有用，现在不行了。"这句话在空中逗留了片刻，说话间我们已经抵达圣日耳曼大街。

我和康妮第一次来这儿时，被巴黎震得头晕目眩——那会儿我们说"莘的周末"还不是挖苦，我们为巴黎之美喝得大醉，为能陪着彼此来到这里喝得大醉，但多半不为什么，就是喝得大醉。巴黎真是太……太有巴黎味儿了。伟大的违和感使我迷醉：怪模怪样的字体、超市里的商标、砖块和铺路石的尺寸。小孩子，很小的小孩子，都能说一口流利的法语！还有那么多奶酪，全不是车打奶酪，沙拉里的果仁儿。看看卢森堡公园里的长椅！比软绵绵的帆布休闲椅派头足多了。法式长棍面包！那时我管它们叫"法棍"，还把康妮逗笑了。我们坐飞机回国的时候，肩挑手扛的全是法式长棍面包，我们哈哈大笑着把它们全塞进座椅上方的行李架。

但是"美体小铺"的分店全世界都一样，有时候圣日耳曼大街跟牛津街看起来也没多大差别。熟悉的感觉，全球化，廉价旅行，纯粹的疲惫感冲散了异国他乡的新奇。这城市比我们想象中的更眼熟，我们沉默地走在街上，要提醒康妮昔日的欢乐，提醒她我们未来也还会有欢乐，我还得加把劲儿。

"药房！这么多药房都是干什么的？"我用干巴巴的、观察科学实验的语气说，"它们是怎么生存下来的？你会觉得，这么多药房，巴黎人怕是流行感冒不断吧。我们英国是手机店多，而法国是药店多！"

康妮还是不说话。我们穿过一条小街道，我注意到路边的阴沟有水流快速流过，排水沟里还堵着沙包。这类似乎只有巴黎才有的城市环卫的独特创新一向令我印象深刻。"就好像巴黎全城一直在洗大澡似的。"我说。

"是的，我们每次来这儿你都要说这个，还有关于药店的评论。"

我有吗？我没有意识到以前也说过。"你还记得我们来过几次？"

"不知道，五六次吧。"

"每次都想得起来？"

康妮回想着，皱起眉头。我们俩的记性都是一天不如一天，最近几年，要回忆起一个名字、一件事差不多都要筋疲力尽，跟清理阁楼差不多。尤其是事物的确切名称，话在嘴边就是说不出来，其次是动词和形容词，最后，我们只剩下代词和命令动词。吃饭！散步！现在睡觉！吃饭！我们经过一家法式烘焙坊。

"看，法棍！"我捅捅康妮，她一脸茫然，"我们第一回来巴黎那次，我说'我们买些法棍回家吧'，你还笑话我，说我土。我说我妈妈就是这么称呼这些面包的。我爸爸觉得法棍是野蛮人吃的：'全是面包屑！'"

"听上去像你父亲说的话。"

"我们第一次来巴黎，买了差不多二十个法棍，全都用飞机带回了家。"

"我记得你还骂我，不让我从头咬。"

"我不记得'骂'过你。"

"你说，这样面包就不脆了。"

再一次的沉默中，我们转向北，朝塞纳河走去。

"不知道阿尔比在忙什么。"康妮说。

"也许在睡觉。"

"没关系，允许他睡觉。"

"要不就是在睡觉，要不就是在琢磨窗台上怎么没有长了霉斑的马克杯。他现在可能就在窗台边，用香烟屁股在窗帘上烧洞。客房服务！给我送三个香蕉皮和堆满烟灰的烟灰缸！"

"道格拉斯，我们来这儿恰恰就是为了不说这个。"

"我知道，我知道。"

随后，她的声音慢下来，停顿了。我们已经到了雅各布大街，站在一个小小的、有点儿摇摇欲坠的旅馆旁。

"看，我们的旅店。"她拉起我的胳膊。

"你还记得。"

"我还记得那次旅行。哪个房间来着？"

"二楼，角落里。黄色的窗帘，就是那一间。"

康妮的头靠在我肩上。"也许我们应该再住回这家旅店。"

"我想过。我以为那样有点儿奇怪，阿尔比跟我们一起。"

"不奇怪，他会喜欢的。你应该给他讲讲当年的事，他也不小了。"

34. 雅各布大街上的旅馆

该是十八年前的事了吧。

转眼就是女儿的诞辰日了，紧接着还有一个纪念日，康妮一定度日如年。我发觉，她的悲伤总是一波连着一波，虽然波峰的间隔逐渐拉长，然而下一波狂风暴雨却从未缺席。

我一直以相当笨拙和大刀阔斧式的风格亢奋地说个不停，企图振奋康妮的心情；我像个早间音乐节目主持人，永远叽叽喳喳，永远情绪高涨；我在上班时也给她打去长长的电话，我动情地抚摸她，拥抱她，亲吻她的额头。不时爆发的小情绪——天哪，怪不得她心情不佳——和四下无人时捶胸顿足的愤怒此起彼伏。我愤怒，因为我无力抚慰她，或是无力抚慰自己，难道我自己不是心怀内疚和悲伤？

若是平常，我也许会指望她的众多密友可以偶尔替我慰藉一二，然而人们无处不在地炫耀着襁褓里的婴儿和学步的娃娃，几乎令我和她都无法忍受。最后，只要我们在场，那些新爸爸新妈妈就不自在。康妮一向人缘极佳，她总是跟谁都合得来，总是那么幽默，但她现在开心不起来——其他人似乎被冒犯了，尤其是她的不快令他们自己的快乐和得意也显得索然无味。因此，我们心照不宣地躲在自己的一亩三分地里，静静地陪伴彼此。散步，上班。晚上看电视。酒喝得有点儿多，而且是闷酒。

当然我也想过，也许再要一个孩子就解决问题了。我知道康妮特别想再次怀孕，虽然我们感情甚笃，而且从某种程度上说比往日更加亲密，但怀孕没那么容易。"同房受孕"带来的压迫感和紧张感演练了无数次。我们仍旧笼罩在过去的阴影中——略过细节，我只能说，愤怒、内疚和悲伤并不是有效的催情剂，我们一向极为欢愉的性生活开始勉为其难，开始变成责任使然。性生活兴味索然，一切都兴味索然。

然后是巴黎之行。也许春日的巴黎能解决问题。我知道这个想法很土，如今回想起当年那一通大费周章和精心安排，我还是觉得头大。头等舱，静候在酒店房间里的鲜花和香槟，故作时髦的昂贵餐厅——那个时代几乎没有互联网，安排这种规格的旅行得使出写博士论文的钻研精神，还得用——依照上文所述——一种听不懂也不会说的语言打上很多通令人精神崩溃的电话。

然而五月的巴黎美得令人难以置信，我们穿上最体面的衣服在街头漫步，恍如置身于电影画面之中。我们在罗丹美术馆消磨下午，然后回到酒店，钻进狭小的浴缸里啜饮香槟，再微醺着去餐厅用晚餐——我事先去踩过点——那些餐厅高雅又幽静，既富于法兰西情调，又不似卡通宣传画那般浮夸造作。我不记得我们俩谈了些什么，但吃了些什么还历历在目：鸡肉皮下塞了松露，我们俩从未尝过人间这等至味，凭感觉随手一戳点来的葡萄酒，芳香得简直不像是葡萄酒，而是另一种仙酿。还是老一套的电影情节，我们俩在餐桌上也拉着手，饭后回到雅各布街的酒店享受云雨之欢。

事毕，我正似睡非睡着，突然惊醒过来，康妮正在哭泣。做爱和痛哭，这两样东西放在一起怎么想怎么不对劲，我赶紧问，是不是自己做错了什么。

"不要道歉，"她转过身，我才看清她是边哭边笑，"恰恰相反。"

"你笑什么？"

"道格拉斯，我觉得成了。实际上，我知道我们成了。"

"什么成了？我们成了什么？"

"我怀孕了，我感觉到了。"

"我也感觉到了。"我们并排躺着，哈哈大笑。

当然我必须指出，根本不存在"有感觉"这种事。事实上，在那电光石火的一瞬，很可能什么都没有发生，两个配子互相接触并形成受精卵是需要时间的。康妮所谓"怀孕"的第六感是典型的"确认偏差"——选择性地采信证据，来印证我们有所倾向的结论。很多女人事后都宣称自己"感觉到了"，而在大多数情况下，如果并没受孕，她们还会迅速忘记先前信誓旦旦的说法。万一她们果然怀孕了，那么她们就把这看成第六感或超自然的力量。这就叫确认偏差。

然而，两周后的医学检查证明了我们的"感觉"，再过三十七周，阿尔伯特·萨缪尔·皮特森呱呱坠地，我们俩雨过天晴。

35. 微弱的阳光

——有没有搞错，阿尔比！

——我又怎么了？

——你干吗不愿意跟我们一起？

——我想做自己的事情！

——可我已经订了三个人的位子！

——他们不会介意的。跟妈妈去吧，大眼瞪小眼，多好。

——你打算干吗？

——转转，拍拍照片，可能去听音乐。

——那我们跟你去好不好？

——不好，爸，不是什么好主意，完全相反的主意。

——可是目的，这次旅行的目的，不就是全家人在一起吗？

——我们大把时间都在一起，每天在一起！

——在巴黎没在一起！

——巴黎跟家里有什么区别？

——要是非要我说……你知道出来这一趟得花多少钱吗？

——实际上，如果你还没忘，我想去伊维萨岛来着。

——你去不了伊维萨岛。

——那你说说这一趟要花多少钱。多少钱，说呀。

——多少钱不重要。

——显然重要，你看你没完没了地提。告诉我，多少钱，除以三，我先欠着。

——我不在乎多少钱，我只是想……我们只是想全家在一起。

——你明天早晨反正也能看见我。老天爷，爸！

——阿尔比！

——明天早晨见。

——好吧，早晨见。不准赖床，八点半准时，否则我们要排队了。

——爸爸，我向你保证，这次度假我没有一天能放松。

——晚安，阿尔比。

——**Au revoir. A bientôt.** [1] 对了，爸爸。

——干什么？

---

1. 法语：再会，回头见。

——我需要点儿钱。

36. 猫途鹰

那家著名的鸡肉料理餐厅现在不营业，眼下正是巴黎市民每年一度拥入卢瓦尔河、鲁伯隆山区和比利牛斯山区度假的季节。这种动辄摆出个空城计的肆意一向令我又嫉又恨，好比你前去赴宴，主人家却只留下一碟子三明治，自顾自出门去了。我们只得另觅一家本地小馆，这里的巴黎风情浓得化不开，活像情景喜剧舞台，成片的蜡烛涌出巨大的烛泪，隐约可见底下的一瓶瓶红酒，录音机里传出皮雅芙的歌声，四壁满满当当地贴着高卢香烟或巴黎水的海报。

"Pour moi, je voudrais pâté et puis l'onglet et aussi l'épinard. Et ma femme voudrait le salade et le morue, s'il vous plaît.[1]"

"一例牛肉，太太要鳕鱼。没问题，先生。"侍者说完便退下了。

"我说法语，他们怎么用英语回答？"

"我觉得是因为他们觉得你不是本地人吧。"

"他们怎么可能发现？"

"我也想不通呢。"康妮笑道。

"要是打仗时，我被空投进敌人后方，他们得花多久才能认出我是英国人？"

"我想，也许不用等到降落伞打开吧。"

---

1. 请给我肉酱、牛排和菠菜，给我妻子生菜和鳕鱼。

"那你呢——"

"我大摇大摆，到处炸桥，谁也发现不了我。"

"还能到雪铁龙汽修厂勾引小技工。"

她摇摇头："你完全曲解了我的过去。根本不是那样，不完全是。就算是，也没那么有趣。我那会儿心情很不好。"

"什么时候心情变好的？"

"道格拉斯，"她捏住我的手指尖，"别打听。"

谢天谢地，到了这把年纪，我们俩已经不用勉强找话题了。等着上菜的时候，康妮读小说，我研究旅行指南，确认卢浮宫的开门时间和订票事宜，并提出几个第二天吃午餐和晚餐的候选餐厅供她选择。

"我们可以随便逛逛，走到哪儿吃到哪儿。"她说，"随兴所至。"康妮不屑于读旅行指南，从来如此，"为什么要体验别人的旅行？为什么要人云亦云？"这倒是不假，围在我们身边的多半是英美游客的声音，服务人员给我们的感觉也的确是有点儿刻意迎合的意思。

然而最终端上来的菜相当美味，多多地放黄油和盐，这是餐馆的烹饪秘诀。葡萄酒喝得有点儿过量，我还喝了不少白兰地，暂时遗忘了妻子"翻篇儿"的决心。事实上，回到那间局促的酒店房间时，我们正在兴头上，那几天我们的一举一动全都微微偏离常规，这一次也不例外，于是我们做爱了。

别人家的性生活好比别人家的度假，你很为他们高兴，但看照片就不必了。到了这把年纪，花样不能太多，否则必然导致脑子里吹口哨，或是尴尬得只好盯着脚尖。用什么词汇来描述也是个问题，科学术语虽然准确，却传达不出那眼前发黑、大脑茫然以及诸如此类的感觉。我尽量避免类比和暗喻——山谷、兰花、花园什么的——我也自然无意使用不雅之词。我就不细说了，只能说当事人表示满意，自我感觉良好，仿佛突然发现自己还能表演个前滚翻。事毕，我们躺在那儿，四肢交缠。

"四肢交缠"，我从哪儿学的这个词儿？也许是康妮怂恿我读的一本小说《他们四肢交缠着入睡》。"像一对蜜月中的人儿。"康妮的脸凑得很近，像以前那样哈哈大笑，她眯着眼睛，咧着嘴，一股难以名状的悲伤涌上我的心头。

"这方面一向可还行？"

"什么？"

"那……方面。"

"还行，你知道的。干吗问这个？"

"我刚刚意识到，总有一天，我们会最后一次做爱。"

"哦，道格拉斯，"她笑了，脸蛋埋进枕头，"你真会泼冷水。"

"就是突然想到了。"

"道格拉斯，每个人都有最后一次。"

"我知道，只是比预想的早了点儿。"

她吻了吻我，手顺着我的脖子往下滑。她一向如此。"你不用担心，可以肯定这不是最后一次。"

"那还行，我想。"

"到了最后一次我会告诉你的。我会敲起丧钟，再披上黑袍，慢慢走向墓地。"我们互相亲吻了一下，"我答应你，最后一次的时候，一定让你知道。"

37. 第一次

我们第一次做爱完全是另一码事。还是不说细节了，可我得用一个词儿来总结，就是"棒极了"，虽然康妮无疑会找到一个更妥帖的词汇，但我认为她也不会有意见，一般人可能没想到吧。我不想吹嘘自家的本领，可我一向比人们估计的表现要好。我很热情，另外当时我经常打羽毛球，体格相当不错。同时，别忘了，康妮还处在酒精的作用下，我就权当这也是因素之一。我们之间相当有默契，如果你明白我的意思。我有一次对康妮指出，要是她没醉，肯定不会让我进她的门。康妮并没否认，只是一笑。

"也许你说得对，"她说，"多了一个直接拒绝的理由。"

凌晨过四点，我们抵达了白教堂街后面那排朴实无华的联排楼房。这一带后来变得很时髦，也许康妮和她的朋友们播下过时尚的种子，但那时候，这里对于我这样的人来说还是一片未知的领域。我那帮朋友和同事常去的是哈默史密斯、普特尼和巴特西这类郊区地带的"合一酒吧"和"比萨快送"，而我们如今所在的地方离这里有点儿远。

"这里主要是孟加拉人，有点儿老东区的意思。我喜欢这个地方。这里保留着老伦敦的样子，雅皮士们搬进来之前的样子。"她打开门。我该进去吗？

"这个……我想我该走了。"我耸耸肩，康妮笑了。

"都快四点了！"

"我可以走路。"

"走回巴尔汉姆？别发傻了，进来吧。"

"肯定还有夜间巴士。我先到特拉法加广场，再换乘N77……"

"看在老天的分儿上，道格拉斯。"她哈哈大笑，"你可是有博士学位的人，怎么这么傻呢？"

"我没想假定什么。"

"假定假定，假如你和我光着腚！"说完，她俯身向前，一只手放在我脖子后，用力吻了吻我。这个吻——也是棒极了。

38. 酸橙、伏特加、口香糖

房间布置成一塌糊涂的样子。康妮所谓的"展品"覆盖了整个墙壁，有艺术复制品、明信片、乐队和俱乐部海报、照片和素描画。家具是名副其实的"拼凑风"：一张教堂长凳，几张课桌椅，一张巨大的"G计划"牌灰色沙发压在旧衣服、杂志、书籍和报纸下，只露出一角。我瞧见了一把小提琴、一把低音吉他和一只狐狸毛绒玩具。

"我弄点伏特加！"厨房里传来康妮的喊声，我简直没有胆量想象厨房的情形，"但是没有冰块了。你要伏特加吗？"

"只喝一小杯。"我说。她拿着酒走了进来，我注意到她趁机补了口红，我的心就像炸开了锅似的，唱起歌来。

"如你所见，保洁员刚来过。"

我拿起酒杯："里面有新鲜的酸橙。"

"你看吧！很讲究。"她咬着酸橙片说，"这叫'热带俱乐部'。"

"这些画里有你的作品吗？"

"没有，我的作品都好好地锁起来了。"

"我想看几幅你的画。"

"也许明天吧。"

明天？

"弗兰去哪儿了？"她讲过她的室友弗兰，像古往今来的一切室友一样，她这位也是"完全不正常"。

"她在男朋友家。"

"哦，那好吧。"

"只有你和我。"

"好吧。你感觉怎么样了？"

"稍微好点儿了。对不起，刚刚有些失态。我不该喝那么多的。可是我要谢谢你陪着我，我需要……身边有个脑子清醒的人。"

"现在呢？"

"现在，我觉得……完全没事儿了。"

我们相视而笑。"那么，"我说，"我要睡在弗兰床上了？"

"老天，千万别。"她拉住我的手，我们又亲吻了一会儿。她嘴里有酸橙和口香糖的气味。实际上，那口香糖还在她嘴里呢，倘若换个场合，我早就被吓跑了。

"抱歉，真是太恶心了。"她哈哈大笑，吐掉口香糖，"怪碍事儿的。"

"别放在心上。"我说。

她把口香糖粘在门框上。我感觉到她的手按住我的后背，我的手放在她的大腿上、她的裙子上，然后是裙子里。我停下来，喘着粗气："我记得你说今天什么都不会发生呢。"

"我改主意了。你让我改主意了。"

"是不是因为柠檬电池？"我说。她哈哈大笑，边笑边吻我。哦，是的，我就是这么个小机灵鬼儿。

"我的卧室是个灾区，"她挣脱了我，"名副其实的灾区。"

"我不在乎。"我随着她上了楼。

是不是觉得我风度翩翩？还是冷若冰霜？事实上，我的心脏就像一只四处乱砸、想要冲出胸腔的拳头——不是因为兴奋，虽然是挺刺激的，而是出于一种"我总算也赶上一件好事"的想法。我预感到人生即将发生变故，我现在一心只想要发生点儿变故。现在，我还会有同样的感觉吗？还是说，一辈子只能体验一回？

39. 艺术简史

洞穴壁画。黏土艺术。青铜雕塑。接下来，在约一千四百年的时间里，人类绘画的题材只有圣母马利亚、圣婴或耶稣受难，风格大胆却粗糙。有些天才灵光一闪，突然意识到距离远的事物看起来较小，这大大改善了圣母马利亚和耶稣受难这些题材的绘画质量。短时间内，每个人都开始擅长绘制双手和表情，这个时期的雕塑开始采用大理石。绘画作品中开始出现胖嘟嘟的小天使，其他地方则掀起一股室内装修的热潮，女人们开始热衷于在窗户旁做针线活。死去的野鸡、葡萄串，细节日益丰富。人们不再画胖娃娃，取而代之的是奇异的、想象中的完美风景，然后是骑着马的贵族肖像，接下来是战役和船难题材的巨幅油画。又回到躺在沙发上或步出浴缸的女人，较暗淡，细节较少，然后是无数葡萄酒瓶和苹果，再然后是芭蕾舞演员。绘画艺术开始表现出一定程度的"斑驳感"——这个说法有待商榷——几乎与绘画的本意背道而驰。有人在小便池上签字，然后彻底失控。整洁的原色方块转变为大块的乳化剂，之后是易拉罐，再之后有人拿起摄像机，又有人浇上混凝土，一切终于崩塌，变为一种令人迷惑的、无可无不可的状态，艺术的门槛完全消失。

40. 艺术白痴

以上是我认识妻子之前对艺术史的理解——应该说，是艺术史的絮叨——现在也难说是否理解得更加细腻，虽然一直以来东学一点儿，西看一点儿，也算勉强过关，我的艺术欣赏水准大体上与我的法文不相上下。刚开始谈恋爱时，康妮还有兴致给我传点儿艺术福音，她给我买过几本二手书，毕竟我们当时还处在有情饮水饱的阶段。有贡布里希的《艺术的故事》《新艺术的震撼》，都是专门为我挑选的，企图将我对现代艺术的恶意扼杀在萌芽阶段。热恋时，姑娘让你读什么书，你绝对会乖乖拜读，而且这两本全都是顶呱呱的好书，虽然我一个字也没记住。也许我应该回赠康妮一部有机化学入门读物，但她从未表现出一丁点儿的兴趣。

虽然如此——我不想对康妮说实话，可我觉得她一定知道——我对艺术总是有点儿茫然，好像我弄丢了艺术细胞，或者干脆就没长过艺术细胞。我能理解绘画中的构图技巧，能看出画师们娴熟地运用了色彩，我能理解作品的社会、历史背景，但尽管尽到了最大的努力，我在面对艺术时却总觉得捉襟见肘。我不知道该说些什么，或者不知道该感受些什么。若是肖像，我主要看是否认识此人——"看，这是托尼舅舅"——或者这人是不是明星什么的。杜莎夫人蜡像馆的艺术欣赏课。写实主义作品，我看的是细节——"看看这眼睫毛！"我如痴汉一般，惊讶于那笔触之精致。"看他瞳孔里的反光!"若是抽象艺术,我就看色彩——"我喜欢这种蓝"——仿佛罗斯科或蒙德里安的巨作只是巨型油漆色卡。我能理解亲眼见到活生生的作品时那种溢于言表的欣快之感:将大峡谷、泰姬陵和西斯廷教堂一股脑儿列在一起,等着一一划掉的、好像看景点似的欣赏方式。我明白有些作品可遇不可求,有些作品独一无二,纯属"价格决定一切"的艺术批评流派。

当然,我也分得清美丑。在工作中,我一直都要面对美和丑:青蛙受精卵的对称分裂、斑马鱼胚胎的染色干细胞,或是阿拉伯芥草的电子显微照片。我在美术作品中也看得出同样的花纹和图案,同样令人赏心悦目的比例和对称性,但这就是正确的美术作品了吗?我是否有品位?我是不是漏掉了什么东西?当然,这东西很主观,也并没有所谓的正确答案,但是在美术馆,我总有种即将被保安架出门的感觉。

妻子和儿子几乎没有这种危机感。当阿尔比和康妮在卢浮宫的意大利厅里较着劲,看谁盯着一幅作品更久时,都没有表现出任何危机感。这回是一幅波提切利的湿壁画,颜料开裂、色彩稀薄,倒不失为一幅可爱之作,但真的那么有看头?我干等着,直到他们终于尽兴而归,将笔触、光影虚实和一切我看不出来的东西欣赏了个够。最后他们终于恢复了行动能力,我们朝前漫步,走过似无尽头的各色十字架和基督诞生题材画作,混杂着被鞭打或被万剑穿身的殉道士,脖子上架着利剑却面色漠然的圣徒,圣母马利亚——一般都是圣母马利亚——躲避天使的场面,那天使的屁股后面跟着一道烟。"显然是布拉塞斯科画的,"我说,"喷气式天使!"好像这话有什么意思似的,说完我们继续向前缓行。

我们经过一幅壮观的战争场面，作者名叫乌切洛。画面上的士兵们被驱赶着挤在一起，形成一个豪猪一般的黑块，画布上的裂缝和破洞平添了几分奇异的壮观。接下来，在中心走廊的大馆里，我被一幅大胡子男人的肖像吸引住了，凑近了看，那人的脸竟是由几个苹果、几朵蘑菇、几颗葡萄和一个南瓜组成的，鼻子是一颗肥硕多汁的大鸭梨。"阿尔钦博托，《秋》。看哪，阿尔比，他的脸是瓜果梨桃组成的！"

"低级趣味。"阿尔比用眼神发给我一个"史上最烂画廊评论"奖。博物馆的语音导览那么受欢迎，也许原因就在这儿：让你的耳朵里响起安慰人心的声音，告诉你该怎么想、该怎么感觉。"看您的左边，请留意，请观察。"要是能一直携带着这个声音，戴着语音导览离开博物馆过一辈子，该多好。

我们继续前进。有一幅达·芬奇的作品很可爱，就是模模糊糊的，酷似戴着没擦干净的眼镜观赏，画面上是两个女人在哄婴儿时期的耶稣，但这似乎并未引起康妮和阿尔比的注意，我不禁感叹，作品越是耳熟能详，这娘儿俩就越不细看。他们对《蒙娜丽莎》——堪称文艺复兴艺术的"硬石餐厅"[1]——当然没兴趣，他们迈着方步徜徉在"谨防扒手！"的牌子之间，漫步在一间巨大的、有着高高的天花板的房间里，在无人问津的油画的注视之下漫步。那天稍早时，厅里聚集了一小群人，摆出挎着名人胳膊照相时那种"简直不敢相信！"的姿势。"阿尔比！阿尔比，给我和你妈照张相……"可他们两人早已丢下那《吉奥康达》，独独垂青起对面墙壁上的一幅小型油画——一幅灰蒙蒙的提香作品，画面

---

1. 美国著名主题餐厅连锁店。

上阴影重重，人物也是阴着面孔，两个肥胖的裸女正在开直笛演奏会。两人的眼神直勾勾的，怎么看怎么直勾勾，我简直不明白这能看出什么来？他们又在那儿看什么呢？我再次震惊于伟大艺术作品对我释放出的排斥力。

回到主长廊，阿尔比在一幅皮耶罗·德拉·弗朗切斯卡的小型肖像画前驻足，然后掏出一本昂贵的皮面小速写本，开始用炭笔临摹。我的心猛地一沉。逛美术馆远比攀登赫尔维林峰累得多，人们真该写篇科学论文探索一下个中原因。要我说，原因肯定与保持肌肉紧张所需的能量有关，再加上还得开动大脑琢磨说点儿什么。无论原因如何，我筋疲力尽地倒在皮沙发上望向康妮，看着她的裙子在臀部一松一紧的样子，看着她的手，她抬眼观赏油画时的脖颈。那才是艺术，那才是美。

她看看我，微微一笑，翩然穿过房间而来，贴上我的脸颊。

"累了，老头子？一定是昨晚的缘故。"

"看花眼了。要是知道该看哪幅就好了。"

"画上朝上的大拇指和朝下的大拇指？"

"好看的作品应该标出来。"

"也许哪幅好看无法达成共识。"

"我永远说不对。"

"你什么都不用说，只要看就好了，用心感受。"

她拉着我站起来，我们在这富丽堂皇的巨大仓库里徒步行走，经过古代的玻璃器、大理石、青铜，来到十九世纪的法国。

41. 艺术赏析

当年的龙马精神，还是于无人处细细回味较好，一言以蔽之，我们俩一起过的第一个周末着实令人大开眼界。寒冬二月的窗外一片漆黑，狂风呼啸，我们俩窝在白教堂的小小蜗居里不想出门。礼拜六去实验室的事当然免谈了，我们睡懒觉、看电影、谈天说地，夜里快快地去印度餐厅随便点些外卖，康妮是这家馆子的熟客，从老板到跑堂的全都热情地招呼她，送了我们无数个印度炸圆面包和那种小桶装着的、没人待见的生洋葱片儿。

"这位帅哥是谁啊？"领班问。

"是我绑架的人质，"康妮说，"他老想逃走，但他逃不出我的手心。"

"说得没错。"我趁她点菜时，在餐巾上写了"救命"二字示众，大家哈哈大笑，包括康妮在内。我感到一股浓浓的暖意和温情，还略有点儿羡慕，人家的生活多有精气神啊！

周日早晨的气氛有些惆怅，假期固然美好，但总有结束的一天，我们出门去街边小店买了报纸和培根，又回家寻求睡床的庇护。当然，我们之间并不只有性爱，虽然大半时间的确如此。我们倾心交谈，康妮将心爱的唱片放给我听，她不分白天黑夜地蒙头大睡，而趁这个时候，我就推开层层叠叠的毯子被单床罩什么的，在她家东游西逛。

卧室灯光暧昧，护墙板被成百上千本书全部挡住：整套的美术画册、小熊鲁伯特年鉴，还有经典小说和参考工具书。她没有衣橱，衣服全部挂在一根横杆上。这种难以言表的酷劲儿令我暗暗心惊，我偷偷地巴望能把横杆上的衣服全撸下来，让她全部试穿一遍。屋里有些文件夹，里面收藏着她的摄影作品，她不准我看，但我还是解开封口的丝带，趁她睡觉时一饱眼福。

这些作品主要是人物肖像，一部分作品以略微倾斜的面部为特色，有些则更偏写实，像三维画似的用细腻的线条在皮肤附近勾出轮廓。人物目光低垂，面部朝向地板。她的作品比我想象的更易懂，甚至可以说更传统，虽然风格相当阴郁，我却深深地喜爱。但是随后，我想列个购物清单，给她的购物清单。

楼下的起居室属于摇摇欲坠的混搭现代风，成堆的儿童棋盘游戏、一张中餐厅招牌、一个老古董似的文件柜和若干七十年代的小玩意儿费尽心机地堆叠在一起。芥末色的厚地毯连着黏糊糊的厨房地砖，厨房里盘踞着一架巨大的自动点唱机，就品位来说可谓鱼龙混杂，令人不解：迷幻电子音乐和朋克乐队，并列在一起的还有七十年代的新潮唱片，弗兰克·扎帕、汤姆·威茨和"话痨"乐队，边上摆着 ABBA、AC／DC 和杰克逊五人组。

我的脑子明显不够用了。讽刺，品位的高下之分难道在于讽刺？本人的品位固然相当鄙俗，但至少还算真诚，那么，同样是坏品位，又如何给它再分个三六九等？怎么才叫"讽刺地"听音乐呢？耳朵又该怎么磨炼？在我看来，ABBA 的唱片已算是嘲讽界的鼻祖，在康妮眼中也算"酷"，可它也仍然遵循着主歌—副歌—主歌的传统结构。灌进塑胶唱片的音乐，是否也因表演者的不同有品位高下之分？例如，我是比利·乔的老乐迷了，尤其喜爱其早期和中期的专辑，可有些更新潮、更前卫的生物化学家却对此嗤之以鼻。他们说他"不够味儿"，固守中庸之道，毫无新意。然而，在康妮家的自动点唱机上还有巴里·曼尼罗，远远算不上高雅。康妮是怎么从《曼迪》里听出酷味儿来的呢？

她的室内装潢也是一样。公寓里的大件小件，无不令人确信康妮和她的室友是货真价实的艺术生——医学院的骨骼模型、人体器官加上毛绒玩具——这些东西要是出现在我家里，准会让我像个连环杀手。我简直不敢想象有一天康妮也会看见我在巴尔汉姆的公寓——简易组装家具、光秃秃的木兰色墙壁、令人昏迷的丝兰植物，还有一台兀然耸立的电视机。然而更令我担心的是，说不定她根本不想走到这一步。

42. 明信片[1]

当然，提起这些陈年旧事准会令康妮羞愧难当。如今，在我们温馨舒适、无法就形似龙虾的电话机会心一笑的家里，很难达到"具有讽刺意味的坏品位"的效果。接力棒如今已经交到阿尔比手上，他时时刻刻在搜集好玩的路牌或身首分离的娃娃脑袋。

但他们娘儿俩仍然有个共同的癖好——明信片收藏。阿尔比的卧室四壁糊满了明信片，宛如价格昂贵的墙纸，因此，我们执行任务般地来到卢浮宫的纪念品商店，他俩各自挑了厚厚一沓明信片。我也想同乐，便从货架上选出一张籍里柯的《美杜莎之筏》，这幅作品有着精彩的故事性，令人能够真正体会欣赏"真身"的乐趣。它悬挂在"大型法国绘画"区，与其并排的都是房子那么大的油画，其中画着古代战场、火光冲天的城市、拿破仑加冕盛况、莫斯科大撤退等，画面是雷德利·斯科特[2]派艺术风格，运

---

1. 原文为法语。
2. 著名导演，代表作《出埃及记》《罗宾汉》《银翼杀手》等。

用强光和囊括数千人的视角，极富表现力。方才我们三人在巨大的《美杜莎之筏》前伫立良久；我发出诸如"不知道画这么一幅要多久……"和"看这个人，他有麻烦了！""换作我们，该如何是好？"的感慨。我给阿尔比看这张明信片——浓缩进4×6英寸后，画面的魔力不知怎么竟减少了许多——他耸耸肩，递给我一沓他选的明信片，外加康妮的，我便乖乖去付账了。

43. 明信片

在白教堂的公寓里，整个厨房的墙壁都贴满了明信片，有几处还叠着两三张，其中胡乱夹杂着康妮在艺术学校的那帮朋友的拍立得照片。姑娘们成群结队，手捏香烟，摆出各种姿势，但真正让我惊心的是其中数量众多的帅小伙，大多有康妮或弗兰窗帘似的攀在他们身上，嘟嘴或做飞吻状。他们穿着军装或沾着点点颜料的工装裤，留着奇形怪状的胡须，板着脸，一副惹不起的样子。其中有一人很特别，一个剃着光头的小混混儿，他有一双湛蓝湛蓝的眼睛，嘴里叼着香烟，手里握着啤酒。这人酷似动作片里的雇佣兵，他死死盯着照相机，康妮则紧贴在他身上，要不就跟他脸蛋儿贴着脸蛋儿，怎么看都是神魂颠倒，怎么看都是惨不忍睹。

"也许我该把这些都摘掉。"她已经来到我的身后。

"那个是……"

"那是昂格罗，我的前男友。"昂格罗，连名字都是当头一棒。叫道格拉斯的还想比过叫昂格罗的？"他很英俊。"

"很英俊，也很不重要。我说过要把它们都摘下来。"她轻轻一拽，把最显眼的那张照片摘下来放进睡袍口袋。没扔进垃圾箱，而是放进胸前的口袋里，紧贴着——紧贴着她的胸。

随后是片刻的沉默。已经到了周日的下午，一个危在旦夕的时刻，随时会跌入令人不堪忍受的沮丧情绪，我极想画上一个欢快的句号："我是不是该走了？"

"人质要逃走啦。"

"我逃走的话，你会拦着我吗？"

"不知道。你想让我拦着你吗？"

"我不介意。"

"好吧，"她说，"那我们回到床上去吧。"

44. 爱情轻喜剧

想来令人痛心，不是吗？可很久很久以前，我们也的确甜如蜜糖。于我，这仿佛是一种全新的语言。在那个礼拜天的晚上，我浑身酸痛，衣衫凌乱得可笑，深一脚浅一脚地离开白教堂公寓，乘着空荡荡的火车返回巴尔汉姆，此时的一切都变了样，我确信我爱上了康妮·摩尔。

这绝不是什么可喜可贺的事。我时常不解，人们何以竟认为相爱妙不可言，何以为爱情配上激昂的提琴声，爱情常终结于羞辱、绝望或令人发指的冷酷。以我的经历来说，似乎《大白鲨》的主题曲或《惊魂记》中的弦乐更加应景。

当然，我也有过两三段"认真的"恋爱，全都没挺过半打装鸡蛋的保质期，虽然其中也有柔情蜜意，却并没哪颗心儿被点燃了爱火。当然，我也"相过亲"，可惜一通面试下来，对方看不上我，我也不稀罕那职位，碰头一般是在电影院，因为在那种场合中，谈话并非必须。我一般不到十点就装着一肚子油腻腻的麦丽小球打道回府。这种相亲跟爱情和心动没什么关系，尴尬和自知之明才是主旋律。约会越深入，双方的不适感越是呈指数级增加，直到其中一方彻底憋不住，一句标准的"我们还是做朋友吧"冲口而出，赶快分道扬镳，有时还健步如飞。要说浪漫的爱情、真正的怦然心动，本人倒是有幸体验过一次，但追忆和丽萨·高德温那段旧情，就跟"泰坦尼克号"船长一往情深地回顾冰山差不多。

认识她是在大学里，她的专业是现代语言，我们很快成了形影不离的密友，直到我铸下大错，借一场气氛失控的雪莉酒会向她表白。我企图亲吻她，她却矮身闪过，弓着膝盖逃走了，活像躲避直升机的螺旋桨片。我们的关系迅速降温，很快我开始不顾一切地往她宿舍门底下塞字条和情书。我们曾庆幸彼此毗邻而居，可如今丽萨唯恐避之不及，她换了宿舍，我又在深夜喝得醉醺醺时打电话过去，毕竟，还有什么比午夜疯铃更有魅力，更有气概，更能打动女孩子芳心的呢？

公平地说，丽萨对我的炽热追求一直表示同情和理解，可后来橄榄球队有几个家伙开始说什么我可能应该"到一边凉快去"。他们掺和进来之后，这事儿彻底没了余地，面对暴力，爱情必须黯然离去，我再也没跟丽萨·高德温说过话。事已至此，我的退场恐怕并不洒脱。我不想说我"过量服药"，更准确的措辞是"无视安全剂量"。阿司匹林可溶于水，而我服下的水刚好可以溶解大概五颗阿司匹林，这个药量着实不小，次日我被强烈的尿意憋醒，人也完全清醒过来。回头想想，全是些老掉牙的俗套做法，我这场青春爱情闹剧令人羞愧难当。我作天作地，到底想要什么？算不上"呐喊求救"，我的脸皮太薄，不敢放声高喊。"咳嗽求救"也许更恰当，清清嗓子而已。

有了前车之鉴，我害怕历史重演，害怕再来一次抑郁、伤心和失眠、头晕加混沌。北线火车铿锵地驶入巴尔汉姆车站时，我的脑海中充斥着疑虑。康妮的决定不是理性的产物，凌晨三点钟的激情似乎不会持续——至少不会持续到下个周四我们头脑清醒后再度约会的时候。我还得跟昂格罗竞争，此时此刻他就藏在康妮的睡袍口袋里，离她的胸脯只有咫尺之遥。任何预设都是白搭。抢走康妮·摩尔，把她留在身边，这事情有点儿难度，一直有难度，直到某个巴黎午后……

45. 青青小草，请勿踩踏

……那个午后的巴黎，我们在卢森堡公园小睡了一会儿，错过了午餐时间。多么优雅、多么整洁的公园啊，我有点儿盼着谁能要求我把鞋子脱下来。只有公园最南端一个狭窄的区域允许躺在草坪上，晒日光浴的人全挤在这一处，活像死死扒住倾覆的游艇的船壳似的。几杯红酒、几口咸鸭下肚，嘴巴里黏糊糊的，我们你一口我一口地喝着咸气泡水解渴，这时候，气泡早就跑没了。

"法国人是怎么做到的？"

"做到什么？"康妮拿我的肚子当枕头。

"午餐时喝葡萄酒。我觉得我像打了麻药。"

"不知道他们现在还会不会干这种事了。我觉得只有我们游客会这么干。"

在我们左边有四个说意大利语的学生趴在塑料盒上吃中餐外卖，闷热的空气里飘浮着糖浆和醋汁的气味。我们右边是三个瘦骨嶙峋的俄罗斯小伙子，正在用手机外放斯拉夫风格的嘻哈音乐，边听边用手摩挲着他们的光头，不时发出阵阵"狼嚎"。

"普鲁斯特的城市，"康妮感慨，"特吕弗[1]和皮雅芙的城市。"

"你很开心，对吗？"

"非常开心。"她的手朝后面探去，搜寻我的手，但她太用力了，胳膊一软。

"你觉得阿尔比会开心吗？"

"花着他爹的钱在巴黎到处摆姿势？他当然开心。别忘记，表现开心违反他的原则。"

"老是不见人影，他跑到哪里去了？"

"也许他在这儿有朋友。"

"什么朋友？他在法国没有朋友。"

"现在的朋友跟过去不是一回事了。"

"怎么不是一回事？"

"这么说吧，他跑到网上发个状态：'嘿，我在巴黎。'于是有人说：'我也在巴黎！'或者：'我有朋友在巴黎，你们应该认识一下。'然后他就有朋友了。"

"听着好可怕。"

"是呀，全是不认识的人，全是一时兴起。"

"我们那会儿，交个笔友都难。"

她翻身趴下，抓住了一个新话题："道格拉斯，你交过笔友吗？"

"杜塞尔多夫的刚特。他到我们家住了几天，但是不怎么成功。他吃不了我妈做的菜。看着他一天比一天瘦，我简直怕我们

---

1. 法国著名导演。

把这营养不良的孩子送回去后要被起诉。最后,我爸把他绑在椅子上,不吃猪肝洋葱就不让他下来。"

"你还有这样的美好回忆呀。他邀请你去杜塞尔多夫了吗?"

"没有,你说奇怪不奇怪?"

"你应该找找他的地址,把他查出来!"

"也许我以后会。你有笔友吗?"

"一个法国姑娘,叫艾洛蒂。她戴着胸罩——其实根本没必要——教我卷香烟。"

"这么说,的确挺有教育意义的。"康妮又趴在地上,闭上了眼睛。

"要是能碰见他,也不错。"我说,"时不时地。"

"刚特?"

"儿子。"

"今晚就能见到他了,我有安排。我们先睡会儿。"

我们在沉闷的俄罗斯嘻哈音乐声中沉沉睡去,有趣的是,那音乐里只有脏话是英语,也许是为了最大范围地冒犯全球听众。到了傍晚,我们打着哈欠坐起身,康妮提议租一辆自行车骑骑。酒劲儿还没完全过去,我们俩骑着不听使唤的、活像独轮手推车似的市政交通工具,找了条顺眼的大街一路骑行。

"我们去哪儿?"

"故意迷路!"她喊道,"不准用旅行指南和地图!"

雾很浓,车很重,我们走在右侧通行的左道上,我不管这些,拿出人挡杀人、佛挡杀佛的气魄,膝盖磕碰着一辆辆汽车的后视镜,对冲我挥拳头的出租车司机视而不见,我微笑着,微笑着,微笑着。

46. 弗朗索瓦·特吕弗

温馨的气氛持续到晚上。康妮发现意大利广场附近有家公园里有露天电影院，便决定一起去看一场电影。我们从好时光旅馆里顺手扯了一条床单当作午餐毯，还有桃红葡萄酒、面包和奶酪，这个晚上温暖而干爽。连阿尔比都是心情大好。

"是法语电影吗？"我们在幕布前安营扎寨时，阿尔比问。

"阿尔比，别担心，你能看懂。相信我。"

电影是《四百击》，我提议的。我喜欢在电影院看惊悚片，或者科幻奇幻片。虽然电影里没有搏击，但还是相当有趣，说的是一个聪明懒散的年轻人安托万走背字儿，最后官司缠身的故事。他的父亲十分可亲，却被母亲背叛，继而对小安托万失去耐心，于是将那孩子送到个类似少管所的地方。逃走的过程中，他朝海边跑去——他从没见过海——电影随即戛然而止，最后的镜头是那年轻人以挑衅的、近乎责难的目光盯着摄影机镜头。

电影的情节比不上《伯恩的身份》这类影片，可我仍然很喜欢。这是一部关于诗、叛逆和青春的悲喜愁苦的电影——不一定是我的青春，其他人的青春也可以——阿尔比也被深深感动，他看得入了迷，暂时忘记了大喝特喝啤酒，两只手按在膝盖上，直直地跪坐，我上次看见他这个姿势，还是他上小学时在体育馆的软垫上。

天色暗下来，银幕上的影像越发清晰，幕布前偶有燕子冲过，好像电影胶片上的斑点——或许是蝙蝠，或许都有。阿尔比坐在那儿，与主角深刻地共鸣——虽然我认为公平地说，他的童年相当舒适安稳。我不时地转身，望着他的侧影在黑白银幕的强光下划出白色的轮廓，我觉得自己深爱着他，深爱着他们娘儿俩，深爱着我的家，深爱着我们皮特森一家人。我感到爱和柔情在微微搏动，我坚信我们的婚姻、我们的家还不算太糟糕，比多数人都幸福，我坚信我们会渡过难关。

无论如何，电影很温馨、很和谐，一下子就结束了。最后一幕定格在屏幕上，安托万·杜瓦内尔从银幕上抛出那个眼神，阿尔比用手掌根儿揉了揉脸蛋，仿佛要把泪水按回眼眶。

"这，"他宣布，"是我这辈子看过的最他妈棒的电影。"

"阿尔比，有必要用那种字眼儿吗？"我说。

"还有摄影，棒极了！"

"是啊，我也喜欢这里面的摄影镜头。"我兴致勃勃地附和，可阿尔比和他妈妈早已深情相拥，阿尔比把她箍得紧紧的，两人都笑着，然后他转身钻进夏夜中，康妮和我醉得没法再骑自行车，我们手牵着手往回走，第十三大街、第五大街、第六大街、第七大街，那是我们年轻时的爱之梦。

47. 第二次约会之无解难题

本人空有个博士头衔，然而用内在算法安排第二次约会的难题彻底打败了我。餐厅要么过于正经，要么过于浮夸，要么太廉价，显得诚意不够。二月底去海德公园太冷，而我通常会选择的电影院似乎也不大对头。电影院里没法聊天，也看不清她的脸。

见面地点最后确定在我做博士后的实验室，一片四方形空地上。康妮已经从艺术学校毕业，在圣詹姆斯广场的一家商业画廊工作，每周上四天班。她对这个地方满腹牢骚——水准低劣的艺术品，财力过剩而品位不足的客户——可至少能让她付得起房租，还能在东区和朋友们合用一个工作室——他们叫"集体工作室"——进行自由创作，这些朋友都默默地等待着一夜成名。这样的职业规划在我看来实在异想天开，亟须拯救，但圣詹姆斯画廊的工作至少意味着她能解决吃住问题。我给她打了个电话，嘴皮子不怎么利索地告诉她有哪些巴士线路可以坐，告诉她十九路、二十二路和三十八路巴士的具体运营情况。"道格拉斯，我是土生土长的伦敦人，"康妮说，"我知道怎么赶巴士。明天六点半见。"我在六点二十分站在大本钟的钟塔下，盯着最新一期《生物化学家》，一页页浏览过去，一个字也没看进去；六点四十分，我的眼睛还盯着纸页，耳朵却先听到了她的脚步声，校园里的这个区域很少能听到这样的高跟鞋声。

在如今的数字时代，想看哪张脸，随时都能用电子手段调出来。而当时，人脸跟电话号码差不多，重要的得用力记住。然而我上个周末在脑海中留下的人像快照已经有点儿模糊了。在这个狂风大作、枪灰色的工作日，头脑清醒、洁身自好的她会不会让我失望？

绝对不会。现实中我所看见的她比记忆中的强百倍：黑色长外套竖起翻领，恰到好处地衬托出她的俏脸，外套里是复古式样的铁锈红套裙；妆容精致，深色的眸子，与套装颜色相配的口红色号。我立即放弃了去"老鼠和鹦鹉"餐吧吃大虾拼盘的决定。

我们有点儿笨拙地轻吻了彼此，她吻了我的耳垂，我吻了她的头发。"你真是光彩照人。"

"这个？哦，我今天得穿这个去工作来着。"她说。好像在说："不是为了你特意穿的哦。"约会进行了八秒钟，已经出现了一个不咸不淡的吻和碎了一次的玻璃心。约会徐徐拉开帷幕，宛若宽阔的峡谷中拉起一道长长的钢丝绳。为了显得重视，我穿上自己最贵的外套，潇洒的巧克力色，灯芯绒质地，配深梅子色针织领带。她的手摸上我的领带，理了理。

"非常好看。老天爷，你的上衣口袋里还真的插着一支钢笔。"

"我是科学家，理应如此。这是我的工作服。"

她笑了："你在这里工作吗？"

"在那边儿，实验室里。"

"果蝇呢？"

"在里面。你想进来看看吗？"

"我可以吗？我以为实验室都是顶级机密呢。"

"只有电影里才是。"

她用两只手抱住我的胳膊："那我一定得看看那些果蝇！"

48. 昆虫饲养箱

她的脸贴在纱窗上，眼睛盯着黑云似的果蝇，似乎十分入迷，好像我带她来的地方是独角兽豢养场。

"为什么是果蝇？为什么不是蚂蚁、甲虫或者竹节虫？"

她的兴趣是由衷的、夸张的，还是假装出来的，我不得而知。也许她把昆虫饲养箱看成了某种装置艺术，我知道装置艺术这种东西。不管原因何在，"为什么是果蝇"这种问题我已盼了好久了，于是我详细地讲起果蝇繁殖迅速、饲养成本低廉和显性性状的优势。

"显性性状的意思是……"

"表现出来的可观察性状、特征与基因型表征、环境表征。在果蝇身上表现为翅膀较短，眼部有色素沉着现象，生殖器结构发生改变……"

"生殖器结构。我以后的乐队就叫这个名字。"

"也就是说，你会在很短的时间里看到这些突变。果蝇是快进的进化过程，所以我们都爱果蝇。"

"快进的进化过程。你刚才说要研究生殖器结构的变化？快点儿，别告诉我你要把它们都弄死。"

"一般敲晕就行了。"

"用小棒子敲晕？"

"用二氧化碳。一会儿工夫，它们就又活泛起来，开始进行交配。"

"我周末一般也这么过。"

沉默。

"我能养一只吗？我想要……"她用手指点着饲养箱的玻璃，"就那边那只。"

"这可不是游乐场里卖的金鱼，这是实验物料。"

"可是你看，它们喜欢我！"

"也许那是因为你身上有烂香蕉的味道。"又沉默了，"你身上没有烂香蕉味道。对不起，我也不知道自己为什么说你身上有烂香蕉味道。"

她回头看看我，粲然一笑。我介绍她认识了我们的宠物果蝇布鲁斯，我想让她知道，不光是艺术学校那帮人会找乐子。

49. 谨慎

我继续当导游。我带她看冷库，一齐惊叹好冷，然后带她去看三十七摄氏度恒温房。

"为什么是三十七摄氏度？"

"因为这是人体的体内温度。你在一个人身体里的时候，感觉就是这个温度。"

"够性感。"康妮面无表情地说。我们继续观光。我给她看干冰和运行中的离心机。我们用显微镜观察感染了寄生虫的大鼠舌部横截面。哦，没错儿，这次约会太特别了，我开始注意到我那些永远在加班的同事们憋着笑的脸，他们张着嘴，扬着眉，看着这个美丽的女士盯着长颈烧瓶和试管看。我送了她几个皮氏培养皿，她可以在里面配颜料。

等她看够了，我们听她的建议去了一家不起眼的东欧餐馆，我曾无数次从这里路过，却一次也没想过要走进去看看。餐厅里灯光昏暗，就像走进一幅喷了乌贼墨汁的照片。一个佝偻着后背的老掉牙服务员帮我们脱外套，然后带我们走进一个卡座。按照康妮的建议，我们用很小的厚玻璃杯喝伏特加，又喝了带一抹深紫色的、口感如天鹅绒般浓厚的汤，吃了鲜美的厚味饺子，喝了加了糖浆的葡萄酒。酒足饭饱后，在几乎空了的餐厅里，我们并肩坐在角落里，头晕晕的，心里美滋滋的，甚至完全放松了下来。外面下着雨，窗户上布满水汽，仿真壁炉燃烧着电子火，太美妙了。

"你知道科学哪一点让我最羡慕吗？确定性。用不着担心品位、时尚，用不着等待灵感，干等着好运降临。里面有种……方法论——术语是叫这个吗？反正，你只要努力干，一凿一斧地干，总有一天能干成。"

"也不是那么简单的。另外，你也很努力啊。"

她耸耸肩，摆摆手："以前努力过。"

"我看过你的摄影作品，我觉得棒极了。"

她皱起眉头："你在哪儿看的？"

"上个周末，你睡着的时候。美极了。"

"那也许是我室友的。"

"不是，是你的。她的我一点儿也不喜欢。"

"弗兰很成功，她的作品很畅销。"

"我看不出畅销在哪里。"

"她很有天分，她是我的朋友。"

"当然，但我还是喜欢你的作品。我觉得特别……"我想找个艺术术语，"好看。我的意思是，我不太懂艺术——"

"但是你知道自己喜欢什么样的作品？"

"一语中的。另外，你画的手棒极了。"

她笑了，望着她自己的手，张开五指，放在我的手上。"我们别聊艺术了，也别聊果蝇。"

"好的。"

"聊聊上周末怎么样？聊聊到底发生了什么。"

"好吧。"我暗想：到底举起来了，屠宰场的电击枪。"你想聊什么呢？"

"不知道，应该说，刚才我以为我知道。"

"继续。"

她犹豫了一下："你先说。"

我思考片刻。"好的，很简单。我过得开心极了。认识你很开心，很有趣，愿意再来一次。"

"没了？"

"没了。"当然不是没了，但我不想把她吓着，"你呢？"

"我也是……也是这么想的来着。我很开心，不是一般的开心。你很贴心。不对，我不是这个意思，我想说的是，你很会为别人着想，又风趣。我也喜欢跟你睡觉，非常喜欢，特别有意思。你妹妹说得没错，你跟我很配。"

这种情形经历得多了，我已经能预感到一个呼之欲出的"但是"……

"但是我的恋爱史不怎么样，没有一段美好的，尤其是上一次。"

"昂格罗？"

"没错，昂格罗。他对我不太好，他让我觉得……我觉得我想要谨慎一些，我想小心地谈恋爱。"

"但是你还是想谈。"

"小心地谈。"

"小心地谈？什么意思呢？"

她咬着嘴唇思考片刻，然后向前探出身子："就是说，如果我们现在结账，然后出去，要是我们能叫到出租车，到家，上你的床，那我就会十分高兴。"

然后她吻了吻我。

……

……

……

"服务员，结账！"

50. 603 房间的狂野派对

派对在一般派对早该结束的时间开始。电音常见的高低音的"砰嚓嚓"已经停止，取而代之的是低频的"嗡啪嗡啪"，混有明显的梳子摩擦纸面时发出的那种"嗞嗞"的静电声。

"那是……手风琴吗？"

"嗯哼。"康妮嘟嘟囔囔地说。

"阿尔比不会拉手风琴。"

"那他就是叫了个手风琴师。"

"哦，老天爷啊。"

现在，哮喘病人似的突突声归为四小节的短促刺耳的小调，周而复始，鼓点是密集的跺脚声和拍大腿声，打击乐这部分由我儿子负责。

"这是什么曲子？我好像听过。"

"好像是《少年心气》。"

"好像是什么？"

"别出声！"

没错，就是《少年心气》。

我想象中的手风琴师——如果我想得没错的话——总是橄榄色皮肤、穿着横条纹上衣的男性。但涅槃乐队用来表现青少年格格不入的高亢吼叫声，由一副粗犷的女低音代替，类似情真意切的政府公告员的声音，现在阿尔比已经在用拍弦吉他为她伴奏，而他的和弦变化似乎总是慢半拍。

"他们好像管这个叫'现场即兴'。"

"即兴用手指头堵住耳朵。"康妮说。

我深知今夜无眠，便扭开电灯，拿出一本二战史，康妮把脑袋夹在两只泡沫枕头之间，摆出一个横着的防撞姿势。手风琴和风笛一样，属于要人们恨不得付钱才能停下来的特殊乐器，但是接下来的四十五分钟里，我儿子的神秘访客突破了六角形手风琴的音乐极限，为好时代旅馆的五、六、七层全体住客——可能还不止——奉上狂暴版《满足》、俏皮版《失落信仰》和超长无限重复版《紫色的雨》——几乎要无限延伸至"时间构造"的尽头。"音乐会很好听，阿尔比，"我给他发短信，"但是现在太晚了。"我按下发送键，等着信息变为"已读"。

　　我听见隔壁传来收到短信的铃声。停顿片刻后，下一首是《月光下起舞》，演唱者似乎是患有肺气肿的黄蜂。

　　"也许他没看到我的短信。"

　　"嗯。"

　　"也许我应该给前台打电话投诉。'让603的手风琴师出去'法语怎么说？"

　　"嗯。"

　　"投诉自己的儿子有点儿不够意思。"

　　"以前你也没少这么干。"

　　"或者我还是直接敲——"

　　"道格拉斯，只要你不唠叨，干什么我都不在乎！"

　　"嘿！拉手风琴的又不是我！"

　　"有时候我觉得还不如手风琴。"

　　"这话什么意思？"

　　"没什么意思。两点半了，你就……"

　　噪声戛然而止。

"感谢老天！"康妮说，"睡觉吧。"

但是烦恼还萦绕在心头，阴云还未散去，我们想着一个个生闷气的夜晚，回想着气头上的暴躁、不耐烦和脱口而出的话。"我们的婚姻到头啦。道格拉斯，我想跟你分开。"

随后，仿佛是脑后猛地敲响低音鼓似的一震，紧接着是那种特有的、倔强的咚咚咚的床板撞击墙壁的声音。

"他们在即兴演出。"我说。

"哦，阿尔比，"康妮笑了起来，用小臂挡着眼睛，"这下完美了。"

51. 摇滚手风琴

第二天，我们在酒店昏暗的地下室早餐厅里见到了那位神秘的音乐家。他们比我们起得还早，这不是阿尔比的一贯作风，然而那女孩的脸起初几乎看不见，而是鳗鱼似的、倔强地贴在阿尔比的脸蛋上。我清清嗓子，这两人才撕膏药似的分开。

"哈啰！你们一定是道格拉斯和康妮！天哪，康妮，你真美！怪不得你儿子这么帅，你真是大美人。"她操着南半球的澳大利亚口音，嗓音粗得硌牙。她拉住我的手："你也是个大帅哥！道吉！哈！我们在吃早饭来着，这里的早饭真棒，而且不要钱！"

"并不是真的不要钱……"

"来，我把史蒂夫挪开。"看来史蒂夫是手风琴的名字，史蒂夫正在自己的专座上龇着白牙冷笑，"过来，史蒂夫，让可怜的皮特森先生坐，他一脸累坏了的样子。"

"我们欣赏了你们昨晚的音乐会。"

"噢，谢谢！"她笑了笑，随后用手指头推着五官，摆出小丑的悲伤脸，"不是反话？"

"你拉得很棒，"康妮说，"要是时间改成午夜前，我们就真的喜欢。"

"哦，不！十分抱歉。难怪你一副累趴了的样子，皮特森先生。换个正常时间，你们真得来看看我表演。"

"你当真在音乐会上演奏？"康妮带着那么一点儿不可置信。

"这个嘛，没有音乐会那么厉害，在蓬皮杜公园外面而已。"

"你在卖艺？"

"我更喜欢街头艺术家这个叫法，但是你说得没错！"

我觉得自己没拉长脸，我尽量不表现出来，然而任何以"街头"二字开头的活动都令我十分警惕。街头艺术、街头小吃、街头剧场，以及本应在室内却拉到大街上去做的任何事。

"她的《紫色的雨》演奏得棒极了。"阿尔比含混地说，他呈对角线状横在沙发椅上，活像刚被吸血鬼吸干了。

"我们知道，阿尔比，我们知道。"康妮眯缝着眼睛，上下打量那手风琴师。此时那姑娘正从一大堆小罐子里挖出果酱塞进一只羊角面包，"我真讨厌这些小罐子，你们呢？环境搞成屎，还这么难用！"说完，她用舌头在一只小罐子里一卷。

"抱歉，我们还不知道你的——"

"猫子，跟帽子差不多的那个猫子！"她拍拍挂在脖子后面的黑色渔夫帽。

"你是澳大利亚人吗，猫子？"

阿尔比鼻子一哼："她来自新西兰！"

"一回事儿！"她哈哈大笑起来，跟狗叫似的，"你们最好赶快吃点儿早餐，省得都被我吃光！比赛开始！"

52. 自助早餐体系之实用伦理学

多年来参加会议和学术论坛的经历使我熟知自助早餐系统，我注意到每当面对一桌子表面看起来不要钱的食物时，有些人表现得较为矜持，有些人活像是这辈子头一回见到培根。"猫子"这种人把"吃得越多越好"这句客套话看成决斗开始的信号。她站在果汁桶前面，倒一杯喝一杯，又倒一杯喝一杯。挂在果汁桶前面了，我暗想，干吗不打开开关，直接躺在龙头底下？我朝服务生微微一笑，后者冲我缓缓摇了摇头，我冷不丁想起，万一经理发现昨晚手风琴演奏会的主角和眼前这个在碗里堆起草莓和葡萄小山的女人是同一个人，那我们可就摊上大事儿了。

我们沿着餐台缓缓前行。"你怎么来到永恒之城了，猫子？"

"巴黎不是永恒之城，"康妮说，"那是罗马。"

"而且也不可能永恒，"阿尔比说，"只是你的感觉。"

猫子哈哈大笑，抹了一把嘴边的果汁。"我不住在这儿，只是路过。从上大学开始，我一直在欧洲到处游荡，这儿住几天，那儿住几天。今天是巴黎，明天也许是布拉格、巴勒莫、阿姆斯特丹——谁知道呢！"

"是啊，我们也是一样。"我说。

"但我们有行程表，而且已经塑封了。"康妮仔细看着空空如也的葡萄盘子。

"没有塑封。我是想说我们明天也要去阿姆斯特丹。"

"幸运儿！我爱阿姆斯特丹，虽然最后总是有些让我后悔的事，如果你知道我指的是什么。派对之城！"她又堆起第二盘，像杂耍演员似的把盘子搁在她的小手臂上，这次她主攻蛋白质和碳水化合物。她掀起培根盘上的玻璃罩子，闭上眼睛，深吸一口肉类油脂的芬芳："我是严格素食主义者，但腌制肉类不算。"她把滴着油珠、卷着边儿的培根放在盘子里，而那上面早已堆满奶酪、烟熏三文鱼、奶油蛋糕和牛角包……

"你可真没少吃啊！"我的笑容凝固了。

"没错！阿尔比和我昨天没少运动，现在胃口正好！"她猥琐地低声笑了笑，用夹培根的夹子拍了拍阿尔比的屁股，阿尔比的眼睛盯着盘子，驯顺地咧嘴一笑，"不管怎么说，这一盘过会儿带走。"

在我看来，这实在是过分了。自助早餐不是给你准备野餐外带的，也不是让你随便吃随便拿的食品柜。虽然我已经打定主意要善待阿尔比的新朋友，包容他们所有的怪异，但这是偷窃，赤裸裸的偷窃。当我看到一根香蕉跟着一罐蜂蜜被揣进猫子的宽松天鹅绒短裤口袋时，我再也忍不下去了。

"你不觉得，也许你应该把那个放回去吗，猫子？"我尽量轻松地说。

"你说什么？"

"水果、蜂蜜。一个就够了，最多两个。"

"爸爸！"阿尔比说，"简直不敢相信！"

"我只是觉得有点儿太多……"

"丢——人！"猫子唱歌剧似的，用高音假嗓说。

"她不是现在吃！"

"我要说的就是这个，阿尔比。"

"没事，很公平，有道理——放在这儿……"猫子愤愤地把小罐子、水果和牛角包胡乱地扔回餐台。

"别，别，想吃什么就吃，我只是觉得不要把东西装进口袋——"

"看吧，猫子？"阿尔比张开手掌，对着我。

"阿尔比……"

"我说过，他就是这样！"

"阿尔比！够了，给我坐下。"说话的是康妮，紧紧地绷着脸。阿尔比知趣地不再抬杠，我们坐回桌子旁，听猫子讲……

53. 跟帽子差不多的那个猫子

……讲她多么热爱新西兰，新西兰多么美丽，可她却在乏味的奥克兰郊区长大，那地方全是中产阶级，无聊透顶，房子全都长得一模一样，连着几英里没完没了。那里不会发生任何事——或者应该说，发生的全是坏事，可从来没人谈论那些事，人们视而不见，继续过着他们千篇一律的、老一套的无聊生活，等死。

"听着跟我们住的地方一样。"阿尔比说。

康妮叹了口气："阿尔比，敢不敢说一件你这辈子遇上的坏事？一件就行。猫子，2004年我们不准他吃可可米，可怜的阿尔比从此就有阴影了。"

"你不完全了解我，妈！"

"事实上，我完全了解你。"

"你不了解！"阿尔比抗议道，满脸被背叛的表情，"打什么时候你开始维护这个伟大的家了呢，妈？你说过你也恨这个家！"

她说过这话？康妮继续说："猫子，我儿子是在你面前逞英雄呢。你继续说。"

猫子正在用脏兮兮的大拇指往法棍里卷切片香肠。"反正，我爸那个彻头彻尾的混账东西非要让我到大学学什么工程，那完全是浪费时间……"

阿尔比冲我一龇牙，我故意不理会他的目光，给自己续上咖啡。"也不完全是浪费时间。"我说。

"要是你恨它，它就是浪费时间。我想要体验事物，看看事物。"

"那么，你学了什么？"

"腹语。"她举起一小罐果酱放在耳边，发出轻声的"救命！救命！"的声音，"学会了腹语，我就加入了表演即兴木偶的街头戏班，在欧洲各处卖艺，无拘无束地生活，直到有一天，他们全腻了，打道回府，做回各自微不足道的本行，回到微不足道的家，过着乏味的、一成不变的、微不足道的生活。只有我还在路上，独自行走。我爱死了这种生活！我有四年没见到我的父母了。"

"哦，猫子，那可太不好了。"康妮说。

"一点儿也没有不好！我觉得棒极了。没有根，没有房租，遇见的都是不可思议的人。我想在哪儿生活，就在哪儿生活。不过葡萄牙不行，他们不许我入境，原因是他们不允许我自由自在地露出我的——"

"那你父母怎么办呢？"

"我给我妈寄明信片，每年在圣诞节和生日给她打两通电话。她知道我过得挺好的。"

"她的生日还是你的生日？"康妮问。

"什么？"

"你说你在圣诞节和生日给她打电话，是她过生日还是你过生日给她打电话？"

猫子困惑不解："当然是我的生日。"康妮点点头。

"那你父亲呢？"我问。

"我爸一边凉快去。"她得意地说着，把面包一下子塞进嘴里，我注意到阿尔比对她崇拜得五体投地的表情。

"有点儿残酷啊。"

"要是你认识我爸，你就不这么想了。要是你认识他，你就知道这样棒极了！"她哈哈大笑个不停，在电影里，那种笑法一般是为了表现疯癫。侍者投来的目光有点儿犀利了。虽然我尽了力，却难以对猫子表现出热情。她比阿尔比大一点儿，这让我产生了一种荒唐的感觉：我要保护阿尔比。她的皮肤发糙，仿佛用什么粗拉拉的东西磨过，想来是我儿子的脸。她有熊猫似的黑眼圈，嘴边有一块红色的东西，想必也是拜我儿子所赐。她的眉梢很高，仿佛被什么东西钩起来似的。她让我想起什么？刚进大学时，我参加过盛装洛基恐怖秀，跟我一起参加的还有前面提过的丽萨·高德温，那至今是我这辈子与强行搞怪搏斗到底的最筋疲力尽的一个晚上。为了爱情，我什么都干得出来！我不信教，但我清晰地记得，我穿着丽萨·高德温的破丝袜，脸上用口红涂成血盆大口坐在座位上祈祷："求你了，老天爷，如果你真的存在，不要让'时空再次错位'[1]了！"

是的，猫子身上有些洛基恐怖秀的特质，也许吸引我儿子的正是这一点。她把手放在她瘦小的后背上，她的指头探索着他牛仔裤膝盖上的破洞。这一切真让人抓狂，而她说：

"好吧，你们这些正经人，遇到你们很高兴。你们的儿子真是个出色的小伙子！"她拍拍他的大腿，表示强调。

---

1. 音乐剧《洛基恐怖秀》中的歌词。

必须承认，听到这话，我大大松了口气。

"是的，我们知道。"康妮说。

"好好享受美景！年轻人，送我到门口——我不想让看门的把我打倒在地，在我身上乱摸！"随后是一阵狂笑和椅子摩擦地面的刺耳声音，她把手风琴"史蒂夫"从专座上举起，把渔夫帽扣在一头鬈发上。史蒂夫发出一阵颤音，他们消失了。

我们呆坐着，沉默得仿佛刚刚发生了车祸，最后康妮开口说："永远不要相信戴渔夫帽的女人。"

我们哈哈大笑，这是一对有着共同敌人的夫妻的甜蜜时刻。

"爸、妈，我想让你们认识一下我未来的妻子。"

"道格拉斯，别拿这个开玩笑。"

"我挺喜欢她的。"

"所以你让她把早餐放回去？"康妮"咯咯"地笑。

"你说，我是不是太过分了？"

"就这一次，道格拉斯，你不过分。"

"那你觉得他看上她什么了？我觉得是她的笑声。"

"我觉得不光是笑声，性也有关系。哦，阿尔比。"她叹了口气，脸上浮现出失望透顶的表情。"道格拉斯，"她用脑袋枕上我的肩膀，"我们的小伙子已经长大了。"

54. 分享过度和分享不足

我本来希望一家三口能一同度过在巴黎的最后一天，但康妮觉得累了，她口气相当严厉地坚持说想自己待会儿，"如果我们能答应她这么一个小小的、合法的要求的话"。只剩下我和儿子，我们都要抓狂，但我们还是定住神，前往奥赛博物馆。

变天了，气压变低，云层变厚，巴黎的空气开始发黏。"要起风暴了。"我说。

阿尔比不吭声。

"我们挺喜欢猫子。"我说。

"你不用假装，爸，我无所谓。"

"真的，真的！我们觉得她很有趣、很不一样。"沉默着走了一小段路后，我又说："你觉得你们还会联系吗？"

阿尔比皱起鼻子。我和儿子很少聊感情。有些朋友——主要是康妮的朋友——与子女交流时的坦诚态度令人咋舌，他们动辄把自己埋在松软的豆豆沙发里，就恋爱、性、爱恨情仇和喜怒哀乐等问题交换意见，并绝不放过任何一个秀裸体的机会，十来岁的半大孩子不就想看这个吗？父母故意钻进他们的视线，招摇着岁月这把杀猪刀的功劳。我总觉得这种行为既轻浮又刻意，但我也承认自己应该有所改进，我应该尽力克服自己那股矜持劲儿。我自己的父亲与我沟通感情问题时最接近"开诚布公"的一次，就是从国民医疗机构拿了些防治性病的传单，以扇面状铺在我的枕头上，作为我离家上大学的告别礼物，这就是我日后面对感情问题的全部知识储备了，而我母亲只要在电视里看到任意两人接吻就立刻转台。这两人经历了放纵的二十世纪六十年代而毫发无伤，就算他们生在十九世纪六十年代，也不会有多大区别。换作我和妹妹，会变成什么样我可不敢说。

可我不是已经决心打开心扉了吗？也许现在就是最好的时机，可以谈谈我那兵荒马乱的青春期，然后自然过渡到婚姻中的喜与悲。主意已定，我稍微绕了点儿路走到雅各布大街，十八年前我和康妮住过的酒店就在这里。我停下脚步，拉住阿尔比的胳膊。

"看见这家酒店了吗？"

"看见了。"

"那扇窗子。二楼转角，黄色窗帘那间？"

"那间怎么了？"

我把手搭在他的肩膀上。"那一间，阿尔伯特·萨缪尔·皮特森，你就是在那里形成受精卵的！"

也许操之过急了。我以为，来到精子和卵子合二为一、阿尔比一眨眼从无到有的现场多少会有几分诗意。我还猜测他想象着父母年轻时的样子，再对比如今不再意气风发的我们时，说不定会觉得好玩。阿尔比是爱情的结晶，我以为这样的追忆能够对他有所触动，毕竟我们的爱也承载过感情和关切，至少在我的记忆中是这样。

也许我想得还是不够周全。

"什么！"

"就那儿，那个房间，那就是你从无到有的地方。"

他的脸厌恶地皱成一团。"现在我脑子里的画面怎么也去不掉了。"

"不然呢，你以为你是怎么来的，阿尔比？"

"我知道是那么来的，我只是不想被迫想象那个画面！"

"我以为你愿意知道，我以为你会……"

他迈开腿往前走："你干吗要做这种事？"

"哪种事？"

"说那种话。非常诡异，爸爸。"

"一点儿不诡异，朋友聊聊天而已。"

"我们不是朋友，你是我爸爸。"

"那我们也不是……算是成年人吧。我们都是成年人了，我以为能聊点儿成年人的话题。"

"好的，谢谢你分享过度，爸爸。"

我们继续往前走，我琢磨着什么叫作"分享过度"、什么叫"分享不足"，以及是否存在"分享适度"的可能性。

55. 震惊资产阶级[1]

我们抵达奥赛博物馆，站在从旧火车站改造的壮观门厅里。"看那不可思议的大钟！"我的语气很震惊。阿尔比觉得震惊就不酷了，他继续往前走，开始欣赏绘画作品。我喜欢印象派，我知道这种爱好算不上时尚，但是阿尔比表现出强烈的漠不关心，仿佛那些广受欢迎的树木和坐在钢琴前的少女是我画的。

然后我们突然发现了比较合他心意的作品：古斯塔夫·库尔贝的《世界的起源》。作品的风格和技巧跟画芭蕾舞演员或一碗水果的作品如出一辙，但是本作的题材却是女人张开的双腿，女人的脸想必应该位于画框之外。这幅画令人不适，如此赤裸裸、彪悍的作品，我欣赏不来。一般来说，我比较不喜欢吓一跳的感觉。不是我假正经，但那都是半大小子才会喜欢的没有门槛的艺术。"他们的灵感都是打哪儿冒出来的？"我瞥了一眼这幅画，继续前进。

---

1. 颓废派的口号。

111

但是阿尔比显然不愿意错过令我不快的机会，他停下脚步，看了又看。我不想表现得自负，便倒回脚步，又站在阿尔比身边。

"这才叫分享过度！"我说。

没有回应。

"相当冒犯，不是吗？"我说。阿尔比哼了一声，歪了歪头，仿佛歪着看会有什么不同似的。"竟然是1866年绘制的，了不起。"

"怎么了不起？你觉得1866年的裸女跟今天的不同？"他已经凑上去，使劲儿往画面里看，他凑得那么近，我简直担心保安会来阻止他。

"不是，我只是说，我们以为过去的作品本质上是保守的。现在我们知道了，愤怒并不是二十世纪末的新事物，这一点很有趣。"说得好，我暗暗自夸。听上去有康妮的水准，但阿尔比只是拉长了脸。

"我并不觉得这幅画表现的是愤怒，我认为画面很美。"

"我也觉得，"我毫无原则地说，"伟大的作品，水准很高。"我的目光再次盯住标题——《世界的起源》。我一紧张，就想朗读——标题、路牌——而且喜欢重复念好几遍。"《世界的起源》，这标题很机智。"我猛地一抽鼻子，排出鼻子里的空气，意在表现我觉得这标题是多么的丧心病狂，"不知道这模特儿做何感想。她会不会过来瞧瞧这画面，然后说：'古斯塔夫，惟妙惟肖啊，跟照镜子似的！'"

但阿尔比已经从包里掏出速写本，因为光是看着这无名氏的私处绝不过瘾，显然，他还非得临摹下来。

"我在纪念品商店等你。"我将下笔如狂、忙着叠涂线条和阴影的阿尔比丢在原地。

56. 舒适区

之后，我们在一家越南餐厅度过了巴黎的收官之夜，但我不得不提前退场，因为我被自己的汤弄伤了。

我一向吃不惯特别辣的食物，我不无理由地相信，如果一种物质能让我的手指头火辣辣的，我就不应该允许它进入胃袋。当然，阿尔比爱死了火辣辣的食物，火辣辣的食物反映了他火辣辣的内心，或者火辣辣的政治观，或其他的什么。而康妮，她的情绪从自助早餐吃的那一堆大杂烩之后稍好了一点儿，但还是懒得去像样的西餐厅。"我发誓，再见到一条鸭子腿我就要大吼大叫了。"阿尔比建议吃越南菜，那我是不是也该离开所谓的"舒适区"，试试水？因此，按照阿尔比的建议，我们骑上摇摇晃晃的自行车，来到蒙帕纳斯区的一家越南餐厅。

"Authentiquement épicé！"阿尔比满意地读着菜单，"意思是：正宗辣！"

我点了类似牛肉汤的东西，特别交代"少放辣，谢谢"，但端上来的碗里还是重重地放了小小的、恶毒的红辣椒，我简直怀疑这是故意搞的恶作剧。也许是阿尔比的指使，也许厨师的脸正贴在小圆窗户上偷窥窃笑。无论如何，我必须先喝一大口啤酒，给我的上腭降降温。

"受不了吧，爸爸？"阿尔比龇着牙笑。

"有点儿。"我又点了一杯啤酒。

"看见没？"康妮也龇着牙，"只要不是沾着卤汁的熟肉……"

"瞎说，康妮，你明明知道不是那样的。"我的语气也许有点儿气急败坏，"实际上相当美味。"

下一口就不美味了。我一直试图用牙齿过滤汤汁，好挡开那些小红辣椒，可是，漏网之鱼在所难免，我的嘴里刹那间火烧火燎起来。我一口干了啤酒，谁知把酒杯重重蹾在桌上时，肉汤里的大瓷汤勺被弹起来，将满满一勺汤准确地弹射进我的右眼。那汤汁里放入了大量的酸柠檬和辣椒碎，一时间，我眼前一黑，手在桌子上乱摸一通，想找张餐巾纸，最后总算摸到一张阿尔比用过的，上面沾满了他那份排骨上的辣椒酱。纸上的辣椒揉进被辣到的那只眼，连没遭殃的那只眼也不知怎么进了辣椒。阿尔比一定是想要提醒我来着，可他笑得说不出话，我已是泪流满面。阿尔比和康妮起先还哈哈大笑，却渐渐觉得难堪又担心，这期间我摸摸索索、跌跌撞撞地去找厕所，一路撞上了好几个客人，连滚带爬地穿过一道珠帘，一头撞进女厕所——Désolé! Désolé![1]——然后到了男厕所，总算摸到了世界上最小最难用的洗手池，我恨不得把脑袋整个扎进去，脑门也被水龙头蹭破了。水龙头流出的先是滚烫的水，然后是冰凉的水，冲进我的眼睛。我的脊柱弓得像虾米，水难受地冲击在眼球上，然后流进我幸好已经麻木的嘴里，化学灼伤让我一跳一跳地痛，多年前拔除智齿的痛再次浮现在脑海中。

我就这么待了一会儿。

终于，我直起身，看看镜子里的自己，我的衬衫湿透了，沾在胸口，额头流着血，右眼已经睁不开了。我扒拉开眼皮，我的巩膜上密布着血丝，呈番茄酱的颜色。我向天花板翻着眼睛，注意到视野边缘有一道伤口，类似照相机镜头上的头发丝，待我定睛追踪

---

1. 法语：对不起！对不起！

时，它又跳着舞逃离了我的视野。我受伤了。我暗想：这就是不能离开舒适区的原因，因为舒适。离开舒适区图什么呢？

回到餐桌旁后，阿尔比和康妮先是一脸严肃，继而爆笑不止。笑声响起，我本想加入，毕竟我想与大家同乐，而不是成为被取乐的对象。我已经想好了一个妙句："看见了吧，所以我们在实验室里要戴护目镜。"这个梗似乎没落地。

"你的样子，好像被绑在椅子里给揍了一顿似的。"康妮说。

"我没事儿，好着呢！"我微笑着推开汤碗，"来，给你吃。"

"我觉得这儿的东西好好吃。"

"我也觉得不错，"我说，"但是我更喜欢不会伤人的食物。"

康妮叹了口气："它没伤人，道格拉斯。"

"伤了！伤到我的眼角膜了。从现在开始，只要看到白色平面，上面就会出现那碗汤。"一听这话，他们又笑开了，我突然忍受不了了。我难道不是在努力吗？难道我不是正以最大的诚意在努力吗？我喝干啤酒，也许这是第三杯或第四杯了，一推椅子，站起来就走。

"我打算走着回酒店了。"

"道格拉斯，"康妮把手放在我的胳膊上，"别这样。"

"不，你们俩单独待着开心得多。来……"我从钱包里往外抽钱，学着电影里的样子挑衅地往桌上扔了几张纸币，"应该够了。去阿姆斯特丹的火车九点十五分开，所以最好起早点儿。请不要迟到。"

"道格拉斯，坐下，请你等等我们——"

"我需要呼吸新鲜空气。晚安，晚安。我找得到回酒店的路。"

57. 对不起，我迷路了

　　我自然是迷路了。蒙帕纳斯塔阴森的黑色塔身先是出现在身后，随后又跑到前面，然后是左边、右边、各处。我从僻静的小街道转出来，走上一条宽阔乏味、没什么行人的大街，再拐上一条怡人的、带隔离带的车道。终于，我来到了环城公路。我朝一条高速公路走去，灌了一肚子啤酒和各种汤汤水水，浑身臭汗，喝得醉醺醺的，还瞎着一只眼。我不配被爱，也拿不出爱来给别人，我什么也拿不出来，只有烦恼、沮丧、自怨自艾，还在这个愚蠢的城市迷路了，彻底迷路了。光之城，该死的、该死的光之城。

　　我不敢多想，然而出发时我的确设想过这次旅行也许能修复我们的婚姻，甚至改变康妮的心意。"我想我得离开你"，她是这么说的，"我想"二字难道不是在表明她还在犹豫，还有可能回心转意吗？也许换个环境会使她忆起旧日初识的时光。然而，以为一个城市就能改变什么，以为油画、大理石雕像和彩色玻璃就能改变什么，终究是痴心妄想，跟在哪儿完全无关。

　　荣军院壮丽的镀金穹顶出现在紫色的天空下，埃菲尔铁塔上的探照灯向下扫视，仿佛在追踪逃犯。空气中带上些许电荷的气息，预示着夏季的暴风雨，我意识到自己离酒店仍然很远，而他们可能已经上床，已经幸福地入眠，我的家人们。我即将失去他们，或许我已经失去了，我沿着漫长乏味的废街机械地迈着腿，不明白为什么我的计划无一成功。

　　我在罗丹美术馆右转。墙壁上有一道沟，里面是一座雕像，五个男人抱成一团，哭号呜咽着表现各种绝望，这似乎是个不错的休息地点。我坐在马路边上。我的手机响了——当然是康妮——我考虑着不接，但我从来做不到不接康妮的电话。

"喂？"

"你在哪儿，道格拉斯？"

"我好像是在罗丹美术馆外面。"

"你跑到那儿去干什么？"

"看展览。"

"子夜一点了。"

"我有点儿迷路了，仅此而已。"

"我以为你会在酒店等着。"

"我一会儿就回去。你睡吧。"

"你不在我睡不着。"

"我在你也睡不着吧。"

"是啊，你说得对。真是……两难。"

沉默了一刻。"我有点儿……有点儿发脾气了。"我说。

"没有，是我不好。我知道你和阿尔比谁也不服气谁，但我不该掺和进去的。"

"我们别再说这事儿了。明天要去阿姆斯特丹。"

"新的开始。"

"没错，新的开始。"

"那你快点儿回来。要起风暴了。"

"用不了多久。你去弄点儿——"

"我们是爱你的，你知道的。我们不总是挂在嘴边上，我知道这一点，但是我们爱你。"

我深吸了口气："我说了，我很快就回去。"

"太好了。快点回来。"

"再见。"

"再见。"

"再见。"

我枯坐了片刻，勉强起身，脚上加紧，决心在下雨前赶回去。明天要去阿姆斯特丹。也许阿姆斯特丹会改变什么。也许在阿姆斯特丹，一切都会顺顺利利的。

第三部

低地国家

———

我不知道世上的人对我怎样评价。我却
这样认为：我好像是在海滩上玩耍，时
而发现了一颗光滑的石子儿，时而发现
了一个美丽的贝壳而为之高兴的孩子。
尽管如此，那真理的海洋还神秘地展现
在我的面前。[1]

——艾萨克·牛顿

---

1. 该选段是牛顿的临终之言，收录于英国历史学家约瑟夫·斯彭斯的著作《书与
人的趣闻、观点与性情》。

58.《气泵里的鸟实验》

但是，天哪，那种快乐，那种连轴转的快乐、欢愉、激情，过去的经验远远不能与此相提并论。姗姗来迟的爱情令人天旋地转。这绝对没错，因为我可以确定这一次是真正的初恋。以前的都是误会，也许是发昏、发狂，但这一次全然不同。这次是天赐良缘，我要焕然新生。

第二次约会还未开始，我已着手洗心革面。生活荒芜了太久，巴尔汉姆那间乏味的公寓便是它的写照。光秃秃的奶白色墙壁、简易组装家具、灰蒙蒙的纸灯罩和一百瓦的雪亮灯泡，康妮·摩尔这么酷的姑娘肯定受不了。把这些通通扫地出门，换成……这个嘛，我也没有十足的把握，但是我还有二十四个小时的考虑时间。再次约会的前一天晚上，我早早离开实验室，乘巴士来到特拉法加广场，走进国家美术馆的纪念品商店大肆采购。

我买了提香、凡·高、莫奈和伦勃朗作品的明信片，还有修拉《安涅尔浴场》和达·芬奇《圣母与圣子》的大幅招贴画。我买了凡·高《向日葵》的复刻版，搭配德比的约瑟夫·赖特的《气泵里的鸟实验》，这幅启蒙时期的绘画表现一个男人试图扼死一只凤头鹦鹉，看上去相当阴森，却完美融合了她的艺术范儿和我的科学梦。我迈着轻快的脚步来到摄政街的百货商场，买了几个带夹子的镜框和几个靠枕——这是我第一次拥有靠枕——还有小毯子和小甩垫（有这么个词儿吗？小甩垫？），以及摆得上台面的高脚杯和崭新的内裤、袜子。我福至心灵，相当乐观地买下崭新的床品，花色简约又时尚，全不是我妈八十年代买的方格本图案。之后是卫生间，我买了剃须刀、乳液和香体膏，还有控油爽肤水——控油爽肤是什么意思我全然不知——我还买了牙线、漱口水以及各种气味的肥皂和啫喱膏，肉桂、檀香、香柏、雪松，几乎收了个植物园。我下了血本，叫了一辆出租车回家——黑色的出租车！毕竟，公共巴士怎能容得下这个焕然一新的我呢？

回到巴尔汉姆，我花了整晚把全新的我布置在公寓各处，我奇招频出，试图利用每个细节体现本人一向过着的高雅生活。我将书籍分散投放在各处，精心将小甩垫甩在地板上。我往崭新的果盘里摆上鲜果，扔掉愁眉苦脸的丝兰和一碰就成渣的多肉植物，换上鲜花——新鲜的切花！估计是郁金香——经过我的巧手，一只五百毫升的耐火锥形烧瓶摆脱了枯燥的实验室，成为一只花瓶……省钱又有情趣！好了，如果——如果——有朝一日她迈进我的公寓，准会对我刮目相看：一个生活简约、有趣却不简单的低调单身男子，内敛而沉稳，在俗世中和光同尘，却散发着凡·高、抱枕和植物园的气息。爱情喜剧电影中常有主人公手忙脚乱立人设的桥段，今晚就是这个气氛。倘若假发没戴正，胡须没粘牢，果盘的价签忘了摘，倘若伪装不到位，靠魔术贴命悬一线的话，请放心，我自然会见机行事，随时出手补救。

59.《向日葵》

二度约会大获成功，第二天早晨康妮果然详细巡视了一番。我一边泡茶一边透过门玻璃观察康妮，她套上一件旧T恤——天哪，那情景简直——从果盘里拿了一只新鲜苹果，仔细看了看之后，在公寓里四处逛。她把苹果叼在齿间，拉出一只只唱片套，查看一排排书脊、磁带和录像带，查看了多么随意地钉在软木板上的明信片和墙上镜框里的复刻画。

"这幅画上的男主人掐着鹦鹉脖子呢。"

"约瑟夫·赖特！"我快乐地喊道，抢答似的，"《气泵里的鸟实验》。"

"你还真喜欢凡·高！"她冲厨房门后的我喊道。

我喜欢吗？应该喜欢吗？喜欢是对还是不对？是不是凡·高过度了？我以为每个人都喜欢凡·高，但是这样一来是不是烂大街了？我按了按嘴上的胡须。

"我很爱凡·高，"我也冲她嚷，"你不爱凡·高吗？"

"我爱凡·高，这一幅除外。"康妮，别担心，我这就摘下来，"你还有比利·乔，好多比利·乔。"

"早期的比利·乔棒极了！"我失声嚷道，可是，等我端着茶——散叶的，而非袋泡的伯爵茶盛在素白瓷杯里——走进来，却发现她已经没影儿了。也许看了《向日葵》她竟跳楼了？我听见浴室传来哗哗的水声，手里端着托盘，傻乎乎地站着，进也不是，出也不是，就这么站了十分钟，我不知道自己该不该进浴室，或者是否有资格。她终于推开浴室的门走出来，头上包着新毛巾，她的头发湿漉漉的，素面朝天。也许她控过油爽过肤？反正她美极了。"我给你煮了茶。"我端起一杯专为她烹煮的香茶。

"我认识的男人里，你的盥洗用品差不多是最全的。"

"这方面，你知道我的。"

"你知道奇怪在哪儿吗？东西都是崭新的。"

我不知如何作答，但幸运的是，这并不重要，因为我们亲吻了起来，她的气息混着苹果和薄荷的气味。

"要不然，你把那托盘先放下？"

"好主意。"说完，我们摔进沙发，"我这地方也不算太糟，对吗？"

"不算糟，我很喜欢。井井有条，真干净。我的公寓，要走到房间另一头，准会撞上烤肉架或者大活人，而你这里……真干净。"

"这么说，我通过审查了？"

"暂时通过了，"她说，"但进步是没有止境的。"

于是她立即着手，帮助我进步。

60.《卖花女》

我倾向于认为，到了一定的年龄后，我们的品位、本能和气质就会如同混凝土般坚硬。但我当时还年轻，至少比现在年轻，意愿更强，可塑性更强，跟康妮在一起，我是快乐的橡皮泥。

接下来的数周，然后是数月，她开始在全伦敦的画廊、剧院和电影院给我进行彻底的文化普及。康妮的"学术"水平不够，她没有在大学里受过艺术教育，偶尔会因此产生不安全感，可她以为自己少学了什么呢，老天爷才知道。当然，在文化品位这一方面，她比我早起步二十七年。艺术、电影、小说、音乐，她似乎什么都看过、读过、听过，她的热情和明晰清爽的思路显然来源于自学。

以音乐为例。我父亲喜欢听不列颠的轻古典和传统爵士乐，我的童年记忆中，总是先放《轰炸鲁尔水坝进行曲》，然后是《圣徒进行曲》，结束后再回到《轰炸鲁尔水坝进行曲》。他喜欢"节奏好""调子好"的曲子，礼拜六下午，他会霸占着音响，一手拿着唱片封套，一手夹着香烟，时不时地用脚指头点着地，注视着阿克·比尔克[1]的双眼。望着他沉浸其中，就好像看着他在圣诞节头戴纸帽般让人浑身难受，我真希望他能摘下来。而我妈呢，她引以为豪的恰恰是可以完全没有音乐而生活。他们是不列颠群岛上最后几个被披头士吓得肝胆俱裂的人。用正常音量听"羽翼"乐队的《精选集》，是我最接近朋克叛逆的时刻了。

康妮与我恰恰相反，房间里没有音乐她就浑身不自在。她的父亲，那个消失不见的摩尔先生，是个音乐家，出走前只留下了他收藏的密纹唱片：蓝调老歌、雷鬼、巴洛克时代的弦乐、鸟鸣原声、斯塔克斯唱片和摩城唱片公司的出品、勃拉姆斯的交响乐、比波普爵士乐和街头布鲁斯，康妮只要有机会就会放给我听。歌曲之于她，如同酒精之于许多人一样——例如康妮——歌曲可以左右她的情绪，振奋精神，带来灵感。在白教堂的公寓里，她会倒上一大杯鸡尾酒，放上几张隐晦冷门、音质已经不甚清晰的古早唱片，点着节拍，且歌且舞，我也深受感染，或者假装深受感染。曾有人说，音乐是组织起来的声音，而这种声音组织得实在不好。如果我问："唱歌的是谁？"她便半张着嘴转向我："你不知道？"

"不知道。"

"你怎么可能不知道这一轨，道格拉斯？"是一轨，不是一曲。

"不知道才问的！"

"你这一辈子都白活了，你都在听什么呀？"

"我告诉过你，我对音乐没什么兴趣。"

---

1. 二十世纪五六十年代传统爵士乐复兴时的英国黑管演奏大师。

"可你怎么会不热爱音乐呢？不热爱音乐，等于不热爱美食、不热爱性！"

"我喜欢音乐，只是没有你懂得那么多。"

"你知道，"她会边吻我边说，"有了我，你幸运得不得了。"

说得极是。我是幸运得不得了。

61. 现代舞蹈速成

我的文艺修养课不限于音乐，还扩展到现代舞蹈，这一艺术形式与我完全隔着一座大山，一丝光都不透。似乎无法用语言来形容，那我该怎么说？"我喜欢他们把自己糊在墙上的样子？"

"不是你喜不喜欢的问题，"康妮会这样说，"是舞蹈带给你的感受。"那么，我的感受常是傻呵呵的，或者没有感受。剧场艺术也一样，在我看来，无异于把葬礼搬进电视节目。古希腊时代以来，可曾有人观赏戏剧后说过："舍不得它结束！"显然，是我看的剧目有问题。我们看戏的地方包括酒吧楼上狭窄的房间，也在巨大的仓库外面边散步边看过，我们欣赏过背景设在屠宰场的、充满血腥气的《仲夏夜之梦》和色情版《私人生活》，我从不感到厌烦。怎么可能厌烦？哪天剧场里没人挥动假阳具才稀奇，然而随着时间的流逝，我渐渐麻木了，至少我学会了掩饰震惊。如果这是文艺修养课，那么这也同样是某种形式的考察。凡是康妮喜欢的，我也想要喜欢，因为我想让她喜欢我。因此，以上的一切已经不能再叫作"怪异"，而应该改称为"先锋"。

公平地说，这些文艺活动中的一大部分使我相当乐在其中，尤其是电影，完全不同于我之前喜爱的《逃避主义者遭遇》，这些电影里没有星际旅行，没有亡命天涯的连环杀手，也没有倒计时的定时炸弹。我们现在去电影院的目的是阅读。我们去的是那种小型独立电影院，售卖咖啡和胡萝卜蛋糕，放的都是有关暴力、贫穷和悲伤的外国片，偶尔裸露，常常残忍。我常暗自琢磨，那些在现实生活中会让人们绝望到发疯的场面，怎么就成了电影的香饽饽？艺术带给我们的不应该是一阵喘息、一通大笑、一次享受、一场刺激？非也，康妮说，揭露真相才能入心。唯有直面生活中最痛的创伤才能将其理解，将其征服。言罢，我们又赶着去看另一场有关人类之间互相侮辱的戏剧。在这个主题上，我们还常去看"秀"——康妮一听我说"秀"这个词就想笑——我也尽了最大努力蹦起来大呼小叫，只要人家允许我们这么做。

歌剧也是如此。康妮有个在歌剧院工作的朋友——她怎么可能没有——我们总能拿到便宜票去看威尔第、普契尼、亨德尔和莫扎特的歌剧。我很爱这些夜晚，常比康妮更加开心，就算导演把《女人皆如此》[1]的场景挪到伍尔弗汉普顿的职业介绍所，也不耽误我闭上眼睛，拉住她的手，聆听那组织得精彩绝伦的声音。

听我的描述，是不是像个俗人？不解风情，粗鄙不堪？也许是的，然而既然有那种四小时以上的、关于古拉格集中营的硌牙电影，也就同样有在常规电影院找不到的时髦的、有灵气的、动人的佳作，甚至里面的舞蹈都很优美，令我感激不尽。妻子帮丈夫提高文化修养，我认为这是一个普遍现象，只是我认识的男人们要么死不承认，要么勉强承认。身为科学工作者，我有时候

---

1. 由莫扎特作曲，彭特撰写剧本的一部喜歌剧。

对艺术界夸下的海口感到怀疑和憎恨——拓宽视野，延展心智，解放想象——然而如果我的文化品位在进步，那么是的，我也在进步。我还知道希特勒也热爱歌剧，可我仍然强烈地感觉到，我的生活以某种无法定义的方式被改变了。我不想用"灵魂"这个词。当然，生活似乎是充实了，但充实生活的究竟是当代舞蹈呢，还是我身边这位佳人呢？

现在的我深受"过去如何如何"的困扰。康妮以前是什么样的？曾经是怎么样的？以前都是怎么样的？恋爱伊始，我们曾立下誓言：不许因为太累而懒于约会，我们必须"做出努力"。然而，这信誓旦旦的诺言也没有逃离注定要被打破的怪圈。也许她婚后再也没多少要对我展示的了，但我们的确逐渐丧失了大胆尝试的勇气，而离开伦敦、为人父母后更是如此。我觉得这是无法避免的。约会不可能持续二十四年，根本不现实。这年头，谁还有心情看"秀"？我们吃什么，坐哪儿，两只手往哪儿放？总有别的事可做，比如去巴黎、去阿姆斯特丹。

但我还在听莫扎特，不过是一个人在车里听，而不是高高在上、飘飘欲仙地和康妮一起听。听选段，听精选曲目。我有一套上好的汽车音响，顶级的，但在空调的隆隆噪声中，或在A34公路的繁忙时段还是很难听得清。烂熟于心后，那音乐俨然成了定心丸，它是背景音乐，而不是我会主动和专注去倾听的对象，如同劳顿一天后的杜松子酒兑汤力水。我想，这真是不应该。每个音符都没有变，而我"过去"不是这么听的。"曾经"的听法更悦耳些。

62. 在比利时，新的开始

不让人兴奋吗？崭新的一天，崭新的开始，世界崭新的一角？火车驶离巴黎，只消三小时多一点儿，我们就将抵达阿姆斯特丹，跳房子似的途经布鲁塞尔、安特卫普和鹿特丹。康妮说，我们会错过勃鲁盖尔、蒙德里安、根特的一件恶名在外的祭坛装饰和风景如画的布鲁日，但是荷兰国立博物馆就在前方。我依旧陶醉在欧洲大陆这种坐火车的旅行，上车是巴黎上车，下车就是苏黎世、科隆或巴塞罗那。

"真是奇迹，不是吗？早餐吃可颂，午餐吃奶酪三明治。"我说。我们正在巴黎北站，登上九点十六分的列车。

"再见，巴黎！或者应该说'au revoir'？"我在火车朝着阳光徐徐驶去时说。

"手机地图显示，我们已进入比利时境内！"我在火车跨越国境的那一刻说道。

我有个坏习惯，狭小空间的沉默气氛令我焦虑，于是我左右挑逗，找话题，活像试图发动一台除草机。

"我第一次来到比利时！你好，比利时。"我挑逗道，拼命地挑逗、挑逗、挑逗。

"这辆车的无线网不能用。"阿尔比说。我只是微微一笑，望向窗外。我已经决定忘记昨晚的厌倦，以纯粹的意志力自得其乐。

我高昂的心情与窗外的风景形成了鲜明的反差，大都是工业化的农田，整洁的小镇穿插其间，教堂尖顶图钉似的零星出现在地图上。昨晚的暴风雨使我清醒，啤酒仍然让我有些反胃，但眼睛没那么肿了，并且我们即将抵达阿姆斯特丹，一个我向来认为是文明开化的城市，不像巴黎那么懒洋洋，也许我们多少沾染了那种吊儿郎当的气质。我靠在椅背上。"我喜欢这列火车，"我说，"为什么欧洲大陆的列车比我们的舒服得多？"

"你的感想真不少。"康妮叹了口气，放下手中的小说，"你的精神怎么这么足？"

"我就是兴奋。和家人一起贯穿比利时，我觉得兴奋。"

"看你的书吧，"康妮说，"否则我们把你推下车。"他俩接着看小说去了。康妮读的是什么《体育和消遣》，作者是詹姆斯·索特。黑白封皮，一个驼背的裸女躺在花里花哨的浴盆里泡澡，封底说，该小说"感性而多共鸣，是情欲写实主义的杰作"。"情欲写实主义"，在我看来这个词本身就是自相矛盾的，但在阿姆斯特丹的酒店不失为一个吉兆。另一边厢，阿尔比在读阿尔伯特·加缪的《局外人》，这本书的英文译名与比利·乔的第五张专辑同名。书是康妮送的礼物，同时送给阿尔比的还有欧洲小说的一套英文译本，很多作者的名字里连续出现缩写字母。我认为这张书单令人生畏，而阿尔比显然也有同感，从他读《局外人》时的愁眉苦脸就知道了。即便如此，在小说方面，阿尔比还是比我表现得更好。

63. 关于小说的种种

恋爱伊始，我记得应该是在去希腊旅行时，我忘了带一本书上飞机。我再也不会犯同样的错误。

"两个小时你打算怎么消磨？"

"我有记事本，可以工作。我还有旅行指南。"

"可你就不带本小说看看？"

"我从来懒得看小说。"我说。

她摇摇头。"我一直不明白那些不读小说的变态都是什么样的。原来你就是！变态。"她脸上一直带着笑，可我分明觉得这话是越说越不投机，仿佛我再也拿捏不准她的喜怒哀乐，仿佛我失口犯了什么大忌。一个无法理解虚构故事的男人，一个偏爱钻研真实世界的男人，我真的可以爱上这个人吗？从那时开始，我牢牢记住，永远不要在手里没拿着一本书的情况下坐在任何一种交通工具上。如果是小说，极有可能是康妮提供的，可能即将获奖，但不会太深奥，其文学性想必等于我父亲口中的"节奏好，调子也好"。

我着实读过大量的非虚构类作品，在我看来，文字在这里才能派上更好的用场，而不是给根本不存在的人物编排对话。除学术论文外，我还读科普读物和经济学书籍，并且像很多同龄的男性一样偏爱军事历史，也就是康妮口中的"鼓吹法西斯主义的书"。为何我们会被此类书籍所吸引，我并不太确定。也许人们只是喜欢想象自己在父辈曾经历过的危局面前会如何表现，想象考验来临时会如何行动，展现出真实的人性，而那真实的人性又是什么。追随还是领导，抵抗还是合作？我对康妮讲了我的理论，她哈哈大笑起来，说我是教科书般标准的"合作者"。"荣幸之至，集团领袖！不知有何效劳……"说完，她又笑了半日。康妮比任何在世的人都更了解我，但在这方面，我强烈感觉到她判断错了。虽然没写在脸上，但我可是彻头彻尾的"抵抗派"。我只是缺少一个展示的机会。

64. 阿登战役

火车隆隆驶向布鲁塞尔，此时我掏出自己的书，一本信息量极大却颇引人入胜的二战历史。时间是1944年3月的某一天，"霸王行动"[1]计划正在紧锣密鼓地筹划中。"老天爷啊。"我放下书。

"又怎么了？"康妮有点儿不耐烦。

"我刚刚才意识到，往那个方向过去一点儿就是阿登地区。"

"阿登地区怎么了？"阿尔比说。

"阿登地区，"我说，"是你曾祖父战死的地方。在这里……"

我轻快地翻着书，中间部分是一幅阿登战役地图。"我们大约就在这一带，战役就发生在这里。"我指着地图上的红蓝箭头——它们代表双方将士，却无法表现血肉之躯。"这里就是所谓'突出部'，是德军孤注一掷反击美军的地方，一次惨烈的战役，可以归入最惨的战役之一，在严冬的森林里，死前可怕的抽搐。参战的主要是德军和美军，也卷入了一千名左右的英军士兵，其中就有你的曾祖父。惨烈的毁灭，堪比仅隔半小时路程的诺曼底登陆。"我指了指东边，阿尔比朝窗外张望，仿佛在寻找斯图卡战机或黑色烟柱之类的战争遗迹，然而窗外只有农田，庄稼已然成熟，一派宁静祥和。阿尔比耸耸肩，仿佛我在编故事。

"战役勋章还放在我的写字台抽屉里。你以前还问我要过呢，阿尔比，你小时候。你还记得吗？你曾祖父就安葬在那里，一个叫奥通的小镇。""我父亲只去过一次，那时候他也还小。他退休以后，我想带他再去看看——你还记得吗，康妮？——不过

1. 诺曼底登陆的代号。

他懒得办新护照。我记得当时心里想着，只去父亲的墓前看过一次，多么令人难过呀。他说他不想为这事儿动太多感情。"

我少见地侃侃而谈，情绪也有点儿激动。我很少对家族历史特别怀旧，对家谱人物的了解也仅限于尚且在世的几代，可这不是很有趣吗？我们的家族遗产，在历史上扮演过的小小角色。特伦斯·皮特森曾经在阿莱曼作战，在诺曼底作战。阿尔比是我们唯一的儿子，他将继承曾祖父的战争勋章。难道他不应该至少了解一下勋章的意义和父辈做出的牺牲吗？然而阿尔比似乎一心扑在他的手机提醒上。换作我，我父亲准会把那玩意儿掀翻。

"也许，我应该走一趟。"我继续说，"也许我们应该一起走一趟。在布鲁塞尔下车，租一辆汽车。我之前怎么没想过？"

"我们以后再去。"康妮说，她已经合上书，关切地望着我，"谁想喝点儿咖啡？"

我已经预感到山雨欲来，就让争论来得更猛烈些吧。"你会有兴趣吗，鸡蛋仔？你想一起来吗？"我知道他才不想，可我就是想听他自己说。

他耸耸肩："也许吧。"

"你好像没什么兴趣。"

他用两只手抓抓头："这是历史了。我认识的人都没经历过这些。"

"我认识的人也都没有，但我还是……"

"滑铁卢就在那边，索姆在我们后面。那里可能有战死的皮特森家族成员，或许也有摩尔家的。"

"那可是'我的'祖父。"

"但是你亲口说过，你并没见过他。我根本就不记得自己的曾祖父。遗憾归遗憾，但那么久远的事，我就是没办法共情。"

"共情"，真是个愚蠢的词。"仅仅过去了七十年，阿尔比。两代人之前，巴黎和阿姆斯特丹还有纳粹分子。'阿尔比'这个名字犹太味儿十足——"

"行了，这聊天太没意思了。"康妮开心的样子很不自然，"谁想喝咖啡？"

"最起码你可能会被征兵。你有没有想过那种情况？三九寒冬，在比利时的树林里吓得要命，像我祖父那样。那儿可没有无线网络，阿尔比！"

"麻烦你们两个小声点儿，换个话题！"

我只是将声音提高到在嘈杂的车厢里能听见的程度，大喊大叫的只有阿尔比。"你干吗把我说得那么无知？这些历史我都懂，我知道发生过什么。我知道，我只是……对二战没那么痴迷。对不起，我真的不痴迷。我们已经翻篇儿了。"

"我们？我们？"

"我们已经翻篇儿了，我们不会到处看见那段历史。我们不会看到画满了……箭头的地图。这也挺好的，不是吗？这样才正常，不是吗？翻篇儿了，我们都是欧洲人，而不是没完没了地读那段历史，钻牛角尖。"

"我没有钻牛角尖，我——"

"对不起，爸爸，我就是对森林里的坦克战没感情，我也不打算假装关心对我来说毫无意义的事情。"

毫无意义？这可是我父亲的父亲，我父亲在没有父亲的情况下长大成人。也许阿尔比觉得那样挺好，甚至再好不过，但是即便如此，这等漫不经心，这等不以为意，似乎也是一种……背叛，不够男子汉。我爱我的儿子，这一点我得先说得一清二楚，但是在那个当下，我只想把他的脑袋弹到车外。

然而我只是停顿了片刻，然后说："好吧，坦率地说，我认为你这种态度是垃圾。"这句话回荡在随后的沉默中，无异于一把利刃。

65. 瑞士

距离使不同的观点更能够和平沟通。时间会让我们后退一步，使我们看问题更全面，更客观，更心平气和。回想那次谈话，显然我是小题大做了。然而，尽管我出生时大战已经结束了十五年，战争的阴影却无孔不入地笼罩了我的全部童年世界：玩具、漫画、音乐、轻喜剧、政治，战争让一切都变了味。而我的父母呢，看着青年时代亲历的创伤和恐怖放到轻喜剧和孩童游戏中再度演绎，他们又做何感想，只有天知道。诚然，他们从未表现出多愁善感或精神受创，纳粹更是能令我父亲发笑的寥寥几样事物之一。倘若祖父的战死的确令他心头沉重，那么他也定是掩盖得极好。除了愤怒，父亲的喜怒哀乐一概深藏不露。

与此相反的是我儿子，他这一代人再也不用"同盟国"和"轴心国"来划分国家，也不再将人与人按照其祖父所效忠的对象来划分。除了第一人称的枪战片外，阿尔比的脑海中很少出现二次大战，也许这的确更"正常"，也许这的确是一种进步。

但在火车上，我没觉得这是一种进步。在我看来，这是不尊重，是无知和浅薄的自满。听了我这番评价，阿尔比把书扔在桌上，嘟嘟囔囔地不知说了些什么，然后从康妮身上跨到车厢过道上，扬长而去。

等其他乘客的目光又回到他们的报纸上之后，康妮轻声问："你没事儿吧？"听她的语气，她想问的是："你没疯吧？"

"我好得很，不劳你费心。"

沉默中，火车又前进了两三公里，我开口道："这么说，显然全是我的错。"

"也不全是，二八开吧。"

"谁是八就不用问了。"

又是两三公里过去，她拿起自己那本书，却一页也没翻过去。农田、仓库，更多的农田和房子的背影。我说："我刚才想说的是，或许你也能偶尔支持我一回。"

"我本来就支持你，"康妮说，"如果你有理。"

"没有一次——"

"道格拉斯，我是中立的。我是瑞士。"

"真的吗？你的立场我可看得一清二楚——"

"我没有'立场'，这又不是战争，但有时候只有老天知道是什么。"

火车过了布鲁塞尔，那里的情形自是无法详述了。经过一座公园时，我从左边瞥见了原子球塔，一座为世界博览会所建的不锈钢建筑，五十年代版本的今天的生活，正是我希望见到的。不让我议论一番我就憋得慌，可话一出口，却成了："他这态度真烦人。"

"好吧，我理解你。"康妮的手搭上我的小臂，"但他还年轻，你又这么……自负，道格拉斯。你那语气，活像个老顽固，叫嚣要国民兵役死灰复燃。说真的，你知道自己像谁吗？你的语气跟你家老爷子一模一样！"

这还是头回听说。冷不防这么一说，我需要时间来理解，当时康妮却不给我这个时间："你干吗不顺其自然？你老是挑他的毛病，给他气跑了吧。老天见证，我心里也不是滋味，可你这也不是，那也不是，气急败坏，得理不饶人，要不就是暴跳如雷。真的……我受不了，实在受不了。"她低低地说，"所以我再问你一次：你没事儿吧？你一定得说实话。要是你坚持不下来，我们就回家。"

66. 和平谈判

火车进入安特卫普，我找到了阿尔比，他正坐在餐车的高脚凳上吃一小桶品客薯片。我注意到，他的眼圈有点儿发红。

"原来你在这儿！"

"我在这儿。"

"我从布鲁塞尔找了一路过来，我以为你跑路了。"

"我就在这儿。"

"现在吃品客是不是早了点儿？"

阿尔比叹了口气，我决定不谈这个了。"战争是个容易急眼的话题啊。"

"我知道。"

"我想，是我没控制住情绪。"

他把桶里的薯片倒进嘴里。

"你妈妈觉得我应该道歉。"

"妈妈让你干什么你就干什么。"

"不，我想道歉。"

"那好，你道过歉了。"他舔舔手指尖，开始刮桶底。

"那你会回来吗？"

"一会儿回去。"

"好，好。阿姆斯特丹，兴奋吗？"

他耸耸肩："等不及了。"

"我也等不及了，一样，一样。我……"我的一只手搭上他的肩，又拿下来，"一会儿见。"

"爸爸？"

"阿尔比？"

"要是你真的那么想去，我会陪你去战争公墓。只是，我想先去几个别的地方。"

"好吧，"我说，"我会记在心里。"我看看四周，想找点什么让休战更加彻底，"你还想吃什么？他们有那种松饼。要不来个健达缤纷乐？"

"不要，我又不是三岁小孩子。"

"不要，好的。"我回到自己的座位。

在比利时境内只发生了这一件值得一提的事。

67. 阿姆斯特丹运河带

这里我来过，一次是陪康妮，还有几次是来开会，因此我只是选择性地游览过，但即便如此，阿姆斯特丹"罪恶之城"的名声总让我觉得不贴切，仿佛切尔滕纳姆矿泉[1]的中心突然出现

一个巨大的破屋。这个城市有两张面孔，一张是文雅，一张是堕落，现在赫然并立在我们眼前。我们拖着行李箱沿着左扭右拐的小路从中心火车站西行前往运河：壮丽高耸的十七世纪城镇；不时闪现出的民宅起居室和挂着铜锅的厨房；卖便笺本和蜡烛的小纪念品商店；早早出街的风尘女子以比基尼蔽体，在粉色的灯下用马克杯喝着茶；一间面包房；一家咖啡店里坐满正在吞云吐雾的滑板车手；卖"死飞车"的自行车店。阿姆斯特丹是所有欧洲城市的时尚祖师爷，是不穿鞋、不刮胡子的那种建筑师。"嘿，各位，我说过叫我托尼！"阿姆斯特丹对徒子徒孙说着，给每人倒上一杯啤酒。

我们穿过斯塔德-赫伦的一座桥。"我们的旅馆就在刚刚进入的这条运河带。运河带的意思就是运河的束腰带！"我有点儿气短，很愿意让这次旅行保持一些教育意义，"从地图上看很壮观，一个个同心圆，像是树干的年轮，或是马蹄铁，套在一起的马蹄铁……"然而阿尔比没有听我说话，他的眼睛已经不够用，心更是早就散了。

"我的老天，阿尔比，"康妮说，"这里是嬉皮士的天堂啊。"

我们大笑了一通，虽然你要我说什么叫嬉皮士，那可难住我了，除非嬉皮士指的是戴着巨大的、毫无必要的眼镜，穿着复古套裙踩在摇摇晃晃的脚踏车上的姑娘们。除了伦敦，为什么其他地方的年轻人都这么好看？倘若一个荷兰人走过吉尔福德或者贝辛斯托克的街道，会不会暗想，我的老天，看看这些人哪。也许不会，但是到了阿姆斯特丹，阿尔比绝对是急不可耐了。巴黎固然富丽堂皇，但是对他来说，我估计还是过于严肃和死板了。但是在这儿，他完全可以在这里工作。

68. 精品酒店

　　这家旅馆自诩"精品酒店"，在网站上的样子看起来绝对赏心悦目，可如今，映入我们眼帘的却是一家上等妓院的模样。前台服务员模样俏丽，彬彬有礼，这个男扮女装的家伙招呼我们说，我和康妮的房间已经升级为蜜月套房——我看叫"讽刺套房"还差不多——然后带我们穿过装饰着黑丝带、绸缎和树脂的走廊，从穿着紧身胸衣、跨坐在意乱情迷的猎豹身上的女施虐狂的大型招贴画旁经过，一根波普风的舌头伸出来，舌尖一对樱桃不知意欲何为，一个日本女人被复杂的绳结五花大绑着，令人揪心。

　　"她，"康妮说，"很快就会四肢发麻了。"

　　"爸，"阿尔比问，"你这是给我们订了情人旅馆？"他们两个快笑抽了，我则在身上翻找钥匙。我注意到，我们的套房叫作"穿毛皮大衣的维纳斯"，阿尔比则住在隔壁的"维纳斯三角区"。

　　"这不是情人旅馆，这是'精品酒店'！"我嘴硬道。

　　"道格拉斯，"康妮点了点五花大绑日本女人的招贴画，"这个叫半结，还是叫单套结？"我没答话，这当然是单套结。

　　蜜月套房是肾脏的颜色。一股百合和某种柑橘消毒液的气味，整个房间被一个巨大的四柱大床占据，上面的华盖不知哪里去了，我不禁疑惑，既然没有顶，这四根柱子的意义何在。黑色的床单，深粉色的床罩，紫色的靠垫，猩红色的枕头，全都堆成一座荒唐的喜马拉雅山脉，现在看上去有点儿向主题致敬的意思，但此时此地，它们存在的意义则是营造一种色情片里的软绵绵的意境。与铺天盖地的桃心木家具和天鹅绒形成鲜明对比的，是紧挨床头的一个巨大的人造树脂质地的奇妙装置，专门放在一个小台子上，与很多老年人家里那种清洗专门部位的池子有点儿类似。

"那是什么东西？"康妮还在咯咯地笑个不停。

"专为我们准备的'极可意'水流按摩浴缸！"我在控制台上找了个已经磨损的按钮按下去，刹那间，浴缸底部射出粉色和绿色的光芒。按下另一个按钮后，这东西开始像个气垫船似的抖动、乱扭起来。"跟我们的蜜月一模一样。"我试图盖过气垫船的轰鸣声。

康妮歇斯底里地笑起来，阿尔比也同样从隔壁房间跑来嘲笑一番："你真会挑，爸爸。"

我不肯认输。我做过攻略，这地方本该是个有情调的地方，可我尽力保持心情愉快。"你的房间怎么样，鸡蛋仔？我可以斗胆问问吗？"

"有点儿像睡在阴道里。"

"阿尔比！麻烦你……"

"我头顶上有一幅巨画，吓死我了。"

"我们有这幅杰作。"康妮指指一幅大型彩色油画，一位刺猬头女士正吮吸着一根荧光棒，"我不太懂艺术，但是我知道自己喜欢什么。"

"她舔那个东西，得当心触电。"我说。

"疯狂吧？"康妮说，"真俗气。简直想拿块清洁布，蘸点儿水，一股脑儿全抹掉。"

"看，"我说，"泡茶用具。"

"够变态，不知道自助早餐上什么菜。"阿尔比说。

"生蚝，"康妮说，"还有大盘可卡因。"

"我喜欢，"我说，"精品酒店！"我说完，尽量陪大伙儿开怀大笑。

等大家都平静下来，我们出门来到北市场，找到一家可爱的小咖啡馆，坐在露天广场上，俊秀的教堂尖顶就在我们头顶。我们吃了奶酪面包片，喝了几小杯美味的啤酒，用荷兰口音试了试水，这是一种全世界独一无二的口音。"有点儿迂腐，有点儿拿腔作调，"康妮说，"s要发得有点儿类似sh：'说以，欢迎来到Shing爱酒店，如有需要——手铐、盘尼西林……'"

"哪有人这样说话？"其实她学得很不赖。

"胡靴八靴，我靴得好极了。"

"你的口音跟肖恩·康纳利似的。"

"那是因为，鸡蛋仔，肖恩·康纳利本来就是这个味儿——德国土老帽儿肖恩·康纳利。"也许是午餐时的啤酒太美味，也许是我们的脸蛋儿沐浴着和暖的阳光，再不就是这个特殊的角落有魔力，皮尔森家族一致同意，非常喜爱阿姆斯特丹，这里非常适合我们，适合我们一家人。

69. 夜访者

在那之前，我只了解这座城市在冬季、在雨中的样子。我们第一次去那里旅行时是十一月，天正下着雨，我们已经相识了差不多九个月，可仍然处在无限延长中的试用期。康妮一直在努力使我融入她的社交圈子，她一直很谨慎，如同将动物园里的动物放生回野外。我们按照她的计划，同吉纳维芙和泰勒——一对新婚夫妇，也是康妮大学时代的朋友——来到阿姆斯特丹。我以为这些艺术家心心念念的是伦勃朗和维米尔，结果他们似乎更愿意在各式各样的咖啡馆里晃着脑袋吞云吐雾。这些对我来说毫无吸引力，于是我决定让他们自己去寻开心，转而去安妮·弗兰克故居独自转悠了一个下午。

这次旅行后不久，我和康妮就开始了同居生活，我对那第一年的春季和夏季的眷恋从未减弱。我们每天见面，但各住各的公寓，各有各的亲友，各有各的社交。当然，我们会出门体验文化生活，但是如果康妮觉得自己想跟艺术学校的朋友们"玩得晚点儿"，或去比较"乱"的夜总会——天晓得这是什么意思——我总是建议她独自前往，她也很少逼着我同去。有时我会暗自希望她能再强硬些，但我没说。派对一结束，她总会来到我家，有时是凌晨两点、三点或四点。她有我公寓的钥匙——给她配钥匙的那一天我是多么快活——她会自己开门进来，一言不发地爬进我的被窝。她的身体热乎乎的，妆花得一塌糊涂，满嘴的酒气、牙膏味和香烟的气味，她就这样子钻进我的怀里。要是她睡不着，我们就出去走走，每到这时，康妮便竭力装作头脑清醒。

"派对不错？"

"老样子，你没去也不可惜。"

"有谁去了？"

"就那些人。回去睡觉吧。"

"昂格罗去了吗？"

"估计没去。也许去了，躲在什么地方。我们不怎么联系了。"

这说不通，稍微一想就知道。

"你还爱着他？"

最后一个问题我当然忍住没问出口，但这一直是我脑海里最大的问号。我没问，兴许是因为我珍惜睡眠。大部分人恋爱时都会自带个历史文件夹，并细分为鬼迷心窍组、撩拨暧昧组、惊天动地组、初次心动组和炮友组等子文件夹。我的记录一张画线A4纸就完全写得下，而康妮的文件夹则需要占据三层抽屉的文件柜，可我并不愿意一张张地翻看这些人脸。毕竟她在我身边不是吗？凌晨两三点、四五点，第一年那每一个美妙的春日和销魂的夏日。

但昂格罗是绕不开的。她说她曾以为两人是灵魂伴侣，可后来发现他的灵魂伴侣不止一个，分布在伦敦各处。除了令人无法容忍的不忠外，他还有众多恶劣行径。他毁掉了她的自信，诋毁她的作品，肆意评价她的容貌和体重，在公共场合对她大吼大叫，砸东西，还偷她的钱。康妮甚至隐晦地说过一句"在床上有点儿下流"——谢天谢地，她没多说——当然他们还动过手，这令我无比震怒，但康妮坚持说她也"没跟他客气"。他是个醉鬼、毒鬼，不靠谱，爱斗气，像孩子一样浑身长刺，没有教养。"令人紧张。"她说。一言以蔽之，他和我是完全相反的两个人。可既然如此，他又怎么可能拥有令她着迷的地方呢？她说，那全是学生时代冒的傻气。再说，昂格罗又交了个又美又酷的新女友，他们有那么多共同的朋友，早晚会撞见彼此，不是吗？没造成过实质性的伤害，没什么可担心的。迟早有一天，我也会遇见他。

70. 灯芯绒

话说那是在吉纳维芙和泰勒的婚礼上，一场疯狂的非主流仪式——新郎新娘骑着摩托车驶入婚宴现场，我还记得新人的第一支舞是法国朋克摇滚伴奏下的弹簧高跷舞。吉纳维芙和泰勒拒绝白色的华盖。婚礼派对在黑墙隧道[1]入口处一座即将拆除的假肢工厂举行，比我习以为常的那些婚礼前卫得多、虚无得多。我从来没见过这么多浑身长刺的人聚集在同一处工业用地上，都不超过三十岁——戴着花帽子的、好脾气的阿姨一个也没有——一齐享用自助烤肉。我跟赌博似的穿了一套崭新的灯芯绒西装，闷热的九月，厚重的衣料，加上我又端着架子，很快我便汗出如雨，外套底下形成一圈黑色的汗渍。我在烘手机下面扭着身子吹也不见效，只得满头大汗地站在那儿，看着康妮和花枝招展的人们谈笑风生。

我觉得，诚实地说，我从来没见过一个不招人喜欢的生物化学家。我的朋友、同事也许说不上让人眼前一亮，但他们开明、慷慨、有趣、和气又谦逊，很招人喜欢。康妮那帮人则完全是另一码事。他们吵吵嚷嚷，谁也看不惯谁，过分注重外表，只有寥寥几次，我来到她与人共用的工作室——其实是哈克尼区的一间车库——或参加画廊预展，却发现自己手足无措，无法融入其中，只得在边缘徘徊，活像一只被拴在商店外面的狗。我曾经想过要融入康妮的工作，我想表现出一些兴趣和热情，康妮的确是个出色的画家，但只要跟她的艺术家朋友在一起，我便不得不注意到我们之间的差异，而对于这些差异，我不贬损一通就不痛快。

当然，他们也不全是怪物。艺术家是怪异而冲动的一群人，若是在大多数实验室，他们的习惯会使他们迅速出局，但这也是

---

1. 连接多格斯岛和格林尼治的隧道。

意料中的事。有些人跟我交上了朋友，而且一直保持牢固的友谊，其中几个在社交场合中的确也尽力了。然而，只要话题转为"你最近在忙些什么"，他们便会突然要"撒尿"。因此，在那场婚礼上，我只能傻站着，充当活人利尿剂，跟得了疟疾似的任由汗珠在脚边聚成一汪水坑。

"看看你，伙计！你得吃点盐片。"康妮的昔日室友弗兰说。我不确定弗兰对我做何感想，如今她已经成了阿尔比的教母，可我依然不确定。她有种特殊的天赋，可以在拥抱你的时候让你同时感觉到被推开，好像磁铁同极相斥似的。她走回到我身边，弹掉落在我胳膊上的烟灰："你干吗不脱了外套？"

"我现在没法脱。"

她开始揪我的外套扣子："快点儿，脱了！"

"我不能脱，我的衬衫已经湿透了。"

"啊，原来如此。"她用指头一点我的胸骨，整个身体压了上去，"我的朋友，你是恶性循环了。"

"一语中的。的确是恶性循环。"

"啊啊啊啊，"她摩挲着我的胳膊说，"康妮那个可爱的、可爱的、有趣的、可爱的男朋友。你让她好开心，不是吗，道吉？你照顾她，真的，真的照顾她。之前她经历了那么多烂事儿，总算也有了今天！"

"她跑哪儿去了？"

昂格罗就在那边，靠在她身边，不是绷紧左胳膊就是绷紧右胳膊，好像要防止她逃跑似的。公平地说，她似乎也没急于离开，她跟往常一样一边笑一边抚摸着自己的脸蛋儿和头发。我拎起两瓶啤酒凑过去。昂格罗为了这个特别的日子，特意熨了他的汽修厂工作服，脑袋刮得精光，两只手一直在光头上划来划去，目光追随着康妮望向正在走过来的我。

"昂格罗，这是道格拉斯。"

"混得咋样，道格拉斯？"

"很高兴认识你，昂格罗。"我急于避免尴尬或积怨，决定用一副和蔼可亲、饶有兴味、类似看热闹的态度，故意做出不在乎的样子，可他拉住我的双手——手上的啤酒瓶让我躲闪不及——把我拽到他的近前。昂格罗跟我高矮相仿，但是宽得多，一双极为湛蓝的眼睛一眨不眨，有股疯劲——想必这就是被康妮反复强调过的"紧张感"，我们的谈话一下子成了大眼瞪小眼的目光角力。

"怎么了，我的朋友？你干吗紧张？"我挪开目光时，昂格罗问道。

"我根本不紧张，我有什么可紧张的？"

"因为你出汗出得像个傻帽儿。"

"我知道。外套的问题，恐怕我没挑对衣服。"

现在他的手已经攥住了我的领子。"灯芯绒。法国货，灯——芯——绒，国王穿的料子。"

"这我倒不知道。"

"我教给你。贵族的衣料，非常高贵，走起路来听着裤子唰唰响，一听就知道是你，那滋味美极了。你没法儿偷偷摸到人们身边，然后，哇——"

我跳起来，他哈哈大笑。"昂格罗。"康妮说。我意识到自己处在下风，体会到一种从未有过的爽快的恨意。

"显然康妮很幸运，"他继续说，"至少能被你看中。我想她跟我提起过你。"

"不会，不会，"我说，"我觉得不会。"

昂格罗咧嘴一笑，伸手捏住我的领带。"你的领带没系好。"

"昂格罗，算了，拜托。"康妮把一只手搭在他的胳膊上。昂格罗后退一步，哈哈大笑。

"我们应该聚聚，好吗？我们四个人。那是我女朋友，那边儿那个，素琳。"他指着一个站在工厂车间里、穿着胸罩、戴着猎鹿帽跳舞的姑娘，"给……"他用油腻的纸巾蹭蹭我的额头，塞进我的上衣口袋，"嗷"地号叫了一声，迈着大步走开了。

"他喝多了，"康妮说，"他一喝多就有点儿疯疯癫癫的。"

"我喜欢他，我太喜欢他了。"

"道格拉斯……"

"我喜欢他不眨眼的样子，很有魅力。"

"你又开始了，拜托。"

"开始什么？"

"像头发情的公鹿。他曾经在我的生活中占据过重要的位置，但那是很久很久以前了。关键是'曾经'两个字，过去时。那段时间，我的生活里恰好需要他这样的人。"

"那现在你的生活里需要什么？"

"我才不要回答你这种问题。"她拉起我的手，"来吧，我们到露台上去，给你醒醒酒。"

71. 几个第一次

任何一段恋爱的开始，都会被几个"第一次"像标点符号似的分割成几个部分——第一次四目相对、第一句话、第一次开怀大笑、第一次接吻、第一次赤诚相见，等等。日复一日，年复一年，这些共同的分水岭事件之间的距离逐渐拉长，滋味也越来越平淡，最后，只剩下第一次走进国民托管组织[1]这种"第一次"。

那天晚上是我们第一次争吵，这在任何一段恋爱中都是个重要的分水岭，但也十分令人烦恼，因为在此之前，一切都像是……像是天赐良缘。我想我说得很清楚了，只能用天赐良缘来形容。

康妮像往常一样喝着酒——我们都在喝酒——跳着舞，没有停下来的意思。她一向是个十分出众的舞者，不知我是否提过这一点。跳得自得其乐，相当散漫。跳舞时，她有种特殊的表情，专注，内观似的。她的嘴唇微微分开，眼皮有些发沉，坦率地说，还挺性感的。在一次亲戚家的婚宴上，我妹妹对我说，我跳起舞来好似一个犯了痢疾的摔跤手，咬牙切齿的，从这以后，我便尽量避免在任何舞池里亮相。我只是靠在墙上，脑子里列出一长串可以反击昂格罗的话。他当然还在那边，手里举着香槟瓶子跳着舞，素琳趴在他的后背上。

我该回家了。我穿过房间，走向康妮。

"我想我得回家了。"我大声喊着，想盖过音乐的巨响。

她扶着我的胳膊才能稳住身体。"好啊。"她说。她的妆已经糊了，头发沾在额头上，裙子上有一块块深色污渍。

"你想跟我一起回去吗？"

"不，"她贴着我的脸颊说，"你自己回去吧。"

我本该当即离开，在家里等着她，然而……

---

1. 英国保护名胜古迹的私人组织。

"你也许至少该挽留我一下，一次也好。"

她一脸迷惑："好吧。请你留下。"

"我不想留下。没人跟我聊天，我觉得无聊，我想走了。"

她耸耸肩："那就走吧。我没觉得哪儿有问题。"

我摇摇头，转身走开。她跟在我身后："道格拉斯，如果你不告诉我哪儿不对劲儿，我就只能瞎猜。"

"有时候我认为，没有我你更开心。"

"你怎么说这种话！不是这样的。"

"那为什么从来不是我们两个一起跟你的朋友出去玩儿？"

"我们不是一起来这儿了吗？"

"但不是一起来的。你带我来的，然后丢下我不管。"

"是你想离开的！"

"可你也没有非要我留下不可。"

"道格拉斯，你是个独立的人，你想走就走。我们俩又不是连体婴儿。"

"因为老天禁止我们那么亲密！"

她想哈哈大笑："对不起，我不明白——你是因为我开心才生气？还是因为昂格罗也在？别走，说明白。"

我们冲下楼梯，从鬼鬼祟祟的来宾身边经过，有的在接吻，有的在吸烟或不知道在干什么勾当。我们来到一处混凝土天井："为什么你从不把我介绍给你的朋友？"

"我介绍了！不是吗？"

"那都是非介绍不可的时候。我们出去的时候，只有你和我。"

"那好，那是因为你根本不喜欢。你不想去夜店，不想通宵，你总是惦记着工作，所以我不想找你。"

"你觉得我扫兴。"

"我觉得你压根儿不会开心，搞得我也没法开心。"

"我觉得另有原因。"

"说呀。"

"我觉得，有时候你认为我给你丢脸。"

"道格拉斯，胡说八道。我爱你，我怎么会觉得你给我丢脸？我难道不是每天晚上都去你家？"

"那是因为家里没别人。"

"那不是很好吗？只有我们两个。你难道不喜欢？反正我喜欢那样！我可是宝贝得要命，我以为你也是。"

"我是！我是！"

我们突然发觉已经来到了街上，其实是一片废弃的空地，周围是拆到各种阶段的建筑物。我们头顶是工厂的屋顶，洋溢着笑声和音乐声，有几张脸往下看着。也许昂格罗也在看着我们，看着站在煤渣块和铺路板中的我们，吵架的气头已经过去，开始显得愚蠢。

"你还想让我待会儿去你家吗？"她问。

"不想。今晚不想。"

"那你想让我现在去吗？"

"不想。你自己开心吧，抱歉我耽误你开心了。"

"道格拉斯……"

我转身离开。天色正在变暗。夏天就要过去，秋天正姗姗而至。好日子到了最后一天，从我们相识以来，我第一次重温了旧日那种难以言表的凄凉，那种没有她在身旁的凄凉。

"道格拉斯？"

我转过身。"你走反了。地铁在另一边。"

她说得没错，但我不屑于回去再从她身边经过一次。我独自游荡在破砖烂瓦之间，爬过阿尔萨斯人修筑的篱笆墙，卡车从身边呼啸而过时我双手抱住双车道之间的防撞栏。我完全不知道自己身在何处，然而这时我突然意识到我们的第一次争吵掩盖了我们的另一个"第一次"。

她说她爱我。

这是第一次有人在不加限定的情况下说爱我。我是不是出现幻觉了？不会。不，这几个字绝对出现过。第一次有人说爱我，就在黑墙隧道的入口，我本该开心地跺跺脚，但我却搞砸了，我心乱如麻，又羞又恼又恨自己，嫉妒和酒精让我的脑子炸开了锅。我停下脚步，望望四周，我想弄清楚自己的位置，然后顺着来路返回。

偌大一片厂房，真想找却又找不到了。我在瓦砾堆里转悠了半个小时后，开始意识到也许时间过去了太久，也许婚宴已经结束。就在我打算放弃找最近的地铁站时，夜空中迸发出三股明晃晃的光，随后是几声砰砰声。是烟花，一支烟花蹿上工厂上空，炸裂开来，如同救援队的信号弹。我转身朝烟花的方向跑去。

现在，他们在演奏阴阳怪气的慢歌。我走进房间时，如果我没记错的话，正好是《钟爱一生》。康妮独自坐在舞池对面，胳膊肘撑在膝盖上。我朝她走去，她先是绽开笑容，随后立即蹙起眉头，我不等她开口便说："对不起，我是个傻瓜。"

"你就是傻瓜，有时候。"

"我道歉。我以后努力不做傻瓜。"

"你得加把劲儿。"她说完站起身，我们的胳膊挎在一起，"你怎么会想到这些乱七八糟的，道格拉斯？"

"我不知道，我有点儿……太神经质了。你不会跑吧，对吗？"

"我没想跑，没想过。"

我们吻了彼此，过了一会儿我说："顺便告诉你，我也是。"

"你也是什么？"

"我也爱你。"

"好，"她说，"很高兴，这件事解决了。"

次年一月，我们相识后的第十一个月，我开着一辆租来的小货车拉着康妮从白教堂搬到巴尔汉姆。我看了看反光镜，好像怕后面有人追似的。我下定决心，我要她再也不从我的身边离开。

72. 情欲写实主义

蜜月套房里，一夜无事。我们找了家约旦咖啡馆早早吃了晚饭，回到酒店，我给"极可意"浴缸灌满水，希望康妮能和我一起泡澡。"宝贝儿，热起来！"我爬进了浴缸，但那感觉活像是被扔进朴次茅斯－瑟堡港渡轮的螺旋桨，早早上床看书的康妮被噪声弄得心烦不已。

"要跟我一起吗？"我风情万种地低声说。

"不了，你自己玩儿吧。"她说。

"进入涡轮增压模式！"一阵喷气发动机的轰鸣声，"真的很放松！"

"道格拉斯，把它关掉！我看书呢。"康妮没好气地说完，又埋头读书。虽然今天很开心，但我们都没有完全忘掉火车上的一幕，据我观察——而且并非首次发现——这些日子，我们吵架的半衰期似乎在拉长。如同感冒和宿醉，争吵的阴影久久挥之不去，而和解——如果能和解的话——也不像以前那样说和好就和好了。我从地狱机器里爬出来，将小山似的天鹅绒枕头和丝绸靠垫丢在地上，合上眼睛。明天去荷兰国立博物馆，我需要脑力，我得养精蓄锐。

73. 莎斯姬亚·凡·优伦堡

正义之师、钢铁之躯，在阿姆斯特丹骑行最能找到这种感觉。汽车代表权力的观念早已反转，如今你再也不是异类，千万个同好骑着动感单车高高在上，对那些因愚蠢羸弱而不得不驾车的驾驶员致以高傲的俯视。在这里，骑车的架势无不大摇大摆、百无禁忌，骑车可以打手机，也可以吃早餐，正是晴朗美丽的八月，我们的自行车一路风驰电掣，发出猫咪般"呼噜呼噜"和响尾蛇般"咔嗒咔嗒"的声音，沿着绅士运河来到黄金弯，一个绝妙的所在。

右边就是荷兰国立博物馆。我认为这些国家美术馆并没有所谓固定的模式，然而尽管如此，我还是感到深深的震撼——并非有感于它的平平无奇，而是绝不装腔作势的风骨。没有罗马柱，没有白色大理石，没有对古典主义的附庸，没有卢浮宫的富丽堂皇，而是充满了市井气息的实用性，犹如一座精美的火车站或正气凛然的市政厅。

进入内部，中央大厅宽阔而明亮，扑面而来的是（我相信我们仨应有同感）自大环游开始以来久违的欣喜之感。就连阿尔比也似乎重新充满了生气。"真棒。"他兴高采烈地说，我们举步进入展厅。

今晨无比和美。康妮甚至偶尔拉住我的手，我一向认为这只是少男少女或暮年夫妇的做派，而此时此地，此举无疑意味着我得到了她的宽恕。我们从一个展厅移步至另一个展厅，跟参观卢浮宫一样，慢得像冰山，但不一样的是，这次我甘之如饴。除了美术作品外，这里还有一个房车大小的巨型帆船模型和一个个盛放着凶猛武器的玻璃罩子，镇馆之宝则全部在荣誉画廊中展出。前面说过，我并非艺术批评家，但荷兰艺术于我之震撼，在于其亲切感和家常味。这里没有古希腊、古罗马众神，没有十字架也没有圣母马利亚。绘画的主题是厨房、后花园、街巷、钢琴练习、飞鸿传书，画面上的生蚝似有湿漉漉的触感，牛奶散发出方才离开奶牛、尚未落入奶罐时呼之欲出的奶香。琐碎却不乏味，平常却不平庸。自豪，甚至是欣喜之情蕴含在居家场景和真人肖像之中，他们并不完美，他们也贪慕虚荣，有时也昏聩愚蠢。晚年的伦勃朗矮胖、粗粝，并不俊美，在《扮作圣保罗的自画像》中——坦白地说——呈现出一副行将就木的样子，眉毛扬起，饱受摧残的脸上皱纹堆叠，透露着我再熟悉不过的疲惫和沧桑。卢浮宫的圣徒、众神和恶灵诚然雄浑壮观，却不曾令我深受触动。这是伟大的艺术，我预感自己将在明信片上大大破费一番。

我们三人肘挨肘地坐在一间威严的深蓝色房间里，面前是《守夜》，根据我的旅行指南，这幅画可能是世界上第四著名的作品。"前三名是什么？"我问，但是谁也没心思跟我玩抢答，于是我又望向作品，画中细节极多。如我父亲所说，节奏好，调子也好，我将其中的细节一一指出——有趣的表情、小恶作剧、走火的枪支——全是我从指南上现学来的，我生怕阿尔比错过这些细节。"你知道吗，"我说，"伦勃朗从未给这幅画起名叫《守夜》，画中的场景也不是发生在夜里？画布上的清漆后来变黑，才让画面显得一片昏暗，所以人们将它命名为《守夜》。"

"你懂的冷知识真不少。"康妮说。

"你知道这幅作品里有伦勃朗的自画像吗？他就躲在后面，从那个人的肩膀上偷看呢。"

"你把那指南放下行吗，道格拉斯？"

"要是让我挑一个毛病——"

"哦，那太好了。"阿尔比说，"爸还有观后感。"

"要是让我挑一个毛病，我会说，金色的小姑娘。"画面偏左处有束光，其中有个八九岁的小女孩，身着华丽的长袍，腰上拉着一根带子，拴着一只小鸡，"我会说：'伦勃朗，听着，我喜欢你这幅作品，但是你再看看那牵着小鸡的小女孩，她的样子很老、很老。那张脸至少五十岁了，相当突兀，人们都顾不上看中间这位——'"

"那是莎斯姬亚。"

"莎斯姬亚是谁？"阿尔比说。

"伦勃朗的妻子。他的很多作品都用她作为女性人物的模特儿，他深深热爱着她，人们都是这么说的。"

"哦，真的吗？"指南里没写，"她会不会觉得这样有点儿怪？"

"也许。也许她很喜欢，丈夫想象出幼年的、两人相识之前的自己。反正她有可能从未见过这幅作品。他还没画完，她就死了。"

在我听来，这真是不可思议。"那么，他创作这幅作品时，她要么快死了……"

"要么是他凭记忆画的。"

"他的老妻打扮成小姑娘的样子。"

"在他柔情的记忆中，她就是这副样子。在她身后，向她致敬。"

我不知该说什么，也许应该说，艺术家都是些怪里怪气的人吧。

74. 阿姆斯特丹的真面目

我们在荷兰国立博物馆逛到下午，虽然筋疲力尽，但是精神振奋，仍然可以按计划继续旅行。在博物馆广场上坐下来后，我提出几个餐馆做午餐备选，但是阿尔比似乎沉浸在与电子设备的对话中，对着手机屏幕咯咯傻笑。我突然感到两根指头戳上了我的脊梁骨，顿时明白了他发笑的原因。

"别动，皮特森！自助餐警察！我们有情报，你身上藏有巧克力酥皮面包！"

"猫子！真意外！"康妮有点儿紧张地说，"阿尔比，你这小捣蛋鬼。"阿尔比挤眉弄眼地笑着，毫不可爱，兴致勃勃地看着精彩的小恶作剧如何上演。

"我跟踪你们来着——从巴黎一路跟来！希望我没吓着你们，皮先生，只不过是阿尔比告诉我你们在哪儿，我忍不住要来找你们。过来，帅哥！"她用两只手捏住阿尔比的脸，给了他一个类似大耳刮子似的亲吻，声音响彻整个广场，"水坝城好玩吗？你们玩得野不野？这座城市太棒了，不是吗！"

"我们玩得很开心，谢谢——"

"是啊，阿尔比说，你挑了个特别变态的下流住处，要老命那种。"

"不是变态，"我耐心地说，"是精品酒店。"

"那你们干了点儿啥，去了啥地方，接下来打算干啥？通通告诉我！"

"花市，沿着运河骑脚踏车。明天去凡·高博物馆，有时间还打算游览运河。"

"那都是花架子，游客才去的地方——你们得看看另一个阿姆斯特丹。我们可以一起玩！你们现在打算去哪儿？"

我预感自己的计划要无疾而终。"实际上，我们打算去安妮·弗兰克故居，然后去伦勃朗故居博物馆。"

"不一定，"康妮说，"明天去也行。"

"要不，我们各玩各的怎么样？"阿尔比充满希望地说。显然，我和阿尔比不谋而合地认为四人行简直不可思议，尴尬至极。"我和猫子想去转转。"

"我很想带你去安妮·弗兰克故居，阿尔比。我觉得你应该去看看。"

"我太累了，看不动了，道格拉斯，"康妮叛变了，"要不明天再去？"

"不行！不行，明天还得去凡·高博物馆。我们明天下午就走了。"

"你们不想看看真正的阿姆斯特丹吗？"

不想！见鬼，猫子，我们不想！我对真正的阿姆斯特丹没兴趣。要看现实生活，伯克郡就有大把的现实生活，我们来这儿，不是为了看现实的，我们对真实世界没兴趣。那个构思严谨的观光行程正在我眼前一点点儿乱了套。"如果我们今天不去安妮·弗兰克故居，整个计划就全乱了。"我听见自己的声音越来越刺耳。

"至少先吃点儿午餐，歇歇脚怎么样？我有辆自行车，我知道德派普区有家很棒的素食自助餐……"

75. 只要吃不死，就往死里吃

鹰嘴豆吃起来像是一个个石灰小球，跟弹性十足、滋味寡淡的豆腐奶酪差不多。菠菜像是中国海滩上生长的海藻，凉拌秋葵像小管的鼻涕虫。坏掉的牛油果，沙子似的蒸粗麦粉，软绵绵的西葫芦泡在灰绿色的稀酱汁里。芸豆！没有配菜，只有芸豆，从罐头里精心掏出来的、冰凉的芸豆。

"棒极了，不是吗？谁要吃肉啊！"猫子说。上回见到她时，她还在往背包里疯狂填充培根，活像个发了狂的动物标本制作师。

"我们在巴黎可没少吃肉，着实吃了不少。"康妮果断地转换了阵营。

"我希望你们都没吃鹅肝酱。"猫子严正警告我们，手指头直指我的脸。

"没有，鸭肉、牛排、鸭肉、肉冻、鸭肉、牛排……"

"我觉得全都很美味。"

"爸爸吃的东西要长着一张脸。"

"我记得当时没人抱怨。"

"巴黎很难找到顶级的素食餐厅。时间长了，有点儿像被绑架了，对吗？"猫子腮帮子鼓鼓地说，"特别是，那里到处是法棍。好在这种面包还有点儿优点。"巴盖特面包口感类似橡胶，硬得像窗户的腻子，里面还有一闪一闪的东西，可能是烘焙师的簸箕里带进来的。"我还要去取餐！谁还想来点儿好吃的素食？"猫子和阿尔比一跃而起，冲到自助餐台前，银白色食盒下点着小圆蜡烛，使食物全都是温乎乎的，正好可以吃。

我叹了口气，坐回自己的餐盘前。"在这里，不管是什么东西，只要扔到墙上，全都会粘在上面，掉不下来。"

"除了面包。"康妮笑着说。

"面包会弹回来，崩掉我们的眼睛。"

"喏，是你说的，要尝试新事物。"

"我只是想尝试我肯定会喜欢的新事物。"我说，康妮哈哈大笑，"我在想，她是不是只吃自助餐？"

"别管她。我挺喜欢她。"

"真的吗？你以前不是这个调调。"

"她不激动的时候挺好的。看看他们俩，多么甜蜜。"他们正肩并肩地站在餐台前，试图在诺如病毒和利斯塔氏菌当中做出选择，"少年的恋爱，我们以前也是那样的，道格拉斯，对吗？"

"已经三点十五分了。要去安妮·弗兰克故居，就得现在出发。"

"道格拉斯，就不能顺其自然吗？德国秘密警察都没像你这么急着去那地方。"

"康妮！"

"我们跟阿尔比在一起，做他喜欢的事。这不正是你想看到的吗？"

我们吃完最后一点儿稀溜溜的豆腐，付了钱，蹬上自行车，在阿姆斯特丹的外圈游览了一下午。猫子指给我们看那些了不起的小酒吧、她住过的小破屋、滑板公园、大庄园和露天集市。说真的，这一切大都很美好，我觉得看看摩洛哥人、苏里南人和土耳其人聚居区也挺有意思的。但是我们正在骑回市中心的路上，显然我们另有一个目的地。

"还有这个，"猫子说，"这是我最爱的咖啡馆！"

该来的总会来。自从我们到达阿姆斯特丹，阿尔比就总是斜眼偷看这些地方，那目光跟他小时候偷看玩具商店时一模一样。现在他站在"美思"咖啡馆前，眼睛看着地，咧嘴傻笑。

"哦，我还是算了吧，猫子。"

"来吧，皮先生，入乡……"

"不用了，谢谢。这东西真不适合我。"

"不试试怎么知道？"阿尔比说。他在照搬以前我劝他吃卷心菜的道理。

"我以前试过。我当然试过，阿尔比，我也年轻过！"

"我倒不知道这段故事。"康妮说。

"康妮，跟你在一起的时候——实际上，还有吉纳维芙和泰勒。如果你没忘记，我还喝醉了，断过片。"

"喝醉了。"阿尔比不屑道。

"皮先生，你真是匹黑马。何不再给自己一个机会？"

"不用了，多谢你，猫子。"

"好吧，爸不去。"阿尔比如释重负，甚至懒得掩饰。

"你呢，皮太太？"猫子说。大家的目光全部射向康妮。

"妈？"阿尔比说。

康妮仔细考虑了一番。

"好吧，"她说，"听上去不错。"她去停车场锁上了自行车。

76. 葡萄酒兑水

在阿尔比的整个青春期，我一直面临着类似的情况，我必须面对这类"左右为难"，要是全写出来，可以填满整个日报的周末版。小偷小摸，操场上交的坏朋友，半大小子嘴里的烟酒味，梳妆台抽屉里消失不见的现金，电脑里莫名其妙的浏览记录，什么样的反应才是正确的？葡萄酒里到底能兑多少水？能否留女生住在家里，房间上锁的规矩，脏话的规矩，行为举止的规矩，吃垃圾食品的规矩呢？最近几年，这些"左右为难"的困境又多又密，让我晕头转向。为什么没法给我们一份清楚的指南？我是否曾经也陷父母于如此的道德挣扎？我肯定没有。我十来岁的时候，最出格的举动不过是偷偷看点儿独立台。眼下我们又陷入同样的困境，如同听众打进广播节目的最后一通没完没了的电话：

"你确定要这么干吗？"

"当然，谢谢关心，道格拉斯。"

"另外，你真的觉得应该鼓励他？"

"我没有鼓励他，我只是没有假正经。看看他！跟一个姑娘在阿姆斯特丹，他是个十来岁的孩子。坦率地说，如果他太乖，我会更担心。"

"那你也用不着鼓励他。"

"我怎么鼓励他了，道格拉斯？"

"你陪他一起疯！"

"我会默默地盯着他。还有，说真的，我还挺喜欢疯的。"

"挺喜欢？真的？"

"这有什么奇怪的？开玩笑吗，道格拉斯？"

猫子和阿尔比正盯着我们看。"好吧，好吧。但是如果他辍学去打工，可全都是你的责任。"

"他不会的。"

"我不管你了。"

"用不着你管。"

"我认为你们没有我会更开心。"

"好吧，"她耸耸肩，"一会儿见。"我的心头再次浮现出那句"你也许至少该挽留我一下，一次也好"。

我们走回大家跃跃欲试的派对："我走了，你妈妈留下。"

阿尔比拳头往下一砸，口中念念有词："太好了！"他可算称心如意了。

"旅馆见，也许在晚饭的时候。"康妮的脸颊贴在我的脸上。说完，他们一起走进"美思"咖啡馆。

77. 排山倒海般的关怀

我当然没心情去安妮·弗兰克故居了。阿尔比不去，我自己去毫无意义。虽然伦勃朗故居博物馆很有情调，值得观赏的作品很多，尤其是其中有大量关于十七世纪雕版艺术的技术突破和创新，然而我却发现自己心不在焉，七上八下的。

我希望我的儿子有抱负，我希望他有志气，有精力，有聪明犀利的头脑。我希望他能放眼看世界，充满好奇和才气，而不是一脑袋瘾君子的自私愚蠢。不顾对健康的危害、记忆力减退以及情感淡漠和精神疾病，不顾成瘾或由此接触到真正的毒品的风险，愚蠢地迷恋大麻带来的放松，这又算什么呢？我的一生中从未体验过完全放松的状态，事实如此，有那么糟糕吗？保持警惕，如履薄冰，随时留意周围的危险——这不才应该称赞吗？

骑脚踏车沿着阿姆斯特丹的东运河来回转悠的路上，我的脑子里充斥着这些想法，比在绅士运河骑车的时候多了些实际，少了些诗情。他们为什么不把我拒绝大麻仅仅看作拒绝大麻？我并非头脑狭隘、顽固不化或者过于谨慎，而是一种关怀，无边无际的关怀，如大海一般宽广。我之所以不同意，是因为我关怀他们。这不是一想便知的道理吗？

我觉得自己对阿姆斯特丹爱不起来了。不说别的，自行车也太多了。简直失控了，大桥、街道、路灯旁，到处堵塞着自行车，就像某种入侵的野草。很多自行车早就破得不能要了，我开始幻想，如果自己是市长，一定得发起淘汰报废自行车的运动，严格执行一人一车政策。该扔的扔，该不让上路的坚决不让上路，如有必要，可动用老虎钳，实在不行就干脆烧掉。我气急败坏的头脑已经有点儿得意忘形了，我非跟他们对着干不可。阿姆斯特丹的自行车骑手们，车灯乱打，单手扶把，车座抬高，假模假式。我要像罗马皇帝卡利古拉那样：人挡杀人，佛挡杀佛。我要点燃熊熊的篝火。是的，烧了那些自行车，那些该死的、该死的自行车！

78. 德瓦伦区

我发现自己来到了红灯区。

不是我嘴硬，但是这里的确有一家我很想再次光顾的中餐馆。我和康妮很多年前曾光顾过，我还清楚地记得自己为了报复那些秋葵吃掉了整整一只北京烤鸭。现在刚刚是傍晚，热气未消，日光尚在，空气中洋溢着"限时畅饮"的亢奋，如发情的公鹿和母鸡般的少男少女，端着架子的夫妇们和一帮自行车骑手从酒吧里涌出来，走上运河大桥。挂着红色窗帘的小屋里，女士们频频回首，像招呼老朋友似的对我媚笑，而我只想在这七扭八歪堵得一团糟的铁车梁和橡胶车座之中找个地方放自行车。我发现自己身处一堆破烂之中，车链锁缠上了脚踏板，车把缠上了刹车线，全都缠成一团，好不容易才解开，我踹下停车撑，身子好不容易塞进好几辆自行车中间，试图锁上这玩意儿。随后，正当我直起身子，欲从车海中金蝉脱壳之际，我的屁股碰到了左侧的一辆自行车，只轻轻一挤，便引发了某种奇幻的、简直不真实的慢动作。我眼睁睁地看着这轻轻一触，自行车便倒向另一辆，随即下一辆、再下一辆、再下一辆，自行车阵发生了连锁反应，宛如天才的大型多米诺骨牌，四辆、五辆、六辆自行车积聚的动能，最终抵达一批挤成一团的老式摩托车。一共四辆，都是打理得光可鉴人的高级货，停在一家酒吧门外，而它们的主人正在里面安心畅饮，大可放心爱车的安全。

随着一阵刺耳的刮擦声，最后一辆自行车的车闸在与其亲密接触的第一辆摩托车那亮晶晶的红色油箱上留下了一道深深的刮痕，摩托车纷纷倒地，一辆、两辆、三辆、四辆，然后一切都安静下来。城市的街道如此喧嚣，耳中却只听得一片静默，岂不怪哉。几乎是诡异，但这静默转瞬即逝。有人哈哈大笑起来。"哦，完蛋了。"又有人说。摩托车主人所在的酒吧里——我注意到酒吧的名字叫"英灵殿"——人声大哗，一群人高马大的红脸汉子推开人群，朝着他们卧倒在地、车轮空转的爱车走去，几辆摩托车的镜面镀铬车架如今成了一堆。

一切都发生在十秒钟之内，而我竟异想天开地以为自己还能全身而退，毕竟也不能全怪我。有错的是重力，是自行车，是连锁反应，反正与我无关。如果我直接扬长而去，如果我边走边像卡通片里那样吹着口哨，也许就不会有人注意到我。

　　但我只是孤零零地站在一塌糊涂的现场的圆心位置，很快，那些大汉向我冲过来，四个人如同铁拳的四指，眼中怒火喷射。荷兰口音现在听起来没那么可爱了，又尖又粗，他们迅速将我团团围住，抓着我的肩膀，似乎打算在揍我的时候稳住我的身体，而挨顿揍看来是不可避免了。其中一个快要跟我鼻子贴鼻子的大汉，头发金黄得像维京人，他的脸像块廉价肉，嘴里少了好几颗牙——凶兆——一嘴啤酒的味道。"不说荷兰话。"我白痴似的说了好几遍，"不说荷兰话。"我以为错误的英语比正确的更好懂。然而，从任何一种语言中都可以轻而易举地分辨出脏话，现在，另外几只手也抓住了我的胳膊，拉着我——架着我——穿过围起来看热闹的人群。三辆摩托车已经被扶起来仔细查看，但是旁边的自行车却横尸街头，令人联想起一匹死马，自行车的主人蹲在宝驹的身旁，一边不出声地痛哭，一边用大拇指怜爱地抚摸那光可鉴人的油箱上的那道可怕的伤疤。和一般的荷兰人不同，这个人似乎不怎么会说英语，我能辨认出的词只有"你得赔钱"。随即，此人对自己的语言能力渐渐自信起来："你得多多地赔钱。"

　　"不是我干的！"

　　"是你的自行车干的。"

　　"不是我的自行车，我的自行车在那边。"我的手指越过一片狼藉，指向我的那辆笔直矗立着的自行车。我估计要出现一场饶有兴趣的辩论，辩题是偶然性和"责任方"的概念，主观故意和概率，但是如果我干脆掏出皮夹子，可能会节省不少时间。我从来没给摩托车重新喷过漆。大概得花多少钱？

我开始讨价还价："我可以给你……八十欧元。"他们哈哈大笑起来，笑声令人颇为不安，一只巨掌拿过我的皮夹子，开始在大小口袋里翻找起来。"劳驾，能还给我吗？"

"不能，我的朋友，"金发男说，"我们得去银行。"

"把钱还给他！"旁边有个声音说。我回过头，看见一个女人正推开人群走进来，这个大块头的女黑人——竟也有一头金发——一边走一边把长裙盖在应该是某种白色渔网袜的东西上。"给你，"她劈手夺过钱包还给我，"这是你的。我不发话你就一直拿着。"

他们用荷兰语大声嚷嚷了一阵子，女黑人用手指头在领头的自行车手的胸脯上戳来戳去——她的指甲特别长，还卷曲着，涂着甲油——随后又挺起胸膛，那胸脯像防爆盾似的朝他撞过去，同时她对我指指点点，手臂上下挥舞。她高喊了一句什么，人群一阵哄笑，那车手惹不起躲得起地耸耸肩，她则突然话锋一转，语调一沉，跟那男人调起情来，胳膊搂住了那人的肩膀。那人哈哈大笑，出神地捏了捏自己的鼻子，又上上下下地打量了我一番。我似乎成了某桩交易的标的物。

"你钱包里有多少钱？"从渔网丝袜看，我推测她不是站街女就是大姐头。她会不会也要去银行？也许她根本不是来帮我的。也许他们会合伙打劫，再把我丢进运河里。"差不多两百五十欧元。"我警惕地说。

"给我一百五十。"她朝我伸出两根手指。我犹豫了一下，她急急地低声说："给我，你还能活命。"

我奉上救命钱，看着她揉成个小硬球，塞进车手的拳头里。然后，不容他数钱，女人拉住我的胳膊，推开人群，朝一段楼梯走去。车手们兀自在我们身后大喊："你得多付！多付！"但是那女人做了个轻蔑的手势，凶巴巴地喊了些"警察"什么的，我被拽上一座联排屋的楼梯，进入一条亮着红灯的门廊。

79. 保罗·纽曼[1]

我的救命恩人名叫雷吉娜——虽然这可能不是真名——她对人特别和善。

"你叫什么名字，我的朋友？"

"保罗，"我不受控制地继续说，"纽曼。我叫保罗·纽曼。"我也不知道这个假名是从哪儿冒出来的，既没有可能性，也可能甚至没有必要性，我毕竟没做错任何事，但如今为时已晚。现在，我就是保罗·纽曼。

"你好，保罗·纽曼。过来……"

我在某个乙烯基台子上找了个地方坐下。卧室——如果可以称之为卧室的话——里有一个洗手池和简单的淋浴设备，亮着深红色的灯，我一瞬间觉得这个地方冲洗照片简直绝了。一台廉价电风扇徒劳地吹着风，屋角放着一个烧水壶。房间里还有一台微波炉，某种模仿椰子油香味的化学物质散发出刺鼻的气味。"我从窗户里从头到尾全看见了。你真是个不走运的男人，保罗·纽曼。"她哈哈大笑起来，"那些家伙壮实得很。我觉得他们可能会

---

1. 美国著名演员、赛车选手、慈善家。

弄死你，或者至少掏空你的银行存款。"

"你跟他们说什么了？"

"我让他们找保险公司索赔。他有保险，保险就是干这个用的！你在发抖。"她用两只手抖给我看，"你要喝茶吗？"

"有茶太好了，谢谢你。"我们等着烧水的工夫，我开始注意到她巨大的、带着酒窝的屁股，和我的距离从不超过一米。我转身看向窗外的大街，饶有兴趣地从这个角度看向那电话亭。我发现她有一把转椅，和我实验室里的完全一样，但是我没说，而是又看向电视。

"啊，我看到你这里也在放《唐顿庄园》！"

雷吉娜耸耸肩。"你想看点儿别的吗？"她指指一小叠色情影碟。

"不，《唐顿庄园》很好。"她自作主张地在茶里放了两块糖，递给我一只马克杯。我发现我的手真的在发抖。我用左手掌当作茶碟。我一时不知从哪儿说起，便问："这么说——你在这儿工作很长时间了？"

雷吉娜告诉我，她干这行已经有六七年了。她的父母来自尼日利亚，但她在阿姆斯特丹出生，经朋友介绍来这儿干活。每到冬天生意就很不景气，没有游客，连小屋的房租都快付不起了，好在她还有几个常客。而夏天却忙不过来，她不无遗憾地摇摇头。"单身汉婚前派对！"她冲我摇着一根手指，仿佛这些派对全是我组织的。显然有不少男人想要喝酒壮胆，可又喝到不能人事。"但钱得照付！"她有些愤愤然地点点手指，我大笑起来，点点头，说这样才算公平。我问她是否认识同行，她说大多数人还算友好，虽然有几个俄罗斯和东欧姑娘是被骗来的，这让雷吉娜又难过又生气。"她们还以为是来当舞娘的，你能相信吗？舞娘！好像这个世界需要那么多舞娘似的！"

过了片刻，她说："你是做哪一行的，保罗·纽曼？"

"保险业。"我说，我脑洞大开，快把自己绕晕了，"我带着老婆和儿子在这里度假。"

"我也有个儿子。"她说。

"我儿子十七岁。"

"我的只有五岁。"

"五岁正是可爱的时候。"我一直认为这是句蠢话。几岁不可爱？"五岁很可爱，五十四岁就是浑蛋"——下一句得这么说。话说回来，我得知雷吉娜五岁的儿子住在安特卫普的外祖父家，因为她不想让他们看见自己做哪一行。说到这里，小房间里的气氛凝重起来，我们枯坐了一分钟左右，望着唐顿庄园佣人房里的爱恨情仇，思量着养儿育女的种种糟心事。

然而不管怎么说，我们的谈话风趣而实用，这倒出乎我的意料，我的确觉得两人有些缘分。但我同时也意识到，我在占用她的工作时间，而且她几乎一丝不挂，于是我站起身，掏出钱包。

"雷吉娜，你对我真好，但是我们已经聊了好大一会儿，所以我很想付你些钱……"

"好啊，"她耸耸肩，"全套服务五十欧元。"

"哦，不。不，我不想要全套服务。"

"好吧，保罗·纽曼，你说说看想要什么服务？"

"我什么服务也不要。我是跟家人一起来的。"

她又耸耸肩，从我手中拿走了马克杯："哪个男人没有家人？"

"不，我们是来看荷兰国立博物馆的。"

169

"对，"她笑了，"这种话我也常听到。"

"我老婆带着我儿子走了。我来这里唯一的目的就是要找一家中餐馆。"她一听，笑得更厉害了，"求你了，别笑话我，雷吉娜，我说的都是真的。我在找地方……我只想找个地方……"我想，在那个节骨眼上，数日前的震惊突然姗姗来迟，再加上几天以来的压力和焦虑，我似乎正在号啕大哭，哭得上气不接下气，简直不像话，我趴在聚乙烯台子上，一只手面具似的按住眼睛。

我希望在这里告诉大家，雷吉娜让我收起我的钱，把我揽入温暖柔软的怀抱，摩挲我的眉毛，像艺术片或者小说里的剧情那样。两具迷途的灵魂找到彼此，或者类似的废话。但现实世界中，迷途的灵魂谁也遇不上谁，他们只是孤魂野鬼，我发自肺腑地觉得雷吉娜的尴尬完全不亚于我。一个神经兮兮的人在点着红灯的小屋里崩溃了，行业尊严何在？雷吉娜拿走了我剩下的一百欧元后，肉眼可见地快活起来，站起身打开门。

"再见，保罗·纽曼，"她把手放在我的肩膀上，"去找你的家人吧。"

80. 醇美时光

回到蜜月套房，我掏出手机，看见康妮发来的一连串短信，连起来一看，抓狂程度直线上升：

你在哪儿？

给我打电话！！！

你还好吗亲爱的？

老顽童，给我打电话！！！

爱你多多

连最后一条也没能让我开心起来。"我爱你"，意味深长啊，还小小地改了改——去掉"我"，加上"多多"什么的——改成了毫无意义的一句话。

凌晨三点，她回来了，正如她在第一个夏天那样。我本想发一通火，可她温柔又乖巧，把脑袋埋进我的肩膀。她的头发里有一股烟味，嘴里有股奇怪的酒味，一分让人怪不舒服的汗味。

"哦，我的老天爷，"她低声说，"这个晚上好家伙。"

"好玩吗？"

"半大孩子那种好玩。我们去看乐队演出了！你收到我的信息了吗？我们想死你了。你去哪儿了？"

"我遇上一个站街女，叫雷吉娜。"

她哈哈大笑："是吗！"

"阿尔比呢？"

"在隔壁。他好像带朋友回来了，一定是这样，隔着门也能听见笑声和手风琴演奏的《棕色眼睛的女孩》。"

81. 露在外面的车底板

以后不会再有凌晨三四点回家的事了。现在我们一起上床，一起醒来，一起站在水池边刷牙，一起养成自觉或不自觉的好习惯和小癖好，在共同的生活中夫唱妇随，互相配合，我们也不能免俗地在大事小情上一一经历了从新鲜到熟悉，再到磨合，再到彼此离不开，尤其是……

　　闹钟响起时，康妮还得睡一会儿，而我一般早已醒来。康妮穿衣时必须先戴胸罩，我则从短裤开始，从下半身往上半身套。康妮喜欢手动牙刷，我则坚定信赖电动牙刷。康妮喜欢煲电话粥，而我是有事说事，无事挂断。康妮切烤鸡的本事堪比外科专家，我则烧得一手好炖菜。康妮常赶不上飞机，我则一定按要求提前两小时赶到机场——若非必要，航司何必提出这等要求？康妮有模仿和舞蹈的天赋，我没有。康妮不喜欢马克杯，茶杯不垫茶碟，烤煳面包片是家常便饭，最恨有人碰她的耳朵或者往里面吹气。她从刀刃上舔果酱，"吱嘎吱嘎"地嚼冰块吃，有时候还直接吃刚切下来的生培根，这可把我吓坏了。康妮喜欢看硬核获奖戏剧、老音乐剧，喜欢吐槽新闻里的政客。我喜欢看极限气候主题的纪录片。她不喜欢郁金香、玫瑰、花椰菜和瑞典甘蓝，喜欢像啃苹果那样啃西红柿，用大拇指擦去下巴尖上的汁水。她会在周日晚上边看电视边涂脚指甲油，把腿掰成一个很好看的形状。她在浴室排水孔里留下数量惊人的头发且从不清理。她的头骨上有个吓人的凹陷，她说那是她的"信号接收板"，是小时候一次滑板事故造成的。她的嘴里有数量惊人的黑色龋齿，左肩有颗凸起的黑痣，一边两个耳洞。她的枕头上有种特殊的体香，她喜欢红葡萄酒而不是白葡萄酒，觉得巧克力根本没人们以为的那么好吃。她睡功惊人，如果愿意，站着也能睡。日复一日，我们在对方身上不断有所发现，我们分别占据床榻的两侧，脱衣上床，十天里有九天做爱，然后是八天、七天。头疼脑热闹肚子，肺炎咳嗽，脚趾嵌甲，毛发往里长，长疖子出疹子，足以卸掉我们精心打造出的光环。我们相安无事，稳如泰山，见怪不怪，其怪自败。我们一道采购食品，推着小车，刚开始时好像过家家，还做出一副颇为自负的样子。我们有个被戏称为"酒柜"的地方，出国旅行时带回奇怪的外国烈酒。我们喝茶时也要争论，康妮喜欢喝香香的、带点药味的茶，而不是普通袋泡茶。另一次争吵是因为她用螺丝刀给冰箱除霜，结果整个冰箱直接报废，我们争论过中药是否有效，争论过家具——她扔掉我那没有丝毫过失的正派人沙发床，取而代之的是康妮家那个一股烟味、鼓鼓囊囊的天鹅绒沙发床。公寓原配的、可以不变应万变地完美融入任何家装的地毯——她称之为"写字间地毯"——被扫地出门。我们一起给地板重新刷漆，这是小两口必做的事情之一。

改变还不止这些。那时候的康妮邋遢得令人发指，现在她已经变了。我想这应该归入我使她做出的改变，但是那时候，她的身后总是留下一串笔帽、糖纸、发卡、弹力发圈、各种配饰珠宝、耳钉背夹、一包包纸巾锡纸包着的单片口香糖，还有世界各国的零钱。伸手从大衣口袋里找钥匙，结果掏出一只小钳子、顺来的烟灰缸，还有直掉渣的苹果核或芒果核也不是什么新鲜事。马桶水箱上总是扣着书，扔掉的衣服扫落叶似的往屋角一推。她喜欢"把碗泡上"，一种我一向恨之入骨的自我欺骗行为。

但是大多数习惯我都一笑了之。两人一间房，阳光也不寻常，光线会折射、会反射，因此即使她不出声，即使她在沉睡，我仍能感知到她的存在。她讲述过去种种时的历史感，她答应我回家，这间死气沉沉的小公寓焕然一新，都令我好不欢喜。在这里，我曾经并不快乐，但那是过去。仿佛沉疴痼疾有了特效药救，虚弱的病体看到了福音，我喜不自胜。"天伦之乐"——如今我深刻地体会到，没有天伦，哪来的欢乐。看见康妮的内衣晾在我的暖气上，内心的幸福无以言表——列位看官，可别想歪了呀。

82. 基尔伯恩

伦敦也不一样了。我眼中一向不阴不阳、不清不楚、不伦不类、华而不实又沉闷无趣的伦敦，如今焕然一新了。康妮是土生土长的伦敦妞，比出租车司机还熟悉每一个角落。露天的街市，无名的破酒馆，中国、土耳其、泰国的店铺和餐厅、路边摊。就好像从小长到大的老宅子突然多出来一百个新房间，一个连一个，堆满了新鲜玩意儿、漂亮玩意儿或者热闹玩意儿。有了康妮·摩尔，我的城市突然有了意义。

我们在一起十八个月后，卖掉了巴尔汉姆的公寓，归拢了全部积蓄，做了共同抵押，买下一处属于我们两人的地方。这一次是在泰晤士河北岸，基尔伯恩区的顶楼公寓，宽敞、明亮，适合开派对——我从来没考虑过这个标准——还多出一个小而舒适的房间。这个房间的用途并不明确，也许可以当客房，也许康妮会重拾画笔——虽然我一直鼓励她，她却搁笔很久并退掉了合租的画室，在圣詹姆斯画廊做全职工作。她说艺术家刚走出校门的前几年最容易一鸣惊人，而她觉得自己并没有。她还会卖画，但卖得少多了，而且没有新作品问世。但没关系，也许现在她有了创作所需的空间。"这一间……"康妮一边推开门一边对弗兰说，"是婴儿房！"她们哈哈大笑，笑了好一会儿。

我们卷起地毯，开了个新居入住派对，这是我这辈子第一次组织派对。我那帮实验室的朋友们饿狼似的盯着康妮的艺术家朋友们，活像青少年迪斯科舞厅里的敌对帮派，但我们准备了鸡尾酒，康妮搞音乐的朋友们当DJ，大家很快跳起舞来——跳舞，在我家！——一番摇摆热舞，两派冰释前嫌。午夜时分，邻居上楼来抱怨。康妮往他们手里塞了一瓶酒，让他们换掉睡衣，不一会儿，邻居也舞了起来。"你看见了吗？"我妹妹凯伦已经喝醉了，不胜满意地搂住我和康妮的脖子，"这都是我的主意！"她箍得更紧些，"想象一下，D，要是那天晚上你还宅在家里会怎么样。想象一下！"

最后一个客人终于离开了，我们煮了些浓咖啡，并排站在水池边洗杯子，晚夏的天空已经泛白，窗户大大地敞开，直通到屋顶，与伦敦西北方向的天空连成一片。虽然颇有怨言，我还是得承认我必须大大感谢我妹妹一番。虽然平行世界不属于我的专业领域，但我熟知这个概念，然而我并不习惯用另一个现实去覆盖我最爱的现实。

83. 两张单人床拼成的双人床

那些年的变化太多，要瞒过我父母是越来越不可能了，因此我们找了个复活节假期，驱车回到英国东部。康妮属于那种本事不大脾气大的司机，拥有一辆活像经历过枪林弹雨的老沃尔沃汽车，窗玻璃上已经长了霉，地上堆满了薯片盒、捏扁的烟盒和旧的城市地图册，堪比长满地被植物的森林地表。她开车时斗志昂扬、心浮气躁，换音乐比换挡还频繁，因此，当我们抵达老家那座有着整洁的草坪和粗石斜坡的维多利亚红砖房旁时，车内的气氛已经相当剑拔弩张了。

我和康妮的家人经常见面。不想见面也不可能，因为他们太亲密了，总的来说，我们相处得相当融洽。她那几个同父异母的弟弟总是众星捧月般称呼我为"教授"，撺掇我去伦敦东北部的各色外食小摊，一律"随便点，我请客"。她的继父基马尔认为我是个"真正的绅士"，比康妮以前常带回家的小混混儿强得多。只有康妮的母亲雪莉持审慎态度。"昂格罗怎么样了？"她会问，"昂格罗在忙什么呢？最近见过昂格罗吗？""因为昂格罗以前常讨她欢喜。"康妮解释道。我从未意识到其实她是想让我也讨好讨好她母亲。

到了我父母家，不知康妮是否会讨好我父亲，也许她能把他拉出那长着尖刺的贝壳。试一下会不会两败俱伤？我们刚把车停好，就看见窗帘一动。父亲的手从窗户伸了出来，我母亲早已站在门口。"你好，介意脱一下鞋吗？"

康妮当然有着无限的魅力，但我一直觉得对父母说话时，应该参照对海关官员和警察说话的腔调，态度彬彬有礼，吐字无比清晰，谈话丝毫不越雷池。"您家多么温馨哪，我们带了花来，我可不能再喝葡萄酒啦。"康妮不这样，她丝毫没有改变说话的腔调，对一般人怎么说话，对我父母就怎么说话。

但是他们不是一般人，他们是我的父母。康妮魅力四射又聪明机智，但我父亲敏锐地嗅出一丝艺术气息，迅速警觉起来。我母亲则有点儿发蒙。这个容光焕发、说话直来直去、跟她儿子手牵着手的漂亮姑娘是谁？"她可真活泼。"壶里的水烧开的时候，她轻声对我说，好像我穿着一件巨大的皮外套出现在她面前似的。我们分住不同的房间似乎过于苛刻了，虽然我们家有一张好端端的双人床，我和康妮却被领进一间有两张单人床的备用房间，我妈妈扶着门，好像在说："这就是专门给你们预备的、又脏又难看的窝。"康妮可不是怕事的人，我能想象我父母在楼下的餐厅里，眼睛瞪着天花板，一人嘴里叼着一支抽到一半的烟，竖着耳朵听着我和康妮咯咯笑着把两张床并到一起。三十三岁的人，还搞青春期逆反那一套呢。

逆反持续到晚餐时间。虽然我父母像烧轮胎似的喷云吐雾，对酒精的态度却相当保守，他们仅有的几瓶不知猴年马月的酒藏在花园的小棚子里，跟蜘蛛一起。小事喝雪莉酒，白兰地留着出大事的时候压惊。酒精使人松弛，使人忘记循规蹈矩，但我们家的规矩可大着呢。局面是明摆着的了，我父母根本不打算开我们带来的那瓶酒，它将被打入花园冷宫跟那瓶小瓶装威士忌和已经乳化凝结的蛋酒为伍。这时康妮充分展示了什么叫"讨酒喝"，她跑回车上，回来时带着两只酒瓶，后来我才知道，原来那一小瓶伏特加一直藏在她的外套底下呢。

我希望自己能说这两瓶酒立了大功，当晚酒助谈兴，皆大欢喜。吃了一肚子肥猪肉之后，晚餐的话题不知怎么的转向了移民政策，毕竟众所周知，只有在这个问题上大家才会一致对外。我们都已经喝得相当到位，尤其是康妮和我父亲。我母亲问："基尔伯恩的种族状况比巴尔汉姆区怎么样，那儿是不是还有好多爱尔兰人、西印度人和巴基斯坦人呢？"我猜，她真正想说的是爱尔兰人相对来说"倒没那么坏"。康妮语气温和地回答说，那儿什么种族都有，而且人们经常以为自己说的孟加拉人是巴基斯坦人，就好像总是把意大利人和西班牙人混为一谈一样，还说住在伦敦的乐趣之一就在于种族混居。"那你在夜里觉得安全吗？"我父亲问。

我就不必复述之后的争论了。公平地说，我父母的观点不过是大多数人的观点，但他们说话时却带着某种很不得体的愤怒情绪，我父亲屈着手指，每说到一个并非事实的"事实"时，就要敲击一次想象中的窗玻璃。很快，康妮也嚷了起来："我继父是土耳其裔塞浦路斯人，他也该哪来哪去吗？我同父异母的弟弟都有一半英国血统，一半塞浦路斯血统。我妈妈呢？她有英国、爱尔兰和法国血统，但她嫁给了塞浦路斯人，那她也得走吗？"

"要不我们换个话题？"我提议。

"不，不换！"康妮断然拒绝，"你怎么总想换话题？"

于是我们没有换话题。康妮含沙射影地说——或许也直说了——我父母是狭隘自大的乡巴佬，而我父母反唇相讥，说康妮"不食人间烟火气"，说她反正也不用带着三个孩子眼巴巴地等政府派给她一间廉租房，反正也不用怕刚下船的波兰人抢了她在画廊的时髦饭碗。"从波兰过来不用坐船，"康妮气急败坏地说，"坐飞机就行。"

场子顿时冷下来，我们望着油脂已经凝结的晚餐。

"你很安静。"我妈话里带刺。

"我嘛，"我说，"我同意康妮的观点。"

我同意康妮的大部分观点，可是即便康妮认为月亮是奶酪做的，我也会同意的。我就是要站在她身边捍卫她，我父母看出来了，我想他们是心寒了。但是我还能怎么办呢？永远挺身而出，为了你爱的人。事情就是这样。

84. 大只的腕表

吃早餐的三位绅士个个膀大腰圆，派头十足：一个荷兰人，一个美国人，另一个是俄罗斯人。他们穿着华丽的衣服，皮肤晒成柚木色，腰包鼓鼓囊囊，浑身冒着古龙水味。他们是那种连刮脸也要使唤人的家伙，坐着游艇招摇的那种。他们凭着手上的大只腕表犹如鹤立鸡群，跟他们一比，我们这一组显得失魂落魄。我和康妮睡得很不好，猫子和阿尔比则一夜没睡，我必须跟阿尔比算算总账。酒店服务员一直在抱怨昨夜的派对，我在找机会公开宣布"迷你吧的饮料我不买单，而且我很不开心，因为我醉得错过了阿姆斯特丹最后一个清晨的美妙时光"。我们七个在昏暗的地下早餐室里坐下，一张张桌子离得那么近，咖啡气味很冲，羊角面包是包在玻璃纸里、外卖员往你面前一扔就走的那种。

"人们老是说制造成本，"说话的是那个美国帅哥，"我们又不傻，我们认为的确有这个因素，但如果产品是垃圾，打哪儿来的利润呢？"此人不到三十岁，下巴有蓝色的胡楂儿，量身定做的衬衣下露出遒劲的肌肉。"我们现在的制造商，百分之十到百分之十五的产品得返工，不是做错就是不达标。"

"经济出了问题。"荷兰人点着头，他没那么壮，底气也没那么十足，应该是个掮客。也许城里正有个商务会议或是展销会什么的。

"一语中的。经济出了问题。我们不肯降低标准，因为你提供给我们的是稳定，是效率，是物流的每一个环节……"

"可靠的质量……"俄罗斯人说。

"这叫双赢。"荷兰人似乎总有个商务名词来总结。他们继续旁若无人地说了半天，我试图将我们这边的对话拉回到"何时退房""行李寄存"和"巧妙打包好处多"上来。我们当晚要坐卧铺车前往慕尼黑，然后翻过阿尔卑斯山前往维罗纳、维琴察、帕多瓦和威尼斯，当初安排行程时这段旅行似乎充满着浪漫情调，眼下却似乎危机四伏。

阿尔比和猫子好像对我们右边的那几人很有兴趣，他们互相翻着白眼，不时微微摇头，对人家谈话中的时间表、利润空间和品牌不屑一顾。"比如这个型号……"美国人话音未落，一本花里胡哨的产品手册应声划过餐桌，连我们都看得一清二楚。

手册上展示的是一把手枪，或者说是某种突击步枪，类似的手册在咖啡杯之间还堆了不少。我们离得很近，伸手就能抓到一本，我一度以为阿尔比可能会这么做。一把手枪的可爱大特写，一把手枪被大卸八块，搂在军火商的怀里。我不是战斗武器专家，但这把枪却让我觉得相当不合理。枪上有远距离照准仪、备用弹匣和能钩破连体服的刺刀，这似乎是半大孩子的太空步枪玩具。说实在的，他们讨论的想必是休闲或狩猎领域的商品、辅助设备、小装备小工具什么的。有意思，我想，他们是军火商。我喝光了杯子里的咖啡。

"猫子，"我说，"恐怕说再见的时候到了！"

但是没人理我。他们忙着吹胡子瞪眼睛，充分表达不屑一顾。猫子朝那四人伸着脖子，肩膀往后靠，眼睛瞪得大大的，好像在街头看戏。生意人也就罢了，可是大庭广众、光天化日之下谈这种生意，还这么大嗓门，我们的咖啡杯都被震得发抖呢。

"博物馆十点就开门啦！"我欲起身。

"你们是来度假的？"荷兰人没法假装看不见我们的瞪视。

"可惜只有两天。"我觉得自己的态度够中立的，"你们都过来。我们还得退房呢。"

阿尔比哗啦一推椅子，站起身来，两只手重重地拍在他们的桌子上。"洗手间在那边。"我很少听见阿尔比吐字如此清晰。

美国人正正肩膀："我们干吗要去洗手间，小子？"

"洗掉你们手上的鲜血。"阿尔比说。说时迟，那时快，接下来同时发生了几件事，我几乎没怎么看清楚。我只记得那美国人霍然起身，一只手放在阿尔比的脖颈后，将他的脸朝自己另一只空着的手掌按去，说："哪有？给我看看哪儿有血，小子！哪儿有血？"康妮抓住美国人的胳膊，一边大骂他是个浑球儿，一边拼命拉开他的手。一只咖啡杯翻倒了，荷兰人朝我愤怒地打着手势——你们吃饱了撑的！——服务员马上过来，先觉得好笑，随即警觉起来。俄罗斯壮汉哈哈大笑，他正笑着，猫子突然起身抓过一杯橙汁泼在产品手册上，泼了一杯又一杯，橙汁浸透了手册，瀑布似的全泼在俄罗斯人的膝盖上，于是俄罗斯人也站起来，他的庞大身躯赫然展示在我们面前，活像闹剧里的桥段。猫子一看，突然狂笑起来，话剧式的高声奸笑，相当疯癫。俄罗斯人骂她是蠢婊子，又蠢又疯，猫子则报之以加倍歇斯底里的狂笑。

这只是我能回想起来的部分。并没有真的打架，没人挥拳头，不如说是你推我搡了一番，你嘲笑我，我讥笑你，感觉丑陋至极，也无聊至极。至于我，我本想扮演调停人的角色，拉开缠在一起的胳膊，呼吁各方冷静。我的本意是缓解事态的严峻程度，可正当我用胳膊抱住阿尔比往回拉的时候，不小心让美国人的肩膀撞了一下——撞得并不厉害，只是稍微碰了一下。我死死拽住阿尔比拖到一边，尽全力把大伙全都拉走，企图按原计划照常旅行。我说过，记忆是模糊的。可有一件事大家过后全都记得清清楚楚，因而我也无法否认——我抱着阿尔比把他拖走的途中说了这么一句话："我要替我儿子道歉。"

85. 又见《向日葵》

阿尔比没有跟我们去凡·高博物馆。康妮也差点没去，她的心情糟透了，也气坏了，她跨上自行车，气鼓鼓地低着头，骑车时手势都懒得打。

我们站在《向日葵》面前，这是凡·高的数个版本之一，我想起我们家墙上的那幅。"你还记得吗？在巴尔汉姆公寓里？我专门为了让你惊艳才买的。"但她没心情怀旧，我对油彩之厚重、配色之丰富的议论，在我妻子轻蔑的厚重外壳面前毫无反响。她气得明信片都没买，看来伟大的艺术并不能平息怒火。

该来的迟早要来，我们一走出大门，她就炸了。

"你知道自己当时该做什么吗？那家伙冲着阿尔比过来的时候，你应该对准他的鼻子，给他结结实实来一拳，而不是拽着阿尔比的胳膊给人家随便打。"

"他没打阿尔比，只是稍微推了一下。"

"没多大区别。"

"是阿尔比挑的头！他令人生厌，就知道显摆。"

"没多大区别，道格拉斯。"

"你觉得我那么做会有用吗？那家伙会把我揍扁！是不是那样就没事了，大家眼睁睁看着我被痛揍一顿？是不是那样你就称心了？"

"是的！是的！那家伙打得你口鼻歪斜，我会想要吻你，道格拉斯，因为你挺身而出，保护你儿子！可惜你是只缩头乌龟：'我们在这儿很开心，只待了两天！'"

"跟他们吵架从一开始就没道理！天哪，你又不是八九岁的孩子。他们生产步枪！你觉得我们不需要枪？警察、军队不需要枪？你不觉得总得有人去生产枪吗？只有小学生才会冲着别人大喊大叫，对人家的合法生意指手画脚，就算你不同意……"

"道格拉斯，你避重就轻的本事真不小。你能不能听进去我的话，哪怕一次也好？争论什么并不重要，关键不是谁对谁错。阿尔比可能幼稚、荒唐、自负，你说他什么都行，但是你给人家道歉，说他让你丢脸了。你竟然跟一帮军火贩子站到一个阵营里了。臭不要脸的军火贩子和你的儿子——我们的儿子——这就不对了，这就是大错特错了，因为，你永远要为了你爱的人挺身而出，这才是对的。"

86. 白日做梦，化险为夷

第一次感觉到儿子正与我渐行渐远——他扭动挣扎，企图跳出我的手掌心，这种感觉出现在他八九岁时——我发现自己越来越容易沉浸在某种幻觉中无法自拔。我知道这听上去十分变态，但我当时真恨不得出点儿什么事故，几乎要发生的灾难，好让我半路杀出，力挽狂澜，秀出父爱的力量。

在佛罗里达州的大沼泽地国家公园，阿尔比被爬到鞋子上的蛇咬了，我把他肮脏的脚丫子放在嘴里吸出毒液；雪墩山徒步，遭遇暴风雪，阿尔比失足跌伤了脚踝，我背着他冒着浓雾和风雨安全返回；在莱姆里吉斯海滩，一股邪门的巨浪将阿尔比刮下观景台，我忘记了身上还有车钥匙和手机，顾不上把它们先放到安全的地方便不假思索地纵身跃入惊涛骇浪，朝着灰色的海水深处潜下去，再潜下去，最后我找到了他，背着他爬上海岸；阿尔比需要换肾，我的肾脏与他配型成功——别客气，两个都拿去！如果他遇到危险，我绝对不怀疑自己的父爱本能，绝对能挺身而出。

然而，把我放在阿姆斯特丹酒店一间小小的早餐厅里时……

我要跟他道歉，一定要。我要找个安静的地方对他好好解释一番，我会说我很累，我一夜没睡，也许他没注意到我和他妈妈现在关系有些僵，所以我也多少有些焦虑，但是我非常爱他，我们能不能不纠结，该干什么干什么去？在字面意义和抽象意义上都该干吗干吗去。去慕尼黑的火车还有两小时发车，再过两天我们就到意大利了。

但是当我回到酒店房间，我发现康妮正靠在前台，掌根按着蒙眬的泪眼。她看也不看我，只是塞给我一封信，正是阿尔比潦草的笔迹，写在我的行程表背面。

妈、爸：

刚才的事很热闹吧。

感谢你们付出的心血和金钱，但是周游欧洲真的没用。我觉得你们一直在针对我，我觉得自己根本不是在度假，很意外，是不是？我走了，你们两个自己玩吧。至少你可以按计划旅行了，爸爸！

我不知道要去哪儿。可能跟猫子住在一起，也可能不。我从你们的房间拿走了我的护照，还拿了一点儿钱——别担心爸爸，我会还给你的，还有迷你吧里的饮料我也照付。你记账好了。

别给我发邮件和短信，也别打电话，时机成熟的时候我会再跟你们联系的。我暂时需要点儿时间整理一下思路，有些事情我要想想明白。

妈，别担心。爸，抱歉让你失望了。

到时候见。

阿尔比

Part Four
Germany

第四部

德意志

——

不成功便成仁。[1]

——佩内洛普·菲茨杰拉德《书店》

1. 译文选自张菊译《书店》，中信出版社，2019年版。

87. 卧铺（一）

我们乘过一次卧铺车，那是第二年秋天，我的计划是先到因佛恩斯，再去斯凯岛骑行度假。

那次旅行是我安排的生日惊喜。我约她在什么时间见面，叫她带上护照和游泳衣，于我，这已算是开天辟地的纵情欢乐。我不知道康妮发现她其实既不需要护照也用不上游泳衣的时候是否失望，反正她没表现出来，我还记得火车从尤思顿车站开出来的时候，我们俩在小小的火车卧铺上纵声欢笑。在我童年看过的电影中，卧铺车总是透露着一股隐晦的欢场气息。而现实中的火车卧铺跟欢场边都沾不上，同理还有桑拿和"极可意"按摩浴缸，不过是小说家们设下的另一场骗局。实际体验好比花两百欧元在疾驰的皮卡车后备厢里一间上锁的衣橱里偷腥。尽管我们笑个不停，东倒西歪，但仍然设法——应该是在普莱斯顿和卡莱尔之间的某处——造成了一起避孕事故。

要孩子这事，我们两个都不肯将就，虽然我们不是惊弓之鸟，却不得不静下心来纸上谈兵地思考一番，想象一下怀孕的感觉。我们骑着脚踏车纵贯刮着大风的斯凯岛时在默默思考，满嘴威士忌味地流连在一家家民宿柔软陌生的睡床上时也在思考，我们盯着地图为即将到来的暴风雨寻找躲避地点时还在思考。我们甚至拿此事打趣，说要是女孩就叫她卡莱尔，要是男孩就叫普莱斯顿，我们竟然没觉得这个主意……有多糟糕。这应该算是"怀孕恐惧"的症状吧，但我们其实一点儿都不恐惧，而这种不恐惧想必也具有某种里程碑意义。

返回伦敦的路上，我们挤进一个比双人床大不了多少的铺位，康妮突然告诉我，她根本没有怀孕。

"好消息，"我说，随即又问，"还是坏消息呢？"

她呼了口气，转过身，把手放在额头上。"不知道。我想，是好消息吧。以前我总觉得没怀孕是好消息。不瞒你说，现在我其实有点儿失望。"

"我也有点儿失望。"我们挤在她的卧铺上静静地躺了一会儿，品尝余味。

"倒不是说我们得千方百计地怀孕。现在还不用。"

"是不用，但如果真的怀孕了……"

"没错，如果真的怀孕——你没事吧？"

"有点儿抽筋。"事实上，我的两条腿都没知觉了，但我暂时还不想把它们挪开。

"不管是好是坏……"她说。

"说下去。"

"不管是好是坏，我觉得我们能处理好。我是说，我们会是好爸爸、好妈妈。"

"我也是这么想的，"我说，"我也这么想。"

说完，我回到自己的卧铺。至于好爸爸好妈妈一说，至少对了一半。

88. 卧铺（二）

在去慕尼黑的卧铺上我们没怎么说过话。我们倒在铺位上无言地躺着，米白色的卧铺包厢是一体成型的塑料质地，一尘不染，为电子设备准备了足够的充电插座。简约、实用，但是空调单调的嗡嗡声和窗外的黑暗给人身陷银河牢狱之感。

我们当然可以乘飞机去意大利，但我希望一家三口至少能亲自踏上德国和奥地利的土地，再者说，看着小红点缓缓划过广袤的欧洲内陆，岂不是更有趣也更浪漫？我和康妮在事先订好的、价格合理的卧铺车厢里玩牌、喝葡萄酒，阿尔比可以在隔壁拨弄吉他，读读加缪的小说，火车到站，我们神清气爽地来到慕尼黑，一座我们从未来过的城市。老绘画陈列馆里有拉斐尔和丢勒的作品，新绘画陈列馆里有莫奈、塞尚、勃鲁盖尔和透纳的名作——康妮热爱透纳。我们还要带阿尔比去啤酒花园，我们要坐在八月的阳光下惬意地喝酒吃肉。慕尼黑之行本来可以非常开心。

但现在阿尔比走了，同一个疯疯癫癫的手风琴手到欧洲流浪去了，留下我们两个踽踽前行，一个放心不下，一个心怀歉疚。康妮躺在上铺假装在看书，我盯着窗外出神。

"没有我们，他可能玩得更开心。"这不是我第一次这么说，康妮也不是第一次没搭理我，"也许我还是应该给他打电话。"

"打电话干什么？"

"我告诉过你。道歉，聊天，看他顺不顺利。"

"我们就……就这样吧，道格拉斯，好吗？"她关了灯，火车"叮叮当当"地继续前进。前方是杜塞尔多夫、多特蒙德，然后是伍珀塔尔和科隆，德国的工业中心，强盛的莱茵河地区，然而我能看见的只有德国高速公路上星星点点的灯光。

89. 玛格丽特·皮特森

我们从斯凯岛返回伦敦不久，我妈妈就去世了。这是我人生之路上遇到的第一座坟墓。我想，这具有里程碑意义。

第一次中风发作时，她正静静地坐在书桌前上生物课，一向驯顺乖巧的学生们花了不少时间才反应过来，拉响了警铃。我父亲风驰电掣般冲到医院，然而，在她躺在担架床上等待诊断的时候，再度发作的中风已经夺走了她的生命。两小时后赶到的我眼睁睁地望着父亲情绪激动地大吵大闹，望着那些只知道傻坐在座位上的浑蛋学生，望着浑蛋老师和浑蛋医生，望着那主宰生死的不知什么人。父亲说，母亲死得"他妈的愚蠢"，"还有他妈的两年她就退休了"！悲伤化作狂乱，又化作愤怒，仿佛母亲的死是个错误，仿佛什么人在什么地方乱了套，弄颠倒了，而为此付出代价的却是他——他必须独自活下去。一个男人，孤独终老。一切都不对头。

我也很悲伤，从某种程度上说我是没想到，母亲和我向来并不特别亲密，当然也有些温馨的瞬间。她无微不至地照料我，在乡下时她会变得比较温柔，精力充沛、兴致勃勃地将花鸟树木一一指给我看，教室里的严厉荡然无存；她向我张开怀抱，给我讲故事。然而一回到家，她立刻成了一个保守刻板的女人。我在学校门口观察其他人的妈妈时，我总是在想她怎么就不能更热情开朗，怎么就不能中和一下父亲的严厉？但那也许是他们之间的秘密。也许他们天生是一对，如同两只鼓槌。

她与我的母子情——或没有感情——和我感到的刻骨悲伤之间似乎有些反差，我突然发觉自己的悲伤与其说是因为失去而伤痛，倒不如说是遗憾于未曾拥有。至于抚慰，现在我有了康妮，自始至终她都是我身边的奇迹：从第一通突然来电到安排后事、举行丧礼、整理及捐赠遗物、处理银行事务和遗嘱，再到将父亲的大房子换成小公寓。康妮和我母亲向来不睦，更是不止一次公开争吵，但她却不因此而冷漠，而是亲力亲为，应对得体。她缅怀亡者，却不必缠绵悱恻，也不哭天抢地。她是一个优秀的陪伴者。

母亲在十二月的一个清晨下葬，父母的房子——如今是父亲的了——现在冷清而昏暗，我们再次将两张单人床并在一起。康妮脱掉丧服，我们盖在被子下的两只手牵在一起。我们知道，人生长路漫漫，我们还将面临三次这样的葬礼，若是她那不靠谱的生父再次出现，那就还有四次，我们将共同面对。

"我希望你不要比我先死。"我知道这样的想法有些卑鄙，但在这样的时刻，可以得到原谅。

"我尽力而为。"她说。

时光流逝，一个礼拜又一个礼拜，亲友们示以慰问，家人领受同情，目光中不再夹杂着硌人的别样意味，我也渐渐无须扮演丧失考妣的遗属角色，回到正常的生活状态中。人生之路，由我们两人继续。

二十年后，康妮的继父依然矍铄健壮，据我们所知，她的生父也是一样。康妮的母亲雪莉怎么看都是要万寿无疆的样子，她是活生生的样板，告诉人们手卷香烟和朗姆酒的确是提神的仙丹。卷烟熏着，酒精泡着，她似有金刚不坏之身，也许康妮永远用不着我安慰。

90. 谢谢和再见

慕尼黑的酒店我总算是订对了一次：一间紧挨着谷物市场的小而温馨的民宿，舒适惬意，朴实无华。一位有点儿像狼外婆的年长女士开门迎接我们。

"另一位客人在何处？阿尔比先生……"

我觉察到身边的康妮僵了一僵。

"我们的儿子。他恐怕不能来了。"受不了，真受不了。我想替我儿子道歉……

"那太遗憾了。"老太太同情地皱了皱眉，"我很遗憾你们现在才说，就不能退款了。"

"Danke schön."[1] 我也不明白自己干吗要说这个。我只会两句德语，"谢谢"和"再见"，因此我们注定只能谢谢主人、主人再见了。

办理正式入住手续好像有几个小时那么久，我们最终还是被带到自己的房间，房间很舒服，颇有格林童话的风格，里面塞满粗笨的巴伐利亚家具，我希望这些古老而面相凶恶的家具能令康妮中意。可是康妮在火车上没睡好，她钻进大床，蜷缩着身体——如今她仍然不时做出这个少女姿态。"德国人睡的枕头都很低。"我说。但她已经闭上了眼睛，于是我坐进一把摇椅，倒了点儿水，开始看有关勃鲁盖尔的资料。眼镜框闻着有股子霉味，但除此之外，一切顶呱呱。

---

1. 德语：非常感谢。

91.《安乐乡》

勃鲁盖尔家族——有些拼成Bruegel，有些拼成Brueghel——人丁兴旺，全都叫扬斯或皮耶特，前面标上"老"或"小"，一番排列组合让人晕头转向。挑选教名时其想象力之匮乏，令局面更加扑朔迷离。

但是在王朝方面，老勃鲁盖尔——注意没有h——才是最有原创精神的，品质也是最高的，仅有约四十五件作品存世，其中最著名的作品收藏于庄严雄伟的老绘画陈列馆，也是我们今天下午的目的地。一路上展示了大量令人赏心悦目的各位扬·勃鲁盖尔或彼得·勃鲁盖尔的作品，大都为细节十分丰富的瓶花和乡村集市，十分适合做成精美的拼图游戏，但是这个没有h的勃鲁盖尔却是风格迥异，其作品毫不张扬地陈列在一间不起眼的展厅内。

《安乐乡》描绘了传说中"流淌着牛奶和蜂蜜的土地"——用馅儿饼铺的屋顶、香肠搭的篱笆，主画面上是三个大腹便便的男人：一个士兵、一个农夫，还有一个伙计或学生模样的家伙。他们身边摆满吃了一半的食物，裤口敞开，肚皮吃得圆滚滚，什么活也干不动。这类绘画令人"不安"——一头活猪背上插着刀到处乱窜，煮熟的鸡蛋长出四条细腿，诸如此类——我对艺术的了解足以令我判断其中寓意。

"勿贪食。"

"什么？"康妮说。

"寓意。如果你生活在以瓦片为屋顶的地方，就必须学会节制。他应该将这幅作品命名为《午餐之碳水化合物》。"

"道格拉斯，我想回去。"

"那当代美术馆怎么办？"

"不是回酒店，是回英国。我想现在回家。"

"哦，哦，这个意思啊。"我的眼睛还盯着那幅画，"他们像苍蝇似的往下掉呢！"

"我们能不能……能不能找个地方坐下来？"

我们走进一间更大的展厅——里面是十字架和亚当、夏娃之类——隔着些距离在一张皮面长凳上坐下，美术馆的保安更为这里增添了几分探监似的感觉。

"我知道你想干什么。你以为要是一切顺利，我们还能在一起。你还想着改变我的心意。我想告诉你，我也很想改变心意。我想确切地知道，我跟你在一起是否会幸福。但我没法开心，这趟旅行让我没法开心。太……太难了，我需要一个人思考一下。我想回家。"

我如坠冰窖，勉强笑了笑："欧洲大环游，你可不能说撤就撤，康妮！"

"如果你愿意，你可以自己继续。"

"没有你，我没法继续。那有什么乐趣？"

"那跟我一起回去吧。"

"怎么跟别人说？"

"有什么必要跟别人说？"

"我们比计划早了十二天结束度假，因为儿子跑了！多丢脸。"

"我们……就假装食物中毒了，或者亲戚去世了。就说阿尔比去看朋友了，去做他自己的事了。要不我们就待在家里，拉上窗帘，躲起来，假装我们还在外面。"

"我们拿不出威尼斯或罗马的照片……"

她笑了："从古至今，没人想看这些照片。"

"我不是要给别人看，是留给我们自己的。"

"那……那我们就照实说。"

"说你跟我在一起，一分钟都忍受不了了。"

她顺着长凳滑过来，肩膀靠在我的肩膀上："不是这样的。"

"那是怎么样的？"

她耸耸肩："也许现在不是黏在一起的最佳时机。"

"是你提出要来的。"

"是我提出的，但那是以前……抱歉——你全安排好了，全是拜你所赐，但同时……也太刻意了。压力太大，难以接受，眼花缭乱了。"

"钱退不回来，一切都是预订好的。"

"也许到了这个地步，钱已经不是最重要的了，道格拉斯。"

"那好，我订机票。"

"明天十点十五分有去希斯罗机场的航班。午餐时间就能到家。"

92. 脆皮猪肘配土豆团子

在欧洲大陆的最后一天，我们还在一起。

我们参观了美术馆的大多数展厅，但是阿尔比不在，欧洲大环游已经失去了教育意义，似乎也显得多余。我们的目光从丢勒、拉斐尔和伦勃朗的作品上一一掠过，但什么也没看进去，也不知说什么好。没多久我们就打道回府，康妮收拾行李，看书，我到街上散步。

慕尼黑是一座既有着雄伟气象，又充斥着乱哄哄的啤酒味的奇特城市，像一位酒后失态的将军。八月的夜晚暖融融的，也许所有人都能在这儿找到点儿乐子，但我一个人去了谷物市场附近的一家巨大的啤酒屋，在巴伐利亚管乐队的伴奏下，为了振奋精神，我点了一杯容量跟我的上身差不多大的淡啤酒和一只烤猪肘。然而人生事大抵如此——第一口的确美味，可没吃几口，这肉吃着竟开始有点儿上解剖课的意思了，我开始注意肌肉群、肌腱、骨骼和软骨组织。我举手投降，把那东西推到一边，喝干了整扎啤酒，七扭八歪地走回酒店的睡床。凌晨两点钟醒来时，我嘴里还泛着烤得半焦不焦的脆皮猪肘的味道……

93. 灭火器

……话说回来，我能为康妮带来什么呢？康妮给我的好处不用说了，但相守多年，我见过这个问题从朋友们、餐馆的服务生、家人和出租车司机的脸上闪过：她看中我的什么呢？她看到了什么其他人看不到的闪光点呢？

这个问题，我不情愿自己去问她，我怕她皱眉头或者说不出答案。我相信——反正她是这么说的——我是她的另一个选项，我跟她认识的男人们都不一样。我不像他们那样虚荣、脾气臭、不靠谱、喜怒无常，我没有毒品或酒精依赖的问题，我不偷她的钱，也不劈腿，我不是已婚人士，不是双性恋，没有躁郁症。简而言之，她从十几岁到二十几岁着迷过的所有特点，我一个都没有。我不大可能提议去抽可卡因，尽管在我看来，这简直就是天经地义、理所当然的，但至少我能符合这条。我的第一个加分项：非精神变态分子。

旁观者清，我爱她已经到了如痴如狂的地步，虽然一厢情愿的投入不见得招对方喜欢，这可是我的血泪教训。还有我们的性生活，我在上文说过那应该是超过及格线的。

她一直对我的工作很感兴趣。虽然并非一帆风顺，但我对科学工作一直忠心耿耿，想必这令她十分中意。康妮总说，谈论工作时的我最有魅力，虽然她只听几句就听不懂了，却总是鼓励我滔滔不绝地继续讲很久。"整个人熠熠生辉。"她说。我的工作性质改变之后，那些光辉有时候还略微闪烁一下，但是一开始她还是十分欣赏我们之间的差异——艺术与科学，理智与情感——毕竟，谁想和另一个自己谈恋爱呢？

更实际点儿说，我这个人比较实际，擅长维修水暖、做木工，甚至摆弄电线，我被电得飞到厨房另一头只有区区一次。只要走进房间，我就能第一时间确定哪面是承重墙；我是细心周到的装修工人，不停地擦拭、清洁、抛光，最后还能把刷子洗得一干二净。我们的积蓄合并在一起后，我就兢兢业业、细致周到地规划了一切：养老金、个人储蓄账户、保险。我用军事标准规划度假、保养汽车、给暖气放水清洁，春秋两季按时调冬令时和夏令时。只要我还有口气在，她就永远不必担心家里的电池不够用。也许这些成就根本只是鸡毛蒜皮，摆不上台面，但与她以前结交的怪咖、自我的审美学家摆在一起，还是能形成鲜明的对比。在康妮看来，我还是有点儿男人味的，令她觉得新奇、安心。

更刺激的是，我极度擅长处乱不惊——雨夜三号公路坚硬的路肩上换轮胎，乘坐北线地铁时协助处理犯癫痫病的患者，而其他乘客只能傻看着，每天都能显示出一点点儿英雄主义。走在大街上，我总是留意紧贴马路牙子，虽然她总是嘲笑我，但她也很喜欢。康妮说，跟我在一起，就像身边永远随身带着巨大的老式灭火器，这话我听了很受用。

还有吗？我把妻子带离了一种不可能长久的生活方式。刚刚认识康妮·摩尔的时候，她是个派对女孩，动不动就爬到桌子上跳舞，在我看来，是我伸手把她拉下了桌子。她放弃了艺术梦，至少一度放弃了，开始专心在画廊全职工作。我想，为他人作嫁衣而不能随心所欲地创作，一定很难，但她的天赋不会消失，一旦我们的生活稳定下来，一旦她的风格开始流行，她就可以重新走创作这条路。虽然如此，我们仍然尽情享受生活，跟朋友在外聚餐，玩乐到深夜，但宿醉、凌晨时分的后悔和莫名其妙的淤青减少了很多。我是个最安全的港湾，但我想强调的是，自己也并非无趣。也许我不擅长跟一大堆人在一起，但是一旦摆脱了人群的压力，一旦只剩下我们两人，我认为我们可以所向披靡。

这个时代的恋爱，人们总是着力强调幽默的重要性。我们渐渐开始相信，只要两个人能彼此逗笑，一切都不是问题。人们将成功的婚姻看作持续五十年的即兴表演。对于一个亟须补充新鲜材料的人，正如我在那些灵感枯竭的漫漫长夜中所感到的一样，这的确值得忧心。我一向爱逗康妮发笑，令人满足，令人舒心，因为我认为欢笑来自惊喜，而惊喜总是一件好事。然而，如同渐渐衰老的运动员，我的反应也日渐迟钝，如今，上句说完，我得花上好几年才勉强想到一句机智的回应，这种事也不少见。因此我不得不开始用老笑点，讲老故事，有时候我觉得康妮对我的笑话前三年是被逗笑，后面二十一年只是赏脸。我把我的幽默感遗失在漫漫人生路上，如今我只会玩谐音梗，而幽默和谐音梗完全不可同日而语。"香太多",我在啤酒馆里想到了这个笑话,也许早餐时还有机会用上。我找机会递上一根灰色的香肠,如果她不要我就说:"你的问题,康妮,就在于你怕'香太多'!"这笑话不错,但对于拯救我们的婚姻只是杯水车薪。

不可否认的是,有一段时间我很会逗康妮开心,当了爸爸之后,我曾希望把这种幽默的个性发扬到下一代身上。我把自己打造成罗尔德·达尔[1]式的人物,一个高智商的怪人,灵机一动就是一篇精彩的故事和人物。孩子们黏着我,脸上洋溢着欢笑、激动和爱。不知为何我从没做到过,也许是因为女儿的事。这件事显然改变了我,改变了我们两人。这种事会让整个生活变得沉重。

无论如何,我并不认为阿尔比欣赏我活泼的一面。我尽力了,但我总是令人不悦,我老是放不开,活像自知演出失败的小丑。我能掰掉大拇指再复原,可除非那孩子缺心眼,否则这等表演一定会越看越烦。阿尔比的心眼可多着呢。我学着用滑稽的声音念故事的时候,他会立马面露尴尬。实际上,回忆往昔,除了自曝其丑外,我几乎想不起哪次我让儿子开怀大笑过。有时候我真希望康妮能告诉他:"也许你不喜欢,鸡蛋仔,但是很久以前,你爸爸曾经带给我那么多、那么多欢乐,我们曾经整夜倾诉衷肠,开心大笑,笑到眼泪都流出来。那是很久很久以前的事了。"

此时此刻,我"香得太多"。

---

1. 英国儿童文学家、剧作家和短篇小说家。

94. 薄荷软糖

我们没等到吃早饭，就沮丧地离开酒店，叫了辆早间出租车，穿过尚在沉睡的城市前往慕尼黑机场。机场乏善可陈，各位尽可自行想象一座机场。

我恨英格兰。我们如同九比零铩羽而归的足球队，灰溜溜地坐在候机室里，相对无言，眼皮都懒得抬。"我想替我儿子道歉。"阿尔比的表情，那一瞬间的震惊和羞辱，仿佛挨了我一耳光——在某种程度上的确没什么两样——即将一辈子压在我的心头。在那个时刻，我想足球队的比喻并不恰当。我们并不是一个团队，只有我，是扑了九次空的守门员。

我要不要提前两个礼拜回到办公室？同事会怎么说？他们会有所察觉吗？那家伙的假期糟糕到家都散了！他们溃不成军，千真万确是溃不成军，一个在荷兰，一个在德国。就算我不去上班，就算康妮和我待在家里，挡上窗帘，我们也会被阿尔比的缺席所折磨。我不得不又要说一遍，他可能正在美滋滋地度假呢。他有护照，有手机，有钱，左手加缪右手佳人，还娇喘连连的，可以说令人艳羡。但我也并不确定，我们之间隔着那样一封信，不可能不惴惴不安。"替我儿子道歉。"他会不会是在柏林进了贼窝？在捷克的支线列车上喝醉了？在鹿特丹的弃屋里吞云吐雾？在马德里的小巷深处挨揍？等到九月、十月或圣诞节回家，还是永远不回来？大学怎么办？他会不会抛弃（稍微）努力争取到的深造机会，一走了之？要是欧洲大陆直接……直接把他吞没了怎么办？

我坐不住了。"我出去走一圈。"我说。

"现在？"

"时间还早。"

"登机口等你，"她耸耸肩，"拿上你的包。"

能在机场散步的都是乐观派。机场有什么可逛的——难道有魔法界的新产品？我溜达了一会儿，观摩了德国人的报摊——跟英国的报摊一模一样——正打算用最后一点儿欧元零钱买点儿薄荷软糖时，手机响了。

我在口袋里一通乱摸。说不定是阿尔比。来电显示+39开头的号码，这是意大利还是西班牙？

"皮特森先生？"

"是的，是我。"我晕了头，用法语说。

"早上好，这里是阿尔贝蒂尼膳宿公寓，此次来电有关您的预订。"

"对，对。"我又说开了德语，同时用手指堵住另一只耳朵。

"我已经尽力了，但是现在时间太紧，我无法为您提前安排房间，非常抱歉。"

"我的预订？"

"您改变了行程。您是明天夜里到威尼斯？"

"不是，不是，没有的事，还要三四天。"原计划是乘火车穿过阿尔卑斯山，在维罗纳、维琴察和帕多瓦各待一天，然后再前往威尼斯，"他什么时候打电话——我是说，我什么时候打电话给你们的？"

"十五分钟之前吧。"

"打电话说的？"

对方顿了顿，觉得我精神错乱了："是的……"

"我预订的是一个单人间加一个双人间。我刚刚打电话去改时间了？”

“改了双人间的时间。”

“改成明天？”

“是的，改成明天。十五分钟前不是刚说过——”

“我有没有说我是从哪儿打的电话？”

“我不明白您……”

“你确定打电话的是一位皮特森先生？”

“确定。”

阿尔比！一定是阿尔比打的电话，他乱改我的行程，想白住我们的房间。不过他们肯定正在去威尼斯的路上。

“给你添麻烦了，grazie mille [1]。”

“那我们还是按您的原计划，四天后见？”

“是的，是的，是的，四天后见。”

“好极了。”

“您真是帮了大忙了。Auf Wiedersehen! [2] Ciao! [3]”

现在我已经离报摊很远了，薄荷软糖捏在我手里，即将融化，可还没付钱。抓逃犯去！我查看了航班信息。开始登机。我检查了我的口袋。手机、护照、钱包，万事俱备。我带着手提包、手机充电器、一本书、平板电脑和一本二战史。我回到候机厅，看见了康妮，看见了几级台阶通向休息室上方一个高出地面的阳台。我爬上台阶躲好，盯着她看。

---

1. 意大利语：非常感谢。

2. 德语：再见。

3. 意大利语：再见。

我盯了她十五分钟，时间一分一秒地流逝，飞机就要起飞，我一口吞掉偷来的薄荷软糖，像个真正的墨西哥强盗。我望着她，满眼的爱意，虽然她等我等得满脸烦躁和不耐烦。我做出一个决定。

我不能失去妻子和儿子。

若是不能接受，干脆拒绝接受。

我不能现在回英国，不能任由我们的家在后半个假期里慢慢分崩离析，不能眼睁睁地看着康妮离开我，不能让一家人变成陌路人，不能让她把我排除在她的规划以外，不能回到那个家，让我见过和碰过的所有东西——琼斯先生、床头的收音机、墙上的装饰画、喝晨间茶的茶杯——这个归我，那个归她。我们有过多少共同的过往啊，我不接受分手，我也同样不接受我儿子在欧洲大陆流浪，觉得父亲以他为耻。这种事不可能也不准发生。

我吃完偷来的薄荷糖。有首歌唱得好：如果爱，请放手。一派胡言。如果爱，你得用沉重的铁链把爱人锁在身边。

95. 飞往希斯罗机场，最后一次通知

康妮已经站起身，焦急地四处寻找我的身影，左看看，右看看。她无疑在想："不对呀，这不是他的作风，他永远提前两小时，架起笔记本电脑，酒和发胶乖乖装在塑封袋里。"好吧，今后绝不如此，我的爱人！仿佛重生的我拨通了她的手机，望着她在手提袋里摸索一阵，找到手机，看了一眼屏幕，接听……

"道格拉斯，你跑到什么鬼地方去了？登机口还有五分钟就要关闭——"

"我不上这班飞机了。"

"你在哪儿，道格拉斯？"

"我在出租车上，我已经离开机场了，我不回英格兰。"

"道格拉斯，别乱来，他们在喊我们的名字——"

"那你自己上飞机好了。麻烦通知他们，我不上去了，我不想给人家添麻烦。"

"你不上我也不上，简直疯了。"

"听我说，康妮，好吗？我不能就这么回去，我必须纠正一切。我要先找到阿尔比，当面对他道歉，再带他回家。"

"道格拉斯，你根本不知道他在哪儿！"

"那我去找他。"

"你怎么找？他可能在欧洲大陆的任何一个地方，世界的任何一个地方……"

"我自有办法。别忘了，我是科学家。方法论，试验结果，结论。"

我看着她跌坐回去。"道格拉斯，如果你这么做是为了……为了证明什么……给我看，那么我深受感动，但是毫无意义。"

"我爱你，康妮。"

她用手捂住额头："我也爱你。道格拉斯，你累了，压力太大了，我觉得你现在头脑不清醒……"

"请不要劝我。我打算自己行动。"

沉默了片刻，她站起身来："你确定要这么做？"

"我确定。"

"我怎么跟别人说？"

"无所谓。"

"你至少会给我打电话吧？"

"我找到他再打给你，之前不会。"

"劝不住你了？"

"劝不住了。"

"好吧，好吧，如果你真要这么干。"

"恐怕你得一个人提箱子了。叫出租车，好吗？"

"那你穿什么？"

"我带了钱包和牙刷。我路上自己买衣服。"

她的头懒洋洋地向后仰，也许是一想到我要自己买衣服就烦躁。"好吧，如果你已经想好了的话。买点儿好衣服，照顾好自己。"她的手挪到眼睛上，"别崩溃，好吗？"

"不会的。康妮，抱歉我们没能再一起逛威尼斯。"

"我也抱歉。"

"不过我会寄明信片。"

"拜托一定寄。"

"替我亲亲琼斯先生，或者握握爪。"

"会的。"

"别让它上床睡觉。"

"想都别想。"

"说真的，要是它上床上习惯了——"

"道格拉斯，我不会让它上床。"

"我爱你，康妮。我是不是说过了？"

"你顺便说过。"

"抱歉让你失望了。"

"道格拉斯，你从来没让我——"

"我不会再让你失望的。"

她没有回答。

"你得上飞机了。"我说。

"是的，我得去了。登机口是……？"

"十七号。"

"十七号。"她挎上包，挪动脚步。

"你的书忘了拿，"我说，"在椅子上。"

"谢谢。"她捡起书，迟疑了片刻。她没花多少工夫就发现了头顶露台上的我。她向我扬起手，我也同样回敬她。

"回见。"我说。

但是她已经挂了。我望着康妮转身离去，然后，不管我的儿子是否需要，我都要去拯救他。

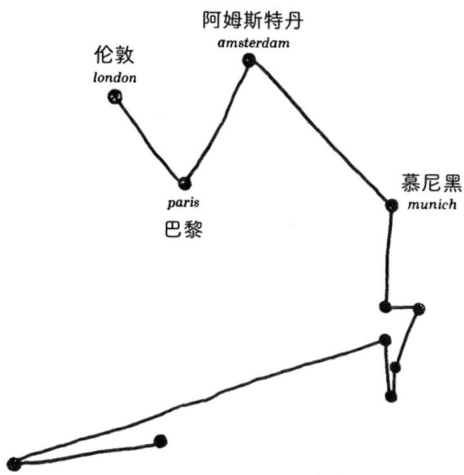

The Renaissance

第二卷

文艺复兴

Part Five
Venice and the Veneto

第五部
威尼斯和威尼托

——

有时候，她甚至希望有一天，自己能够置
身于困苦的境地，那样她就能英勇地面
对困难，并从中获得快乐。[1]

——亨利·詹姆斯《一位女士的画像》

1. 译文选自陈丽、郑国锋译《一位女士的画像》，人民文学出版社，2020年版。

96. 求婚

在威尼斯，我向康妮求婚了。

没什么创意，我知道。事实上，二月份那次纪念相识三周年的旅行整个谈不上什么创意。一个晴朗清新的早晨，我们乘水上出租车进入威尼斯，窝在紫红色的皮质座椅上，随潟湖的微澜上下颠簸，又走上甲板享受微风的吹拂，水城在眼前徐徐展开，心中两个问题此起彼伏：世界上还有什么更美？世界上还有什么更贵？这便是我的威尼斯式思维方式；敬畏和焦虑并存，如同徜徉在精美的古董铺里，时常有警示牌提醒你"有损必赔"。

因此，我们做了威尼斯冬季游客的必做之事。雨天宅家，晴天出门，在庄严典雅、令人惊艳的广场上吹着冷风喝苦可可，在昏暗昂贵的酒吧里啜饮贝里尼酒，在账单面前阵脚大乱。"这是为了美缴纳的税金，"康妮说着扔出一张张纸币，"如果这里很便宜，就没人会离开了。"

她当然很熟悉这里。她说要想在威尼斯玩得过瘾，就得先去圣马可广场看上一眼，然后往外有多远跑多远。诀窍是随心随遇，兴之所至，走哪儿算哪儿。我本能地讨厌走哪儿算哪儿。威尼斯有无数隐藏关卡，而我，一位资深地图玩家，花费了大量时间研究路线，最后康妮夺过地图，用手指钩起我的下巴，命令我抬起头欣赏威尼斯的苍凉之美。

那便是令我惊叹不已的威尼斯：何等的肃穆，每一位忙着按快门的游客都在思考死亡。威尼斯是我第一次体验意大利的地方，说好的满手面粉的老妈妈呢？说好的蓬头垢面、成群结队的小阿飞呢？家家户户大门紧闭，困在城中的市民们眯着眼睛，对连冬天也有的成群结队的游客感到厌恶，活像赖着不走的客人——情有可原。圣诞节也高兴不起来，威尼斯人认为过节就该人人穿得像骷髅。也许这是大瘟疫的后遗症，沉默和阴影，黑黢黢的运河或是消失的绿色空间。徜徉在废弃的小巷里，和被雨水冲刷的小广场上，悲伤从四面八方袭来，却也奇异地令人爽快。我不认为以前曾经有过悲伤与幸福集于一心的体验。

也许这种亦喜亦悲的心情最适合求婚。来不及犹豫了，订婚戒指已就位，藏在手套里，餐厅也订好了。我们在圣米凯莱的公墓岛心情愉快地度过了上午，康妮穿着大衣拍了各种各样姿势的照片，也给那些墓碑照了不少照片，然后我们手挽着手从卡纳雷焦区前往多尔索杜罗区，在沿路晦暗的教堂和阴沉的庭院里钻进钻出，我一直在想：求婚时要不要单膝跪下？会不会很滑稽，会不会双方都尴尬？她更喜欢的是——"嫁给我好吗？"还是历史剧里那种正式的——"我是否有幸邀请您成为我的妻子？"还是大剌剌地说上一句——"嘿，我们结婚吧！"就此了事？我们回到酒店，梳洗打扮一番，重新出门来到一家做金枪鱼生牛肉薄片和烤鱼的名店，一路上，揣在口袋里的手不断地碰到那枚古董银单钻戒指。"消化不良？"康妮问我。"胃里烧得慌。"我答。我们吃了色彩艳丽的意式冰激凌，喝了点儿杏仁味餐后酒后，头昏脑涨地走出餐厅，站在清爽的夏夜中。"我们散步去圣礼拜堂吧！"我漫不经心地提议。月色中，雄伟的大理石教堂隐约闪烁着点点磷光，圣马可广场在大运河对岸被照亮，我伸手探入外套内袋，取出戒指，问康妮："你愿意做我的妻子吗？"

如果她回答愿意，那将是何等浪漫。可她先是哈哈大笑，骂了句脏话，皱眉咬唇，然后拥抱我，又骂了句脏话，吻了我，哈哈大笑，骂了句脏话，然后说："让我想想，行吗？"我觉得也算合情合理。尽管如此，我还是忍不住琢磨，这很意外吗？都说有情人终成眷属，我们眼下不正是情到浓时？

谢天谢地，我终于等来了一句"我愿意"，虽然那已经是好几个月之后的事了。求婚发生在月色下的大运河畔，回答却是在基尔伯恩大街森宝利超市的熟食店柜台旁。也许是我挑选的橄榄让她最终下了决心。不管怎么说，一排排咸肉和奶酪见证了我们的欣喜若狂和尘埃落定，也见证了我们的泪眼婆娑和动情结账。

也许我本该带康妮故地重游，去基尔伯恩大街的超市。这个距离我们还是做得到的。

97. 汉尼拔

我往前赶回头路。我还在德国，眼巴巴地看着我妻子离去后，我钻进出租车，回到慕尼黑，一头冲进嘈杂的火车站，在售票机的屏幕上一番指指戳戳，拿到了次日中午的火车票。我翻越阿尔卑斯山，途经因斯布鲁克，在维罗纳换车后抵达威尼斯，除了双肩包和护照之外身无旁物，活脱脱就是《谍影重重》里的杰森·伯恩。

车厢也是间谍和刺客偏爱的那一种。列车驶离郊区，越过宽阔翠绿的平原奔向群山，突然间，好像在几百米之内，我们突然置身于阿尔卑斯山之间了。这趟行程越发刺激。我在伊普斯威奇镇出生、长大，与大山无甚缘分，现在我发现了阿尔卑斯山之壮美。山峰似犬牙，深谷令人眩晕，那景色似乎是神的想象所造就，要不就是出自一位雄心勃勃的电脑特效师。老天爷，我不禁低语，随手用手机拍了一张照片，一张毫无章法的普通照片，不会给人看，也没什么用，我突然想起儿子，即便从峰顶突然滚下一颗陨石，他也绝不可能举起相机。

过了因斯布鲁克，景色越发雄奇。这里绝不是荒野——有超市、工厂和加油站——但坚持在炎炎夏日里在这种地方生活工作的人们多少有些古怪，更别说还在这里修了一条铁路线。列车绕过一处断崖，山谷在我们脚下直跌下去，尽头是一片石灰绿色的草地，就像我十几岁时做的火车模型周边的景观。我想起康妮，想起她该是快到家了，她要对琼斯先生问好，开邮箱，敞开窗子换换空气，撕破封条，打开空荡荡、臭烘烘的冰箱，把洗衣机塞满。多么希望她也能看到眼前的景色啊。

可你毕竟无法一连赞叹上几个小时，景色很快变得十分单调。我到餐车吃了个可颂配熏牛肉和意大利干酪，从肠胃的角度讲，真是面面俱到。回到车厢后，我打了个盹儿，醒来后"布伦内罗"这个地名的拼写已经从德语变成了意大利语。教堂尖顶换了个风格，山势渐缓，逐渐变成丘陵，松林让位于无边无际的葡萄园。德国和奥地利已被远远抛在身后，眼下我置身于意大利的阿尔卑斯山间，很快就要抵达维罗纳。

98. 我们取景的地方

小城挺可爱，满城的棕红色和蒙尘玫瑰色在八月午后的热浪中炙烤着。我急着赶车，只留了两个小时的空当。我大踏步穿过优美的露天广场，跨过中世纪时代的小桥，然后将它们从心愿单上一一勾掉——这样游览城市简直令人扼腕，完全背离了策划

215

欧洲之旅时的初衷。没关系，现在有比欣赏文化更重要的事。我见到了精美的罗马露天剧场，世界第三大——勾掉——看了朗贝尔蒂高塔、香草广场上的集市和华丽的绅士广场——三个通通勾掉。我沿着大理石购物街一路走下去，随着人群穿过一条小巷，来到一个石头阳台底下的庭院中，这里十分拥挤，嘈杂地响着各路语言——据说这里是朱丽叶的阳台。阳台看上去仿佛粘在墙上一般，当然，我的旅行指南不屑地指出阳台是1935年刚刚修好的，但是考虑到朱丽叶也不过是虚构人物，建于何时也就无所谓了。"罗密欧、罗密欧，你在何处哇，罗密欧！"五湖四海的轻浮客们叫嚷着。午后的酷暑中，这院子成了名副其实的游客陷阱，可我却尽职尽责地观看着，身边汗流浃背的游客们摆出不同的姿势，依次与莎士比亚笔下女主人公精美而造作的铜像合影。铜像的右胸被千百万双手抚摸过，已经成了灰色。显然，摸她的胸脯会带来好运。一个日本人捅了捅我的胳膊，比了个照相的手势，这是国际语言，意思是："想不想让我给你拍个照？"但我极力发挥想象力，觉得自己捏着铜像右胸的照片无异于击碎灵魂，于是我婉拒对方，推开人群离去，只是在涂鸦墙边停下了脚步，墙上层层叠叠地写着"西蒙爱维罗妮卡""奥利＋科斯汀""马可和卡尔洛塔"，我暗想自己也可以加上一条"康妮和道格拉斯永不分离"之类的。我默念着墙上的"Je t'aime" "ti amo" "ik hou van je"[1]，这些爱情宣言刻得如此之深，很有杰克逊·波洛克[2]的神韵。

杰克逊·波洛克。"看见了吗，康妮？我学到新东西了。"我

---

2. 美国画家，抽象表现主义绘画大师。

大声说，"ik hou van je."

99. 火车站

去威尼斯唯一的方法是乘早班水上出租车穿过潟湖。半夜时分，我同一群连滚带爬、激动不已又头晕眼花的背包客和学生走出火车站。火车站十分奇异，却相当典雅，天花板很低，只是一片大理石薄板，活像那种会撞到小腿的咖啡桌。我总算把城里最后一间客房订到了手：城堡区一家偏僻的半死不活的家庭旅店。我打算徒步走过这段不算短的路，踩一踩仍然十分繁华的新大街，再瞧一瞧年轻人中有没有阿尔比——万一他已经来了呢？盛夏的威尼斯在我是一种全新的体验，我发觉空气十分潮湿，运河传来一阵阵类似氨水的难闻气味，随即又十分尴尬地意识到，这股怪味实则是从我自己身上散发出来的。从慕尼黑到威尼斯的一路上，我已经跟运河一个味道了，我决定在舒适的旅馆房间里处理掉这个难题。

但我的方向感有生以来第一次不灵了。那些"环河路""河堤路""上坡路""石板路"什么的，绕得我团团转，直到午夜，我才在威尼斯军械库旧址的阴影中找到又挤又破的贝里尼家庭旅馆。

午夜之后才到旅馆总有种鬼鬼祟祟的不正经味道，不满且狐疑的夜班经理领着我爬上很多级台阶，来到一个双人床大小，却只放着一张单人床的阁楼间。隔着薄墙，听得到旅馆锅炉先是咕嘟咕嘟，再咆哮着喷薄而出。没有灯罩的灯泡发出耀眼的光，我注视着镜子里的自己。这里又潮又热，跟亚马孙雨林差不多，我搓了搓汗津津的额头，只留下一道灰色，活像擦不干净的铅笔印，那可是七个国家攒下来的污渍。巴黎以后就没刮过脸，离开阿姆斯特丹就没怎么睡觉，上一次换衣服还是在慕尼黑。维罗纳的阳光晒伤了我的鼻子，并且独独把我的鼻子晒成了红陶花盆色，眼睛下面挂上了一片乌青。不用说，我看上去疲惫不堪，就像要录像的人质。在阿尔比眼中我肯定十分可疑，但我实在没劲儿管这些，连厅里的公共浴室也懒得去。

我用小水池里的塑料肥皂和褐色的浊水搓了搓腋窝，揉了几下臭烘烘的衣服，将它们像海草似的搭在窗台上，一屁股跌进下陷的床垫里，就着各种管道的呼喝和汩汩细语，立刻跌入梦乡。

100. 老鼠试验

如果你愿意的话，可以想象一个威尼斯的微缩模型。不是什么大城市，比雷丁大不了多少，但是更精致，边界也更分明。现在想想有两个人，也是按比例缩小的，让他们一个往左，一个往右，在那个迷宫里转悠上十二个小时，就像迷宫里的老鼠。迷宫内部不是规则的，宽点儿的街道和大广场里夹杂着窄巷子，还有桥，可以当作漏斗。让它们一口气转悠上比如十四个小时，那么这两个小人遇见彼此的概率有多大？

我不是统计学家，但是立刻就知道机会渺茫。然而，这绝不是无从想象的，我还有一个事实作为佐证：落在威尼斯的足球会顺着走的人多的那条路，从火车站滚到圣马可广场，从圣马可广场再滚到鱼市，再到学院美术馆，最后滚回火车站。我们有时一厢情愿，觉得自己是自由灵魂的探索者，其实游览威尼斯和逛超市、飞机场或美术馆是一个路子，这样或那样的事物，总是让我们有意或无意地受到引导。我是该顺着这条黑黢黢的、散发着尿骚味的小巷子走呢，还是朝香喷喷的小面包房走？人类专门研究过这类行为。我们以为自己有独立意识、有想象力，但我们的漫游其实比铁路上电车自由不了多少。

迷宫比初看上去小一些，考虑到我要找的可能是两个人，并且他们不大可能一直在移动，再加上手风琴的琴声可能想不听到都难，我突然有了轻微的自信，一定能找到他们。事实上，坐在两星级意大利早餐前，享用海绵蛋糕、橘子汁和世界上最硬的菠萝时，不妨说我对眼前的任务相当兴奋。我的任务有点儿间谍的意思，而且我很享受用可溶毡尖笔在塑封地图——正是我多年前带回来那一幅——上规划路线，我可以先做注释，然后每过一天就擦去一些。

"你这套方法不错嘛。"唯一的一位室友说，一个笑眯眯的德国女人，也许是斯堪的纳维亚女人。

"谢谢。"我答道。二十四个小时没开口了，我的声音好像已经很陌生。

"如果哪个城市需要地图，这张最适合。"她说。

我笑了笑，不想显得无礼。"重要的是，不要吝惜高质量的地图。"我做出迷人的样子。

她啜了口茶："你很熟悉这里吗？"

"我以前来过，二十年前。"

"一定变化很大了。"她说。

"没有，几乎是——哦，我明白了。是的，几乎认不出来了！所有这些新房子！"在她看来应该是个不错的笑话，我想着也许可以再即兴发挥发挥,"那时候这些街道还没给淹过呢!"这是我最好的笑话,可她一脸迷惑,我只好把那张已经研究了好久的地图、从自助早餐偷来的香蕉和一袋子干掉的吐司扔进书包,出门去了。是的,猫子,我现在也干起顺手牵羊的勾当了。

但是首先我得武装自己。威尼斯人是岛民,在男士服装方面选择十分有限,但我还是买了三双差不多的袜子,三套内衣,三件分别是灰蓝色、灰色和白色的T恤,两件纽扣领衬衫晚上穿,还为降温准备了一件薄套头衫。为了保护我娇嫩的头盖骨免于暴晒,我买了棒球帽,尽量挑了最中性的一款,这可是我这辈子第一次拥有棒球帽,不过也许在圣保罗大教堂和圣十字大殿之间的阴凉低谷中也并不一定用得上。由于大部分时间在步行,我买了相当轻便的模压塑胶材质跑步鞋,这玩意儿宽大得要命,肯定能适应我的脚型,展现黑科技的力量把它们舒舒服服地箍住。我买了厕用湿纸巾,只买了一瓶纯净水,准备反复灌水使用。回到贝里尼旅馆,我整理了一下购物成果,对着镜子重新审视了一遍自己。

睡眠挽救了不少损伤。我仍然没刮脸,相当撩人的胡楂儿已经开始露头,闪着灰色或白色的光,好莱坞影星想要藏起帅气时就这么干。我十分中意这种模样。我看上去……不像我。我戴上新太阳镜,拉下棒球帽的帽檐,前往大运河。

101. 时间的形状

把时间想象成一张长纸条。

时间当然并不是这种形状。时间没有形状,只是一种维度,或者可以想象成一个方向或一个矢量。我们为了打比方，姑且用长条纸来代表时间，或者也可以用一卷赛璐珞胶片。再设想一下，你在这张纸条上剪两刀，再把它连成一个完整的环。这张纸条可长可短，但是这样一个链条会永远滚动下去。

对我来说，第一刀不用说，肯定是剪在伦敦桥的中间，我第一次遇见康妮·摩尔的地方。但是第二刀就难了，是不是大家都这样？不快乐总是比快乐更说不清边界在哪里，更难辨黑白。不管怎么说，我把剪刀举在空中，迟迟下不了手……

但暂时还不是。我们还没结婚。

102. 学会说"妻子"

我们结婚了，这部分很有趣。我和康妮两个人参加过太多场婚礼，有时候好像是用三年的业余时间学了一门婚礼培训课程。我们两人都很清楚自己不想要什么——我们不要小题大做。我们要在城市里举行婚礼，先去婚姻登记处，然后在本地的意大利馆子里与亲朋好友聚餐。餐厅要小，但是要够潮。康妮负责客人名单、文本字体、装饰、菜单、音乐和表演。我负责露个脸。

当然，我还负责讲话。婚礼彩排上，我把稿子过了一遍又一遍，自从写了关于蛋白质核糖核酸反应的博士论文之后，我还没对哪篇文章如此字斟句酌过，不过哪篇文章笑话更佳，就不好说了。我想用十四号"Arial"字体把稿子逐字逐句地写下来，因此只得提前好几个月开始转录现场气氛。我预测，她会很美，我会很幸福、很骄傲——不，应该是从未如此幸福、从未如此骄傲地站在她的身边，当然这些预测都一一实现了。那天的康妮光彩照人，一袭低胸紧身黑裙，宛如一位复古影星，与象征纯洁处女的传统白裙恰恰相反。

随着岁月的流逝，她开始后悔那天的选择。"我在想些什么呀？"她说，"我看上去活像费里尼电影里的妓女。"但是我必须声明，她真的很美。我当然是开心又骄傲，满心感恩，如释重负。如释重负，这么说算是轻的了。

没有人会用言辞献花。"我从未如此如释重负过。"但那时候我没奢望过结婚，而且娶到这位女士……

在简短的仪式中，康妮的朋友弗兰读了一首T. S. 艾略特的诗，诗听着很不错，但是我敢说谁也没法用通顺浅显的英语再说一遍。我妹妹用电子琴演奏了"忧心版"披头士乐队的《在我生命中》，涕泪滂沱之中，她仍然勇于微笑，那表情若放在康妮和我死于飞机失事的葬礼上更合适，而当时我们俩就在现场。我妹妹的表情令人毛骨悚然，康妮终于忍不住哈哈大笑，紧接着我也忍不住了。为了转移注意力，我偷眼看了看我父亲，他正用胳膊肘撑着膝盖，用手揪着鼻梁，活像在止鼻血。

然后就是"我愿意"环节，交换戒指，摆姿势拍照。我很享受这一切，但是婚礼上的新郎新娘成了演员，我觉得我们俩那天对彼此都几乎毫无知觉，谁也不习惯这种众目睽睽的感觉。照片上的我局促不安，全神贯注，好像是被从台下揪上台似的。我们当然看上去很快乐、很相爱，反正照片上的我们的确如此，但是人们总是希望婚礼上新人之间的对话只有甜言蜜语，来回重复着"你使我完整"，可婚礼上得安排出租车、安排座位、安排音响，当然，还得演讲。我妹妹从一开始就自告奋勇地要做我的"伴郎"，在演讲中自吹自擂了一番，反复强调我们现在和未来一切的幸福都是她一手策划，我们这辈子都别想报答她的大恩大德，连试都不用试。康妮的继父基马尔的演讲很风趣，他一遍又一遍地回到我妻子的身材这个话题上来，简直到了让人不适的地步，之后就轮到我演讲了。

我讲了几段本书中曾经提过的往事：第一次约会，杂耍艺术家吉克，康妮在基尔伯恩的萨恩斯博雷超市熟食柜台答应求婚。我没有讲笑话的天分，但是现场笑声不多不少，其间夹杂着康妮在艺术学校的旧友们所在的那桌传来的窃窃私语和彼此制止的嘘声。

昂格罗也在，我说过吗？婚礼前的几个月，我们争论过要不要请他，但如果康妮的前男友们一个也不准来，似乎显得我偏执又死板。所以老哥们儿昂格罗就来了，喝得大醉，对婚礼大肆讥嘲——这是我的想象。在昂格罗那帮人眼中，我显然是个小野洋子类型的人物。无所谓，我只关心我妻子。"妻子"——多么奇怪的称呼。有朝一日我也会习惯这种叫法吗？我的演讲于至情至深处戛然而止，我亲吻了妻子——又是这个词儿——然后举杯为她祝福。

我们和着艾拉·菲茨杰拉德的《夜与日》翩翩起舞，康妮挑的曲子。我唯一的要求是，第一支舞不能太快，也不能太野性，因此我们像童车似的缓缓转圈。场面想必不大好看，因为刚转了几圈，康妮就开始即兴做出下蹲和转圈的动作，我们俩一时在来宾们的哈哈大笑中纠缠在一起。接着是切蛋糕，四处周旋致意，偶尔我得在屋内到处扫视，看看康妮躲在哪位同事或叔伯舅舅什么的身后。我们面带笑意，要不就是拉着脸或者相视傻笑。我的妻子。我有妻子了。

我父亲——从母亲去世后便越发弱不禁风——早早退场了。我提出给他订一间酒店过夜，如此任性令他愕然。在他看来，订酒店的不是贵族就是笨蛋。"我家里的床好得很。我在陌生的床上反正睡不着。"他说。他一心想着赶上去伊普斯威奇的火车,"万一你姐又要唱歌怎么办"。我们哈哈大笑,他把手搭在我的肩膀上。"干得好。"他说,好像我刚通过驾照考试。"谢谢爸,再见。"

"干得好。"昂格罗也对我这么说。他满怀恶意地拥抱了我,然后从我肩膀上掸掉烟灰。

"干得好,哥们儿。你赢了。好好对她,哈?康妮是个好姑娘,是金子做的。"我表示康妮的确是金子做的,并感谢了他。我妹妹对别人的工作总是鸡蛋里挑骨头,她吊在我脖子上,又醉又伤感地给出了她的评价。"讲得很好,D。"她说,"但是你忘了对康妮说她有多美。"我忘了说吗?我觉得没忘。我觉得我说得够清楚了。

时间刚过午夜,我们筋疲力尽、满口酒气地坐在出租车上,朝梅菲尔区的一家精致旅店驶去,这是我们委身于奢华生活的一例。当晚我们没有做爱,但我被反复告知这种情况在新婚夫妇中并不少见。我们只是相对而卧,嘴里混杂着香槟和牙膏的气味。

"你好哇,老公。"

"你好哇,老婆。"

"觉得哪里不同吗?"

"没什么不同。你觉得呢?突然间累了?掉坑里了?束手束脚了?被压着了?"

"让我想想……"她转转肩膀,摇摇手腕,"没有,没觉得。不过这才刚结婚。"

"我爱你。"

"我也爱你。"

这是我们一生中最快乐的日子吗?也许不是,也许是因为真正快乐的日子不需要这么多安排,不用这么秀,也不会这么贵。幸福的人儿总是蹑手蹑脚，总是不期而至。但是至少在我看来，快乐的日子有了一个圆满的结局，幸福的未来又刚刚开篇。一切都是原来的样子，又都不是原来的样子，多少次入睡前，我都感到一种恐慌，仿佛要踏上漫长的、危机四伏的旅程。一切都已就绪，车票、酒店、外币、护照都摆在客厅的桌子上。如果我们能一直做最好的自己，如果至少努力做最好的自己，大家怎能不尽情欢乐？

可是，要是路上出了岔子怎么办？要是飞机发动机失灵，要是我的汽车失控怎么办？要是下雨呢？

103. 鱼

从上往下看，威尼斯好像一条身体宽阔、张着大嘴的鱼，鲤鱼、鲈鱼之类，而大运河好比鱼的肠道。我的路线从鱼尾开始，也就是城市最东端，城堡区、旧码头、一串可爱的欧洲民宅，然后回头沿着北边的河岸，即背鳍，穿过卡纳雷焦区，这里的街道阳光充沛，跟沙滩差不多。我穿过贫民区，来到火车站，再来到主要的"游客障碍"，这地方感觉是个障碍，游客们排着队，推推搡搡地走过里阿尔托桥。一座城市需要多少副面具？我暗自思量着，拖着脚步走过另一条没什么灯火的购物街，来到圣马可广场时，仿佛来到了半空中，一刀切都是那么明亮、那么巨大，涌上再多的游客都不嫌挤，不过他们倒真的正在赶来。在大运河畔——应该是鱼鳔——我小憩了片刻。那天早上我见到了带着浓重鼻音的吉他手，用葡萄酒杯的边缘演奏的《糖果仙子之舞》，一个柔软度惊人的杂耍艺人——常规动作就是掉东西，但是这里的表演比我预期的还要少些。我用手机搜索着"街头艺人"和"威尼斯"，却发现这座城市已经被仇恨占领。互联网上十分活跃、气势汹汹的人体雕塑在勤勉的意大利警察的死追烂打下不得不活了起来。得有一张许可证，我估计如此不羁、灵魂如此自由的猫子肯定不会服从意大利当局的管束。我要找的是游击队式的手风琴艺术家，打一枪换一个地方的那种。那么，没时间休息了。为了应急，我吃了带伤的香蕉，挤开人群，拖着疲惫的脚步朝凤凰剧院走去，一个白衣白脸的街头小丑正在婉转吟唱《女人善变》[1]。我非常疲惫。事情太多，人也太多了。我转向南搜寻，匆匆经过卖手包的西非小贩，来到多尔索杜罗区，这里正是鱼肚子。

104. 夏威夷果

看过那么多古代石头，再看木质的学院桥自有一种怡人的轻盈短暂之感，我利用片刻时间往东边的大运河入口看去，将风景收进眼中。"收进眼中"这个词儿有点儿怪，好像要把什么有形之物长久地收进来。我能欣赏这景色的典雅、协调，心思却主要放在身边的大群游客身上，还有威尼斯建筑师们非凡的自信，他们竟然允许如此精美之至的房屋万分危急地搭在水边。潮气怎么办？洪水呢？在房子和那些水之间造一片小小的草地或者建个小花园岂不更好？可要是那样，威尼斯就不是威尼斯了，我的脑海中响起康妮的声音。这么干就成了泰晤士河畔的斯坦斯了。

我继续前行，耳朵里听到了另一个声音："那地图用着还顺手？"在国外，我总觉得跟我说话的人都是向我讨钱，我继续走

---

1. 出自威尔第的歌剧《弄臣》。

了几步，回过头去，却看到家庭旅馆早餐室里的那位女士。我就地折返。

"我用着很顺手。你在排队看学院桥？"我问，有点儿傻，她明摆着就是在排队看学院美术馆。

"学院美术馆。"她说。

"什么？"

"'学院美术馆'。旅店前台纠正过这个词的读音，第一个音节和第三个音节要重读。Accademia，跟那个坚果一样。"

"什么坚果？"

"夏威夷果。"

"你是说，macadamia！"我说。

不知道写成文字能不能原汁原味地还原当时的情形。我欣然发现自己的喉头根部发出了一点儿马嘶声，那位女士微微一笑，仿佛这是人类有史以来第一次拿坚果开玩笑。我们俩似乎谁也说服不了谁，于是我说："祝你游览画廊顺利！""早餐见！"她答道。我迈开大步，朝圣玛格丽特广场前进，在那儿吞下一块油滋滋、香喷喷的比萨，又灌下一升冰镇汽水。接下来，我一路偷偷打着嗝，终于来到鱼嘴处的罗马广场，这里的烟雾和咆哮已近尾声。从鱼头到鱼尾花了我将近三个小时。

但是真正让我束手无策的是鱼的身体：圣保罗广场、圣十字广场、没头没尾的小巷子和死胡同，以及不按套路的神转折，专门跟指南针对着干。我的地图到这儿成了废纸，我突然发现自己独自身处一个阴风飒飒的精致小庭院，我的反应不是"何等的优雅、何等的美丽"而是"何等的瞎耽误工夫"。心灰意冷地转悠了一个小时之后，我改道向南，来到扎特雷水边步行街，也就是腹鳍部分。游客们在木船上吃着意大利冰激凌，我却大大落后于计划，等我到达安康圣母大教堂时，情绪已经十分消沉。我瘫坐在大理石台阶上，二十二年前的一个冬夜，我就在不远处向康妮求了婚。

一个跟阿尔比年纪相仿的街头艺人正站在那儿，唱着"绿洲"乐队的歌，创作这首歌的时候，他还没出生呢。歌词只记了个发音，所有的辅音都略去了。

"Un mayee, ure gonna be uh-un uh safe mee..."（你将成为那个拯救我的人……）

我思念妻子，琢磨着她这种状态还得持续多久。我也想儿子，我绝望地想着是否找得到他，把他带回家。我用手掌根按住眼窝。

"An afer awwww, ure my wunnerwaw."（毕竟，你是我的坚实后盾）

听到这里，我拾起背包，登上回到鱼尾巴尖的摆渡船，从头再来一次，然后又来一次。

105. 平原

我儿时想象中的婚姻就是这个样子。

婚礼次日，你们手挽着手走过这条宽阔的大平原，远方有零零星星的障碍，但是也有快乐，如果愿意，也有小小的绿洲——生儿育女，他们茁壮成长，有爱又健壮，然后会有孙儿孙女，圣诞节的早晨，度假，衣食无虞，事业有成。也会有不如意，却不会把你击垮。生活总是起起伏伏，平原上高高低低，但多数时候未来可期，你自会前行，两人手挽手，三十年、四十年、五十年，最后其中一个滑下深渊，另一个不久也追随而去。从孩子的角度看，婚姻就是如此。

但我现在会告诉你，婚姻不是平原，绝对不是。会有恶谷绝壁，看不见的裂缝打发你们落入黑暗中乱抓一气。再就是长久的单调、焦躁，似乎永远没有尽头，人生的旅程大半是焦灼又孤寂的，有时你根本找不见另一半在哪里，有时候他们从你身边滑开，滑得太远，滑出了你的视线，路很难。真的特别、特别、特别难。婚礼后六个月，我妻子有了婚外情。

106. 男同事

关于这桩婚外情，我不知道可以说多少，因为我并不知情。婚姻的不忠从当事人的角度比较容易说。眼神、微笑、暗中抚摸、乱撞的心、激情和内疚，只有他们知道。被背叛的一方则全然蒙在鼓里，我们傻傻地快乐着，履行着自己的职责，终于走到玻璃板上。

我同样也无法描述出一张令人心驰神往又眼花缭乱的大网，纵横交织着各种暗示、线索和逐渐加深的醒悟。没有神秘兮兮的电话，没有我不知情的餐厅结账单，我没做过侦探。我之所以知道，是因为康妮告诉了我，若是她没有坦承，我也许永远不会发觉。一个礼拜六的早晨，她毫无预警地对我坦白，她不知如何是好地把头靠在碗柜上。

"不知如何是好？"我说。

"下一步如何是好。"

"什么如何是好？"

"安格斯。"

"安格斯？"

"我的朋友安格斯，男同事。"

很显然，她有个男同事——这种"男同事"我就有些气恼——有个艺术家在康妮全职工作的画廊办展出。有一天工作到很晚，他们出去喝了点葡萄酒，接了吻，她对这一吻琢磨了很久，这个"男同事"安格斯也对这一吻琢磨了很久，第二个礼拜，他们去了酒店。

"酒店？我不是很懂，你每天夜里都在家，你一直都在家！你什么时候——""一天下午。两个礼拜之前。老天爷，道格拉斯，你真的一点儿没疑心吗？你真的没看出来有什么变化？"我没看来。也许我不善于观察，或者不够敏感，或者说过于自信。我们做爱没有以前那么频繁了，但也算不上反常。婚姻最古老的笑话不就是这样吗？我们本应努力要个孩子，但如果最初的激情渐渐退却，有什么可奇怪的？是的，康妮偶尔显得有些拒人于千里之外，拒绝交流，魂不守舍，有时候我们绕着厨房水池转圈，就像同事们在休息，有时候我听着她粗细不匀的呼吸声睡着，却没问问她哪里不舒服。但我那段时间工作很辛苦，特别辛苦，有时候手头的项目要完成，还得去操心下一个项目的资金，我不得不通宵工作，时间总是不够用，注意力也总是不够分。

好吧，现在我的注意力归她了。我不是特别有激情的人，连续几个月，甚至几年都不会大声说话一次，我觉得人们有时会误以为这是驯顺的表现。然而当我不再镇定——这种区别不妨类比成运动健将和潜在的精力、河水和将要决堤的大坝。老天爷，我简直不愿回想那个糟糕的周末：叫嚷、眼泪、捶墙，可怕的没头没脑的反复的争执。她为什么要这么做？因为她爱他？也不是。她还爱我吗？是的，她当然还爱我。那为什么？因为她爱他？也不是……就这样，我们吵来吵去，吵来吵去，一直吵到半夜。邻居开始抱怨，但这次不是因为跳舞。到了第二天，震惊和愤怒开始有些散去，我们在几个房间里出来进去地踱步，头脑麻木，语无伦次。我们离开家，沿着摄政运河散步——现在这里成了新的伤心地。她为什么要这么做？她厌烦了吗？不是，或者只是偶尔厌烦。不开心？不是，或者只是有时不开心。她说，有时候她想让自己觉得年轻，想要新鲜感，想要变化。那么，她想继续我们的婚姻吗？当然，绝对想！她还想要孩子吗？是的！跟我要孩子？是的，比什么都渴望，那她为什么……

礼拜天夜里，我们都累极了。那两天我们就像发了高烧，最后，我觉得我们都希望危险已经过去了。但是我坚持要康妮出去过夜，我把她打发到弗兰家，这种事不就应该这样吗？行李箱，等候着的出租车。我不想见到她，也不想听到她的声音，一切等她决定了再说。

但是出租车刚一开走，我就想追上去，摇着胳膊把它拦下来。因为我有一种强烈的恐惧，一旦把她撵走，她可能再也不会回来了。

107. 康妮的来电

"吵醒你了吗？"

"有点儿。"

"我不认为谁能把谁'有点儿吵醒'，你能吗？"

"我的意思是我打了个盹儿。有时差，你知道的。"

"一个小时的时差，道格拉斯！不好意思，你想回去接着睡吗？"

"不，我想跟你说说话。"我在软绵绵的床铺上支起身子。十一点了。

"我知道我不应该给你打电话，但是——"

"康妮，有什么消息了吗？"

"没消息。我想，你还没找到他。"

"还没找到，但是我会找到的。"

"你怎么知道，道格拉斯？"

"我有思路。"

她叹口气："我还在每天给他发一条短信。不是那种煽情短信，而是简简单单的一句'请回电话，我们想念你'。"康妮的声音里有股做作的咬文嚼字之感，这说明她在喝酒，我的语气判断法可媲美警察的走直线判断法。

"我告诉他，我们都在英格兰。一个字的回复都没有，道格拉斯。"

"那不能说明他平安无事，只能说明他还在惩罚我。"

"惩罚我们，道格拉斯，他在惩罚我们两个人。"

"你什么都没做错，错的是我。"她没反驳。

"如果你跟他联系上了，别说我在这儿。问他在哪儿，但是别说我在找他。"

"我查看过他的电子邮件和脸书账户，没动静。"

"你怎么能查这些？我还以为他不告诉别人。"康妮笑了，"行了，道格拉斯，我是他妈。"

"你在哪儿？"我问。

"我在沙发上，想看点儿书。"

"有人知道你在家吗？"

"只有邻居知道。我现在躺着呢。旅馆怎么样？"

"有点儿破，有点儿潮。你记得阿尔比不愿意清洗的那个旧鱼缸吗？就是那个味道。"我仿佛看见电话那头，康妮微微一笑。

"床垫是能把你吸到里面去的那种。"

"什么声音？"

"那是旅馆的锅炉。不要紧，有人开水龙头的时候它才会响。"

"哦，道格拉斯，回家来吧。"

"我挺好的，真的。"停顿了一拍。

"我们的蠢狗怎么样？"

"它不蠢，只是难以捉摸。它挺好的，看见我回来高兴坏了。"

"天气怎么样？"

"下雨。威尼斯呢？"

"又热又潮。"

"有意思，我只能想象出冬天的威尼斯。"

"我也是。"

"不能在你身边，抱歉了。"

"你能飞过来吗？"

"我觉得不行。"

"我找到我们的纪念地了，我向你求婚的地方。你还记得吗？"

"有点儿印象了。"

"我没刻意找。我不是来朝圣的，它正好就在我的路线上。"

"不错。没能在你身边，抱歉。"

"是啊，我们本来可以放个花圈。"

"道格拉斯——"

"开玩笑的。这叫啥来着，'黑色幽默'？"

几个片刻流逝了。

"你不后悔吗？"

"后悔什么？"

"后悔说'我愿意'。"

"我不记得说过愿意，我说了吗？"

"最后说了，因为我把你磨得没脾气了。"

"我是没脾气了。我一秒钟都没后悔过。现在别说这个了，我打电话只想告诉你，我想你了。"

"我很开心。现在我必须睡觉了。"

"那什么，道格拉斯？我很欣赏你的行为。我觉得有点儿疯狂，但是……可歌可泣。我爱你。"

"到现在还能谈情说爱？"

"有情有爱就能。"

"那么，我也爱你。"

108. 痛

我直到六点钟才睡着，七点钟又醒了，却发现膝盖已经僵直。我的腰痛得要命，好像被车撞了似的，我花了好大工夫，"哎哟哎哟""呼哧呼哧"地痛呼了好一阵，才勉强从会吸人的床垫上爬起来，坐在床沿边。夜里我着了火似的出了好多汗，现在被褥早已湿透，简直能插水稻了。我拿起床头的水杯一饮而尽，然后弯腰弓背、连滚带爬地往丁点儿大的洗手池往返了好几趟。低头看看我的两只脚，它们属于恶魔，潮乎乎毫无血色，没有肉，活像真空包装的猪蹄子。脚跟和脚趾鼓起火烧火燎的水泡。显然，我的路线别说再来回三趟，就是一趟都是痴心妄想。我得调整计划，找几处主要的广场，以不变应万变。里亚尔托市场、学院桥、圣马可广场西口——阿尔比早晚会撞到我的枪口上。我在痛得最厉害的鸡眼和水泡上涂了点儿自欺欺人的药膏，迈着机器人般的步伐下到早餐室。我在碗里倒上罐头桃子和水果麦片，经过深思熟虑后再矮下身体，坐到椅子上。

"哎哟……哎哟……哎哟。"

"大功告成了吗？"那女人问。

"大功告成？"

"一天逛遍威尼斯？"

"应该是的，所以我的腿已经动不了了。那个什么……学院桥怎么样？这次我说对了吗？"

"说得美极了。我最后没去。旅行团比我先到一步，我又不愿意站在人家身后看。游客实在是太多了。当然我也属于游客。"

"游客的纠结就在于如何找到没有游客的地方。"

"但是游客人人都觉得自己是旅行家，我当然也不能免俗。"我们彼此相视一笑，"也许我很幼稚，但我真没想到人竟然那么多。"

"是啊，我只在冬天来过。"

"也许八月来就是个错误。维罗纳也是一样。"

"非常热闹。"

"你还去了维罗纳？"

"只待了两个小时，换车。"

她呼了口气，摇摇头。"跑去看朱丽叶的阳台实在失败，我这辈子都没这么沮丧过。"

"同感！彼此彼此。"

"我真恨不得一头扎下去一了百了。"我哈哈大笑。她有点儿得寸进尺地凑了上来："你接下来要去……"

我要去找我儿子。

"没想好呢。我就……跟着感觉走吧。"

我们不约而同地沉默了片刻，随即……

"这样大声说话好傻。"她说，"介意我跟你坐一张桌子吗？"

"一点儿也不。"我叠起地图，给她腾出空间。

109. 芙蕾雅·克里斯滕森

我想，有些人旅行就是为了结识新朋友，但这一向令我大为头痛。

谈天说地，一点点儿敞开心扉，展示意趣癖好，激扬观点，何其费神又尴尬。康妮一直是众星捧月型的人物，我也愿意请她代我结交新朋友。但这个女人就坐在我的对角线上，我别无他法，只得迎难而上了。

"我叫道格拉斯，与道格拉斯杉树撞名字了。"我心知这是个毫无后劲的笑话，但说不定正对了斯堪的纳维亚人的胃口呢？

"我叫芙蕾雅，可我想不到什么东西跟我撞名字。"

"深油炸锅[1]怎么样？"话还没出口，我的脑中已是警铃大作，可惜为时已晚。我们俩顿时有些震惊，不知说什么好，慌乱

---

1. 炸锅（fryer）与芙蕾雅（Freja）发音相似。

中，我觉得必须得针对她的早餐说点儿什么。

"早餐吃奶酪——我一直觉得这么做很有欧洲范儿，奶酪配切片香肠。"

"你们英格兰没这个？"

"没。早餐吃奶酪相当坏规矩。同样道理，黄瓜和番茄也上不了我们的早餐桌。"老天爷，求你说话正常一点儿，你这蠢蛋。

"但是，公平地说，这东西根本也称不上是奶酪。"她用拇指和食指捏住那苍白的、微微渗水的方形食物。

"我们老家把这种东西镶在浴室地板上。"

"我的水果麦片里正好有巧克力碎屑。"

"这世界真是疯了！"

"这地方算不上威尼斯最棒的酒店，对吗？"

芙蕾雅笑道："我还以为穷游会很有乐趣，可是风餐露宿的生活还是想想罢了。""风餐露宿的生活"，她的英语相当不错。"人家告诉我房间里有空调，可那东西吵得像直升机着陆。可不开吧，早晨醒来简直得把汗湿的衣服往下剥。"

这番抱怨似有几分轻浮，因此我换了个话题。"你从哪儿来，芙蕾雅？"

"哥本哈根。"

"你的英语说得很棒。"

"是吗？"她笑了。

"你的英语说得比我儿子还好！"我又生拉硬扯起来，我之所以落到今天的地步，全要拜这种生拉硬扯的功夫所赐。

"谢谢。我真想假装是因为读了好多奥斯丁小说，可实际上我的英语大部分都是跟糟糕的电视剧学的，有警匪片、侦探片。丹麦小孩子九岁就都会说："长官，我们又找到一具尸体。'还有流行歌曲——小小年纪就灌了一耳朵，北欧那边都这样。"她耸耸肩。

"说起来荒唐，我的英语比瑞典语说得好，可是'知我，知你，你我无能为力'！[1]"

"要是我能接上一句什么丹麦语就好了。"

"别难过。我们早就放弃幻想了，世界上还有谁会学丹麦语？"

"我妻子看你们那儿的电视节目，很喜欢。"估计接下来该聊鲱鱼和乐高了，我暗想，这种用老生常谈当救命稻草的习惯是不是英国人——不，应该是英格兰人的一种特长。

"这是我们送给世界的小礼物。"她微微一笑，把椅子往后一撤。

"道格拉斯，我很不情愿，可是非得再拿点儿这种恶心的水果汁。我给你带点儿什么吗？有蛋糕……"

"不用了，谢谢。"

我望着她的背影。我妻子看你们那儿的电视节目，很喜欢。我又开始颠倒语序了，我干吗一遍又一遍地提康妮？我当然无意否认有这么个人，可也没理由把"已婚"标志挂在脖子上——但是有个理由是成立的，我意识到芙蕾雅是个很有魅力的女人。我估摸她五十岁上下，长相普通，气色甚佳，令人联想起她定是常吃黑麦面包，在湖水里冬泳。皮肤细腻，脸颊的皮肤下显出血管。特别湛蓝的眼睛周围有一圈笑纹，很可能是染出来的黑头发——一种有点儿不真实的棕黑色，类似樱花鞋油。她笑起来头往后仰，我觉得自己挺直了身子，舌头开始在牙齿上转圈。

---

1. 瑞典流行音乐乐队ABBA的热门单曲。

"这么说，"她回到桌旁，"你是一个人旅行？"

"是的，暂时一个人。希望一两天内能跟我儿子碰头。"我没有说谎，但也没全说，"你呢？"

"我是一个人。我刚刚离婚。"

"我很遗憾。"

"对我们两个都是好事。"她耸耸肩，笑起来，"人们都这么说，对吗？你妻子呢？她没跟你一起旅行？"

"她回英格兰了。她得先回去，家里有事。"

"你不想跟她一起回去？"

我的想象力突然失灵了。"不想，不想。"

"你喜欢一个人旅行？"

"刚第三天。"

"我已经第二周了。"

"感觉如何？"

她思考了片刻。"我觉得意大利让我心情高涨。我以为会整天在中世纪小路上游荡，每天晚上带本书到小餐馆里待着，吃简单的餐食，上床前来一杯红酒。想象中真是惬意，可我总是被分配到洗手间旁边的餐桌上，服务员不停地问是不是在等人，我还得露出满足的微笑，好让大家都知道我没事。"她摆出一个僵硬的笑脸，我一看便懂。

"在柏林，我单独去了动物园，"我说，"大错特错。"

芙蕾雅哈哈大笑，手放在嘴边。"可是干吗要去动物园？"

"我是去开会的，我听说那动物园很棒就……"

"我自己去看过戏，"芙蕾雅说，"一个人去电影院我觉得还好，可是看戏就……傻乎乎的。"我们不禁都笑了，随意攀谈了些不该一个人去的地方。彩蛋游戏！过山车！蹦床！我们一致同意看马戏是最不能一个人的。"来张马戏表演的单人票！不，就一个人，没错，一个大人。"最后我们都有点儿歇斯底里了。"我感觉好些了，"她擦着眼睛说，"现在一个人吃饭感觉也没那么坏。"

"昨晚我累得一点儿气力也没有，把脑袋伸出窗外吃三明治，以免掉渣。"

"恭喜恭喜！"她装模作样地把糖罐递给我，"你赢得了国际孤独大奖。"

"谢谢，谢谢！"我接过奖杯，对掌声致意，觉得有点儿犯傻，又放下糖罐。"我得走了，"我想站起来，却不禁一声痛呼，扶着桌边才稳住身体，"天哪，我好像一具千年古……"

"老天爷，你怎么弄成这样了？"

"我昨天透支了。我走遍了威尼斯，走了三遍。"

"你干吗要干这种事？肯定没什么乐趣。"

"第一次之后就没意思了。"

"那为什么？"

"我在找……说来话长，还是——"

"对不起，我刨根问底了。"

"没有，一点儿没有，但我必须走了。"

"如果你想休息一下……"

我停下脚步，转过身。"不知你对独自参观画廊做何感想？"她说，"但我宁可不要。"

"呃……"

"我今天早晨先要去学院美术馆。八点半开放，离得不算远。我们可以到处溜达溜达，在长凳上坐坐，如果你愿意的话。"

我会在那儿找到阿尔比吗？他会愿意排长队，等一家威尼斯艺术馆开门吗？不大会，但是抽一个小时左右来个欧洲大环游也没那么糟吧？

"十五分钟后回来找你。"

就这样，我和芙蕾雅沿着斯拉夫人堤岸向外走去。清晨的阳光里，空气清新而安逸，我生出个有些变态的想法，希望不要撞见我儿子。

110. 一道观赏艺术

我和芙蕾雅都很喜欢学院美术馆。这座无数次出现在油画布上的城市自有一种艺术气息，历经七百年几乎未曾改变。明快活泼的贝里尼；高雅清新的卡巴乔；一个房间里还有一幅广告牌那么大的委罗内塞巨型作品：三个大拱门环绕着二三十个神态各异的人物，人人穿着恍如隔世的威尼斯长袍，中间众星捧月的是如《圣经》所述身着长袍的基督，众人正准备就餐，吃的东西则多少有些不合传统，似乎是一只香喷喷的羊腿。

"《利未家的宴会》。"芙蕾雅读着墙上的作品标题，不小心撞上了我的拿手好戏。

"这是委罗内塞后来给它起的名字，事实上这件作品原名'最后的晚餐'。宗教裁判所不喜欢这幅画，觉得它主题不够突出——这么多人吵吵闹闹地围成一堆，又是日耳曼人，又是小孩子，又是狗，还有黑人。看见桌子底下基督脚边的那只猫了吗？他们觉得这是一种亵渎。后来，委罗内塞没有擦掉这些动物和侏儒，干脆给作品改了个名字，不叫'最后的晚餐'，而是叫'利未家的宴会'。"

芙蕾雅上下打量了我几眼。我知道这故事老掉牙了，但她的目光的确是上下扫视了我好几遍。"你对艺术很了解嘛。"她说。

我谦虚地耸耸肩。"我妻子是艺术专家。我也顺便拾得一二牙慧。"从网络上拾得的，我本该说清楚些。我的特长全在于查找资料，但我矜持着不说，漫步前行，双手内行地扣在背后。

"你是做哪一行的？"

"我是科学家，专业是生物化学，恐怕与艺术毫无关联。你呢？"

"我是牙医，在我听来生物化学相当迷人，牙医这行当也没几分艺术气息。"

"但牙医是不可缺少的！"

"我想是的，但没多少自由表达的空间。"

"你的牙齿真不错。"我有点儿傻乎乎地说。

"我已经习惯了，你一说自己是牙医，人们立刻就盯着你的嘴巴看。我想他们想看看我是不是说一套做一套。"

"'说一套做一套'——看见了吗？你的英语棒极了。"

"你是说我知道不少套话？"

"不是套话，是俗语。你很会说俗语。"

"过奖了！"

"抱歉。"

"没事，我不介意。我干吗要介意？"

我们在画廊的最后一间展厅看到卡尔帕奇奥的一幅绝妙的壁画，这幅占据了整整一个房间的壁画像漫画书一般描绘了圣乌苏拉传奇人生的一幕幕场景。我对中世纪艺术的有限了解中，最记忆犹新的就是圣徒们鲜有好下场。这个故事说的是有德的乌苏拉与未婚夫告别，她离开不列颠，带着一万名贞男贞女前去朝圣，却在科隆全部被匈奴人砍下了脑袋。一个场景描绘了一支箭当胸刺中乌苏拉，我不禁暗想，其中有何深意呢？

"这里面的寓意在于，不要到科隆去。"芙蕾雅说。

"我去科隆开过会，我觉得是个很可爱的城市。"

"可你们中间有谁是贞男贞女吗？"

"这个，我们全都是生物化学家，所以是的，差不多可以肯定都是贞男贞女。"

她凑上去仔细观看那油画，头歪向一边。"可怜的圣乌苏拉，可怜的一万贞男贞女。不管怎么说，知道有谁的假期比你的还要惨，我觉得总归是一种安慰。"

虽然最后几幅画血腥味十足，这幅画却着实不凡，色彩丰富，富有生命力，钴蓝色的天空下是一座座画家想象中的城市，极精确的透视法表明这显然是文艺复兴早期的作品，仿佛用几何工具精确计算过布局似的。"我并无炫耀的意思，可我有十足把握，要是我生在文艺复兴早期，也准能想到透视原理。"

"没错！"芙蕾雅抓住我的小臂，"我也总在想，为什么以前就没人有过这种念头？""大家都听着！我刚刚发现，景物是远处小，近处大。"

我哈哈大笑，却忽然记起自己的新人设是艺术史专家。"当然，不只近大远小这么简单。"

"当然，当然。"

"我很喜欢卡尔帕奇奥笔下的英格兰。"

"是的，"芙蕾雅说，"就是碰巧跟威尼斯一模一样。"

"我觉得，要是你一辈子生活在威尼斯，你可能觉得哪儿都跟威尼斯差不多。"

"别无所求了,对吗?"

说话间,我们已经来到清澈的晴空下。观看过古代油画上的世界后,周遭的一切都仿佛焕然一新,重又鲜活起来。那些头重脚轻的古怪烟囱还在;画中那几何轮廓鲜明的建筑物也还在;粉色、橘色、桃粉黄,宛若静物画中水果碗的色调还在;从学院桥上向东看去,过分工整的立体透视风景也还在。我们为之心旌荡漾。

"何等奇妙的地方,"芙蕾雅说,"只应天上有,但确实在人间。"

"圣玛格丽特广场有家很不错的咖啡馆,"我说,"要是你不赶时间的话。"

111. 拳头桥

我们转头西行。芙蕾雅两年前与前夫分居,六个月前离婚。"老一套,没必要翻来覆去说。他有婚外情,为了惩罚他,我也有了一段傻乎乎的婚外情,然后他又有了一段新的婚外情,就像打扑克牌似的可笑。只不过他跟情人是真爱,我却不是。一开始我简直难以忍受,天塌了似的,混乱、震惊、伤心。我们一起有了今天的事业——每天都在一个诊所里工作——一天到晚只是争论,吵架,互相指责。相信我,没人愿意看见他们的牙医哭哭啼啼的,尤其是工作的时候。你能想象吗,歇斯底里的女人手里晃着电钻,她的眼泪扑簌簌地流进你的嘴里?当然,孩子们对我们两个都是恨之入骨。"

"几个孩子?"

"两个女孩。已经离家去上大学了，所以，也许还说不上是最糟糕。"

"在你看来，这是不是你们分手的原因之一？"我假装不经意地问。

"孩子们离家？"

"对，你的任务多少也……告一段落了。"

芙蕾雅耸耸肩。"对他来说可能是原因之一，对我不是。我爱我们的家，以它为荣，从来没把家庭当作任务。我丈夫过去常把我气得发狂，这倒不假，但离婚与此无关。关键是，我们应该白头到老，至死不渝。"她沉默片刻，"所以一开始很难熬，又喊又叫，又哭又闹，两个女儿也有点儿精神错乱。但是接下来，你躺在车祸现场——还是打比方——你躺在车祸现场，你伸手摸摸腿，腿还在，两条胳膊也还在，脑袋也还是一整个儿的。你看得见、听得见，发觉也还站得起来，于是你就站起来了。你站起来，把气喘匀，夹着尾巴离开现场。我说得太多了，因为过去三个礼拜除了'谢谢'和'请给我安排单人桌'之外没说过别的。"

"我不介意，真的。"

说话间，我们已走出黑黢黢的小巷，朝圣巴尔纳伯小广场走去，教堂正面灯火辉煌，高雅庄严却并无装饰。

"我没见过这个广场。我很喜欢这里。"芙蕾雅说。作为导游，我相当骄傲。

"你一定得看看这个。"我俨然又成了行家。广场尽头的桥上有四个白色的大理石足印，深深刻入石中，"这座桥很吓人。如果跟人有纠纷的话，就来这儿解决。相当于公共拳击场，从脚印的地方开始决斗。"

"你可真是个地方志专家，道格拉斯。"

"我会读旅游指南。我妻子很生气，她总是告诉我把书放在一边，抬头用眼睛看。抬头！"

我们把四只脚放进大理石足印中。"也许我本该带我丈夫来这儿。"她说。

"你们现在关系怎么样？"

"就一个恨过的人来说，已经算好了。应该说是'融洽'——这个词对吗？融洽。"她说着，扬起拳头。

112. 冬日里的歌

在"罗素"咖啡馆，我们的咖啡是从一架硕大无朋的铜家伙里流出来的，那装置嗞嗞作响，还像火车锅炉似的喷着蒸汽。我们端着咖啡来到外面壮观的广场上，找了个阳光和暖的地方。广场最西边是一座被削掉了头的钟楼，断头处干净利落，想必是一把巨剪的杰作。

"教堂钟楼怎么弄的？"

"不知道。"

"道格拉斯，我以为你会说出一个有趣的故事呢。我以为你无所不知。"

"我没来得及查考。抱歉了。"

我们的沉默中含着某种期待。芙蕾雅已经对我吐露心事，现在该我说说为什么一个蓬头垢面的中年男人会穿着半大孩子的旅游鞋在威尼斯兜圈子。然而，我的目光却不断地落在街边的年轻提琴手身上，他在广场对面，正开始演奏一首悲伤的小调，我猜是巴赫。只要我听见什么难以置信的令人惆怅的曲子，就觉得一准儿是巴赫。

"那么，道格拉斯，你和你妻子还在一起，还是分居了？"

我放下咖啡杯，张了张嘴，又闭上。

"我希望你不要介意我问你。"芙蕾雅说，"我一直唠叨自己的生活，你一定听烦了，我想你说不定也愿意让我也厌烦一次。"

"挺公道的。要是我知道怎么回事，我一定会说出来。我们现在的状态……属于两可之间。过程并不太……我们都在动摇。我没说清楚，对吗？"

"你是说，你还没想明白是不是还要继续在一起？"

"哦，不是。我已经想明白了，她还没想明白。"

"我懂了，至少我觉得自己懂了。你的意思是说——那个？"

"芙蕾雅，你别误会，我觉得你一直都挺开明的，我也并没忸怩作态。但是我之所以在这儿，在威尼斯，原因很复杂……不只是……我想说的是，我还是宁愿不说出来。这样说得通吗？"

"当然。我向你道歉。"

"不用，请别道歉。"

我们听了会儿提琴曲，乐手重复着同一顺序的小和弦，演奏出花哨的颤音和变奏。他很年轻，穿着一双破烂的鞋子，衬衫没有掖在裤腰里，那股不食人间烟火的气质在科学家和数学家身上也不时能看见。我暗想，也许阿尔比更适合小提琴而不是吉他。也许我们本该往那个方向使使劲儿。

"他拉得不错，"芙蕾雅说，"但我觉得曲子太悲伤了。"我也觉得入耳伤心，仿佛酷刑。"这是冬天的歌。"她又说。

我想替我儿子道个歉。我根本忘记了自己的宗旨，忘记了此行的本意。无聊又无关的露水情缘让我分了心。一路走来的偷瞄、自负、对文化和精致艺术的可悲感慨，我简直不成样子。我得离开这里。

"这一路上所见过的，属这座广场最合我的心意。"芙蕾雅说，"我一直在琢磨这里有什么不一样，我觉得可能是那些树。在威尼斯我根本不会留恋汽车，但是我真舍不得那绿油油的颜色。"

"我必须走了。"我霍地站起身。

"哦，哦，真的吗？"

"是的，是的，我必须得走了。我已经落后计划一大截了，我必须……开始赶路了。"

"也许我可以跟你一起走。"

"不，我真的需要转一转。很难说清。"我的心狂跳起来，也许是喝了太多咖啡，也许是因为太多恐惧，"事实上，芙蕾雅，我儿子不见了。这么说你会以为他被绑架了，他不是被绑架，他是离家出走了，我判断他在威尼斯，我得找到他，所以……"

"明白了。这很糟糕，抱歉，你一定很担心。"

"是的，我向你道歉。"

"为什么英国人要为倒霉的处境道歉？又不是你的错。"

"但是，的确是我的错，我的错！该死的关键就在这儿！"我在皮夹里翻弄着，心头腾起一阵慌乱，"抱歉，我只有二十欧元。"

"我来付钱。"

"不，我想付钱。给，拿着。"

"道格拉斯，请你坐下来。"

"不，我必须走——"

"晚走两分钟不会耽误。"

248

"拿着，拿着二十——"

"道格拉斯，我明天早上走。"

"很好，零钱我不要了，但是我真的必须——"

"道格拉斯，我是说，我要走了，离开威尼斯，也许我们再也不会见面。"

"哦，我懂了。你要走了？抱歉，我……"也许我本该坐下来，但我还站着，"那么，很高兴认识你，芙蕾雅。"我伸出手。

"我也一样。"她毫无喜色地握住了我的手，"祝你好运。不管你在找什么，祝你能找到。"

但我已经落荒而逃。

113. 海德公园蛇形湖

康妮的婚外情发生后，我们回不到从前了。

也不是不开心，只是更刻意，只表现出最好的一面。康妮变得安静、孤僻，我则过分殷勤，像个不断问你是否点好餐的侍者。今天过得怎么样？晚上想干点儿什么，吃什么食物，看什么电视？然而假装一切正常恰恰是最不正常的地方。谁辜负了谁，谁又被辜负了，这一点无法改变，而我越是视而不见，就越是像个油腔滑调、投其所好的假释官。

我接受她回归家庭是有条件的，类似"约法三章"，但并不苛刻。当然，她不能再跟那个"男的"见面或说话了。不满意或烦躁的时候，我们得更坦诚地表达出来。在外面要尽量两人一起，要多沟通，多爱护彼此，从我这方面来说，我得尽量不翻这个婚外情的老账。忘记是不会忘记的——怎么可能忘记呢？但是不能拿它当作武器或谈判的筹码，也不可以当作自己不忠的借口，这样的条件我欣然接受。

更重要的是，我们都同意要全身心地投入组建一个家庭的事业，而毫无疑问的是，在婚姻濒临崩溃后的几个月里，我接到了一个电话。

"你吃午饭了吗？"她装作随意地问。

"没吃呢。"

"到我这里来，海德公园蛇形湖边见，我们来个野餐！"

这时是十月底，窗外是阴沉暴躁的天空，根本不是野餐的天气。"好的，好的，我就来。"我说着便知道了一切。我知道她为什么要见面。我挂掉电话，在办公桌前坐了片刻，一动没动，心里却乐开了花。我们要当爸爸妈妈了。我要当爸爸了，是丈夫，也是父亲。那感觉就像被大大提拔了一样。我告诉同事，说我可能晚点儿回来。

在海德公园，我远远看见她站在蛇形湖边，手插在口袋里，竖着衣领。她拼命憋住的笑意证实了我的猜想，我走上前去，心中荡漾着……爱意——这样说太宽泛，"爱意"可大可小，差不多等于什么都没说，但我找不出更合适的词了，不过也许可以说是荡漾着"爱慕之情"，情急之下说是"爱慕"也未尝不可。

我们随意地轻吻彼此。我决定佯装不知情："小小的惊喜。"

"我们走走，好吗？"

"我没带吃的来。"

"我也没带。我们就只走走。"于是我们随意漫步。"你最晚几点回实验室？"她问。

"不用着急。有事吗？"

"我有事要告诉你。"

"好像挺吸引人……"也许我揉了揉下巴，我不记得了。那时候，我从不需要在科学和职位之间二选一。

"道格拉斯，我怀孕了！"

终于不用假装了，我们哈哈大笑，拥抱亲吻。她拉住我的手臂，我们在蛇形湖边绕了三圈，也许是四圈，我们谈着、猜着、计划着，直到天黑了下来，街灯逐次亮起。我毫不怀疑她会是个出色的母亲，而我……我会尽最大努力。老话说，"杀不死你的终将使你更强"，这纯粹是狗屁，但我和我妻子，我们的确是差点儿划翻了生活的小船，但我们挺过来了，即将以全新的热情开始人生的新篇章。我们再也不会彼此分离。

114. 建设小家

有笑谈说，夫妇要孩子，纯粹是为了增加谈资。我认为这类观点相当尖刻，但说实话，康妮的怀孕的的确确复兴了我们的婚姻生活。个中甘苦早已被电影和电视节目详尽描绘，无须赘述，但我还须在此重申，晨吐、失眠、脚痛和情绪的剧烈波动确有其事，不时来袭。有时康妮馋得滑稽可笑，有时那腹内逐日增大的负累令她精神紧张到崩溃大哭。在她的蛮不讲理和突然爆发的作天作地面前，我扮演起殷勤管家的角色，打不还手，骂不还口，有求必应。每日煮饭、待客、煮茶，我很适合这一行。

康妮身段日益臃肿、庞大，怀孕也改造了她。她异常平静——几乎是如释重负——地远离了那些烟雾缭绕的派对和熬夜宿醉，现在她总是随身带着些果干或味道诡异的绿色海藻汁。这并不是说她因怀孕而变得循规蹈矩，生怕越雷池一步。相反，她恢复了活泼可爱的性格，假装讨厌这个新的累赘，有时还气愤不已："看看你做的好事！看看！"我们现在足不出户，冬眠到春天。我们看电影，看了无新意的答题节目；我们窝在沙发上看书。多出来的房间终于名正言顺地成了婴儿房，我们给它充实了装备，装修成大胆的、男女通用的风格，我们的音响里放着古典音乐，这才是成年人该听的。夜晚，我用大拇指按摩她疼痛不已的后脚跟。我们在建设自己的小窝，任凭旁人觉得无趣枯燥、千篇一律，独独我们俩觉得妙趣横生。我们沉浸在幸福中。

我们第二次来医院做超声扫描，心中微微的忐忑反而使我们看上去朴实谦逊。我们总算是身心健康的靠谱成年人，生活在即将迈入二十一世纪的医疗发达的国度。出问题的概率约等于零，超声图像上显示的毫无疑问就是了，模糊一团、形似逗号的血肉和娇弱的骨头，并且一下下抽动着，活像个僵硬的木偶。"真美。"我们异口同声地说。当然，客观地说，超声扫描哪里还分什么美丑，只是一张脊椎动物的扫描图像，坦率地说，看上去很像地心湖泊里捞出来的。但世界上有哪个父母不觉得美？图片上有心脏，桑葚一般大小，一下下搏动着；有手指脚趾。世界上有哪个父母会无动于衷，哪个父母会拒绝打印出来？我们手挽着手，乐不可支。

但"这东西"也令人不安。我们想不想知道它是男是女？我们表示想知道，我眯起眼睛，左瞧右瞧，怎么也看不出来，那么显然是个女孩了。我要有女儿了，虽然我从没表示过任何倾向性，但必须承认，我心里暗暗喝彩。我切身体会过别扭的父子关系，时至今日仍未摆脱，但是女儿不都是深爱着父亲，并且反之亦然吗？也许还有几分解脱。需要的时候，女儿会找康妮寻求帮助吧？康妮会成为她的偶像、闺密和大吵大闹的对象吧？她们俩换着穿衣服，说知心话，到了青春期，她还会当着康妮的面，而不是我，咣当一声甩上门。作为女儿的爸爸，我只负责举高高、提供零用钱、侧耳倾听、给她个毕业拥抱。除了为她担心，什么都不用做，我完全力所能及。

我们把黑乎乎的照片拿回家，钉在软木板上，周围的便利贴上是我们喜欢的名字，或者不如说是康妮喜欢的名字。凭我的想象力，最多就是艾米莉、夏洛特、杰西卡、格蕾丝。康妮最后定了"简"这个名字，因为平凡，反而前卫。我们在照片上的黑色小团块上涂了颜色。康妮不再上班，开始收拾房子，我则着手开始一项有关斑马鱼的新项目，没日没夜地工作，同时等待新生命的降临。

讲到这里，虽然万般不舍，我还是不得不回到时间如电影胶片的比喻上去。第一剪下去，是伦敦桥上我遇到康妮的那个晚上。但是第二剪呢？虽然婚外情事件让我们大伤元气，但随后还是幸福的，我们的婚姻在接下来的那个冬天和次年春天康妮怀孕期间重新变得美满甜蜜。考虑到这些，那段时间似乎也可以承受。

但有些事经不起再来一次，因此，拜托第二刀剪在当下。

115. 巴黎　蓬皮杜　手风琴　猫子　赞

若论技术飞速发展的分水岭，莫过于网吧的消亡。网吧曾是技术前沿、潮流的尖端、知识和幻想世界的门户，然而廉价的无线上网技术和智能手机横空出世，网吧便再也无人问津，与电报中心和影碟租赁店一样成了与时代格格不入的老古董。

威尼斯只有一家网吧存活至今，坐落在卡纳雷焦区一个住宅区附近，夹在一片垂头丧气的小商店中间。眼下我已兜了两圈，筋疲力尽，腿酸脚麻，正需要躲进清凉黑暗的室内喘口气。我尽量缩着身子，经过一排公用电话，穿过急切交谈着的印度人、巴基斯坦人、阿拉伯人和非洲人来到上网区，窘迫的穷鬼跟骗子、勒索犯和跟踪狂在这里一拍即合，电脑屏幕的病态荧光中，我们所有人坐在露着黄色海绵的电脑椅上，弓着背，各自干着勾当。我左手边的电脑发出爆炸和激光扫射的声音，一个九岁的男孩正凿着电脑键盘，身边的外星人纷纷脑袋开花；右手边是个神色热切的年轻人，专心致志地盯着满屏的阿拉伯文。我笑眯眯地对他问好，然后转向我自己的电脑。主机和键盘又破又脏，胶木外壳已经老化，露出脏兮兮的奶油色，但我已筋疲力尽，平板电脑已经流量不足，有这么个散发着潮木板和速溶咖啡味的房间能坐下来已经是谢天谢地了，我开始在网上搜索。

千头万绪，不知从何找起。我从阿尔比打来的电话推断出他和猫子正在赶往哪一家旅馆，但要是他们改了主意，或者已经离开了怎么办？为了再次确认，我开始在搜索框里输入：

手风琴　威尼斯
街头艺人　威尼斯
猫子拉手风琴
威尼斯街头艺人　猫子　手风琴

我活像个不断往坩埚里扔东西，巴望着万一能炼出金子的术士。我又输入：

凯西　阿尔比　意大利　街头艺人

凯瑟琳　威尼斯　摇滚　手风琴家

意大利　手风琴家　猫子[1]

　　我看见了些不堪入目的东西，但没有我儿子。我决定更直接一些，开始搜索"阿尔比·皮特森"。阿尔比一向跟世界对着干，他不是社交媒体的奴隶，另外，他的账户也锁定了。但他的朋友们却没这么戒心十足，或者说谨慎，我不费吹灰之力就找到了满屏的阿尔比的快照。照片上的儿子噘着嘴唇，舞台上还有他那支糟糕的大学乐队（我去看过演出，忍无可忍之下溜出来检查车子是否锁好，然后顺势留在车里）。下一张是阿尔比穿着纳粹服装在夜总会（那个礼拜我一直加班）。下一张是跟一个我模模糊糊有印象的女朋友在一起，他的前前前女友，一个可爱而安静的姑娘，阿尔比是她的初恋，如今想起来我还替她伤心。下一张是在某处河岸上闲逛，某年夏天一个愁云惨雾的日子，阿尔比瘦骨嶙峋，面色苍白，鸡皮疙瘩清晰可见。下一张是连拍照片，全是抡圆了的胳膊、腿，阿尔比正在把一根绳子投进河里。我哈哈大笑起来，邻座先看看我，又看看屏幕，我赶紧换下一张，双击阿尔比的网上摄影作品集：一处小园子里的破烂草棚，树皮特写，一张相当出色的高对比度黑白肖像，还是那处小园中出现了两位老人，满脸沧桑，皱纹堆叠似老树皮，我猜阿尔比的创意就在于此。我喜欢这张照片，等我找到他的时候一定要告诉他。

　　我不可能找到他，我知道。这种东一锤西一锤的胡乱搜索不

1　猫子（Cat）、凯西（Cathy）都是凯瑟琳（Catherine）的昵称。

过是想为灾难性的威尼斯之行竭力挽回些面子，补偿多年以来又是摸索又是嘟囔的不连贯生活。来欧洲的游人根本遇不上，这种事根本不可能。如果他回家，最后他肯定得回家，那也得等他觉得时机合适的时候。我想象中的热血场面，像个从火场中钻出来的消防队员似的带着儿子凯旋回到妻子身边，只是自欺欺人的幻想罢了。我还赖在欧洲的唯一理由就是我不敢，也没脸回家面对未来的生活。我关掉了阿尔比作品的网页。

YouTube[1] 搜索还开着，我打算试最后一次。我输入了"蓬皮杜 巴黎 手风琴 猫子 街头表演者"，往下滑动网页，一屏又一屏的 B-Box[2] 表演者，踩在钢琴键盘上的暹罗猫和令人不适的活人雕塑视频，拉到搜索结果的第四页，在无人问津、不知身在何处的位置，猫子终于出现了，她头戴一顶不合时宜的天鹅绒大礼帽，正在蓬皮杜广场上唱《变态杀手》[3]。"找到了！"我大声说。

我开着视频——另外四百八十六个人也播放过——读着下面的评论：

"看看这个巴黎街头艺人，很赞，很疯狂，买她的唱片！凯特摇滚手风琴，潮！！！"

底下是另一条批评留言：

"哈哈她的歌跟你的英语一样……喂喂喂好痛苦，傻小子在哪学的塑料英语哈哈哈。"

底下是你来我往的几个回合、苏格拉底式的辩论。

---

1. 一个全球性的视频搜索和分享平台。

2. 一种用口腔模拟打击乐器节奏和声音的音乐表演艺术。

3. "传声头"（Talking Heads）乐队1977年的代表作。

我发现这段视频是两年前的。没关系，我已经打开了一个小小的突破口："猫子"的名字是凯特。

我一鼓作气，继续搜索："凯特 手风琴 主打歌""凯特 街头表演艺术家"。我再次找到了她，在一个拥挤的点着蜡烛的房间里，她坐在一张床上。那里显然是墨尔本。视频是六个月前上传的，只被观看过四十六次，视频里还有一段高亢版《嘿，朱迪》，派对上的其他人和着歌曲砰砰撞击啤酒瓶，敲着小手鼓什么的。视频长达二十二分钟，看着不大像能火的样子。如果我拥有无限生命的话，说不定会看到最后，但我无须如此，因为视频底下有这么一句留言：

"我们的老朋友，来自剧院工厂的'猫子'凯瑟琳·吉尔格尔还在唱歌，还在继续她热爱的事业。爱你，凯特宝贝，霍莉。"

凯瑟琳·吉尔格尔。我已经知道了她的姓，而且不是史密斯、伊文思之类。我继续搜索，这下子搜索结果突然丰富起来，一段又一段的视频，最后我终于找到了想要的结果。

某个意大利广场上，凯特和阿尔比迎着刺眼的阳光，高高坐在一座华丽教堂的台阶上，唱着西蒙和葛芬科的老歌《归乡之路》。他们竟然选了这首老歌，好不奇怪，这首歌对我儿子来说，就像摇摆舞对我来说一样久远，但这正是我对阿尔比极为有限的文化影响。康妮从来不喜欢西蒙和葛芬科，觉得他们太中规中矩，但是阿尔比从小就喜欢，每次长途开车时，我们会放他们的《伟大精选集》。我和阿尔比一路高歌，康妮不胜其烦。是阿尔比提议唱这首歌，还是凯特？他是否想过这首歌是我介绍给他的？他是不是想要回家？

"声音太大了！"左边打星战游戏的男孩说，我这才发现自己唱了起来。我道了歉,抓过一副油腻腻的耳机,重新研究那段视频:两天前上传,播放次数只有三次。视频简介至少文字通顺,但并未透露更多的线索。"去意大利的路上看见了他们,聊了几句。她叫凯瑟琳·吉尔格尔,真有才华!!!"阿尔比呢?实话实说,他们的和声只能说是实验性的,寥寥无几的观众也不甚热心。然而,再次见到阿尔比,我还是感到无比喜悦。他看上去很好。也许并不是特别"好"——瘦骨伶仃、驼背,而且好像几天没梳洗过——但他的样子与大学生背包客一模一样,重要的是他平安无事。

但这是什么地方呢?我重新播放了视频,好像正在寻找线索的侦探。教堂、咖啡馆、鸽子、广场、游客,可能是意大利的任何地方。我一帧一帧地暂停,截图,放大阿尔比,放大他的衣服、他的脸,天知道我在找什么。我放大了那几个没精打采的游客,放大了店招牌和墙壁,也许上面有街道名称。我一遍又一遍地播放视频,遇到线索就截下图像,终于,在最后几秒,画面中出现了一伙人引起了我的注意,一个男人正伏在咖啡馆的桌子旁跟一名游客交谈,那人穿着条纹T恤,头戴着缎带黑帽。

贡多拉船夫。

"找到了!找到了,找到了,找到了,找到了,找到了!"

116. 感受维瓦尔第

为了不浪费我的匿名网友身份,我写下一条评论:"你们太棒了!尤其是那个男孩子!请一定留在威尼斯!"随后,我把网页链接写在电子邮件里发给自己,然后匆忙回到家庭旅馆,腿脚还是不灵便，情绪却高亢得很。明天，付过费的酒店就可以入住了。这可是免费住高档酒店的机会，当初选这家旅馆就是因为这里舒适、便捷又浪漫，阿尔比会不会舍弃这里？康妮一直从英格兰的家里打电话给他。干净的床单、淋浴，没有父母在身边，带女朋友享受她最爱的自助早餐的天赐良机？我觉得他百分之百会住进去。我只消在附近的咖啡馆露天座位上守株待兔即可。到时候，除了"抱歉"和"回家吧"，我还能说点儿什么呢？目前还是个谜，但是我这次一定不能说错话。

我在前台犹豫片刻，在一张"感受维瓦尔第"的传单背面写下了一张便条：

芙蕾雅：我为今天的无礼向你道歉。你一定认为我精神错乱，而且你不是唯一这么想的人。请允许我邀你今晚共进晚餐，也许我可以稍做一些解释。如果你没有被这个想法吓坏，我住在56号房间，靠近屋顶的一间超级热的隔间。如果八点前没有收到回复，那我也很高兴遇到了你。我们参观学院美术馆非常愉快！

祝好，道格拉斯。

我没多想就把便条递给了前台，转交独自旅行的丹麦女士。"芙蕾雅·克里斯滕森？""Grazie mille."[1]随后拖着僵硬的双腿爬上楼梯，重重地坐在床上。从脚上扒下那双不靠谱的跑鞋时，竟然发出了吱吱的吮吸声。说好的脚感舒适呢？虽然我已经在脚上

---

1. 意大利语：非常感谢。

贴满创可贴，涂满药膏，可两只脚还是好像给螃蟹啃过似的。脚趾关节上的水泡已经破了，里面的嫩肉已经磨厚，脚后跟上的死皮像破旗帜似的连在脚上。因为脚已经肿胀起来，我仅有的另一双鞋——一双尚在服役的棕色粗革皮鞋——也不能穿了。因此，我一边尽量包扎脚上的伤口，一边等待着我的女性朋友打来电话。

117. 并非约会

这当然不是约会，只是两个旅人暂时慰藉、抱团儿取暖。然而，当我展开一件新衬衫，开始梳头整理的时候，我突然意识到自己怕是有二十年没有和除妻子以外的女人吃过饭了。这件事变得异常陌生，我一定要以最无所谓的态度对待此事，因此我提前选了一家在城里徒步的路上发现的朴实无华的小餐厅。这地方温馨又实在，没有杂乱的红色蜡烛和吉卜赛小提琴。

相反，芙蕾雅却是有备而来。她在大堂等我，稍微化了些妆，效果相当不错，身穿一件相当舒适的长裙和米白色绸子衬衫，就是人们叫作"外披"的那种东西。她看上去清新、自然又高雅，我也禁不住想要多解开一颗衬衫扣子。我暗想自己是不是世界上唯一一个用眼睛给女人穿衣服的男人。

"嗨。"我刻意说成"哈咦咦"，将这个意义复杂的词语加上一些斯堪的纳维亚风味，使其更容易理解。

"晚上好，道格拉斯。"

"你看上去美极了。"我油腔滑调地说。

"谢谢。我很喜欢你的鞋，十分亮眼！"

"应该说是'新鲜出盒'。"

"你一直坚持打篮球吗？"

"实际上，这双鞋子是为了走路买的，但是它们像外星寄生虫一样死贴在我的脚上，我也只能穿这个了。"

"我很喜欢。"她把手轻轻放在我的小臂上，"你看上去很潮。"

"我的滑板车就在外面。"我拉起她的胳膊，一瘸一拐地穿过大门，走进闷热、朦胧的夜晚，有个词"撩人夜色"常用来形容这种夜晚。

我们往东边走，穿过卡斯泰洛广场，也就是鱼的尾巴尖，在背后的小街上游荡，只有当白天的游客返回大巴或游船时，有深度的游客才能享受到这种归属感。

"你再也不需要地图了。"

"不需要了，我快成本地人了。"

我们从威尼斯军械库的巨门中穿出来，墙壁犬牙差互，酷似玩具城堡。我在旅游指南上读到过这个景点："威尼斯人有一项伟大的创新，他们将船只的各部分标准化，实现了大规模批量造船。威尼斯的造船厂就是在这里惊艳了法兰西的亨利四世，制造整个一艘大型帆船——"

"——只用了一顿饭的时间，由此诞生了现代工业的流水线。"芙蕾雅说，"不过我觉得是法兰西的亨利三世。我们可能买的是同一本旅游指南。"

"老天爷，我可真是个没劲的老家伙。"我说。

"完全不是，我跟你一样没劲。我认为有求知欲是一件好事，也许这种求知欲来自养育子女。我和我丈夫——应该是我前夫——以前经常开车带着女儿们去散心，去各种古代废墟和公墓，还有落满灰尘的古老画廊。'这里是伊斯本的墓地，这里是西斯廷教堂……看！看！看！'但她们一心只想去海边跟小伙子们调情。现在她们大了，明白了我们的用心，可当时……"

"夏天就应该这么过。我和我妻子本来想带着儿子走遍欧洲大陆的画廊来着。"

"然后呢？"

"我儿子留了张字条，跟一个拉手风琴的跑了。我妻子现在在英格兰，打算离开我。"

芙蕾雅笑了："为你遗憾，这个假期真的很糟糕。"

"又有趣又磨人。"

"我在想，你的假期到底哪儿出了毛病？"

"威尼斯的潟湖里可有鲨鱼？"

"我不该笑的，我道歉。怪不得你这么烦躁，我就不给你添堵了。"说到这儿，她拉起我的胳膊。时间不早不晚，仿佛启动了什么报警装置似的，我的手机响了。

118. 一团乱麻

"喂？"

"喂，你在哪儿？"

"哦，在外面走路、走路，还在走路。"

"就是说，没什么消息。"

"还没有。"我对芙蕾雅做了个口型，不好意思，只需要一分钟，示意她我们应该往前走，"但是我快了。"

"什么叫'你快了'？"

"就是说，我有了一个很好的线索，我们要收网了！"

"你跟个私家侦探似的。"

"我现在穿着防水雨衣呢。我不是私家侦探。"

"好吧,那一有消息就告诉我。"

"走着瞧。"

"你有他的消息吗?你跟他说过话了?"

"到时候你就知道了。"

"干吗不直接告诉我?"

"相信我,我有确切证据显示他一切正常。"

"那我要不要飞过去找你?"

"不要!不要,我说过,我要带他回去。"

"现在已经五天了,我真的很想知道,道格拉斯。"

"有确切消息之后我一定会告诉你。"

沉默。

"我觉得你还是回家吧。"

"我找到他就回去。"

"你不是真的在找他,对吗?"

我突然一阵慌乱,没来由地背对着芙蕾雅,其实她早已到下一座桥静候我打完电话。"我在找!我现在在外面找呢。"

"我不是这个意思,我是说你在干别的。"

我们往左还是往右?芙蕾雅打着哑语。

"我去吃点儿东西,一会儿打给你行吗?"我做了个口型:马上。

"哦,好吧。我本来想跟你说说话,但你忙着就算了……"

"我坐在餐馆里呢,菜马上就来了。不是菜,是菜单——菜单要来了。"

"你刚才还说你在走路。"

"我刚才是在走路，现在我坐下来了。我不喜欢在餐厅里讲电话，没有礼貌。侍者正在朝我瞪眼睛呢。"编到这里，我觉得有些过了，我简直能听见康妮在皱眉头。

"你到底在哪里？"

"我在卡斯泰洛广场，军械库旁边。我坐在外面，侍者就站在我身边。愿意的话我给你拍张照片发过去。"

仿佛停顿了一个世纪那么久，康妮压低了声音说："我为你担心，道格拉斯。我想你可能——"

"我得挂了。"我挂掉电话。我从没做过这样的事，挂掉康妮的电话。随后，连我自己都没想到的是，我顺手关了手机，跛着脚朝芙蕾雅快速走去。

"对不起，是我妻子康妮。"

"电话一响，我以为你要跳到运河里。"

"我只是吓了一跳。我得喝杯酒。餐馆就要到了。"说话间我们拐进一片小公墓，这里没有卖狂欢节面具或明信片的。左右房屋之间节日彩旗般晾着衣服，底楼房间正在播放电视和收音机的节目，广场角落里有个小小的饮食店，虽然我一心想要找个朴素点儿的，可那地方怎么看怎么有股浪漫情怀。

"怎么样？"

"我看十全十美。"

119. 女儿们

我们并排坐在面朝广场的座位上。餐厅没有菜单，长着一头不知真假的黑发的老年男子为我们端上两只盛着普罗塞克葡萄酒的玻璃杯，随后上了几小碟卤鱿鱼和凤尾鱼什么的，味道刺鼻，油乎乎的，非常好吃。好像生怕彼此忘记这个柏拉图之夜的暧昧似的，芙蕾雅用手机给我展示了女儿们的照片。两个姑娘只相差一岁，美艳惊人，都有着十分湛蓝的眼睛，像蒙太奇电影一样长成亭亭玉立、长发皓齿的大姑娘，简直是青春活力的化身，她们身后是各种各样的风景，有微风吹拂的大西洋海滩、泰国的棕榈树、斯芬克斯像和某处的冰川。我认为，只要剪辑得当，哪怕是狄更斯笔下最悲惨的童年也能编辑成朝气蓬勃的幻灯片，但是从芙蕾雅手机上的相册看来，她的女儿们运气着实不错。他们一家看上去是那种健康、团结的家庭，气氛好到可以共用一根牙刷。当然，她远不至于对我幸灾乐祸，可我禁不住意识到，芙蕾雅总是被那两个十分上镜的小姑娘簇拥在照片中心，我却想不起自己和儿子有过什么合影。也许他小时候有，可最近八九年呢？算了，这是阿纳斯塔西娅·克里斯滕森和海豚共泳，这是芭贝特·克里斯滕森在非洲村庄里当义工。这是我们的通心粉，再来点儿葡萄酒。

"阿纳斯塔西娅是纪录片制作人，芭贝特是环保主义活动家。她们是我的骄傲，也许你早就看出来了。我可以无休无止地讲她们的事，直到把人们烦死。我还是打住吧，省得你一头栽进面前这盘扁面条里。"

"我一点儿都不烦。姑娘们看上去可爱极了。"我说。

"的确可爱。"她把手机放回包里，"当然，她们小时候简直是两个小浑球儿……"她把手塞进嘴里说，"我不该那么说，虽然事实如此——老天爷，我们打得天翻地覆！幸亏后来日子好过了很多。

再给你看一张……"她又抽出手机，"我思前想后，要不要给你看这个，看了你就会明白……"

照片上是二十岁的芭贝特，一丝不挂地坐在医院的椅子上，怀里有个紫茄子色的女婴，汗湿的头发贴在前额上。"是的，今年我真成了外祖母了。你能相信吗？我是个五十二岁的老妈妈了！老天爷！"她摇了摇头，伸手去拿酒杯。

"这个是谁？"椅子左边站着一个极其英俊的清瘦男子，一位罗马议员式的人物，虽然一脸傻笑，穿着外科医生的大褂，仍然英俊得不像话。

"那是我前夫。"

"像个电影明星。"

"恐怕这一点是公认的。"

"他的眼睛美得不可思议。"

"我当初就栽在这双眼睛里了。"

"等等，孩子出生时他也在？"

"当然。"

"他亲眼看见这个孩子……出来？"

"是的，是的，我们都看见了。"

"斯堪的纳维亚人的作风。"

芙蕾雅哈哈大笑，我又偷看了一眼："他真是太英俊了。"

"所以我的女儿们也长了一副好皮囊。"

"恐怕不尽然。"我殷勤地说，芙蕾雅用胳膊肘捅捅我，"她们跟父亲关系好吗？"

"当然，把他当作男神了。我总是让她们不要这样，可她们非要像崇拜神一样崇拜他。"

我儿子才不崇拜我，那也无所谓。被崇拜会让我不自在的，"当男神"也是一样。但"关系融洽"的话，也还不错。"我总是在想，女儿们对父亲总是更宽容些。"我说，"父女之间似乎总比父子之间更放松，这是何故？"

"我想，也许是因为你不用背着偶像包袱，或者至少不用直接做比较。而有儿子的话……"

"也许是这样。我从没想到这一点。"阿尔比可曾想要跟我一样？在哪方面跟我一样？如果我想得再久一点儿，也许能想到一两点，但芙蕾雅又斟上酒。

"我对儿子的情感也是一样。我要是有儿子也不错，一个英俊的、非常传统的小伙子，我可以塑造他、打扮他，跟他的女朋友作对。还有，你绝对不能把女孩子偶像化。你要是有女儿，这样做也会有麻烦。"

"我有过一个女儿。"

"是吗？"

"我和妻子有过。我们的第一个孩子是女儿，叫简，但是她没活下来。"

"多大？"

"出生后没几天。"

沉默了片刻。这么多年里，我发现有些人听说我们曾经失去了一个孩子的反应几乎是愤怒的，好像我们在跟他们恶作剧。而另一些人只是耸耸肩，好像那孩子压根不算个人，不过幸好这种人并不多。多数情况下，我偶尔谈及此事时，人们只是若有所思，表达善意，而我也会摆出一副似笑非笑的表情——康妮也会露出这种表情——好让人家放心，眼下我的脸上就是这种表情。

"道格拉斯，我感到很遗憾。"

"那是很久以前的事了，差不多二十年前。"我女儿如果活着，今年也有二十岁了。

"不，但是仍然很遗憾——对于夫妻，这种事最难熬。"

"我并没夸大其词，但是我和康妮，我们约定永远不要刻意回避这件事。我们不想让这件事成为秘密，或什么谈话禁区。我们想要……直面这件事。"

"我能理解。"芙蕾雅说着，眼睛却红了。

"芙蕾雅，别这样，我不想毁掉今晚的气氛……"不，不是二十岁，十九岁——只有十九岁。她该上大学二年级了。

"没有，但是我还是——"

"我不想念伤心符咒。"读医科，或者读建筑，我想象着。也许她可以成为演员，或者艺术家。我不在乎……

"说到你儿子……"

"我们就这一个孩子，但他是老二。"

"你之所以会来这儿，是因为你儿子？"

"说对了。"

"他不见了？"

"他跑了。"

"那他今年几岁？"

"十七岁。"

"啊！"她点点头，仿佛一下什么都说通了，"他懂事吗？"

我哈哈大笑："不一定。实际上，很少懂事？"

"他才十七岁，他干吗要懂事。"

"我十七岁的时候很懂事。"

芙蕾雅摇摇头，笑了："我十七岁的时候还不懂事。你们很亲近吗？"

"恰恰相反，不亲近，所以我才来这儿。"

"你们谈心吗？"

"不怎么谈。你们呢？你跟女儿谈心吗？"

"当然，我们无话不谈。"

"我和我儿子之间有点儿像尴聊的访谈节目，阿尔比就是那个压根不愿意上节目的年轻明星，'近来如何？在忙些什么？未来有什么计划？'"

"可如果你们不谈心，肯定有问题。"

"是有问题，是有问题。"

"也许我们应该换个话题。我不想说你思虑过多——有这个词吗？思虑过分，应该说思虑过重，但是如果他有钱，又带着手机应付紧急情况——"

"他有——"

"他是成年人了，多少算个成年人。干吗不由他去？"

"我答应过我妻子，会找到他。"

"已经分居的妻子。"

"还没有，"我不服气地说，"我们还没分居，只是没在一个城市。我们……只在地理意义上分居了。"

"明白了。"

我们默默无言，服务员撤走了盘子。

"我们还会吵架，我和我儿子。我说了些不该说出口的话。我想挽回，亲自挽回。听上去是不是疯了？"

"半点儿也没疯，非常高尚。但如果要我对女儿们为我说过的话道歉，那我们再也不会彼此说话了。我认为，作为父母，我们可以犯错，有权利得到原谅。你说是不是？"

120. 女儿

简的事我当然愧疚。当然毫无道理，可世界上哪有合情合理的愧疚？人们一遍又一遍地安慰我们，说我们没做错任何事，说害死我女儿的败血症并不是养育不当的结果，并不是在子宫里就得上了。虽然她略有些早产，但我们有十足的理由确信她出生时十分健康。愤怒总是比愧疚更舒服些，因此我开始找出气筒：产前护理、产后护理、医生护士。"败血症"这个词让我想到感染——是不是人为的？但很快就弄清楚了，医生和护士无可指责——不只是无可指责，而是做得尽善尽美。他们说，这是没办法的事，概率很低，但还是会发生。这倒没什么，但是那么多怒气、那么多愧疚该如何是好？康妮反求诸己。是因为过去的行为，烟酒过度，还是因为她太得意？一定是她不好。当然，定是犯下过什么罪行，否则何至于受到这么严厉的惩罚？不，我们没做错任何事，也没别的法子。这本是无可奈何的事，仅此而已。

孩子出生时半点危险也无。一切顺利，分娩的过程万分痛苦却令人心情激荡，这感觉既熟悉又陌生。康妮在午夜破了羊水，起初我们两人都不相信——这才刚刚怀孕三十四周——但湿透的床垫却不由得你不信，于是我们立即启动方案，驱车赶往医院。我们来回踱步，焦急等待，一会儿百无聊赖，一会儿欣喜若狂，一会儿又焦虑不已。黎明时分，宫缩开始了，接下来的过程一气呵成。康妮身体健康，心情狂躁——这是我早就料到的——到了上午十一点五十八分，简来到人间，小猫儿似的呜呜嗷嗷，小拳头乱挥，小腿乱蹬，体重才四磅多一点儿，脾气可真是不小。哦，她真是个漂亮的小东西，十全十美，一切平安喜乐，忧愁、焦虑和痛苦登时烟消云散。她很健康，我们想怎么抱她就怎么抱她。我们拍了好多照片，暗地里对她做了好多许诺。我要拼尽全力照顾她，守护她平安。康妮还没开始哺乳，就早早把她搂在胸前，一切都顺风顺水。根本用不着育儿箱，只要时刻关注着她就好。我们回到病房。

整个下午，我坐在床边，望着母女两人酣然入睡。康妮脸色苍白，筋疲力尽，却分外动人。天知道这孩子怎么说来就来，但我当时已经被产房的惨烈吓傻了，又是鲜血又是汗水的，没半点儿娇柔。早知如此，我就不该只要求笑气止痛，而是要求来个全身麻醉外加六个月卧床休息。但康妮的分娩实在是水到渠成，瓜熟蒂落，我骄傲极了。"你真棒。"康妮睁开眼睛的时候，我对她说。

"我骂脏话了吗？"她说。

"好多脏话，真的好多。"

"不错。"她笑了。

"但是一切都特别自然，你就像个……维京人的洗衣妇。"

"谢谢你了，"她说，"你喜欢她吗？她那么小。"

"她十全十美。我高兴坏了。"

"我也高兴坏了。"

医院要求康妮母女留下观察一夜，让我们无须担心，于是我们真的没担心。康妮有些不情愿，医院建议我回家准备准备，给新妈妈和新生儿接风，于是我踏上归途，这是身为男人走过的最奇怪的一条路，打开家门，样子和离开时一模一样。接下来的几小时有如宗教仪式一般，一件里程碑意义的大事即将发生，仿佛这辈子最后一次只有我一人。我浑浑噩噩地洗漱、收拾东西、储备冰箱、整理新生儿用品。我发出短信，打电话报喜，母女平安。我铺上崭新的床品，一切就位后，我跟康妮通了电话，然后沉沉睡去……

一通电话惊醒了我，凌晨四点钟，多么糟糕的时刻。无须慌张——情况很糟——简有点儿没精神。她有些呼吸困难，被送进了特护病房。他们给她用了抗生素，信誓旦旦地说一定有效，我是否应该立即赶到医院？最好不要开车去。我胡乱穿上衣服，奔出房门，回味着方才比较乐观的只言片语——无须慌张——但是我忘不了那句"呼吸困难"，还有什么比呼吸更重要？"呼吸"不就等于"活着"吗？我沿着基尔伯恩大街狂奔，寻到一辆出租车，冲进去，到了医院又冲出来。我撒开腿，冲到康妮的病房，看见她的病床四周已经拉上了帘子，我听见她在哭泣，于是我什么都明白了。我把帘子拉向一边，看见她缩成一团，背对着我——哦，康妮——我什么都明白了。

第二天早晨，他们带我们来到一个密室，让我们和简单独待上一会儿，但我宁愿不要。我竟还能拍几张照片，留下她的手印和足印。有人告诉我们，虽然听来奇怪，但日后我们恐怕会想要保留这些手印和足印。他们说得没错。我们与她告别，然后一无所有地回到家，从未感到如此真切的一无所有。

121. 后来

就这样，当初怎么报喜，如今就要怎么报忧。消息当然立刻传开了，当真是好事不出门，坏事传千里，没过多久，亲朋好友纷纷上门。所有人都很体谅，安慰和善意发自肺腑，可我一听见他们拐弯抹角地用些委婉语提起我女儿的夭折，就忍不住板起脸说些刻薄话。不，她没有"走了"。"逝去""仙去""先走了"在我听来同样刺耳，我们也并没有"失去她"。我们太清楚她去了哪里。说她"离开了我们"，就好像她是自己主动离开的一样，"被带走"说得好像她为了什么、有个目的地似的，因此我对一番好意的亲友们恶语相向，他们还对我道歉，毕竟他们还能怎么样呢？跟我辩论吗？现在我当然后悔自己当初的不体谅，因为言辞平和的本能是高尚的，是符合人性的。医生用的词是"生命衰竭"。衰竭得很快，他说，这个词我能理解。但如果有人告诉我，她"去了更好的地方"，我就有揍他一顿的冲动。"被抢走了"也许更恰当些，被抢走或劫走了。

不管怎么说，我的恶声恶气令人不快，又不讲道理，我估计大伙儿都觉得我"放不下"。人们常把悲伤与麻木相提并论，然而，事情刚刚发生时，我们的感受却完全相反。若是麻木，反倒好得多。而我们感受到的是撕裂、煎熬，而世界却若无其事地照样运转，更使我们气得发疯。康妮尤其容易暴怒，但多数时候她并不表达出来，或者直接冲我发作，反正不伤及旁人就行。

"人们总是对我说，我还年轻。"那是一次暴风骤雨过后的平静，"他们说，来日方长，我们还会再生一个孩子。可我不想再生一个，我就想要这个。"

因此，我们并未隐忍，也不够有智慧。我们没有任何收获。我们丑陋、愤怒、气急败坏、面目狰狞、大发雷霆，我们与世隔绝。朋友们写信慰问，我们读过，表示过感谢便丢得远远的。要不然该怎么办？像圣诞贺卡一样供在壁炉上？康妮有几个特别感情用事的朋友最让人受不了。他们用哭腔问"要不要去看看你们"，好像要把我们搂进怀里似的。我们说，不用了，我们很好。等他们再打电话来，我们干脆就让电话铃声随它响去。我们不得不出现在葬礼的众目睽睽之下，时间不长却十分折磨人——这尚未有性格的小人儿，我们该说点儿什么，有什么温馨的往事可谈？——我不禁再次想到，悲哀是悔恨自己不曾拥有，而伤心则是因为失去自己所拥有的。反正，我们总算挺过来了。陪在我们身边的是康妮的母亲、几个密友和我妹妹。

我父亲说，如果我愿意，他会过来，但我不想让他来。葬礼后，我们立刻回了家，脱掉丧服，爬上床，而接下来的一个多礼拜我们几乎没有爬起来过。我们大白天躺在床上睡个昏天黑地，胡乱对付几口食之无味的饭菜。我们看电视，眼睛却瞟向一边。我们已进入麻木阶段。我没有梦游史，所以说不出梦游和麻木是否相似，但是我们无论是坐是站，无论走路还是吃饭，都跟活死人无异。

康妮有时整晚以泪洗面。失去挚爱的悲痛令人不忍直视，但是康妮的哭泣却完全是毫不掩饰的母兽号哭，我忍无可忍，只想阻止这一切。于是我搂着她，直到她沉沉睡去，或者我们都放弃了睡觉，一起看电视——当时是夏天，白天怎么过也过不完——黎明前的几个小时，我会反反复复地对她郑重承诺。

当然，那种时候，那些承诺常常是信口胡言。运动员发誓一定要拿下比赛，结果小组赛都没出线；小孩子答应把钢琴曲弹得不出差错，结果第一小节就乱了套。我不是也曾在产房里信誓旦旦，要照顾女儿，守护她让她不受伤害吗？我和妻子的结婚誓言不到六个月就宣布破产：善待别人，努力工作，学会倾听，整洁得体，循规蹈矩。决心一暴露在阳光下，登时化为满地的碎片，所以，又做一个注定要被辜负的承诺，意义何在呢？

然而，这次是我对自己的承诺。我发誓，从今往后，我要尽一切所能照顾她。我不会错过她的任何一通电话，不会挂掉她的任何一通电话。我要尽一切努力使她幸福，当然我也永永远远不会离开她。一个好丈夫，我要做个好丈夫，决不让她失望。

122. 忧郁

时光飞逝。我回去上班，忍受着同情，康妮在家，陷入一种我们不情愿称之为"抑郁"的情绪中，也许只是悲伤吧。"忧郁"只是换了个好听的说法而已：她"心中忧郁"。我从实验室给她打电话，我知道她听见了，我也知道她不会接。偶尔接电话的时候，她也是嘟嘟囔囔地蹦出一两个音节，不是烦躁就是生气，我渐渐也盼着她还是任由铃声响下去。"你感到忧郁？""是的，有点儿。"我满腹忧虑地继续工作，在部门会议中默默地坐着，什么也听不见。夜里，我爬上公寓的楼梯，听到电视机巨大的音量，手里攥着钥匙，脚步却踌躇起来。我必须承认，有那么几次我考虑过转身走下楼梯，到……哪儿去都可以，只要不走进那个房间。

但我从没这么做过。我总是深吸一口气，打开房门。她穿着旧衣服，眼睛红红的，躺在沙发上。有时打开一瓶红酒，有时酒瓶空着，有时她陷入狂躁中无法自拔，便开始自我净化——把橱柜都刷成黄色，清理阁楼——然后半途而废。我尽力收拾残局，做饭，有时候做些健康食品，然后陪她躺在沙发上。

要是我能记录下当时说过的话就好了。我竭力劝她走出糟糕的状态，我说要她重新开始生活，重新学会生活，也许最后会有个圆满的结局。也许我本可以敞开窗户，或者在大自然中找到些灵感，也许一番动听的言辞能"拉她一把"。有很多次，我在无眠的夜晚尝试打着腹稿，辞令固然动人，意思却还是老一套，什么乐观，什么珍惜眼前，什么四季流转。可我根本不是巧舌如簧的人，我缺乏雄辩和想象力，二十年过去，我们距离干脆利索地"走出来"还相去甚远。即便有可能走出来，我也并不确定我们真的想要走出来。不再缅怀、不再留恋了吗？而走出来的意义又在哪里？

但我的确陪她坐着，等着挨过漫漫的不开心。最终，我们回归了正常的生活，也开始过上了如今这种婚姻生活。我们挺直了腰板，开始到户外走动，一道看电影、看展览，然后共进晚餐，又开始彼此倾诉。开始时，我们不会哈哈大笑。有些无足轻重的朋友在我们自我隔离期间离我们而去，但这没什么要紧。其他朋友也组建了自己的家庭，害怕毁掉他们的好运气。我们完全理解，也很乐于跟他们保持距离。从现在开始，我们的人际关系更单一，生活更简单。

康妮仍然无法重拾画笔，她改变了事业方向。她对商业画廊向来没什么好感，便转而上了一门艺术管理方面的业余课程，并深深爱上了这一行。同时，她在艺术馆找到一份工作，逐渐摸清了艺术普及部的各种门道，直到有了今天的成就。一个秋日——正是我们绕蛇形湖转圈的一周年——我们两人又坐上了卧铺车，前往斯凯岛。这里并没什么特殊，但我们都爱这里，本可以带上简。我们早早起床，冒着不疾不徐的雨从旅馆步行到湖边，撒下她的骨灰。

那几张照片，我们藏在卧室的抽屉里，时常拿出来看看。我们每年都记得她降生和离开的日子，今天仍是如此。康妮偶尔会想象我们的女儿会有怎样的未来——她长什么样子，喜欢什么，有什么天赋。这时的康妮已不再长吁短叹、自怨自艾，也不再一把鼻涕一把泪的了。她的身上甚至有种豪气，就像把手放在烛焰上显示自己已经变得多么勇敢似的。但我一直不喜欢这类想象，至少不喜欢她说出来。我默默地听着，把所有的思绪藏在心里。

第二年五月，在巴黎雅各布街的一家旅馆里，我们怀上了儿子。十八年后，我来寻他，带他回家。

123. 隔着千山万水

威尼斯僻静的小街道上，一家温馨的小饭店，不大可能在这儿找到他。我必须承认，我差点儿把阿尔比丢到了脑后。我正在兴头上，与一位貌美如花、巧笑倩兮的丹麦女郎并肩而坐，两人都有点儿酒意上头。我们心满意足，美味的海鲜通心粉、冰镇白葡萄酒和鲜鱼端到我们面前，重头戏是烤肉，这顿饕餮简直让我生出一股莫名其妙的负罪感……

"干吗有负罪感？"

"他们把这个银光闪闪的漂亮家伙从海里捞出来，你却把它变成一堆白骨，鱼头瞪眼瞧着你说：'看，看看你做的好事！'"

"道格拉斯，你可真是个怪人。"

说话间，又上了草莓和甜品，还有加了糖浆的酒，接着——让放纵来得更猛烈些吧——咖啡来了。咖啡！工作日的夜里！

"这杯咖啡,我恐怕得带着走了。"芙蕾雅说。

"好主意。"我们ＡＡ制付了账,价格在威尼斯可以说很公道了。我大笔一挥,给了侍者慷慨的小费,那人站在原地,对我们又是握手又是不住地把头点了又点,还踮起脚亲吻芙蕾雅的面颊,用粗哑的意大利语说我是个非常走运的男人,非常有"福气"。

"我想,他说我有个非常美丽的妻子。"

"我想是的,只不过不是我。"

"我不知道怎么解释。"

"要不干脆让他以为我就是你妻子。"芙蕾雅说。我们也这么做了。

我们走回加里波第路宽阔精致的大街,当地人拖家带口地在路边的露天餐厅吃饭,我们走到尽头,转向一条种满行道树的街道,左右都是富丽堂皇的别墅。我们走着,也许是因为喝了葡萄酒,也许是夜晚太美好,也说不定是药膏发挥了作用,反正我已经感觉不到脚上的燎泡和脚后跟上的口子了。我对芙蕾雅说了今天的重大进展和我打算明天在旅馆外守株待兔的计划。

"要是他不来怎么办?"

"威尼斯免费酒店,父母又不在身边,我担保他会来。"

"好吧,那他来了怎么办?下一步呢?"

我们继续向前走。

"那我就请他喝杯酒。我要跟他道歉,说我们想他,说我希望今后日子越过越好。"

但话音未落,我已完全明了这个计划自相矛盾,绝无实施的可能。这对彼此袒露心声的父子绝对不是我们俩。自从"小牛哞哞叫"之后,我们就很少平心静气地说话了,根本不可能就着啤酒掏心窝子。"谁知道？假如事情还有挽回的余地，我就能让康妮飞过来，然后一家子继续周游欧洲。还有佛罗伦萨、罗马、庞贝和那不勒斯。如果愿意，他可以带上女朋友。要是这个法子行不通，我就带他回英格兰。"

"那要是他不想回去怎么办？"

"那我就找块手绢，蘸上氯仿，再弄条结实的绳子。我租辆车，把他塞进行李箱。"芙蕾雅哈哈大笑，我耸耸肩，"如果他旅行时不想跟我们一起也没问题，至少我们知道他是安全的。"

我们已经走到一座高高的桥的顶点，我们面朝东，望向水面。"我简直希望自己能陪你一起等他，虽然我不知道到时候怎么跟他解释。"

"阿尔比，这是我的新朋友芙蕾雅。芙蕾雅，这位是阿尔比。"

"是的，可能有些伤脑筋。"

"可能。"

"有什么可伤脑筋的！"

"就是，有什么可伤脑筋的。"我说。然而我低下头，却发现她已经拉住了我的手，我们就这样挽着手，沿着斯拉夫人堤岸向前走去。

"你明天出发去哪里？"我问。

"我要搭火车去佛罗伦萨。我订了后天乌菲齐美术馆的票。罗马三天，然后是庞贝、赫库兰尼姆古城、卡普里、那不勒斯，跟你的路线几乎一模一样。两个礼拜后从巴勒莫飞回哥本哈根。"

"一辈子一次的假期。"

她哈哈大笑："我肯定希望自己用不着再走一次。"

"有那么糟糕吗？"

"不不不，我看到了美丽壮观的东西。看这个，现在就是绝美。"我们望着远方的地平线，从利多岛到朱代卡岛，一艘如星级巡洋舰般庞大的游轮，正灯火通明地启程前往亚得里亚海。"艺术、建筑、潟湖、群山，我以后再也看不到这些美好的事物了，但这是我第一次独自欣赏这一切。我惊讶得合不上嘴，明知道这么激动根本没必要。当然，我对自己说，旅行对灵魂有益，但我不知道我们人类是否注定孤独。我们的人生太像一场考验，也太像在荒野生存。这是很好的体验，成功固然可喜，但这并非最理想的生活。我渴望陪伴。我想念女儿们，想念我的孙女，我多想回家抱抱她们。"她突然呼了一口气，耸了耸肩膀和脑袋，"三个礼拜了，我第一次说这么多话。一定是因为喝了葡萄酒！希望你别介意。"

"一点儿也不介意。"我们很快回到小旅店，站在门口，彼此相对。

"今天是我这趟旅行中最愉快的时光，艺术馆，再到今晚。很抱歉，现在太晚了。"

"同感。"我们沉默了片刻。

"我希望躺下来的时候，不要天旋地转。"她说。

"同感。"又是片刻的沉默。

"好吧！"

"好吧……"

"我们明天都得早起，得上床睡觉了。"

"遗憾。"我打开门，芙蕾雅却没动，我又关上门。

她笑着摇了摇头，急促地说："我讨厌用酒精当作任何事情的借口，可是我不知道清醒的时候会不会说这番话。也许，站在你的立场上，你根本不在乎，但是我一想到你在那间糟糕的小房间里就难受。如果你愿意跟我待在一个房间里，我们可以什么都不做……不需要缠绵什么的，只是我这里比较暖和——也不是暖和，这儿太热了，根本不需要暖和——只是我们做个伴儿，一个安全的港湾。'安全的海港'，是这么说的吧？如果你不会觉得愧疚，或者不觉得焦虑，那我就再开心不过了。"

"我愿意。"我说，"我非常愿意。"于是我们就这么做了。

124. 狂野之夜，狂野之夜

这么做大错特错。

我疲惫至极，却一夜没睡，而且并非因为你们以为的原因。让我无法入睡的是咖啡因、葡萄酒、飞速旋转的思绪，而不是任何非分之想。事实上，没过几分钟，芙蕾雅就靠在我肩膀上睡着了，嘴里散发着强烈的酒气和闻不出什么牌子的牙膏味，她没打鼾，只是呼吸粗重，喉咙里发出咕噜咕噜的声音。因为自矜和羞涩，我们俩都穿着闷热的T恤，我的两只脚已经废了，上面贴了棉片，忍不住扭来扭去。时间一分一秒地流逝，原本一门心思的佳人春宵掺进了难受、愧疚和焦虑。再怎么想，也难看出被这位女士按在下面睡觉如何于我的婚姻有益，我倏地想起手机还关着，放在裤子口袋里，叠在椅子上。康妮有没有打回来？要是有什么消息怎么办？要是她需要我怎么办？她也睡不着吗？收音机闹钟从三点指向四点，我觉得自己已经不可能再睡着了，于是我把肩膀从芙蕾雅的脑袋下面轻轻抽出来，拿起手机。

凌晨四点看手机比任何浓缩咖啡更能提神，我立刻精神起来。没有信息，没有邮件。无法可想之中，我冲动地想看看儿子灿烂的笑脸，又点开了他和猫子在某个威尼斯广场上唱《归乡之路》的视频。静音后，他们的表演好像更好看了，我甚至注意到他们互相丢了个笨拙而渴望的眼神，以前我怎么没发现？"也许你应该放手，"芙蕾雅说过，"由他们去吧。"

不可能。我又输入"凯特 吉尔格尔"，前几个结果毫无收获，随后一个分享图片的页面上，我找到了她的网络图文日记。里面有照片，很多、很多照片。凯特猫和阿尔比在里亚尔托桥上，嘟着嘴，脸贴着脸，大脑门填满了手机的鱼眼镜头，摆出时下标准的拍照姿势。下一张是忧郁的阿尔比，脸蛋贴着吉他柄，忧郁的黑白照片，标题是"爱人兼密友，阿尔比·皮特森"，底下是凯特的朋友和粉丝写下的标点混乱的评论——"美极了！！！小婊子走开我来，竖大拇指，带他回悉尼，养眼花美男"——我一时间不知是自豪还是困惑不解。这是阿尔比所在的大胆新世界，这里的一切都要被评级，包括陌生人的性吸引力，任何意见都可以肆意表达。绝不压抑，毫不掩饰。一条评论是——"我要！"只有这两个字。无名小路上的小餐厅里的温言软语，醉眼惺忪的绵绵情话都去哪儿了？老天爷，我暗想，人人直抒胸臆的世界上，可还有我的立足之地吗？

下一张是阿尔比躺在什么地方的床上，露着瘦骨嶙峋的身体，底下评论如潮，全是对人性的感慨。我想，我也可以写上一两句而不用担心被发现，然而我继续往下滑，跳过一张凯特睡在火车站站台上的照片，下一张是她站在比萨斜塔前，假装要用手把它扳直，我笑了，笑出了声，我想象着阿尔比在这张照片的诱惑下神魂颠倒的样子……我突然觉得不对劲——

比萨斜塔。不妙。

比萨斜塔不在威尼斯，在……比萨。

我看了一眼照片日期：今天——应该是昨天。去他的比萨，去他的塔——说完我忙捂住自己的嘴。

我翻到前一张照片，凯特坐在火车站台上，长凳上方有个地名：博洛尼亚。标题是：

威尼斯，你害死我们了。全是游客。再出发！

我大声咒骂起来，芙蕾雅动了动身子，发出几句呓语。我胸口一慌。镇定，也许他们只是一日游。比萨到底在哪儿？芙蕾雅的背包里放着一本意大利旅游指南。博洛尼亚在意大利的大腿中间，可比萨在……托斯卡纳？我不仅来错了城市，东岸西岸也搞反了。

我快速滑到比萨的照片，阿尔比忧郁烦躁地望着阿尔诺长长的人行道，脑袋笨拙地抵着他的吉他盒。"心情压抑的阿尔比。上路，上路。行路难，哥们儿。骨头都累散了，需要一个地方枕下我们的脑袋。"那就回到雷丁来，傻小子！下一张是夜拍，阿尔比满脸讥诮地和一个意大利宪兵争论着什么，宪兵的帽子盖住了他的眼睛。"那可是警察，阿尔比！"我简直想要怒吼，"别跟警察争论！"在这张照片底下，凯特只说了一句"受不了法西斯分子，走了"。下一张又是什么？阿尔比给警棍揍得头破血流？不，只是一只流浪猫从瓶盖里喝水，标题是："晚安小猫咪。锡耶纳，明天见！"

明天，那就是今天，已经是早晨了，在锡耶纳。四点零八分。我把裤子夹在胳肢窝下，指尖钩着造孽的鞋子，蹑手蹑脚地朝门口走去。

125. 给芙蕾雅·克里斯滕森的信，寄自门缝底下

亲爱的芙蕾雅：

　　想必这就是所谓的"法国式撤退"，不告而别的那种。不知你是否了解这句俗语，你好像对英语俗语无所不知。我知道自己小题大做了，也许有点儿无礼，衷心希望你别生气。但是你睡得正沉，我无意惊扰。

　　之所以匆忙离开，是因为突然发现了一条我们侦探界称之为"高度可疑"的线索，我儿子的下落有了眉目，我得在午饭前横穿意大利。不知道我是否赶得上，也不知道是否又是白跑一趟，但我非得试试不可。希望你能理解我们为人父母的心情。

　　另一个不告而别的原因是，我不知道该说点儿什么，我觉得付之于文字更能较好地表达我的所想，即便现在只是凌晨。我进行了激烈的思想斗争，要不要在这封信的开头留下电话号码或地址，但是这样做是为了什么呢？昨夜我们聊得太开心了，但也提醒了我，自己当初为什么来威尼斯，也提醒了我背负着的承诺和责任。

　　因此，虽然我们不大可能再见，却丝毫不影响我对你的好感和谢意。你极其有趣、聪慧、富有同情心，词汇量也相当出众。虽然我并不相信命运、缘分之类，却很感激命运让我在旅途艰难之际有幸遇到了你。你是极好的同伴，同时我必须再说一点，你是一位极其吸引人的女士，不管是不是做了外祖母！我有些私心，想要跟你同游佛罗伦萨、罗马、那不勒斯，可惜这都是不可能的。

　　但我希望你剩下的假期过得愉快。展望未来，我还希望你

能找到幸福，无论是一个人，还是另有佳配，我希望你与可爱的儿孙继续共享天伦之乐。在我这方面，我将永远记住我们共度的这一天，我会永远愉快地记起你，我心里对你存着极大的感激，此外我想还存着一定程度的遗憾。

深深祝福！

道格拉斯·皮特森

126. 出走在黎明时

日出时分，城市一片荒芜。我在寂静的街道和广场上脚步匆匆，一个活人也没遇到，来到新街的时候才见到几个写字楼清洁工、旅馆员工和早班侍者，他们垂着头，没精打采地走着，隐入粉红色的晨曦，威尼斯的盛景之中，而我唯一的想法就是赶快离开。

我只提前了三分钟，赶上去佛罗伦萨的第一班车，两杯双份意式浓缩咖啡烫得我手疼，但我认为此行成败全系于此，我还买了点儿和薯条差不多油腻的意大利面之类的小吃。我用一小方纸巾擦了擦手——纸巾立刻散了架——火车驶入刺眼的日光中，沿着将威尼斯和意大利母亲接起来的、脐带似的铁路欢快地向前滑动。左边是一幅奇特的景象：汽车。

威尼斯陆地部分的郊区杂乱而单调，我上了两个小时后的闹钟，闭上眼睛打算小睡片刻。四杯专为此行灌下肚的浓缩咖啡成了我的败笔，我只觉得写给芙蕾雅的短信在脑海中来回翻腾。她现在该醒了，应该在门缝下找到了字条，她会做何感想？尴尬？后悔？心烦？为我的误解而哑然失笑？她会狡黠、聪慧地笑笑，然后把字条夹在她的旅行指南里，还是会明智地一撕两半？也许我还是应该亲自道个别。一个想法突然闪现在脑海中。

和阿尔比不同，我清楚地知道芙蕾雅今天会出现在哪里。

两个小时后，她也会坐在这趟火车上，望着窗外烈日下的郊外花园、厂房和一座座乏善可陈的写字楼，和我一样，也在缅怀昨夜的第二瓶葡萄酒，而我很容易就能在佛罗伦萨的火车站等到她，手里捧着一束花。我们可以聊上几句，留下电子邮箱地址——"保持联系，做朋友"——还来得及在下午之前赶到锡耶纳。

或者，更疯狂的是，我可以完全放弃计划，想跟她待多久就待多久。我可以把手机从火车窗户扔到外面的湖里，让阿尔比随着命运的小舟爱去哪儿就去哪儿，让我妻子爱干吗就干吗。康妮一直都是那个随心所欲的、富有激情的人吗？这么多年我勤恳工作、踏实做人，难道不应该有权利来一次自私的说走就走吗？

但是活在当下的麻烦就在于，这个"当下"转瞬即逝。长远的计划、责任、义务、没还完的贷款、未完成的承诺，这些都无法靠冲动和心血来潮去实现。我找不见所爱的人了，我的当务之急就是要赶快将精力集中到手中的任务上，救出儿子，让妻子回到我身边。

就这样，我决定忘记芙蕾雅·克里斯滕森，继续我的旅程。

第六部

托斯卡纳

——

理查德突然看见父亲又变成了小伙子，为儿
子制订了各种雄心勃勃的计划。他暗想，
父亲可曾把孩子放在膝盖上跳舞，可曾匆
匆下班回家，只为享受这等天伦之乐；他
可曾感觉到这钻心的保护欲。

这是理查德脑袋里冒出来的最古怪的想法
了，他开始不安起来。

——伊丽莎白·泰勒《善良的人》

127. 三十六分钟游览佛罗伦萨

三十六分钟。我只有三十六分钟的时间观赏意大利文艺复兴的瑰宝，否则我将赶不上去锡耶纳的车。我知道这简直不可能，可同时也将很有趣。这是个机会，可以赶走脑海中的威尼斯，赶走昨晚的一切回忆，于是我跳下火车，将行李寄存在"包裹寄存处"，意大利语叫作"deposito bagagli"，坦率地说，这个词听上去像是随口编出来的一样。我给手机设了闹钟，大步走进弥漫着汽油味的车站广场，穿过俗气的纪念品店和小吃店、可疑的小旅馆、一众药房和外汇兑换店——这年头，提款机都可以直接取现金了，谁还需要外汇兑换店？不管了，街道尽头出现了一抹银色，那是著名的圣母百花大教堂，体量惊人，即使远远观看也极为精致，但我没时间、没时间，已经过去了八分钟，我瞄了一眼手中的游客地图，向右转弯，经过一个个手机店和顶着优美拱门的皮货摊，七拐八绕地来到一个壮观的广场——地图显示这里是"领主广场"——簇拥着一座居高临下的、带射击口的城堡，小孩子会用纸板箱照着搭的那种，再往右手看，是一群巨大的雕塑，活像掀翻的棋盘上的一个个棋子：神像、狮子、巨龙、举着刀剑和敌人首级的战士，浑身赤裸的士兵在战友的怀里隆重地死去，号哭的妇女，一个精神错乱的裸体男人正在用大棒砸死一匹半人马，在这些极端暴力、品位怪异的超现实主义雕塑上方则是米开朗琪罗的大卫像。时间已经过去了十五分钟，我的旅行指南告诉我，这座大卫像不过是仿制品，因此我只是着重看了那双不成比例的手，随即奔赴乌菲齐美术馆。不过是上午十点，门口已是大排长龙，队伍一直延伸到石廊下，人人都在用旅馆派发的旅游图扇着风，而不可思议的是，自由之神和埃及法老的雕像栩栩如生地立于方形雕像底座之上，头顶竟是乔托、多纳泰罗和皮萨诺的大理石雕像。还有十九分钟，眼前出现一个身穿粉色连体服、头戴金色长假发的女人，靠在混凝纸浆做的假蚌壳上，为烦躁的队伍表演节目。在我们的头顶上，富丽堂皇的画廊里则是真正震撼的作品，撩拨得人心痒痒的，提香的名作《乌尔比诺的维纳斯》挂在乌切洛、卡拉瓦乔和达·芬奇的作品旁，还有三幅——三幅啊！——伦勃朗自画像。康妮上学的时候来过乌菲齐美术馆，满怀渴望地说还要再来——她说这里像是一粒小小的宝石，沉静而美丽——老练如我，早定了四天的通票，时间已经过了十九分钟，我突然想到，要是今天下午能顺利见到阿尔比，我们还来得及回来用订好的票参观乌菲齐美术馆！也许我们父子可以先找几个托斯卡纳小山城转转，然后在这儿等着康妮跟我们会合。"他们应该管这儿叫'乌队齐美术馆'！"我打算在走过乌泱泱的队伍时再丢出这个谐音梗，这些不会未雨绸缪、不够精明的游客呀。"你提前预订了——妙极了，爸爸！"阿尔比会这么说。再度面对波提切利的《春》，康妮会拉起我的手。"谢谢你，道格拉斯！"她会这么说，一切周密部署霎时间有了意义。没时间做白日梦了——二十分钟了。我大步朝河边走去，希望能看上一眼老桥，可手机闹钟突然响了起来，我在十四分钟之内必须返回火车站，看了乌菲齐美术馆前的长龙，看了一角圣母百花大教堂、假大卫像、活体维纳斯，应该满足了。二十二分钟之内，佛罗伦萨留给我的印象无异于装在硝制皮包里的波提切利作品的冰箱贴，可是没关系，我们一家子一定会卷土重来。我原路返回，第二十九分钟时，火车站再次映入眼帘。我喘着粗气，睡眠不足，汗出如浆。我决定不再咖啡、酒精轮番上阵，我决定在去锡耶纳的火车上好好歇一歇，我要提前三分钟从容上车，在十点十分的火车上舒舒服服地坐下。我听着报站通知。蒙泰卢波菲奥伦蒂诺、恩波利、卡斯泰尔菲奥伦蒂诺、圣吉米尼亚诺，连地名都是那么优美。我将在十一点三十八分抵达锡耶纳，正是阿尔比起床的时候。我合上眼睛，把座椅尽量向后挪——欧洲大陆的火车就是舒服！——我望着窗外的郊野，眼皮子越来越沉，突然，我一个激灵，我所有的随身物品都落在了新圣母马利亚火车站。

128. 锡耶纳火车

我没有换洗衣服，没有钱，只是口袋里还有零星几张纸币和硬币，共计二十三块八毛欧元。没有护照，没有旅行指南，没有牙刷和剃须刀、平板电脑、手机充电器。手机当然还在身上，但因为昨晚没在自己房间里睡觉，所以只剩了百分之十八的电量。突然间，康妮发来的一大堆短信下雹子似的一股脑儿涌了进来：

你在哪儿？为什么挂我电话？

你的声音不对劲，我很担心你，D，给我打电话。

我没有生气，我是担心。之前是担心鸡蛋仔，现在担心你。

我来找你了。请告诉我你在哪儿，给我报个平安。

请告诉我你现在一切安全。

我打算回复，随即犹豫起来，我也不知道自己算不算平安。

129. 即将溢出的玻璃酒杯

预产期前的几个月，我们的心情忐忑不安，从身体到能力，康妮每一桩事情上都要自己吓唬自己一番。我使出浑身解数，竭力安慰她说这一次肯定诸事顺利。康妮意志坚定，身体健康，能干又勇敢。除了她，谁还能堪当此任？但我们的信心、我们的踌躇满志曾经被狠狠地打过脸，因此我们很小心，几乎到了偏执的地步。维生素、各种油和补药、有机食品、瑜伽冥想，一个也没落下。当然，这些大都属于瞎耽误工夫，因为我们——主要是她——错误地以为上次一定是哪里没做好，但康妮的焦虑有所缓解了，于是我也闭上嘴。无论如何，比起第一次怀孕，这一次还是少了些叽叽喳喳的好心情。好比捏着一只即将溢出的玻璃杯，三十六周了，一滴还没溢出来。小心翼翼，如履薄冰，勉强而脆弱的宁静。当然，还有几分悲伤。

到了大汗淋漓、血浆四溢的分娩日，当然没工夫悲伤，也没工夫宁静了。凌晨两点，第一阵宫缩发动了，这是阿尔比第一次，但不是最后一次这个时刻弄醒我们。"告诉我一切都不会有问题。"我们一步步走进产房的时候，康妮说，她的指甲深深地抠进我的手掌。"当然不会有问题。"我还能怎么说？

但是的确没有任何问题。同样的灾难再来一次未免过于残忍了，没等我们弄明白怎么回事（也许康妮不同意这个说法），阿尔比就顺利降生了。上午九点钟，我已经是儿子的爸爸了。当然，他也漂亮极了，虽然长着紫色的小脸，浑身沾满说不上来名字的黏糊糊的东西，还是极度可爱——他的五官十分鲜明，乌黑的头发跟妈妈的一模一样。那吓人的紫色渐渐褪去，眼睛、鼻子、嘴松弛下来，充满好奇的眼睛也张开了，这时我们有了一个新的词语：英俊。一个英俊的男孩，姐姐有多么美丽，弟弟就有多么英俊。康妮沉沉睡去，而我则整个上午都把他抱在怀里，坐在她床头的聚乙烯椅子上。冬日暖阳照着他的小脸，天哪，我多么爱他。我的父亲可曾也如此把我拥入怀中？父亲那一代人被要求在等待室里看杂志、抽烟斗，待分娩过后的一塌糊涂收拾清爽之后，再把孩子交到他们手中。我还记得从医院把妹妹抱回家时，父亲笨手笨脚地抱着她，显得多么不情愿，香烟一会儿换到左手，一会儿换到右手，恨不得立即把孩子交给别人。想到他自己就是个医生，这更不可思议了。他本该对人体游刃有余，何况这是他的亲骨肉。当时我暗下决心，我以后可不能像他那样。我要在儿子身边保持沉着冷静——老天爷，"我儿子"，我有儿子了——我要和他成为最好的朋友。

我们千般小心地把他带回家，从头到脚都包上棉布。当年来慰问同情的朋友们此番又来庆祝，我们接受了卡片、礼品和大家的祝贺，还有其中夹杂的得体的哀悼。夜里，我们听着他的啼哭，疲劳又安心。康妮的母亲搬来同住，帮忙带孩子，我妹妹也常来看我们，她好像越活越小了，跟孩子咿咿呀呀、咯咯傻笑，织些难看的小毛衫，我则是服从安排，让壶里的水随时保持沸腾，收拾打扫，采买东西，又开始扮演无所不能的管家角色。我们轮流起夜，任由阿尔比的号哭声钻进耳朵。我给自己下了命令：积极、热情、有爱、细心；眼里有活儿，保证母子两人不受到任何伤害。我下定了更多决心。

130. 护理职业

阿尔比一天比一天壮实，于是我们不超速地开车前往父亲在母亲去世后搬进的小公寓，等他住进来后，这地方会很温馨，但眼下这里还是黑乎乎的，满目凄凉，一股烟灰味，冰箱里空空如也。箱子都还没开封，画也未及张挂，这地方只能说是旧时光的储藏室，而非开启新生活的家。父亲提前退休，不再从医，将大把时光花在阅读惊悚小说上，或一下午一下午地看黑白老电影，靠速溶咖啡、香烟、偶尔吃几碟儿童食品胡乱果腹——炒鸡蛋、烤豆子、速食汤。父亲是全科医生，他一向善于说教，而非以身作则。

过去的他也不是特别精力旺盛，但我们一打开门就发现他的独居生活说不上欣欣向荣。他的牙齿上有一层垢，皮肤苍白，脸没刮干净，三五根细铁丝似的胡须从他的脸颊、耳朵和鼻子尖上零零星星地冒出来。有生以来，我第一次发觉父亲比自己矮小。当然，他对孙子还是笑容满面，软语温存，他一一点评着阿尔比的指甲，眼睛是大还是小，头发是多还是少。"他长得很像你，康妮，感谢老天！"他哈哈大笑，却并不畅快。他搂着孙子，仿佛在掂量他的体重，随即又递还给我们，重又变得小心翼翼、窘迫不安。

但他也从不是天生照顾人的好材料。身为医生，他将最严重的疾病看作疏忽大意的表现，我认为他靠恐吓使大部分病人重新恢复健康。我还记得，有一次去安格尔西岛度假时，我的小腿剐到了一片波纹钢，我低头一看，血还未涌出的瞬间，一片皮肤正白花花地吊在腿上，活像一张蜡纸。我还记得父亲看到此情此景，叹了口气，仿佛我把家里的汽车蹭掉了漆，至于我是不是受了伤则全然没放在心上。他不情不愿地表示同情，给病人开抗生素处方时也是这副态度。

我倒没觉得不平。父亲还是我记忆中的父亲：谨守职业道德，医术精湛，信心十足，不苟言笑，忠心耿耿地恪守养活家庭的义务。父亲们总有那么一把最钟爱的扶手椅，他们像星际飞船的舰长似的盘踞在上面，心安理得地发号施令，让家人给他们端茶送水，高声地议论新闻，藐视一切反驳。父亲们控制着电视机、电话和室内温度，他们决定何时吃饭、何时睡觉、如何度假。康妮一家生长在无政府状态的社会主义共和国，他们总是大呼小叫，大到音乐、政治和性，小到消化不良，都值得大吵特吵，但我和父亲之间从未有过一般人所知的那种密谈，至于我是否想这么谈上一谈，我也无十分的把握。父亲教我使用计算尺，如何给自行车换内胎，但他宁可起身去跳踢踏舞，也不愿意给我一个拥抱。

我们陪了父亲一下午，时光漫长，处处不得劲儿。在这个刚刚建立起来的新家，我是多么神气活现。我想说，看看，我找到这么一个绝妙的女人，或者说是她找到了我。我们一起经历风雨，经历狂风暴雨，但我们重又牵起手来，坐在你的沙发上，你的面前。看看我抱着儿子的样子，多么自信而气定神闲地给他换尿布！无意冒犯，我对你感恩戴德，可我跟你不一样。

哦，新手父母真是神气活现，扬扬得意！看看我们多棒！这才是标准做法！我敢肯定，我父母也对他们的父母进行过一模一样的说教，太阳底下无新事嘛。我敢肯定，阿尔比迟早要跟我们算算总账，揪出我们——主要是我——出错的地方说教一番。然而，也许这种一代总比一代强的看法根本是一种幻觉。若非如此，育儿的智慧岂不是会像计算机芯片的处理能力一样逐渐进化，代代更新，我们现在岂不是已经生活在开放和理解的乌托邦里？

"哎，我们得走了。"那天晚上，我们推辞了在客房过夜的邀请，对父亲说。客房里堆满纸板箱，头顶上只孤零零地悬着一只灯泡。"我给你们打开暖气。"他又甩出一个鱼饵。"不用了，开车回去也需要很长时间。"但我们都知道根本不长。他似乎松了口气，在我们出门前又打开了电视新闻，但也许这只是我为了给自己宽心而想象出来的。再见了父亲！再见！阿尔比，给爷爷挥挥手！再见，我们不久再来！

六个礼拜后，父亲去世了。我当然不相信人有来世，至少没有报纸漫画里那种来世，然而如果他在天上俯瞰着锡耶纳的火车，说不定他要趁机说出心爱的金句：看见没！看见没！现在傻眼了！

131. 酒石酸

我的心情宕入低处。

不光是因为丢了行李——毕竟这些东西都好好的，随时可以取回——更是因为越来越强的无力感。我有一段时间没跟康妮说过话了，我多想听到她说几句话，又生怕自己词不达意。我确信锡耶纳必定会发生一个转折，有好消息的时候，我一定会跟她通上话。可要是没有好消息，让我们情何以堪？

车到恩波利，餐桌上坐上个穿条纹背心的小男孩，约莫三岁，他的祖父母领着他，两人都是肥胖而快活，脸上洋溢着自豪的笑容，他们望着孙子把一小包糖果全摆出来——十二个加了人工色素的果冻，四个红的，八个蓝的，表面洒了酒石酸，含在舌头里会嗞嗞地响。他把那糖数了又数。横着排一遍，竖着又排一遍，四乘以三，二乘以六，那孩子乐不可支地玩着。人类天生喜爱游戏，然而当我们将它命名为数学后，游戏就再也不好玩了。他先舔舔指尖，再沾上糖的甜味，隆重地表演选择哪个糖果先吃。我公然望着他，在今天这个时代，也许不该这么堂而皇之地看。他意识到自己在表演，于是，最后决定拿一个红色的糖果塞进嘴巴，并因酒石酸的刺激噘起了嘴唇，我笑了起来，我们两人一道笑了起来，他的祖父母也一齐点头，微笑起来。

他用咿咿呀呀的意大利语对我说了什么。“营（英）鱼（语），”我说，“不会意大利鱼（语）。”他点点头，似乎此话相当在理，然后胳膊伸得直直的，递给我一颗蓝色的糖果，那姿势如此慷慨、如此熟悉，天哪，我立即想到了阿尔比。阿尔比以前跟这一模一样。

132.“录像”按钮

阿尔比小时候真是人见人爱，整天搞些无伤大雅的小古怪，活像漫画里走出来的小孩子。当然，也有难带的时候，尤其是前几个月。喉炎！阿尔比也得过这种老天爷专门发明出来吓唬小孩子爹妈的病。风波接踵而来，一个比一个吓人，神秘的红疹、莫名的眼泪，我们俩睡眠不足，整天踩钢丝似的紧绷着神经。但我们幸福地承受了这一切，只有偶尔沉不住气，因为这类生活的波折毕竟是我们渴望已久的。我怀着半是不舍、半是谢天谢地的心情回去上班，下班后分担洗澡和喂饭的任务，一天天、一周周、一月月就这样悄然流逝。

想必就在这段时间，阿尔比形成了最初的记忆。反正我希望如此，哪有几个孩子像阿尔比这样享受着千般宠爱、万般呵护，哪有几个父母能将大事小事——大多数事——料理得这样妥帖？令人不安的是，我们没法控制儿童的记忆。我知道我的父母已经倾其所有、竭尽全力了，带我在稍有点儿阳光的日子里野餐，给我买了小游泳池，可我的记忆中只有广告歌曲、暖气上的湿袜子、空洞的电视主题曲和有关浪费食物的争吵。到了我儿子这儿，有些时刻是我认为应该"永久铭记"的——阿尔比在夏日草坪的高草丛间跌跌撞撞的样子，一家三口窝在床上享受冬日的周末或在厨房里跟着脑残音乐跳舞——多想有什么办法按下"录像"键，因为多数时候我们三个人是多么其乐融融啊，我们有了一个完整的家。

133. 无条件的爱有科学依据吗？

一天晚上，我们一家三口正在泡澡，这是我们家晚间的固定节目。阿尔比躺在妈妈的两腿间，脑袋枕在她的肚子上，此时我突发奇想，虽然人类常觊觎别人的生活、别人的事业、别人的配偶（我倒不觊觎别人的配偶，可我时常察觉其他人觊觎我的），却罕有人情愿跟别人调换子女——至少我没听说过，简直有违人伦。人人都觉得自己的孩子万分可爱，可并不是所有的孩子都可爱，那为什么父母偏偏认识不到这一点呢？这种一对一的、斩不断的情感纽带是否有科学依据？和神经学、社会学有关，还是和遗传学有关？我提出，或许我们的构造天生让我们比其他人更爱自己的孩子，这是一种有利于物种存续繁衍的生存机制。

康妮不爱听："你是说，你对孩子的爱并不是爱，只是自然规律？"

"完全不是这个意思。恰恰因为符合自然规律的爱，才是真正的爱！爱不爱朋友、爱人甚至兄弟姐妹取决于他们的所作所为，可到了孩子这儿，他们的所作所为与你的爱无关。他们可以胡作非为，却不影响你爱他们。有些孩子就是浑球儿，可父母的爱并不少一丁点儿，不是吗？"

"没错，父母会管教孩子，让他们不当浑球儿。"

"区别恰恰就在这里——即便教不会，即便孩子永远是浑球儿，父母也还爱他们，还是会情愿为他们牺牲生命。"

"阿尔比不是浑球儿。"

"不是，他好可爱。可所有人都觉得自己的孩子可爱，就算他们一点儿都不可爱。"

"他们不该这么想？"

"他们当然应该这么想！这就是所谓的'无条件的爱'。"

"这么说，你认为无条件的爱是坏事吗？"

"没有——"

"要不就是一种幻觉，一种'本能行为'。"

"不是，我只是……在自言自语。"我们俩有好一阵子没说话。洗澡水越来越凉，可是谁也不甘心就此离开浴缸。

"在阿尔比面前说这些，多么愚蠢！"

"他才十八个月大！他还听不懂。"我笑着说。

"你知道就好。"

"我只是自言自语罢了。"

"著名的儿童心理学家。"她突然起身，抱着阿尔比离开浴缸。

"我只是自言自语！只是一种理论。"

"我不需要听理论，道格拉斯。"她用浴巾裹紧婴儿，扬长而去。我妻子十分善于撤退时丢几句让你回味无穷的台词。我在浴缸里又独自躺了一会儿，感受着洗澡水一点点儿变凉。我想，她只是累了，没什么大不了的，转眼间谁都不会记得方才那场辩论，除了我。

至少我假定她已经不记得了。

134. 乐高事件

然而，康妮从一开始就比我更擅长育儿，这一点无可争议。她远比我能干、比我态度好、比我有耐心，她从不觉得那无聊的旧游乐场枯燥，从不会生出伸手拿张报纸的念头，永远情绪高涨地看着孩子第二十次、第二十一次、第二十二次滑下滑梯。世界上还有什么比推秋千更无聊的工作吗？可她似乎从来不会厌烦——最多偶尔厌烦——连着几个小时、几天、几个礼拜，阿尔比要吃要喝、要你关注，无理取闹地流下眼泪，身后的碎颜料、胡萝卜泥永远是一片狼藉。阿尔比吐了，弄脏了新沙发，她也从不心疼、生气；阿尔比尿了，弄脏了木地板的缝隙，到现在都弄不掉，想必已与地板分子融为一体。再大些，阿尔比对妈妈的一往情深更是变本加厉，无法无天。开始的几年里，大事小事无不如此，说都不必说。做父亲的感到焦虑，可是再殷勤的父亲也没法提供母乳喂养，父子情深那只能是后话了，等到能做化学实验、模型飞机，能带他露营、教他开车的时候再说吧。他会在打羽毛球时狠狠赢我一把，到时候我再反过来教他用柠檬制作电池。眼下父亲们只能是无计可施，眼巴巴地数着日子，等着感情培养起来的那一天。

可是，随着时间的推移，我越来越觉得自己有种惹他讨厌的天赋。阿尔比在我怀里扭动、翻滚的时候，我只会傻乎乎地站着，等着康妮来解救我。要是没有她，我们父子俩都岌岌可危。从几个月大的婴儿到蹒跚学步的幼儿，这个过程里总得来几次有惊无险，可也正是因为康妮不在身边，阿尔比才不得不连滚带爬，磕磕绊绊，脸上东一道疤痕、西一个坑洼，到今天康妮仍然不时指出来向我问责。看，这里是磕在咖啡桌上那次留下的，那里是从树上摔下来弄的，那里是因为吊扇。只要康妮回家，孩子的小胳膊永远、永远会伸向母亲，因为他知道，那里百分之百是安全的。

无论我有多少良好的动机，最终都会变成一颗颗射向自己的子弹，就连我充满爱意的昵称也黯然收场。康妮想了"鸡蛋仔"这个名字，因为阿尔比与"蛋白"谐音，"鸡蛋仔"又比"蛋白"可爱，似乎是一个十全十美的好名字。看他挂在妈妈腰上的样子，活像一只大猿猴，我忍不住说不如叫"猴子"，可惜无人响应，于是我坚持了一两个礼拜之后，只得忍痛割爱。再后来出了"乐高事件"，此事已经载入皮特森家族传记，成为一个永久的传说，寓意是……我也不知道故事的寓意是什么，毕竟在我看来，我的行为一向是完全合乎理性的。不消说，我是玩着乐高长大的，我那个年代的乐高比今天更严肃、更益智，但对于我，不如说是一种恶趣味：两片相连时多么令人安心的"咔嚓"声，那严丝合缝的对称，死板而整洁的横格。数学、工程学、设计学——表面上是游戏，其中却蕴含着这么多科学原理。我盼呀盼，盼着有一天阿尔比能和我肩膀挨着肩膀坐在茶几前，揭开玻璃纸袋子，打开说明书的第一页——动手开工！

可是，阿尔比偏偏没有这个才能。他似乎连最简单的命令也跟不上，相反，却十分乐于把各种五颜六色的组件随机混成一堆，放在嘴里，把它们嚼到不能用。他太喜欢用橡皮泥把它们粘在一起扔在暖气后面，或者朝墙上扔。要是我替他组装——比如一座警察局或一艘复杂的宇宙飞船——他能在几分钟之内把它们全拆毁，做成一些说不上来是什么，也说不上来像什么的东西，再一股脑儿掼到沙发后面。一套又一套乐高就这么废了，好端端的益智玩具碎成了渣，葬送在吸尘器的血盆大口里。

一天晚上，我实在按捺不住心中的念头——我要给儿子做个玩不坏、摔不烂的玩具。等到他和康妮上了床，我给自己倒了一大杯威士忌，调了些爱牢达工业胶，盛在果酱罐的盖子上，摊开安装说明，细心地粘好了一艘海盗船、一座巨兽城堡和一辆救护车。现在，一盒昂贵的乐高碎片摇身一变，成了三个精致牢固的玩具。睡觉前，我把它们摆在料理台上，踌躇满志。

第二天早晨，我在阿尔比的痛哭流涕声中醒来，看来事情不尽如人意，这小小罪行竟惹得他如此大怒。我对阿尔比说，可是你看它们不会坏了！它们砸不烂了！但康妮说，阿尔比根本不想要砸不烂的玩具，她安慰着眼泪汪汪的阿尔比说，他就是想要砸烂，不砸烂就不好玩了！砸烂才是创造力的表现，正如艺术家们所说的，不破不立。可我不理睬，径直去了实验室，郁闷灰心之至，现在我们谁也不觉得乐高有什么好玩了。那些看了就讨厌的组件被塞进一个高高的壁橱，乐高风波在多年以后成了一桩饭桌上的笑料，为了说明……究竟为了说明什么呢？我想，这件事说明我这个人缺乏想象力、缺乏创造力，无趣。哦，是的，他们记得我很无趣。

不管怎么说，这件轶事至少能逗得大家开怀大笑，当父亲的就得学会厚起脸皮，任人取笑。至于我自己的父亲，没人有胆量取笑他，因此我想这也能算"一代更比一代强"吧。

135. 锡耶纳

锡耶纳火车上的小男孩发现我看得挺入迷，火车到站时，我们俩已经成了密友，彼此点头致意，你对我点点头，我再对你点点头。他请我吃糖，我感激不尽，不客气地狼吞虎咽，吃了个精光，毕竟下一顿饭谁知道会着落在何处？可叹火车终有到站的一刻。再会了！再会了！对那和蔼的疯男人说再会吧。我拨了拨小男孩黏糊糊的手指，一狠心，踏入托斯卡纳正午毫不留情的热浪之中。

开往老城区的巴士拥挤不堪，置身于满坑满谷的背包和行李箱之中，我不禁有些得意。我轻装简行，任意驰骋，仿佛刚逃离了疯人院。巴士穿过一座中世纪大门，开始爬坡，行李箱在我身后"哗啦啦"地彼此碰撞，我则轻松前行，又过了一道门，眼前一花，一座巨大的广场赫然出现，广场呈扇形，以巨大的哥特式官殿为起点，九根细长的楔形从此处伸展开来，宛若孔雀开屏，又像一罐三角形苏格兰黄油酥饼，全部笼罩在一片红陶土色之中。这情景相当震撼，却又相当令人振奋。锡耶纳是一座城墙围绕的小城，挤挤挨挨，与世隔绝，如果说威尼斯是一座迷宫，那么这里可以算作一只鞋盒。田野广场的底部有一个十分显眼的焦点，令人不由自主地走上前去。凯特猫和阿尔比就像放大镜下的蚂蚁，想要避开我的视线是不可能的。我拿出十分的把握、一百分的机警，在斜坡中间的人字砖上择地而坐，压低棒球帽盖住眼睛，眨眼工夫就睡着了。

136. 重逢

醒来时，已经过了三点钟，我忍不住破口大骂，引得游客们侧目而视。我怎么这么傻！我挣扎起身，差点儿站不稳。筋疲力尽之中，我的脑袋歪向一侧，右脸和右脖子上又感觉紧绷绷的，看来晒伤不可避免了。我踉跄了几步，又坐回到滚烫的砖头上。三个小时！我几乎可以肯定，他们一定在这期间从我眼前走过去了。我的脑海中活灵活现地闪出阿尔比从我身上跨过去，而我如同醉鬼一般瘫软。我的嘴巴发干，汗珠从衣服上滴答而下——我在地上留下了一块潮印，砖块吸走了我体内残余的水分——我的头突突地跳，一定是中暑了。我……我必须喝水。我试着站起来，用脚尖支撑着休息了片刻，随即沿着被阳光烘烤着的红陶碗的一侧踽踽而上，如同阿拉伯的劳伦斯在攀登沙丘。

在广场边上的小亭子里，我付了一笔巨款才买到两瓶水，一气喝干一瓶，又灌下半瓶，然后站到装有镜子的墙跟前，看看自己的模样。一道垂直线将我的脸和脖子分成猩红色的左边和白花花的右边，棒球帽的阴影则在我的额头上划出了一条赤道线。阳光在我的脸上油印出类似丹麦国旗似的图案。我摸了摸皮肤——软乎乎的，也就是说，大事不好——我哈哈大笑，那种紧跟着就是哇哇大哭的笑——随后毅然踏入酷暑之中。

我觉得头晕、恶心、思维混乱。回到那坩埚似的广场上简直难以想象，可眼下也没有酒店房间给我躺下休息，毕竟我的口袋里只有十二欧元，甚至不够回到佛罗伦萨，去取回我那已经产生了滞纳金的钱包和护照。相反，我在人群中步履蹒跚，手里攥着一瓶水，头晕眼花，精神紊乱，活像死死抱住最后一线阴影的吸血鬼。我的脑海中充斥着混乱的想法，这时，街道突然左右一分，眼前出现一座庭院，大教堂正面赏心悦目的糖果花纹一路蜿蜒向上，矗立在眼前。钟楼突然传来叮叮当当的钟声，千万双眼睛刹那间望向天空，随即我听到一个比钟声更响亮的声音，那是凯特·吉尔格尔用手风琴演奏《避开》的美妙乐音。

我等到最后几个音符走完，这才走上前去，伸出双臂搂住她。"凯特·吉尔格尔！"我张开干枯皲裂的嘴唇说，"看见你真是太高兴了！"

"天哪，皮特森先生，"她后退了半步，"你的样子太糟糕了。"

是的，认为团圆重逢应该热泪盈眶的只有我，可我仍然觉得，要是警察没有介入此事，那该有多好。

137. 我那贴心的小孩子

我讨厌乱用"残忍"这种词。这些词全是歪曲，要不就是这些词反应过激，我也反应过激。要是我的脑子更清醒些，我可能会换一种处理方式，然而……

"猫子，你根本不知道我经历了什么。"

我见到她时毫无疑问是开心的，比她见到我开心得多，因为她很快开始弹奏下一首曲子，一首赞美诗般的《我甜美的爱人》。这首歌十分不好唱，因此我耐心地等到乐器部分开始，才说：

"猫子，我得见见阿尔比。他跟你在一起吗？"

"现在没法说话，皮先生——"

"是不能说，但我需要知道，阿尔比现在还好吗？要不过一会儿？"

"现在没法说话，皮先生——"

"哦，没问题，没问题。抱歉，你在独奏呢，可是我能不能知道在哪儿——"

"他不在这儿。"

"在附近吗？是吧？是吧？"她开始演唱第二段，我似乎应该在她的高帽子里扔上几枚硬币才像话。"要是你给我指个方向？"我扔了个五欧元，又扔了十欧元，我身上一块钱也没有了。我开始在口袋里翻找更多的硬币。"猫子，我不打扰你了，但是我跑了好远好远的路，我……"

一曲唱毕，但她立即又开始唱《暴风雨中的骑士》，这首歌一出来，就再也别想结束了。

"猫子，我是在付钱让你别唱了！"我边喊边把手放在手风琴的风箱上，如今回想起来，我的确是过分了。当然，猫子的反应十分猛烈，歌曲不唱了，一根手指戳到我的脸上。

"不要碰，皮先生！如果你儿子躲着你，那不关你的事——"

"是不关我的事——"

"那种生活在暴君父亲的压制下的生活，我再熟悉不过了——"

"压制？我没有压制。"

"……即便你儿子根本不讨我的喜欢，我也不会背叛他。永远不！"

"不讨你的喜欢……怎么，你们吵架了？"

"这么说也行。"

"你们……你们分开了？"

"是的，我们分手了！稍微收一收你的幸灾乐祸，皮先生！"

"什么时候分开的？"

"如果你非要问，昨天晚上分开的。"

"那他现在在哪儿？他去哪儿了？猫子，请你告诉我……"说到这儿，我把手放在她的胳膊上，这下又犯了个大错。

"别碰我！"她大吼起来，我开始觉察到方才很爱听《我甜美的爱人》的一小群人对我表现出敌意。"我说了，阿尔比做什么与你无关……哦，天哪。"她看看我身后，"又来了。"

看来，我们的讨论引来了两个警察，膀阔腰圆，明目英俊，穿着蓝灰色的短袖衬衫，朝我们径直走过来。猫子跪下来，慌忙把东西塞进破洞牛仔裤紧绷绷的口袋里。

"别慌，我跟他们说。"

"他们不是冲着你来的，他们是冲着我来的。"

警察果然径直走到猫子跟前，一左一右地夹住她，急吼吼地快速说着什么。现在我们身边围了一圈人，我听到有人提了"许可""地方性法规"什么的，凯特的语气又疲惫又无礼——我认为对武装警察讲话，这绝对是最错误的语气。"是的，我知道，我需要许可……不，我没有许可，你本来就知道……好吧，没问题，你说得够明白了，我收拾东西马上走……"她把手风琴像个婴儿似的绑在胸前，试图低下头溜走，然而两个警察之中更胖的那个——宽肩膀、大头鱼似的那个——用一只手放在她的肩膀上，伸手去掏记事本。"你们不让我挣钱，我怎么付罚款——不，我不会把钱都交给你！不！你们吃饱了撑的，浑蛋！把你的手拿开！"人群左右分开，警察押着猫子走向警车，打算把她带走，同样即将被带走的，还有阿尔比的一切线索。

"别！"我说，"别，别，别，别，你们不能这么干！"我慌忙跟在后面。

我希望自己能说，促使我插手此事的原因是勇气而非自私，可猫子是我最后的希望，是我与阿尔比唯一的联系，我挤到两个警察中间，手搭在其中一条胳膊上——我觉得这不算袭警，而是讨好。在旁观者眼中，这可能与群殴无异，说我不冷静倒也没错。"别管闲事，皮先生！"猫子回头喊道，可我已经没法袖手旁观了。"没必要去警察局！"我喊道，"你们小题大做了！没必要去警察局！你们小题大做了！"我拉着胖警察的小臂，还顺便发现这警察跟很多秃头男人一样，有着极为多毛的手臂，还戴着表盘上有四个小指针的精美手表，我暗想，有点儿像水肺潜水运动员戴的。胡思乱想之间，那警察扭过我的身子，掏出一根塑料绑带——我在家整理电视机后面的电线时用的就是这种塑料绑带——绕在我的手腕上收紧，我想，莫非这警察会在周末去潜水？

138. 囚鸟

小时候，我时常幻想自己在监狱里会有何种遭遇。成年后，这种担忧仍然如影随形，我渐渐得出结论：遭遇不会太美好。当然，这种事也不大可能发生。诚然，我最近在慕尼黑机场的报刊亭偷拿了一包薄荷软糖，但这显然超出了意大利司法体系的管辖权，再说，证据早就湮灭了。因此，当我在锡耶纳警察局的办公桌旁坐下时，态度相当心安理得。话说回来，我又犯了什么罪呢？

然而，我似乎导致了一场骚乱。这个神秘男人是谁？哪门子游客会没有护照、没有驾照、没有钱包、没有现金钥匙和旅馆预订？无法确认身份的我，似乎可以与走投无路的人归为一类，倒是分毫不差，然而并不是他们以为的那种情形。我解释说，如果我能借点钱，回到佛罗伦萨，那么一切自然真相大白，我乐意缴纳任何罚金，包括我自己的和猫子的，可他们似乎都不愿意提供差旅费，也不准我离开警察局。猫子和我的关系已经清楚了。猫子做何感想，我不用想也知道。

警局接待员渐渐失去了兴趣，领我来到等候室找了把椅子，然后弃之不顾。猫子似乎在接待台后面的某处办公室，对我的惩罚似乎就是要等着她，几小时几小时地等着她，坐着硬邦邦的塑料椅，眼巴巴地看着成群结队的游客——晒得很黑并且持有护照，一看就是正经游客——前来报失行李、钱包、照相机，以便领取保险金。当然，我得等着——不然又如何？至少我不用晒太阳了。

但是，黄昏时分，我终于可以重见我的"女朋友"了，他们命令她也坐下等着。起初，猫子很不乐意搭理我，但最后还是说：

"旅游鞋不错，皮先生。"

"谢谢你。"

"你的脸怎么弄的？"

"嗯？哦，这个嘛……我晒着太阳睡着了。"

"看着很痛。"

"是很痛、很痛。"

"你有没有告诉他我在自助早餐偷过可颂？"

我手心向上，向两侧伸出："嘿，我可不是贼。"我很有戏剧天赋。

她微微一笑："你不应该把自己卷到这种地方来。"

"他们有点儿小题大做了，我觉得。"

"这是我的职业风险。我得弄张许可证，但那么多繁文缛节，简直是噩梦。还有，这儿的人认识我，我算是惯犯了……"

"我怕他们把你带走。"

"你真是见义勇为。"

"我自己也是这么觉得。"

"你可别误会，皮先生，不过你身上的气味不大对。"

"是的，我自己知道。我要是你，也得离远点儿。"

她笑了，搬了把椅子，离我近了些。"我还是不能告诉你他在哪儿。"

"可是你至少能告诉我，他还好吗？"

"什么叫'好'？你那个阿尔比，他可是个惹祸精。"

"是的，这很清楚了。"

"他相当……阴暗。"

"这我知道——"

"非常愤怒，非常、非常愤怒。他有很多问题，非常多。我是说，与你有关。他说了很多你的事。"

"是吗？"

"不太好的事。"

"所以……所以我来这儿了。我想挽救局面。猫子，那场闹剧……当时你也在。"

"你很冷漠，皮先生，真的很冷漠。"

"我意识到了，所以我需要见见他。"

"没那么容易，事情的根源还要早很多。"

"肯定是这样。"

她朝我眯缝着眼睛："你真的把他的乐高全粘起来了？"

"粘了一部分。没有全粘起来，就一部分。"

"你说他很蠢？"

"老天爷，没有！他这么对你说的？没有的事。"

"他说他让你失望了。"

"也是没有的事——"

"他觉得你对他很失望——"

"绝对没有的事！"

"他说你和皮太太可能要分开。"

这件事我无法否认。

"这个……这倒有可能，还……还没决定。他妈妈对他说的？"

"他说，不用别人告诉他，你们俩多年以来都不合。但是，是的，是皮太太告诉他的。"

我感到胸口仿佛被揪住了："说我们正在分开，还是可能要分开？"

"可能要分开。"

"很好，很好——"

"但是阿尔比觉得，你们会分开。"

"哦。"

良久，我挤出一句："感情的事从来不容易。"

这句话最多也只能算陈词滥调，然而猫子却仿佛听到了什么真知灼见一般。"绝对如此！"她哭起来，我不由得搂住她的肩膀，坐在桌边的警员同情地看着我们俩，"我真的很爱他，皮先生。"

"我很遗憾，猫子——"

"可是我们没完没了地吵架。"她抽抽鼻子，笑起来，"他是个情绪不稳定的小东西，是吧？"

"有时候是。你们为什么吵？"

"什么都能吵！政治、性——"

"好——吧——"

"星座！我们甚至会为了星座吵架！"

"他到底说了什么？"

"有一次他真的气炸了——他说，星座影响性格纯属胡说八道，相信星座的人都是蠢……"

"太遗憾了。"我的内心十分骄傲，好样的，儿子。

"他说，我对他来说年纪太大。看在老天的分儿上，我才二十六岁！他说我让他窒息，他想独处一段时间。"

她的头枕到了我的肩膀上，我搂着她安慰了一会儿，随即发动进攻："也许，猫子，也许我跟他谈谈，帮你们调解调解？"

"有什么意义呢，皮先生？有什么意义呢？"

"但是，告诉我是哪个旅馆，可以吗？"

"他没有住旅馆。"

"青年旅社也行。"

"他也没住青年旅社。"

"那他在哪里，猫子？"

猫子抽抽鼻子，清清嗓子。她还在流鼻涕，接着做了一个我认为很不寻常的动作——她把鼻涕擦在了我赤裸的胳膊上，头上的电灯照在一串眼泪和鼻涕上，发出粼粼的银光。

"西班牙。"

"西班牙？"

"马德里。"

"阿尔比在马德里？"

"他说看够了教堂，想看看《格尔尼卡》。有趟廉价航班，他现在应该早就走了。"

"他在马德里什么地方，猫子？"

"我完全不知道。"

阿尔比失踪了。我想，事情不对，也不应该如此。因为，如果你献出了一切，你就一定会成功，想不成功都不行！

然而，眼下似乎并非如此。此时此刻，我意识到我不仅失去了儿子，也许还失去了妻子，接下来，我彻底崩溃，轮到猫子来安慰我了。

139. 牢房

我在牢里过了一夜，不过情形并不坏。

也许与我的崩溃有关，但是在几个小时的无所作为之后，警员们突然行动了起来。我被带离猫子，来到后面的一个房间，警员们让我冷静冷静，然后他们演了一出复杂的哑剧，向我说明决定对我免于正式处罚。但是我能去哪儿呢？时间已近午夜，我没有护照，没有钱。一位前台警员带我来到一间牢房，以一位旅馆经理略带歉意的语气对我说，实在没有别的房间了。房间很小，没有窗，一股柠檬消毒剂的气味，竟然还有一只触感清凉的蓝色乙烯床垫，实在令人感动。不锈钢马桶没有座圈，距离床铺也超过了理想距离。我还注意到了枕头，监狱的枕头跟普通枕头不同，但是，也许我用T

恓包住枕头，忍着不上厕所，应该没问题。毕竟，我还为远不如这样的房间付过一百四十欧元呢。再说，不睡在这里就得露宿锡耶纳的街头，那也没什么趣味。因此，我坦然接受这个折中方案，唯一的条件是，牢门不要锁，要微微打开。

"Porta aperta, sì?" [1]

"Sì, porta aperta." [2]

随即，只剩我一个人了。

一旦想通了，失败也有巨大的好处，人至少可以歇下来了。抱着希望，我已经好久没睡觉，眼下我心灰意冷，不再奢望大团圆，终于睡上了一觉，一夜无梦好眠。

140. 清单

一天晚上，我躺在床上对康妮说："我觉得儿子不怎么像我。"

"别傻了，道格拉斯。干吗说这种话？"

"不知道。你离开房间时他哭成那副样子。哦，还有，他亲口对我说过。"

她笑了，凑到我身边："这段时间叫妈妈阶段。所有的男孩都有这个阶段，女孩也一样。过几年你就是他的偶像了，走着瞧吧。"我便开始等着成为阿尔比的偶像。

他开始上学了，我觉得他在学校应该挺开心的，虽然我下班回家时，他总是已经上床了。要是他睡着了，我会去看看他，亲

1　意大利语：打开门，是吗？

2　意大利语：是的，打开门。

亲他的脑门。我喜欢他身上的气味，刚刚洗过澡，一股梨子肥皂和草莓牙膏的气息。要是他醒着，我会问：

"今晚想不想让我给你读故事？"

"不想，我想让妈妈读。"

"真的吗？我很愿意给你读——"

"妈妈！妈妈！"

"好吧，我去叫妈妈，"我说着关上门，"你知道头发没干不要睡觉，阿尔比，你会感冒的。"科学界对这个说法最多也只是半信半疑，可我还是要这么说。放假的时候，我仍然控制不住，而且愈演愈烈，要告诉他吃完饭不要马上去游泳，防止腹部绞痛。皮肤浸一浸水，怎么就突然会痉挛呢？干吗要痉挛？不管他，反正就是清单上的那种阶段。

清单是我儿童和少年时代编的，上面列出了一串串我发誓自己当了父母后绝不会说的陈词滥调。孩子们都有这个清单，各有各的不同，但是毫无疑问重合度相当高。"别碰，脏！""去写感谢卡，否则不给你买礼物了！""你怎么敢浪费食物，有人还饿着肚子呢！"阿尔比的整个童年都翻滚着这些话。"不许再吃饼干了，吃不下饭了！""把房间收拾干净！""几点了还不睡觉！别再往楼下跑，是的，你就是必须把灯都关上！""你到底害怕什么！不准哭！简直长不大。我告诉过你，不准哭。不——准——哭！"

141. 洗漱对谈

"能问个问题吗？"

"说。"

"在公司，据你所知，有多少人不会系鞋带？"

"没人不会。"

"那据你所知，有多少人不会用刀叉，或者完全不吃蔬菜？"

"康妮——"

"或者在餐桌上说屎尿屁，或者用完软头笔不盖盖子，或者怕黑？"

"我明白你想说什么了，不过——"

"那我们能不能这么说，阿尔比早晚会学会这些，而你花了那么多时间指责他，你的时间全用来指责他，是不是白白浪费了？"

"你的观点并不成立。"

"为什么？"

"因为我不是在教他系鞋带，让他吃花椰菜，或者好好说话。我是在教他做事得体，我在教他专心、坚持、自律。"

"自律！"

"我在教他，这一辈子并不全是舒舒服服、开开心心。"

"没错，"康妮叹了口气，摇摇头，"你教得没错。"

我是不是太专横了？当然比不上我自己的父亲，但从来不是无缘无故的专横。康妮那种母亲总觉得，无礼、放肆和叛逆的行为只要不出格——在墙壁上画粉笔画、把不想吃的花椰菜藏在鞋子里——大人尽可以宠溺地点点头，眨眨眼，揉揉头。我跟她不同，我的天性不会这样，后天的家教也不允许我这样，我也并不认为孩子可以无缘无故地得到赞美，也不觉得应该把"我爱你"挂在嘴边，毫无节制、不分场合地乱说，在该说"晚安""干得不错"和"一会儿见"的时候用"我爱你"代替，跟清嗓子一样毫无意义。我很爱我的儿子，我当然爱他，可在他想烧东西的时候，在他拒绝做数学作业的时候，在他把苹果汁打翻在我的笔记本电脑上的时候，在他因为我关掉电视而号啕大哭的时候，我不能说这句话。总有一天他会感谢我，如果说有时候我做得有些过分，如果说有时候我忍不住在应该挤出微笑的时候大发雷霆，那都是因为我非常、非常累。

142. 机会

那时候我每天通勤，天还没亮就得吃完早饭，在帕丁顿车站打仗似的挤开下车的人潮，来到雷丁城外的实验室上班，我的职位是项目经理。我下了地铁上火车，下了火车再上火车，再下火车之后步行；晚上再来一遍，方向相反。我总是筋疲力尽，心绪不佳，可要怪也只能怪我自己。

我告别了学术圈。阿尔比上学后没多久，商业界向我抛出了橄榄枝，这是一家声名如雷贯耳的跨国公司，想必各位在新闻或纪录片里一定听说过，一家巨型全球企业，广泛涉猎制药和农用化学的多个领域，在其发展历程中经历了几次危机，显示伦理考量在公司深层战略中未必有多少分量。

眼下，一边是找上门来的工作——牵线搭桥的是一位皮肤晒得黝黑、整天西装笔挺的老同事——一边是我的小家庭，我的无比舒适的小公寓，却零存款、零养老金，背着沉重的房贷。阿尔比出生前，我做过一系列短期项目，报酬虽然合情合理却说不上丰厚，应付占家庭支出大头的电影票、伏特加和汤力水什么的尚且足够。我手头有项目资金，手下带着学生，几年之内极有可能晋升教授。可是现在，我得付育儿费，没完没了地买鞋子，算上康妮在博物馆兼职的薪水，我们过得相当捉襟见肘。还有其他的忧虑：未来的不安全感、来自行政体系的约束，永远有发表"高影响力"的论文的压力，还得吃相难看地争夺科研经费。刚开始做科研时，我以为政客们会竭尽全力地推进人类知识的边界，如今想来相当天真。无论在何种政治色彩之下的政府肯定都看得出科学技术的进步必定带来财富和繁荣吧？诚然，并非所有的科研都可直接应用于商业，也不是所有的科研都有明显的"转化"效果，可是闪念之间的灵感会点燃什么，谁又知道呢？伟大的科学突破常常来自不经意的偶得，只要是为人类的知识宝库添砖加瓦，都是有价值的，对吗？不仅仅是有价值，应该说，都是必不可少的。

然而，如果考虑科研经费的性价比，那么是否有价值、是否必不可少，都要打上问号。不知不觉之间，我们东拼西凑来的资金仅仅够给研究助手支付最低的薪水。显然，这个国家的未来不光靠科技创新和发展，还取决于全球金融和电话销售能力，取决于娱乐工业和咖啡店的生意。不列颠将在咖啡奶泡和电视剧集方面引领世界。

现在，这家巨型跨国公司自己送上门来了，提供了与我的学术成就和资历相匹配的保障、养老金体系和丰厚薪水，实验室设备齐全，团队里是最聪明、最出色的毕业生，而另一边，我仍然要考虑我的家庭。我感受到一种全新的责任，是不是刚做父亲的人普遍都有这个问题？听着像爷爷那辈人的老生常谈，然而事实如此。当然，我不可能一个人做出决定。我和康妮花了很多夜晚讨论这个问题，直至深夜。她对我未来的雇主有所耳闻，了解公司在媒体和新闻界的名声，虽然她没有明说，可那个词已经呼之欲出了——出卖良心。她对大企业的态度是本能的、情绪化的，在我看来，也是不成熟的。反过来，我则理性得多：只有成为大型组织的一员，才能对世界有所触动，打入内部总强过隔岸观火吧？利润真的就是肮脏的吗？那稳定的收入和多出来的薪水呢？家里可以多一个房间，可以有个自家的小花园，还有远远超过目前水平的学区，说不定还能搬到伦敦城郊去。康妮会有自己的画室，可以重新开始画画！还有孩子的学费……

康妮不屑一顾："这些我不想要……"

"也许你现在不想要——"

"不要假装你是在为全家人考虑！"

"可我就是在为全家人考虑。如果我接受这份工作，我就会在一定程度上……"

"底线是，我觉得你不应该以金钱为前提做出决定，就这样。"

观点很高尚，很符合大艺术家康妮的性格。可要是把冰冷的"金钱"换成"保障"或者"安全感"呢？要是把"金钱"换成"衣食无忧""踏实""富裕""好学校"或者"旅行"，或者干脆换成"幸福的家庭"呢？在很多情况下——不是百分之百，是在很多情况下——这不就是一回事吗？

"不，"康妮说，"根本不是一回事。"

"那你想让我怎么办？要是你来决定的话？"

"由不得我来决定。这是你的工作，你的事业——"

"如果呢？"

"我不会接受这份工作。你会失去自由。你得为会计师工作，而不是为你自己。如果你没给他们挣到钱，他们就会克扣你，你会不开心，到那时候就没意思了，工作会毫无乐趣。是得想办法找个薪水更高、保障更好的工作，但是换作我，我不会接受这份工作。"

我接受了这份工作。

她没为此责备我，或者只是偶尔为之，虽然若干年后阿尔比会替她责备我。然而当我夜里八九点挣扎着回到家的时候，她也并不怎么体谅我，我在她心目中的形象不再高大了，我心知肚明。这种感觉很糟糕，滚下石头堆，在尘土里四处乱抓却连一根稻草也抓不住。我们初见那晚令康妮注意到我的那道光、那完美男子的光环，如今已经黯然失色。它固然无法持久，可一旦失去，我仍然万分遗憾。

康妮说过，我在谈论工作的时候最有魅力。"整个人熠熠生辉。"她说过。如今我得换个法子，让自己再次熠熠生辉起来。

143. 一个自由的男人

七点刚过一点儿，我被看守叫醒，他带来一杯完美的咖啡。我最后一次吃东西，还是从锡耶纳火车上的小男孩手里拿的糖果。浓稠的黑色液体烫着我的嘴，刺激着我的胃，但还是可口极了。我坐在牢房长凳的椅子边上，从塑料杯里吸着咖啡，揉揉眼睛，强迫自己全方位地再次审视我的绝望处境。

我强打精神，计划撤回伦敦。我要走到山下的锡耶纳车站，查出去佛罗伦萨的单程火车票价，再跟车站职员多说几句好话——用英语说？——请他们同意用我的手表和电话做抵押物，换一张车票。一旦成功，我就能到佛罗伦萨取回东西，再取点现金，然后返回锡耶纳赎回我的手表和手机，接下来，我就可以设法搭上最早的一班从比萨飞往伦敦的飞机了。这个计划乏味又丧气，还得指望意大利铁路局发善心，可若不如此还能怎样呢？给康妮打电话，让她给我转些钱？这行不通。"转钱"意味着什么？只有电影里才有人这么干。

我打开手机，电量只剩百分之二了。我决定打电话回家，可我还没想好怎么说。我的脑海中浮现出放在一摞书顶上的康妮的手机和她的睡姿，回想着床单上令人安心的香味，要是一切按计划顺利进行，那会是什么情形呢？汽车驶入家门口的车道，康妮来到窗边，望着我和阿尔比钻出出租车。阿尔比的笑容有点儿不好意思，朝卧室摆摆手，我走上来搂住他的肩头。我想象着康妮流出感激的热泪，奔向门口。我把他好端端地带回来了，我答应过的！"茫茫欧洲大陆，你竟然找到他了！道格拉斯，你是怎么做到的？你真是聪明能干的——"

回到现实世界中，康妮接起电话："喂？"

"亲爱的，是我——"

"现在才早晨六点，道格拉斯！"

"我知道，对不起，可是电话要没电了，我想跟你说——"

我听到她起身时的窸窸声。"道格拉斯，你找到他了吗？他还安全吗？"

"我把他跟丢了。我差一点儿就找到他了，就差一点儿、一点点儿，我知道——"

"你怎么知道就差一点儿？"

"我找到猫子了。"

"你是怎么找到的？"

"说来话长。我的手机快没电了。我很抱歉，我没能做到。"

"道格拉斯，你不是'没能做到'。"

"反正没达到我的预期，那就是没能做到。"

"可至少我们知道他还安全。你现在在哪儿？你和谁在一起？你安全吗？你好吗？"

"我在锡耶纳的旅馆里。"我的脚指头点着不锈钢马桶，"条件不错。"

"你想让我去找你吗？"

"不，我想回家。"

"好主意。回家吧，道格拉斯。我们一起在家里等他。"

"我今晚上飞机，最迟明天到家。"

"我等着你。还有，道格拉斯，至少你尽力了。我很感谢——"

"接着睡吧。"

"你回家时——"

嘀的一声，手机没电了。我紧紧手表，把手机放回口袋，把毯子整整齐齐地叠好放在长凳上，离开我的牢房，还关上了门。

夏天的早晨明媚凉爽，清新洁净。警察局坐落在镇外的新兴地区，委身于旧城墙之下。我正要下山朝火车站走去，突然听到一阵乐声，手风琴演奏的电影《教父》的主题曲。

猫子倚在一辆警车的前盖上，站没站相。

"嘿。"她向我伸出拳头，意欲碰拳相庆。我配合了她。

"你好，猫子。你在这儿干吗呢？"

"等你呢。第一个铁窗之夜滋味如何呀？"

"我住过的旅馆有些还不如这里。不过，早知道不弄这个文身了。"

"你弄了什么文身，皮先生？"

"跟帮派有关的那种东西，大恶龙。"

"你身上晒黑的地方黑得挺均匀的了，脸上那些。你的模样活像一块道路指示牌。"

"了不起。"她笑了，我们都沉默了。"猫子，我得走了。遇到你很高——"

"你给他发过短信吗，皮先生？"

"当然，还打过电话。他说过不会理我的，果然没理我。"

"那给他发一条让他不能不理的。帮我拿着史蒂夫。"凯特从汽车前盖上挪开屁股，把手风琴史蒂夫交到我手里，从口袋里抽出手机，低下头在手机上戳戳点点，"我不该这么做的。这是出卖朋友，皮先生，我很为难，此外我还付出了尊严和诚信。可是既然你跑了这么远的路……"

"你发什么呢，猫子？"

"……好了，发送！行了，全弄好了，看看。"

她朝我递过手机，上面写着：

阿尔比，我需要跟你谈谈。紧急。必须见见你，别打电话给我！明天上午十一点，普拉多美术馆台阶上见，别迟到！！！

还爱你的猫子

"就这些，"猫子说，"我把他带到你面前。"

"天哪，"我惊叹，"我都不知道说什么好了。"

"不需要感谢。"

"可是……这样一条消息会不会让他联想到……"

"……联想到我有了？你是真的想让他到那儿的，对吧？"

"是真的，不过——"

她从我手里抽走手机："我可以随时通知他，我是闹着玩的……"

"别，别，别。我觉得……先这样吧。可是明天早晨？我明天早晨到得了马德里吗？"

"拼命跑就到得了。"

我哈哈大笑，把呼哧作响的手风琴塞回她怀里，略带不适地拥抱了猫子——我们俩身上的气味都不怎么怡人——小跑着穿过停车场，然后停下脚步，转回身。

"猫子，我知道我有点儿得寸进尺，可是我昨天给你的钱，我能要回来吗？我的钱包落在佛罗伦萨了，你看……"

她缓缓摇了摇头，叹了口气，蹲下身子，手伸进背包。

"也许我还可以再借个二三十欧元？把你的银行账号给我，我好还给你……"

我承认，这么说的时候，心里在暗暗期待她说不用还钱，可她还是耐心地写下银行账号，国际转账的IBAN码和SWIFT码也没落下。我保证一到家马上还钱，随后转身下山，跑啊跑啊，朝着西班牙的方向狂奔。

第七部

马德里

——

不存在生殖这回事。两个相爱的人决定要
生一个孩子，这是一种创造过程。"生殖"
一词暗示着这两人只是从此牵扯不清，而
该词的广泛使用则最多只是一种委婉的说
法，来安慰懵懵懂懂的准爸爸准妈妈们。

——安德鲁·所罗门《背离亲缘》

144. 闪光粉之战

时光无情，我们一天天老去。我们变得油腻呆滞、松弛下垂，倘若年轻时的我们看到了，定觉得不可思议，甚至滑稽可笑，而与此同时，我们的儿子眼睁睁地增加了长度。我们累积了无数物品；大量的模压塑料、图画书、画板、三轮车、两轮车，衣服、鞋子、外套和再也派不上用场却也舍不得扔的各种设备。我和康妮迅速迈入四十岁大关，虽然我们都觉得这辈子再也用不到奶瓶消毒器和摇摇小马，却仍然恋恋不舍，还有钢琴，还有套装小火车，还有小城堡和缠成一团的盒装风筝。

我的新工作意味着冰箱里有更充盈的食物储备，喝得起更甘美的葡萄酒，我们买了一辆大点儿的汽车，带阿尔比出国旅行，再回到结婚时一起买的小公寓，如今这里已经显得又挤又破。该搬家了，我们心知肚明，然而种种麻烦令我望而却步。逆着人潮上下班已经五年了，我开始有些吃不消，精力逼近了极限，压力逼近了极限，坏脾气也逼近了极限，阿尔比、康妮，甚至我自己都觉得，我每天夜里踏进家门，再也无乐趣可言。

例如九年级那年的冬天，给阿尔比留下心灵阴影的、著名的闪光粉事件。阿尔比和康妮正坐在料理台旁制作圣诞卡，照例头挨着头，电视机里放着菲尔·斯佩克特的圣诞专辑，他们又在整晚整晚地搞那种装模作样的手工活动了，而我在驶入帕丁顿火车站的1957号列车上强忍困意，在车站自助餐厅弄了一杯温吞吞的奎宁水兑琴酒强压疲惫，在电车上再来一杯，冒着大雨，不歇气地回到逼仄的小公寓，门里没有迎接，没有献给丈夫的亲吻，没有送给爸爸的拥抱，只有天翻地覆的混乱景象。音乐在号叫，到处是卫生纸和棉球，广告颜料淌了一桌子。我的妻子和儿子正沉浸在自己的世界里自得其乐，开着自得其乐的玩笑，阿尔比正在把摇摇闪光粉喷到浆白胶、桌子、地板和他的睡衣上。清洁大量的闪光粉，这种事只要干一次就知道，这种节日用的石棉物质可恶至极，它会沾在衣服上，钻进地毯缝，沾在皮肤上，怎么也弄不掉，眼下，这种恶心的东西在餐桌上雪堆似的到处都是。

"这都是什么见鬼的东西！"我嚷道。他们终于注意到我回家了。

康妮还在笑："我们在制作圣诞卡！看！是不是很漂亮？"她举起阿尔比的作品，金粉银粉瀑布式地倾泻在地板上，"你儿子是艺术家！"

"看！看你们干的好事。到处都是！看在老天的分儿上，康妮。"我丢下公文包，走到洗手台边弄湿一块抹布，"先把报纸放下会死吗？"

"是闪光粉，道格拉斯。"她勉强笑了一声，"是圣诞节嘛！"

"我得从饭碗里把它们挑出来，从衣服上把它们摘掉，一直弄到七月份！看这颜料！桌上全是颜料和胶水。能洗掉吗？当然不能，真是蠢问题，这东西不——"我不再擦了，丢开抹布，"——看！看！弄到手上了！"我把两只手举到灯下，让他们看看闪得多厉害。

"我得这样去开会，我还得做报告！看看！谁还会把我当回事，要是我浑身都是这些倒霉的……"我儿子的眼睛开始盯着桌子，眉毛拧成球，嘴唇噘着。有了，我的宝贝儿子，对你的记忆来了。

"鸡蛋仔，你能到旁边的房间里去吗？"康妮说。

他扭扭屁股，离开座位："对不起，爸爸。"

"我喜欢你的圣诞卡！"我对着他的背影说，可是已经来不及了，只剩下康妮和我。

"最近你可真是个快乐黑洞，有多少快乐都吸得一干二净，是吧？"康妮说。

可我还没准备好说对不起，战火继续蔓延，随后几天和圣诞节前的几个礼拜也爆发了不少小冲突，难受、不安，自不必细说了。那些闪粉果然钻到了衣服里、头发里和厨房家具缝里；天还没亮的时候，我一个人吃着早饭，总能发现某处在熠熠闪光，冷战、诽谤和斗嘴一直持续到圣诞节。

每当我母亲看到我拉长脸不高兴，或者噘嘴冷笑什么的，她总会对我说："如果风向变了，那么你不要变。"我那时不相信，但是多年后的今天，我已经不知道该不该相信了。无论是休息还是独处，我的日常表情越来越刻板、僵硬，我也越来越懒得去在乎了。

145. 圣诞节

节日总是在康妮的父母家过，总过得闹哄哄、乱糟糟、醉醺醺，小小的联排屋里总是挤满了数量不明的侄子外甥、叔叔阿姨，有塞浦路斯人，有伦敦人，还有塞浦路斯和伦敦的混血儿，孩子一次比一次多，人人都又笑又闹，又喊又叫，屋子里烟熏火燎，电视从来也不关。过一会儿还要跳搞笑舞，四代人踩踏着榛果壳，和着"高级大街"[1]的节奏。曾经，这样的圣诞节较之于我从小过惯了

---

1. 英国乐队"扭曲世界"（World of Twist）在1991年发行的唱片。

的冷清拘谨的节日气氛，着实令我耳目一新，然而，自从我父母过世后，这样的日子总让我油然而生一股悲凉之感。在这个家里，我是外人，一个老孤儿，是人家的累赘，连日来与妻子的嫌隙更令我倍感凄苦。我的公文包里还放着工作，也许我应该早点儿溜走，把它做完？不，我只要柠檬汁。不用了，心领了，我不抽烟。不了，谢谢，我不想跳康加舞。

当然阿尔比爱死了这里，他可以趁没人注意的时候偷偷吸一口绵绵的鸡尾酒，跟表姐妹们胡闹，骑在叔叔伯伯肩膀上跳舞。我干坐着，看着，等着。我们总是过了午夜才回家，阿尔比早在汽车后座上呼呼大睡，我背着他走上位于顶楼的公寓——明年我就背不动他了——然后倒在我们的床上。我们三个人躺在一起，衣服都懒得脱，儿子的呼吸喷在我脸上，热烘烘、甜丝丝的。

"你不高兴吗？"康妮问。

"没有，就是有点儿忧郁。"又是这个愚蠢的词。

"也许我们应该做些改变。"

"什么样的改变？"我问。

"也许换个环境，你就不会总是这么累。"

"你是说，离开伦敦？"

"如果离开伦敦有用，那就离开。也许在乡下什么地方找一座房子，你可以开车上班。附近有个好点儿的公立学校的地方。你觉得呢？"

我觉得？说实话，我对城市再也爱不起来了。我们都感到自己格格不入。我不喜欢对阿尔比解释，为什么铁轨上绑着花束，在周六早晨去商店的路上提醒他躲开地上的呕吐物。我厌倦了修路和建筑工地——他们有完没完，还能修好吗？干脆别修得了。

夜里回家时，这座城市看上去张牙舞爪，令人抓狂；下地铁时，我能感到自己拎着公文包的手在攥拳头，另一只拳头死死捏着钥匙。每当警笛响起，每当发出恐怖袭击警告，似乎危险都离我们更近了，也更针对我们每个人。没错，伟大的艺术也在这里，还有壮观的剧场，可康妮有多久没去剧场了？

也许搬到郊区去是个办法，可能有点儿人性，让阿尔比多了解了解喜鹊和鸽子以外的鸟类名称不是很好吗？我小时候，妈妈总是一边领着我散步，一边习惯性地告诉我所有的花花草草、鸟类树木的名称——英国栎树和橡树，鹪鹩又名巧妇鸟。这是我最温暖的关于母亲的记忆，直到今天，我仍然记得所有英国常见的鸟类名称，虽然从来没人请教过我这类问题。可阿尔比对大自然的知识全部来自城里的农艺中心，对四季变化的感知靠的是中央空调。也许亲近自然能改造他对我那种阴沉怨恨、喜怒无常的态度。我的脑海中出现阿尔比背着渔网和远足指南，骑着自行车风驰电掣地出门，红扑扑的脸蛋，朝气蓬勃的乱发，黄昏时分，他的自行车把上晃荡着一只装满棘鱼的果酱罐子姗姗归来，这是我一直渴望的童年。未来的生物学家，探索自然既不枯燥，又能接触科学。

要康妮住到伦敦城外，就不太好想象了。她在城里出生，在城里上学，在城里工作。我们在这儿相爱结婚，抚养阿尔比。伦敦快把我榨干、逼疯了，可康妮却在这儿游刃有余，小酒馆，酒吧，餐馆，剧院酒廊，公园，二十二层、五十五层、三十八层观景酒吧。她并不排斥郊外，但是就算她人在康沃尔郡的海湾或约克夏的郊区，似乎也随时会扬起胳膊招来一辆出租车。

"怎么说？"她说。

"抱歉，我只是想想你在二月下雨的礼拜二，站在田野里的样子。"

"我也是，"她闭上眼睛，"不太好想象，对吧？"

"你的工作怎么办？"

"我来通勤。有必要的话，晚上住在弗兰家。到时候会有办法的。关键是，你觉得住到乡下会开心吗？"

我没有回答，于是她继续说：

"我觉得你会的。我是说，会开心，或者少一些压力。那么我们都能放松下来。时间长了一定会的。"阿尔比在睡梦中朝妈妈移近了一些，"我希望你像过去一样开心。要是必须住到另一个镇子……村子……"

"好的，我们来认真考虑考虑。"

"好的。"

"我爱你，康妮。你知道的。"

"我知道。圣诞节快乐，亲爱的。"

"圣诞节快乐。"

146. 乘飞机旅行的奇迹

八月的马德里，干燥、酷热、布满灰尘。下午，我坐在飞机上俯瞰下方的西班牙中部大平原时，觉得大海从未显得如此遥不可及。

几天的混乱之后，幸而西班牙之旅一切顺利，我乘坐七点三十二分的列车从锡耶纳出发，将近九十分钟才返回佛罗伦萨。虽然车行缓慢，一路上的葡萄园和工业区却令人赏心悦目，一块极美味的三明治更是令人心怀大畅，我像穴居人一样狼吞虎咽，眨眼间又吞下一只香蕉、一个苹果和一个绝妙的橙子，汁水滴滴答答地顺着下巴淌下来。我没刮胡子也没洗澡，一脸不爽地窝在靠墙的座位上，模样想必很不好惹。在恩波利上车的上班族对我保持着警惕，情有可原。他们瞪我，我也瞪他们。谁怕谁？我像一个刚刚重获自由的囚徒，又重新回到大街上。我放下座椅靠背，要做个带热水澡、新的刮胡刀片和洁白床单的梦。

接下来是早高峰中的佛罗伦萨，和车站职员为了取行李用发音过分清晰的英语吵了一架。"钱包还在行李中，过夜费我怎么付！把行李还给我，我就付钱！"职员的铭牌上写着："助理兼客服"。我就是客人——干吗不帮助我？没错，我现在态度很差，非常差。

九点二十分，我拿到了护照、钱包、手机充电器和平板电脑。我把它们紧紧搂在怀里，我们团圆了！我在车站咖啡馆的角落里找到了一个带插座的座位，像换气的游泳运动员一样贪婪地享受充电和无线网络。伊比利亚航空公司没有从佛罗伦萨和比萨出发到马德里的航班，但十二点三十五分有一班从博洛尼亚出发。博洛尼亚在哪儿？令人沮丧的是，这趟航班与我之间还耸立着亚平宁山脉。但是，等等，列车时刻表上说，车程三十七分钟。这是什么神仙列车？即刻出发的话还赶得上。我在网上买了到马德里的飞机票，靠窗座位，没有托运行李，登上了开往博洛尼亚的列车。我躲进洗手间，刷墙似的浑身上下喷满除味剂。我刷了牙，嘴里感觉从未这么爽快过。

征服亚平宁山脉的诀窍在于，从山洞里钻过去。火车大部分时间都在钻隧道，隧道漫长，列车偶尔在阳光下露个头，仿佛突然拉开了窗帘，露出长满树木的山脉和背后的蓝天，再唰的一声闭紧窗帘。不知不觉中竟已抵达博洛尼亚，该城悍然将机场置于市中心，世界上就是有这么一类城市，悠悠闲闲地逛着走着就能抵达机场。可我有了佛罗伦萨的惨痛教训，还是乘了出租车。旅行指南对这座城市大加赞赏，可出租车绕开了老城区，开上了城北的环形路，我只看到了一片新建的时髦又漂亮的空房子，在环形路的中心一闪而过的古城墙，随即就是乏味的机场货仓。无所谓，反正以后还会再来。眼下，令我开心的是，我已抵达机场并提前一小时十五分钟就换好了登机牌。我从未如此向往空中旅行，从未如此为它的快捷感到热血沸腾，从未如此跃跃欲试。

147. 地图册

飞机按时起飞，我像个孩子似的弓着背往窗外看去。一切都赫然、清晰，空气一丝杂质也无，一抹云彩也不见，我不禁感慨，人类学会飞行、体验俯瞰大地的感觉其实并无多长的历史，我们是多么骄傲啊。有这么多可以亲眼观看的机会，为何还要去读杂志呢？看，这是两小时前我刚刚钻过的山洞，那儿是科西嘉，轮廓清晰地浮在碧海之上，毛茸茸的一点儿深绿色。地中海即将被抛在身后，前方展开沙漠平原，欧洲大陆上的沙漠。在我看来，西班牙是多么辽阔，怪不得他们以前在这儿拍美国西部片。从地上看，不知是何等景象，我可有幸观赏得到吗？我知道旅行即将结束，因此旅行又开始令人向往了。就算一切顺利，我能回家的时候，我不知道自己是不是想要回家。

接着是高速公路、郊区景色和一片远离水源、拉拉杂杂的城市。走出如同科幻电影片场似的机场航站楼，钻进西班牙午后黏腻的空气，出租车上了高速公路，开往已经废弃了一般的马德里城，两旁是无人居住的大楼和新建的公寓，一个人影也看不见。万万没想到，马德里竟是这副模样。我没带旅行指南和地图，对这里一无所知，也毫无期待。巴黎，哪怕是匆匆一瞥也带着巴黎的气息，纽约、罗马无不如此。很难说哪里是马德里，宽阔的街道旁排列着大楼，八十年代风格的写字楼、豪华的大庄园、时髦的公寓奇异地混搭在一起。欧洲人对药房的热爱在此一览无余，城市中有一大部分似乎停留在七十年代，如同一盏熔岩灯，而另一部分则精美、宏伟得几乎说不过去了。要是康妮在我身边，准能说出这种风格的名称。巴洛克？是这个吗？还是新巴洛克？

"这是什么？"我指着一个如蛋糕糖霜一般晶莹洁白的、雕刻精美的大官殿问出租车司机。

"邮局。"出租车司机答道。我试着想象一个人到这里来买一簿邮票的情形。"那边。"他指着一个布置井然的公园，树木后有个桃色的新古典主义建筑（是叫新古典主义吗，康妮？），"这是普拉多美术馆，非常著名、非常美丽，有委拉斯贵支和戈雅的作品，一定要去。"

"我会去的，"我说，"我明天在那儿等我儿子。"

148. 放进信箱的钥匙

阿尔比开始到"大学校"上学的那年夏天，我们告别了基尔伯恩大街上他从小住到大的那间没有花园的小公寓，搬到了乡下。我竭尽全力把这次搬家打造成一次"探险"活动，可是阿尔比全然不为所动。也许康妮也不甚热心，但至少她没像阿尔比那样噘嘴，抱怨，阴着一张脸。"我会无聊的。"他宣布了他的打算。"我会离开所有的朋友！"他说。"你会交到新朋友的。"我们对他说，好像朋友跟旧鞋子一样，说换就能换。

康妮的反应也是一样，离开伦敦狠狠揪疼了她的心。光是"整理东西"就花了好几个晚上和周末，所谓"整理"，不过是以半是冷酷半是愤怒的情绪扔东西：过去的笔记本和日记本、照片、艺术学校的作业，还有美术用品什么的。

"这些颜料怎么啦？以后用不着了吗？阿尔比不能用吗？"

"用不着了，所以我要扔掉。"

有时候，我在垃圾桶里的瓶瓶罐罐底下翻出一张她的旧画，抖掉上面的脏东西，拿给她看："干吗扔了这幅？画得很可爱。"

"画得很糟糕，看着害臊。"

"我喜欢这幅画。我记得我们认识的时候就看过。"

"不过是怀旧罢了，道格拉斯。我们永远都不会把它挂出来。废纸一张，把它扔了。"

"我能留着吗？"

她叹了口气："别让我看见就行。"我拿了她的素描和画稿，几张挂在办公室，几张藏在文件柜里。

阿尔比的童年也多半被丢进了垃圾箱。几件婴儿衣服也扔了，当年为女儿准备的小衣服还细心叠着放在抽屉底下，这倒不是因为睹物思人、多愁善感，也并非有所象征，留着这些衣服其实是出于实际的考虑。万一要是再有个孩子，是个女儿呢？我们也曾经努力过一阵子，但是现在已经放弃了。现在再要孩子有点儿晚了。

不要紧，一切要变了，要开始探险了。阿尔比初中毕业考试之后的那个周六，搬家公司"咚咚咚"地走上了楼梯。将近十五年前，两个年轻人搬进这间公寓，全部行李放进一辆租来的厢式货车的后备厢还绰绰有余。如今我们是一大家子了，有自己的家具，有装裱得像模像样的美术作品，有自行车、浮潜装备、吉他、整套的架子鼓，还有立式钢琴，有餐具厨具、铸铁的锅具，还有许许多多说不清道不明的物品硬是挤进了这间学生公寓。新主人是一对二十来岁的夫妻，婴儿即将出生。看上去，他们似乎是十分和善的一对。我们重新铺了木地板，打了蜡，在中央为他们放上一瓶香槟。阿尔比在车里等着，康妮和我将所有房间逐个走了一遍，关上房门。没时间发感慨了，搬家公司的卡车还占着车道呢。

"你好了吗？"我问。

"好了吧。"她咕哝了一句，人已经下了楼梯。

我关上门，将钥匙放进了信箱。

149. 探险

汽车行驶在城西的高架桥上，我一路喋喋不休地谈论着这次探险，我们的新房子——新家——多么宽敞、多么气派，夏天的花园是多么的惬意，就像酒足饭饱之后解开皮带，终于可以畅快地呼吸了！阿尔比和康妮沉默不语。当我们放下钥匙和锅炉使用手册时，也放下了一些看不见、摸不着的东西。那间小公寓洋溢过多少欢乐，又发生过多少未曾预料的悲伤。无论未来如何，终究及不上往昔了。

天色惨淡，汽车一路向西。城市变成了乡村，乡村变成了工业区、杉树园，不久汽车离开高速公路，颠簸着开进了雷丁郊外，小路两旁是麦田、油菜田和怡人的乡村景色，然而与我拜访地产经纪人时所见到的悠远静谧的田园气象不尽相同。何以有这么多电缆塔、这么多高高的篱笆墙，汽车一辆接一辆，嗖嗖地飞驰而过，还有卡车。没关系。我们跟着搬家公司的卡车开进一条碎石车道，这是我们家的碎石车道。房子是二十世纪初才建的，都铎复兴风格的房梁，是全村最大的一座房子！附近有一所相当不错的公立学校，从开车出门到端坐于办公桌前只需要区区二十分钟，铁路线四通八达。开车到伦敦只需一小时——如果路况好的话。竖起耳朵，能听到M40高速公路上的声音！当然，房子还有些需要完善的地方，周末有得忙了，但是我们会在这里住得很快乐，这是毫无疑问的。站在房前的车道上，我用手臂搭在妻儿肩上，活像个花样滑冰教练。看看，树林里有喜鹊和乌鸦！我们这么站了片刻，随即他们挣开了我的手。

站在巨大的合家欢厨房间里——铺着石板，摆着一只阿加牌的炉子——我砰的一声打开香槟，剥开玻璃杯外面的报纸，给鸡蛋仔也倒了一丁点儿，我们三个人举杯庆祝新生活的开始。然而，当我们把纸箱搬进各自的房间，当搬家公司的人走了之后，很显然我失算了。尽管我们都很努力，可我们三个人根本填不满这么大的房子。墙面太大而画太少，书架太大而书又太少。即便有了阿尔比的架子鼓和吉他，我们也没法弄出足够的声音来充实这些高顶棚的房间。我本打算让这座房子散发出财富和成熟的气息，一座既宁静又可借由铁路与城市的喧嚣连通起来的乡间避难所。而事实上，这座房子就像一座空荡荡的娃娃屋，里面一直都只有一半娃娃，这种感觉一直都没改变过。

那天晚上，我发现康妮沉默地站在屋顶的小阁楼上。墙纸是老式的花朵图案，点缀着涂鸦，蚂蚁似的圆珠笔印，花茎上用毛毡笔画着蝴蝶和花瓣。我了解康妮，猜得到她的心事，虽然我们只是心照不宣，从不说出口。

"我觉得这里可以做你的工作室。光线非常好！你可以重新开始画画，对吗？"

她把头靠在我肩上，却什么也没说。

我们买了一条狗。

150. 怡泉汽水！

我没告诉康妮我的行踪。在锡耶纳时我告诉她次日回家，但是，如果打电话的时候阿尔比就在我身边岂不是更好？我没在希斯罗，我在马德里！说来话长，等等，有人要跟你通话……这就是我的计划，我整夜斗志昂扬，豪华的酒店套房更令我心情大好——套房！两个房间！——这是我冲动之下订的，而且价格出奇地公道。在金碧辉煌的大理石前台，人们似乎不愿意相信这个邋遢、破衣烂衫的单身客人有如此一掷千金的底气。没有行李吗？有其他人与我同行吗？没有，我就一个人，可是房间里有张沙发床，阿尔比可以睡在那儿。当然，如果他愿意的话。

酒店房间——不对，是酒店套房——里铺的全是雪白的大理石和奶油色皮革，这里是1973年的设计师们心目中的时髦生活。我关上门，着手补救这几天的损失。我泡在清凉的玛瑙浴缸里缓解部分晒伤的身体，我洗了头，刮了脸，给脚上的燎泡敷上药。我穿上最后一件干净衣服，剩下的通通送去洗衣房。我在楼下的商业街找到一家百货商店，买了一件衬衫、一条领带、几条裤子，然后回房将它们搭在椅子上，好像准备参加工作面试。心血来潮、情绪高涨的我甚至打破了我人生中居于核心地位的一条底线，从迷你吧里拿出了伏特加和汤力水，过了一会儿，浮华的生活使我飘飘然起来，我又拿出了豌豆。我俨然是现代社会的罗马皇帝卡利古拉，坐在露台上，俯视十四层楼开外，格兰威亚大街上的滚滚车流。放眼望去的十字路口耸立着一座精致的现代建筑，一座圆角楔子——这叫装饰艺术，对吗，康妮？——建筑物顶层有一座巨大的霓虹灯招牌，夜幕降临时，我有幸目睹了霓虹灯哗啦一声回魂的瞬间，"怡泉汽水！"——几个大字醒目地跃然闪耀在彩虹背景之上，眼前的街道恍然间与纽约的时代广场有几分相像，不过更清淡些，也更闲适些。

　　我知道西班牙人的晚餐时间很晚，因此——用阿尔比的话说——打算打个"迪厅盹儿"，再上街去逛逛。可那床真大、真舒服，高支棉床单洁白又干爽，我忍不住放下手动百叶窗，才九点十五分就上了床。明天有的是时间去享受西班牙小吃，还能再见到我的儿子。酣然入梦之际，我心中怀着对未来最美好、最坚定的憧憬。

151. 未来

　　我永远有一大串让我愁得睡不着觉的题目，但是十来岁的时候，关于核战争的前景曾经特别令我忧心。本意是教育公众、消除恐慌的科普电影，反而让人们——特别是孩子们——陷入病态、荒诞的想象中。那时的我坚信，华盛顿或莫斯科迟早会有一个按下按钮——在我的想象中，真的有一个又大又红的按钮，跟电梯的急停按钮一模一样——然后过不了多久，我和父母就该到伊普斯威奇市中心冒着烟的残垣断壁之间追赶变异老鼠了。末日后的皮特森家族洞穴里，再也听不到有人说："别碰，脏！"问题只剩下一个：先吃道格拉斯还是先吃凯伦？我越想越发愁，竟然一反常态，将夜夜折磨着我的恐惧向父亲倾诉。"如果这种事真的发生了，你不会有时间做出反应。恐慌只有三分钟，然后你就变成脆皮培根了！"他安慰我道。既然大限来临前还有三分钟的预警，那么我们一家该彼此说些什么呢？我想象着父亲冲过去关上电暖气的样子。

对也好，错也好，针对核战争的恐慌渐渐平息了，但是焦虑从未消失。如今，在我的想象中，出现在核战后的废土之上的那张脸已经不是我，而是阿尔比的了。

多年以来，我阅读了不计其数的关于未来的书籍，康妮管它们叫"全得完蛋"系列。"你读的书不是说过去如何残酷，就是说未来如何严峻。真相可能并不是那样，道格拉斯。可能一切都会好好的。"可这些书都是认真科研、严密论证过的，书中的结论高度可信，在这个问题上我可以滔滔不绝，无休无止地说下去。

就拿中产阶级的命运来说吧，阿尔比和我都出身于中产阶级，康妮如今算是跻身中产阶级，虽然她并不怎么情愿。我读了一本又一本书，都在讲中产阶级要完蛋。全球化和科学技术已经将过去认为稳如泰山的行业收割了一遍，3D打印技术也即将血洗制造业的最后几个碉堡。互联网不会取代这些工作，要是仅需十二个人就能让一家巨型公司运转起来，那么中产阶级到哪里去安身立命？可是，连最暴躁的自由市场主义者都已经承认，鼓吹自由市场的资本主义并没有将财富和安全感传播到民众中去，相反却将贫富阶层之间的差异扩张为不可逾越的鸿沟，并逐渐逼迫全球劳动力大军除了危险的、无序的、没有保障的低薪工作外无路可走，而受惠者只有一小撮精英商人和技术贵族。所谓"安全"的职业正在一个接一个地沦陷：先是矿工，然后是船舶业、钢铁行业的从业者，很快就要轮到银行职员、图书管理员、教师、店主、超市收银员。科学家应该可以幸存，前提是那个学科还在，可要是出租车都实现了自动驾驶，那么世界上千千万万的出租车司机又去哪里呢？他们怎么养活孩子，冬天怎么交取暖费呢？万一他们不堪绝境，奋起反抗又该怎么办？再加上恐怖主义，加上似乎无解的宗教激进主义信仰问题，还有极端右翼势力抬头，青年人找不到工作，老年人没有足够的养老金，银行业脆弱而腐败，残缺的医疗保障体系根本无力惠及数量众多的病人和老人，前所未有的工业化养殖导致我们的环境向不可预知的方向恶化，人类不得不争夺有限的食物来源、水源、石油天然气，墨西哥湾暖流改道，生物圈被破坏殆尽，从数据推算极有可能出现全球性大瘟疫，人们竟然还能睡得那么香，简直没道理。

等阿尔比到我这个年龄的时候，我一定已经早死了多时了，或者按照最好的情形推测，应该已经躲进了我的生命舱，并囤了足够的给养，直到一命呜呼的那一天。但是在我的想象中，外面的世界却应该是无法无天的工厂，要是幸运的话，工人可以有机会每天辛苦工作十八个小时，拿到并不足以维持生存的报酬，然后戴上防毒面具，冲入失业的人潮——找不到工作的人们正拿着基因变异的鸡和旧易拉罐当作货币互相交换——有工作的幸运儿们杀开一条血路，回到连一棵树都没有的巨型城市中一间拥挤的小破棚子里，警察的无人机在空中嗡嗡地飞，汽车炸弹的爆炸、台风和可怕的冰雹成了不值得一提的家常便饭。而与此同时，致癌毒雾之上数英里的高空中，镶着金边儿的高塔内，占人口百分之一的特权商人、名人和企业家透过防弹窗户俯视下方，侍立在左右的机器人服务生递过形状怪异的酒杯，让他们啜饮鸡尾酒，发出银铃般的笑声，在他们的脚下，在那炖煮着暴力、贫穷和绝望的地狱熔炉里，是我的宝贝儿子——阿尔比·皮特森，一个抱着吉他的游吟诗人，一个对摄影艺术怀着深切热爱的四方歌者，一个仍然执意不肯穿上一件正经外套的人。

152. 遗传力

"说来说去，"康妮从小说里抬起头，"就是未来基本上是《疯狂的麦克斯》中的样子？"

"不完全是，可是有些方面是一样的。"

"那么，《疯狂的麦克斯》倒成了纪录片了——"

"我想说的是，未来的世界可能不像你我成长的世界那样美好可亲。进步的梦想已死。我们的父母还梦想着到月球去度假呢。我们……我们得适应另外一种未来。"

"你想让阿尔比按照《疯狂的麦克斯》里描绘的未来，选择中学毕业考试科目？"

"别跟我胡闹。我想让他选一些有用且实用的科目，我想让他学一些能找到工作的专业。"

"你想让他到镶着金边儿的高塔里去，你想让他有个机器人跟班。"

"我想让他出人头地。"我说，"为我儿子设想这么一个未来很奇怪吗？"

"我们的儿子。"

"我们的儿子。"

那段时间，阿尔比的情况不算太好。乡村没有为他带来平静感，而是激怒了他。他对学习英国常见鸟类的学名及俗名没显出丝毫兴趣，我专门为他订购的青蛙卵也没有什么吸引力。他想他的朋友、电影院、双层巴士的顶层座位；他想念在游乐场上坐着秋千吃薯条的日子。可是，乡村本身难道不正是一个巨大的游乐场吗？显然并不是。阿尔比去散步时总是极度不情愿，他对刺莺怒目而视，从身边的植物上一把揪掉花朵。要是有可能一把火烧了那乡村，他一定会这么干。他的学习成绩一直很差，行为据说也不怎么样。他不用功，不专注，有时候甚至不去学校。康妮虽然担心，却泰然处之，但我却十分愤怒、震惊。我从没指望听话能遗传，但是我也绝没料到校长办公室会给我打来那么多电话、写来那么多信。我自己的儿子把我吓着了。他不是我想象的样子，一点儿都不像我。最让人伤心的是，他还似乎对此窃喜不已。

我没发火，或者说只是偶尔发火。我不是对他失望，只是对他的行为感到失望，这是有区别的，不过十三岁的小男孩也许理解不了这种区别。他聪明、机灵，头脑很好用，只是他的整体布局和实施方面需要指点。我评估了几个需要关注的重点领域，决定先发制人。劳累了一天后，我还是要把晚上和周末的时间用来陪他坐在餐桌旁，鼓捣化学、物理和数学，我要拿出激励式的、慈父般的态度，康妮围着我们转来转去，活像个拳击裁判。

"你怎么不会列竖式，阿尔比？这是很基本的知识。"

"我会列竖式，只是我的方法跟他们的不一样。"

"所以，你写个4，留着3。"

"这部分我们不再做了，留着3这部分。"

"但竖式就是那样子的。竖式就得那样做！"

"现在不是了。它们变了另一个法子。"

"除法只有一种，阿尔比，就是这种方法。"

"不是这种方法！"

"那你做给我看！给我看还有哪种神奇方法做除法……"

然后笔会在草稿纸上悬一会儿，然后被抛到桌子的另一边。

"用计算器不就得了？"

我倒不是引以为荣，有些陪伴辅导功课的晚上以大喊大叫和红眼圈儿收场，也许十之八九都是这样的结局。有一次，阿尔比甚至一拳洞穿了卧室的墙壁。当然，那不是承重墙，只是石膏板隔板，但我还是大受震动，尤其是转念想到阿尔比肯定把它想象成了我的脸的时候。

但我不会放弃他，这一点我很确信。每天晚上我们都要做功课，然后吵架。我会尽我所能跟他和好，然后在床上辗转反侧，脑海中掠过一个阿尔比这么大的中国或韩国男孩废寝忘食地研究代数、有机化学，或是琢磨计算机代码的身影；将来有一天，我儿子谋生时得跟他竞争。

153. 填色游戏

儿子的学习成绩不理想，与之对应的是一天冷似一天的父子关系。曾经的小小亲昵——呵呵痒、拉拉手什么的——随着自我意识的膨胀烟消云散了，而我竟如此留恋这些，这是我自己也没想到的，尤其是大手牵小手的情形。我从来不是那种喜欢肉搏的人，因为非常担心撞裂头骨和扭伤手腕，可现在，即使我只是想搭个肩膀，阿尔比也会不屑一顾地挤眼或咕哝。卧室和浴室的门现在动不动就上锁。现在的周末，我不再喝令儿子上床睡觉，而是说声晚安，把他们母子留在楼下的沙发上，阿尔比的头枕在康妮的大腿上，要不就是反过来。"大家晚安！我跟你们说晚安呢！晚安！晚安！"

我一直在为阿尔比的青春期做准备，但青春期真来的那一天，感觉就像一场酝酿已久的内战突然爆发。我们经常吵架，一个例子就足以说明问题。我说科学和数学是优于戏剧和艺术的专业资质。老掉牙的讨论，我知道，每个家庭都讨论过这类问题，但彼时康妮却远在伦敦，因此这个话题成了个火药桶。

"我想说的是，"我说，"从大众里随便选出一个人，让他待在一个放着画笔或者照相机的房间里，给他们一个舞台或纸笔，肯定能创造出什么来。也许那东西笨拙、丑陋或者幼稚，又也许有那么点儿意思，甚至可能流露出某种潜在的天赋，但所有的人，无论是谁都可以鼓捣出一幅画、一首诗或一张照片什么的。把随便什么人关在一个放着离心机、一套实验室设备、一些化学品的房间里，他们却什么也做不出来，至少做不出任何有价值的东西，只能……和出一张泥饼子。这乃是因为科学必须有条不紊，它需要严谨、实践和研究。科学的难度更大。事实如此，就是如此。"

"那又怎么样呢？因为你是科学家，你就自以为比别人聪明吗？"

"在我的专业上是的！而且我理应比别人聪明！我就是为了这个而学习，为了这个熬了十年的夜，为了精通我的专业。"

"那么，如果我放弃一门我不爱学并且学不懂的科目，你就会看不起我？"

"我会认为你没有坚持，我会认为你半途而废了。"

"你会认为我随波逐流？"

"也许吧——"

"多少是个懦夫——"

"我没那么说。你干吗要曲解我的话，好像……"

"因为我做自己擅长的事情，而不是你擅长的，我就是懦夫了？"

"不。因为你做简单的而不是困难的事情。挑战是好的，能够拉伸你的头脑。"

"那么，我能做的，任何人都能做到吗？我做的事情没任何特别的地方？"

"可能有些特别的东西，但这并不意味着你能靠它谋生。成功只发生在努力工作和知难而上的人身上。我希望你能成功。"

"像你一样？"

他的腔调有点儿不阴不阳的，我感到一阵愤怒的抽搐。"未来……挺恐怖的，阿尔比，你对此还一无所知，我想要做好万全的准备。我想要你掌握技能和信息，它们能使你的成长顺风顺水，让你成功，以后过上幸福的生活。花一整天涂色恐怕是没什么用的。"

"所以，简而言之，"他的眼睛现在眨巴得飞快，"其实，你想说我应该吓到拉一裤子屎——"

"阿尔比！"

"我应该基于恐惧而做出决定，因为其实我根本没有天赋。"

"不。你很可能有天赋，但这种天赋其他好几百万人也有。

几百万人！就这么回事。"

也许话不该这么说。也许这个例子不能恰如其分地表达我的观点，我愿意承认这一点。但要是给我扣帽子，说我硬要他成为另一个人，这个嘛，是的，我当然是。毕竟，要是父母不去塑造自己的孩子，那还要父母做什么？

154. 父亲的样子

我和康妮也总是争吵。养育阿尔比放大了我们之间的差异，而在为人父母之前那些无忧无虑的日子里，这些差异似乎只是好玩而已。她在我眼中是散漫和放任到了荒唐的程度。用植物来打个比方，她认为孩子是一朵未开的花，父母有提供光照和水的责任，但也必须退到后面去，静观一切。"他可以做任何想做的事情，"她说，"只要他高兴，不离谱就行。"相反，我认为这朵花没有理由不被绑到竹棍上，被修剪，被放在人造光底下，如果这样做能让它更强壮、更有适应环境的能力，又有何妨呢？当然，康妮为了让他做功课也会哄骗、鼓励甚至强迫，但她还是觉得，孩子的天性和禀赋可以不受外力的协助自然流露。我根本不相信世界上存在天生的才能。对我来说，没有什么是自然而然的，科学也不是。我是被鞭策着用功的，我的父母总是一边一个站在我身后，我没有理由觉得阿尔比不应该这样。

阿尔比可以让人抓狂，非常抓狂。他自怨自艾，不负责任，不求上进。我真的那么专横，枯燥，暴躁，爱发火吗？我在学校活动、运动日和筹款烧烤活动中也见过其他男孩的爸爸，注意到他们有一种慈父式的松弛感，他们用开玩笑的语气说话，像足球俱乐部的经理哄着有大好前途的年轻球员一样。我要暗中观察他们的做法。

阿尔比最好的朋友瑞恩的父亲是个农场工人，他英俊，留着胡楂儿，经常无缘无故地赤裸上身，身上散发着啤酒和机油的气味。迈克是个鳏夫，他在村边一间破旧的平房里抚养瑞恩。阿尔比十分迷恋这对父子，放学后总去那座永远拉着窗帘、每周从加油站采买生活用品的房子里玩些暴力的电子游戏。一天晚上，我去接阿尔比，开车缓缓经过那辆大货车——大卸八块的报废汽车、摩托车和几只吠叫的狗——终于看见没穿衬衫的迈克正坐在一把躺椅上，抽着一种并非香烟的东西。

"你好，迈克！见过阿尔比吗？"

他举起易拉罐打招呼。

"最后一次看到他，他在屋顶上。"

"好吧。在屋顶上？"

"在上面。他们练习射击呢。"

"哦，好的。他们有枪？"

"只是我的旧气步枪而已。"

话音未落，我突然感觉到耳朵附近的空气震动了起来，因为一粒弹子砰地打在水泥搅拌机上，然后弹进了没修剪过的草地上。我抬起头，正巧看见阿尔比咧嘴大笑的脸消失在排水沟后面。"我能说什么呢？"迈克说，"男孩子就是男孩子。"

那年夏天，瑞恩家成了天堂般的所在，瑞恩的爸爸是神一样的人物。他允许他们开货车，允许他们爬大树，去夜钓；他开车带他们去采石场，任由两个男孩在卡车车斗里上下颠簸，然后把他们从高高的石头堆顶上倒进黑色的水沟。越是生锈、越是锋利的物体，越是裸露着电线和刀片的，就越适合当男孩子的玩具。他们玩电焊！他允许他们焊东西！迈克从来没按着瑞恩坐下，给他耐心地解释元素周期表，在迈克的地盘上没有"学习之夜"。哦，不，与迈克在一起，生活只是一张燃烧已久的床垫。"我认为阿尔比在瑞恩家待的时间太长了。"我说。说这话时，错题改正课刚刚又一次以泪水、行贿和讽刺挖苦狼狈收场。"我们不能禁止他，"康妮说，"禁止只会让它更诱人。"我认为这种论调匪夷所思。我父亲禁止什么事，它就成了禁区，而不是诱惑。

有时迈克会在某个不敬的时刻送阿尔比回家，他和康妮站在前院花园里聊个没完没了。"他非常迷人。"她回来后脸色微微发红，"他很有活力。他独自抚养瑞恩真让我敬佩。"

敬佩！让你的孩子到处疯跑，丝毫不考虑前途，有什么可敬佩的？我辛苦地工作，长年累月地熬夜科研才达到我今天的成就，又算什么？阿尔比根本不想来看我的实验室，也不想认识我的同事。如果硬说他对我的工作有什么感觉，那也是一种含含糊糊的蔑视，这种蔑视是他日益膨胀的"政治意识"的一部分，而他拒绝与我就"政治意识"展开辩论。"瑞恩的爸爸到底是做什么的？"我问。阿尔比不了解，但他了解瑞恩的爸爸从小酒馆里带回来的那些最多十七八岁的姑娘们。他同样了解的，还有迈克掖在油腻牛仔裤口袋里的一卷卷钞票。

155. 体育馆事件

摊牌是不可避免的，那是学校一年一度的"家长和教师百科知识问答赛"，这个活动属于那种永无止境的、为建一个新剧院举行的社会筹款（因为总有新剧院要建，要不就是陶艺炉或新钢琴，永远也不会要买新的离心机或通风柜）。

不妨说我在百科问答方面相当不赖。我能背东西，了解事实和方程式——我的思维就是这样运作的，一向如此，并且不仅限于科学。十几岁的时候，我迷上了《吉尼斯世界纪录大全》，并背诵了其中的大部分内容。太阳的温度、猎豹的速度、梁龙的长度，我打算拿这些冷知识当作派对上的拿手好戏，但其实基本用不上。没关系，虽然有些知识点已经过时了，但某些关键内容——最高的山峰、最深的海洋、光速和声速、小数点后好多位的圆周率和世界国旗——则像文身一样想弄都弄不掉。到了测验日，康妮会负责艺术和文化部分的内容，因此，我认为皮特森一家进入体育馆时想必踌躇满志。

"对不起，夫妻不许出现在同一个小组里！"怀特黑德夫人说，那个礼拜她刚对我说阿尔比的基本运算能力不过关。"喂！康妮！这里！"迈克大声喊道，他的连衫裤拉链拉到肚脐眼，一副光彩照人的样子，我注意到康妮突然昏了头似的，连蹦带跳地穿过大厅，直奔他的小组。阿尔比坐到瑞恩的长凳上，而我则四处寻找一个有潜力的小组，门口有一群落单的父母一直在门口乱转，似乎随时准备跑路，于是我留在了他们身边。我们不是最有魅力的一组参赛者，但没关系。我向阿尔比举起手，任由想象力描绘出第二天在教室里的谈话。"你爸爸昨晚火了！""他把全队的问题都包了。你爸爸，他懂得真多！"也许我比任何人都了解，学识并不是我儿子最看重的品质——据我所知，迈克就像一堵墙一样蠢笨——但让阿尔比看我出风头，尤其是在公开的学术场合，也没坏处。主办方给我们发了瓶装啤酒和各种小吃，随后我们在搁板桌旁坐了下来。

生活中很少有什么事比为百科问答起搞笑队名更让我不愉快。我接受过的外科手术也不至于那么痛苦。为什么我们不能就叫"红队""蓝队""绿队"？深思熟虑了老半天之后，我们决定队名叫"克鲁舍兹头骨队"——原因我已经完全想不起来了——我当队长，或者说假定我当队长。迈克和康妮那队叫"随时待命冲冲冲队"，这名字引发了一阵笑声，我却感到一阵焦虑，因为我从来就受不了这种自行其是的局面。我竭力把这个名字挤出大脑，开始思考最深的湖泊、最长的河流、最高的山峰。一阵哨声后，比赛开始了。

当然，比赛简直是一场闹剧，根本不是我所理解的"百科知识"。音乐问题严重偏向当下的流行，体育类几乎完全是足球，新闻和时事类根本就是八卦或花边新闻，科学、地理、发明或心算则根本没有涉及。我们竭尽全力，但迈克那一队——我前面说过的"随时待命冲冲冲队"——紧靠在一起，说着悄悄话或是咯咯窃笑，队伍的中心则是迈克和康妮头碰着头。"拿下！"他们互相喝彩，"干得漂亮！写下来！"迈克似乎没有我想象的那么蠢笨，至少在歌词和名人文身方面如此，康妮的手紧紧地抓着他的小臂。"干得好，迈克，干得好！你太棒了！"

其他几队在没心没肺地作弊，你可以听到按小键盘的嗒嗒声和手机在口袋里发出的哔哔声。活动逐渐进行，我越来越光火，在啤酒的作用下——主办方鼓励我们购买啤酒，所得款项用于修建剧院——又放大了几倍。获胜的机会越来越渺茫，我瘫倒在折叠椅上。

"现在是，"主持人说，"倒数第二轮，世界国旗！"

总算来了！我坐直了身体。其他队抓耳挠腮的工夫，我已经唰唰唰地写下了全部题目的答案，还向阿尔比竖起两个拇指，可是阿尔比另有心事，根本没看到。令我难以置信的是，接下来是河流名称题，给湖泊标注名称！我召集全队，汇总了全部正确答案，计分时间到。

我们与迈克和康妮的小队交换了答题纸，望着他们讥笑我们的流行音乐题答案。反过来，我也对他们的世界国旗答案大摇其头。委内瑞拉？哦，迈克，对不起，错误。我严格地公平计分，但总的来说，整个赛程又草率又欠考虑。附加题算一分还是两分？最终我们队的答案纸被一脸得意的迈克递了回来，我立即注意到了几个错误。显然有一些恶意扣分，我们因为写的是"苏联"而不是"俄罗斯"被扣分，而实际上"苏联"才是更准确的答案。然而已经来不及了，因为我们的分数已经报上去了，现在正在宣布结果。

第六名，第五名，第四名，第三名。第二名——克鲁舍兹头骨队。迈克和康妮队以两分的优势击败了我们。我看着迈克和康妮在欢呼声和掌声中拥抱在一起，长凳上的瑞恩和阿尔比也攥紧拳头，猿猴似的大呼小叫。

但我不服。附加题他们是一题一分的，可是我们给他们记了两分？"苏联"不得分？我心算了正确分数，又验算了一遍。假的真不了，我们才是货真价实的胜利者，我别无选择，径直走到主持人身边，要求重新算分。一时间，观众和参赛者似乎都有些困惑。活动结束了吗？别着急，让我先跟阿尔比的年级主任奥康奈尔先生谈谈，指出错误再说。

奥康奈尔先生用手捂住麦克风。"你确定要这么做吗？"

"是的。我认为是的。"

此刻，大厅里已经开始有了战争罪仲裁法庭一般的、冷酷庄严的气氛。我本来希望我的小插曲能以设想中轻松愉快的精神进行，但父母们纷纷摇头，套上外套，重新计票仍在继续，似乎过了一个世纪那么久，正义终于占了上风，主持人向空了一半的大厅宣布，我们的克鲁舍兹头骨队名副其实以半分的优势获胜！我看着儿子。他没有欢呼，也没有挥拳庆祝。

他坐在长凳上，两只手攥着头发，瑞恩用一只胳膊搂住他的肩膀。我的克鲁舍兹头骨队队员们瓜分了战利品——十英镑代金券，可以在本地花园美食街消费——随后走出大厅，来到学校停车场。

"恭喜你，道格，"迈克站在他的货车旁笑着说，"你让我们知道了谁才是老大！"然后，他对我儿子恶意地挤挤眼："你爸爸，他简直是个天才！"若是在古代，我们就要用棍棒和石头来一场决斗了。或许那样还更好些。

无论如何，我们三个人无言地开车回家。"只要我活着一天，我就再也不想谈论今晚的事了。"康妮打开前门时轻声说。阿尔比呢？他一言不发地上楼回了自己的房间，大概在想自己的父亲是多么聪明。"晚安，儿子。明天见！"我站在楼梯底部，望着他的背影，不是第一次，也不是最后一次想："伸出双手，却抓了个空，这是多么难过啊。"

156. 赴约

我腾地惊醒了，大汗淋漓，浑身打战。遮光百叶窗过于尽责，我仿佛被锁进黑匣子，再沉入海底。我摸索着床边的开关，金属百叶窗咯吱颤抖着左右分开，晨光如此刺眼，难道已近正午？我眯缝着眼看手表，发现还不到七点。马德里。我在马德里，去见我儿子。赴约的时间还很充裕。我躺回床上让心率恢复正常，可汗湿的床单已经冷掉了，所以我踢踏着走到窗边，看看湛蓝的天空和格兰大道大清早的交通状况。崭新的一天。我花了很长时间冲澡，然后穿上新买的衣服。

我早餐吃了很多美味的火腿和块状炒鸡蛋，在平板电脑上看家乡新闻，有些怀念以前出国旅行时常会有的疏离感。那时，"在国外"比现在感觉遥远得多，与英国媒体完全隔离，但现在网上什么都有，愤怒、八卦、腐败、暴力和坏天气混在一起，跟在英国一样。天哪，难怪阿尔比要逃走。我担心情绪恶化，便转而稍稍研究了一番马德里，在维基百科上查找毕加索的《格尔尼卡》，万一我和阿尔比过会儿还有时间去看呢？十一点，普拉多美术馆台阶上见。还没到八点，我决定去散散步。

我相当中意马德里，这里有富丽堂皇的地方，也有喧闹、嘈杂、乱七八糟的商业区，邋遢、不矫饰，就像一座满是贴纸和涂鸦的精美老建筑，难怪阿尔比要来这里。也许我说得不一定对，但这里的确有种市井百姓、柴米油盐的气息，就在城市的中心，而伦敦和巴黎市民则早就没了这个福分。虽然只能参照酒店赠送的地图，但到九点四十五分时，我也走了不少地方，该去普拉多了。

一小群游客像年初特卖会的购物者一样，已经在等着开门了，他们憧憬着里面的艺术品，个个喜形于色，我排进队伍，不让自己忧心忡忡。"见到他时你会说什么？"我一直强行按捺着芙蕾雅的这个问题，然而关于如何回答，却依然茫然无措，我的脑海中只有一团道歉和自我辩护的语言。自责背后也潜伏着怨恨，这个假期——可能是我们的最后一个假期——被阿尔比的失踪事件突袭了。他音信全无，一个字也没有！他是不是故意让我们担心？显然他得逞了，但是拿起电话会死吗？我们的心情他就一丁点儿都不在意吗？我脑子里的声音越来越愤慨，可我一定得心平气和，我是来解决问题的。我想静一静，于是拖着沉重的脚步走进普拉多，先解决一个已经困扰我许久的问题吧。

157. 人间乐园

"该念成普拉多还是普雷多？"我问售票处的女士。一直以来，我在这两个念法之间跳来跳去，确认是前者令我十分开心。"普拉多。"我自言自语地念着，"普拉多。普拉多。"

我立刻发觉这个博物馆有些不同寻常。博斯的《人间乐园》，我小时候就为那光怪陆离的细节陶醉不已。如今亲眼见到，原来它不光是一幅画，还是一件物品，一只可以展开并露出画作的大木箱，这令我想起七十年代钟爱过的某些前卫摇滚乐队的折叠式专辑封面。左边的画板上是亚当和夏娃，生动、艳丽，仿佛是昨天画出来的；再看这里，天堂里挤满了无数裸体人物，像孩子一样鼓着肚子，趴在巨大的草莓上，或是骑在雀儿背上；右边是地狱，乖张如同噩梦，底下燃着篝火，拿那些鼓着肚子的人物当作燃料。深深插在脖颈中的剑，横贯在没有身体的两只耳朵中的一管羽毛笔，阴险的巨人与猪合为一体，与树合为一体。这幅画很"嗨"——我知道这个词很不学术——那种十来岁的男孩喜爱的、惊心动魄的恐怖画面。我希望，一旦阿尔比接受了我的道歉，我们就能回到这里，饱饱地观赏所有这些迷幻的细节。

现在没时间了。我朝楼上走去，经过埃尔·格列柯和里贝拉的作品，来到一个壮观的展厅，里面有一组令人吃惊的留着胡子的贵族肖像，这是委拉斯贵支画的哈布斯堡家族的成员们。一张脸翻来覆去地出现，下巴尖尖，嘴唇湿漉漉的，有时是一脸自负、脸颊粉嘟嘟的少年王子，身上穿着崭新的盔甲，换个地方又身穿奇装异服，扮作衣饰华丽的猎人，而在另外一件作品中又成了悲伤的、面部酷似西班牙猎狗的初老贵族。我真想知道菲利普四世是否跟我们一样在看到自己的尊容时不安地扭动。"我想知道，迭戈先生，有没有可能把我的下巴缩小一点儿？"这些肖像画已经很了不起，但是称霸整个房间的是另一幅画，我以前从未见过类似的作品，画中是一个四五岁的小女孩，全身裹着一条僵硬的绸裙，那裙子的臀部有桌面那么宽，这衣服穿在一个孩子身上很是奇特。作品名为《宫娥》，公主身边围着的当然是朝臣、一位修女、一个衣着考究的女侏儒，还有一个小男孩，或者说不定也是个侏儒，正在伸出一只脚去踢狗。在左边，一位留着可笑的西班牙小胡子的画家——我猜那正是按着委拉斯贵支本人画出来的——正站在巨大的画布前，面朝外，好像并非在画小女孩，而是在画观众，尤其是在画我——道格拉斯·提摩西·皮特森，这个错觉十分强烈，我甚至想把脖子伸到画布后面去，看看他把我的鼻子画成了什么样。后面的墙上有面镜子，映出另外两个人物，想必是女孩的父母——玛丽安娜王后和腓力四世——我左手边墙上的那个下巴很大的绅士。尽管这两个人又远又模糊，但似乎他们才是画家真正想要表现的人物，然而画家、小女孩、女侏儒似乎都从画中盯着我看，他们的眼神很犀利，以至于我开始感到有些不自在，同时也不明白一幅画中为何会出现如此多的主题：小公主、女仆役、艺术家、贵族夫妇，还有我。这种迷失方向的感觉很像站在两面镜子之间看到无数个你自己延伸到……无限远的地方。很明显，这幅画也"很有故事"，我很快就要和阿尔比一起回来再看一遍。

我回到中庭，在各个展厅钻进钻出，观赏到不少美好的作品。我本该回到正门台阶等着，却看到一个写着"黑色绘画"的牌子，听上去相当诱人，感觉有点儿类似"汉默恐怖片"。

158. 弗朗西斯科·戈雅

作品陈列在画廊地下室的一个幽暗的房间里，仿佛是个不可告人的家庭秘闻，我看了一眼，立即明白了原因。作品甚至不是在画布上绘制的，戈雅直接把它画在房子的一面墙上，一望可知作者的心灵正在饱受折磨。一幅作品是个笑嘻嘻的女人正举着一把刀准备砍下某人的头颅；另一幅作品中，一群奇形怪状的女人围坐成一圈，中心是幻化成恶魔山羊的撒旦。两个男人站在齐膝深的肮脏的泥塘里，正挥着大棒砸向对方血淋淋的脑袋。一只即将溺死的狗，双眼哀怨地从流沙中向外窥探。即便是一些并无恶意的场景——女人在笑，两个老人在喝汤——也看上去充斥着恐惧和怨恨，然而最糟糕的还在后面。在某个貌似山洞的所在，一个发疯的巨人正在用牙齿撕扯尸体上的肉。作品名为《农神吞噬其子》，但这个农神跟我在法国和意大利见过的那些眉清目秀的农神可不是一回事。他似乎神志不清，身体衰老、下垂、发灰，那双漆黑恐怖的眼眸中，流露出自我憎恨的可怕眼神……

我耳中响起一阵铃声，胸口发紧，心头涌起一阵恐惧和焦虑，我不得不赶快离开房间，真希望自己从未见过这幅画，真希望它还挂在某个人迹罕至的弃屋的墙壁上。我不信那些怪力乱神，但总觉得这些画中有几分神秘玄机。距离约定的时间还有十分钟，我觉得自己需要缓一缓，便赶紧回到楼上，沿着画廊的主要走廊走着，左顾右盼地寻找一个安静的地方，休息一下，整理思绪。我的右边是陈列委拉斯贵支作品的房间，我想我可以在《宫娥》中那个小女孩面前坐一会儿，清醒一下。

然而画廊比我刚进来的时候拥挤多了，现在这幅画被一群游客挡得严严实实。尽管如此，我还是坐了下来，试图恢复镇定，我用手指按着眼睛，片刻后总算回过魂，一抬头，正巧看到我儿子就站在我面前，说着每个父亲都渴望听到的话。

"老天爷啊，爸爸，你为什么不能让我一个人待着？"

159. 普拉多大道

"你好，阿尔比。是我！"

"我认得出你，爸爸。"

"我到处找你。见到你很高兴。我——"

"猫子在哪里？"

"猫子不在，阿尔比。"

"她不在？她给我发了短信。"

"是的，我当时跟她在一起。"

"她为什么不来？"

"这个嘛，阿尔比，说实话，她永远不会来了。"

"我不明白。她耍我？"

"不是，她没有耍你——"

"那是什么？你耍了我？"

"不是耍你，她帮了忙，猫子帮了忙，帮我找到了你。"

"但我不想让你找到我。"

"是的，我发现了。但是你妈妈很担心，我想——"

"如果我想让你找到我，我会告诉你我在哪里。"

"尽管如此，我们一直担心你，你妈妈和我——"

"但那条短信，我以为……我以为猫子怀孕了！"

"是的，你可能有那种印象……"

"我以为我要当爸爸了！"

"是的，是有点儿那样的暗示。抱歉了。"

"你知道那是什么感觉吗？"

"事实上，我知道。"

"我十七岁！我差点疯了！"

"是的，我明白这事有点儿吓人。"

"是你出的主意吗？"

"不是！"

"那他妈的是谁的主意，爸爸？"

"嘿，阿尔比，够了！"人们开始盯着我们看，美术馆的保安也打算过来，"也许我们应该去别处……"

阿尔比似乎已经想到了这一点，因为他正撒腿狂奔，一头扎进了突然涌入中庭的人潮。我尽最大的努力跟在后面，一路扔下无数的"scusi"[1]和"por favor"[2]，终于跑出了美术馆。眼下阳光异

---

1. 西班牙语：对不起。

2. 西班牙语：拜托。

常明亮，暑热相当惊人，我们跌跌撞撞地奔下台阶，朝两旁绿树成荫的大道走去。

"如果我们能坐下来，这事很容易解释清楚。"

"有什么可解释的？我想一个人思考一下，可你就是不让。"

"我们很担心！"

"你担心是因为你不信任我。你从来没有信任过我——"

"我们只是想知道你在哪里，是否安全，这没什么不正常的。难道你宁愿我们不管你的死活？"

"你总是这么说，爸爸！你先是对我大喊大叫、用手指戳我，然后就说：'因为我们关心你！'"

"我们的确是关心你！"

"你一边说关心我，一边用枕头捂在我脸上！"

"没有必要太戏剧化了，阿尔比！我什么时候……阿尔比？"

阿尔比腿脚很灵活，我现在有点儿喘不过气来了。

"拜托，我们能不能……要是我们能……会容易得多……"我停下脚步，两只手按着膝盖，希望他不要就此消失。我抬头一望，他还在，正在用脚后跟踢着小路。

"我想……道歉……为我在阿姆斯特丹所说的话……"

"你在阿姆斯特丹说了什么，爸爸？"他问。我意识到我儿子根本不想放过我。

"我相信你没忘，阿尔比。"

"只是为了确认一下……"

汗水从我的额头滴到了人行道上。我看到汗珠滴在地上，数着一二三。"我说我……觉得你丢人。我想说我没有觉得你丢人。我觉得你的行为有些过分，我觉得没有必要惹事，但我没有把意思表达明白。我想道歉，面对面道歉，为了那句话道歉，还为了其他时候，我可能也有过激的行为。我最近压力很大……在工作中，嗯，在家里也是……算了，不找借口了。我很抱歉。"我直起身子，"你接受我的道歉吗？"

"不接受。"

"我知道了。可以问问为什么吗？"

"因为我认为你不应该为自己的真实想法道歉。"

"我的真实想法，阿尔比？"

"真实想法是，你觉得我很丢人。"

"你怎么能这么说，阿尔比？我关心你，非常、非常关心。如果关心得不明显，那抱歉了，但你肯定能明白——"

"你所做的一切，爸爸，你对我说的一切，都含着一种……蔑视，永远含着一股怨气和怒气——"

"有吗？我不认为有——"

"贬低我，批评我——"

"哦，阿尔比，不是那样的。你是我的宝贝，我亲爱的宝贝——"

"天哪，我甚至根本不是你最喜欢的那个孩子！"

"这话是什么意思，阿尔比？"

他从鼻子里猛地吸了口气，五官皱了起来，他小时候忍着哭时常做出这种表情。"我看过你藏起来的照片。我见过你和妈妈渴望地看着它们。"

"照片没有藏起来，阿尔比。我们给你看过。"

"你不觉得这很奇怪吗？"

"一点儿也不奇怪！完全不奇怪。你姐姐的事我们一向对你很诚实。她不是什么秘密，否则就太可怕了。她出生后我们爱她，我们也爱你，爱得一样多。"

"只是她从来没有搞砸过，对吗？她从来没有在公共场合让你难堪，也没有在学校胡搞过。她是完美的，而我，你该死的蠢儿子——"

我必须承认，这时候我笑了起来。我没有恶意，只是在笑这一场言情剧似的折腾，半大孩子的自怨自艾。"阿尔比，拜托，你只是对自己不满——"

"别嘲笑我！别！你难道看不出来，你的所作所为，全是在告诉我，你觉得我蠢透了！"

"我没觉得你蠢透了——"

"你已经告诉我了！你已经告诉我了！当着我的面。"

"我有吗？"

"是的，你有，爸爸！你有！"

我想我可能确实对他说过，也许说过一两次。

我闭上了眼睛。我突然觉得累极了、伤心透了，离家好远好远。艰难跋涉全是徒劳的无力感猛地压倒了一切。我告诉过自己，一切都还不迟，还有时间来弥补大喊大叫、狰狞的面孔、漠不关心的态度和不假思索的评头论足。我当然后悔过自己说过的话、做过的事，但这一切的背后难道不是明显包含着……一直都包含着……

我重重跌坐在石凳上。一个老人，坐在长凳上。"你没事吧？"阿尔比问。

"我没事，我很好。我只是……非常、非常累。这一路太远了。"

他走过来，站在我面前。"你脚上穿的是什么？"

我伸出一只脚，左右翻动着脚面。"喜欢这双鞋吗？"

"你看起来很荒唐。"

"是的，我有自知之明。阿尔比，鸡蛋仔，你能坐一会儿吗？就坐一分钟，然后你就可以走了。"他东瞧瞧西看看，准备跑路。

"这次我不会跟着你了，我发誓。"

他坐了下来。

"我不知道能对你说什么，阿尔比。我本来想着，到时候该说的话自然会来到嘴边，但我似乎没能恰当地表达自己的想法。我希望你知道我后悔过，我不该说那些话。或者有些话我应该说却没有说，这往往更糟。我希望你也有后悔。你没怎么让我们省心过，阿尔比。"

他弓起肩膀："确实，我知道。"

"你房间的样子，就好像你故意要让我生气似的。"

"我是故意的，"他说，然后笑了起来，"无论如何，现在你可以收回房间了。"

"这么说，你还是要上大学去？十月？"

"你要劝我别去？"

"当然不是。如果你这辈子想这么过——"

"好吧，我去就是。"

"好，好，这很好。我不是说你离开家很好，而是——"

"我明白你的意思。"

"你妈妈非常害怕，不知道没有你她会怎样。"

"我知道她害怕。"

"甚至她也想离开，离开我。但你一直跟她很亲，所以我希望你知道这件事。"

"我知道。"

"她告诉你的？"

他耸了耸肩："我大概猜到了。"

"你介意吗？"

他又耸了耸肩："她看起来不太幸福。"

"的确，她不幸福，对吗？她不幸福。嗯，我一直在努力解决这个问题。我曾希望今年夏天我们能一起玩得开心，度过最后一个夏天，三个人在一起。我希望她能改变心意。可能是我用力过猛了，我很快就会知道的。不管了。我为对你所说的话感到抱歉，那些不是真心话。不管我说了什么，你是我的骄傲，虽然我可能不会表现出来，我知道你将来会很了不起。你是我的孩子，我可不想让你在踏入社会的时候，不知道我们会想念你，希望你安全、幸福，不知道我们爱你。不仅仅是你妈妈，你知道你妈妈有多爱你，但我也是一样的。我也爱你，阿尔比。行了，我想这才是我要说的，所以现在你可以走了。你想做什么就去做吧，只要安全就好。我不会再跟着你了，我就在这里坐一会儿，坐在这儿歇一会儿。"

160. 索菲亚王后艺术中心

那天下午的晚些时候，我们去看了《格尔尼卡》。那时我们都冷静了，但仍然不太自在——我们以后还会自在吗？——至少沉默着的时候我们俩都更舒服。我们在索菲亚王后艺术中心逛的时候，我用眼角的余光偷看了他几次。据我所知，他还穿着在阿姆斯特丹时的那身衣服：污渍斑斑、露出瘦骨嶙峋的胸膛的T恤，叫人忍无可忍、急需一根皮带的牛仔裤，发黑的脚趾拉着一双凉鞋。他的胡楂儿又脏又乱，头发耷拉着几天没洗，另外他看上去很瘦。换句话说，跟以前没什么区别，我很欣慰。

我们终于站在《格尔尼卡》面前了。这幅画的确非常惊人，尺寸比我预期的要大得多，并且十分动人——我从没觉得抽象艺术和触动心灵有任何关系。（天哪，康妮，听我说！）我本想静静地感受一下这幅作品，但我还是任由阿尔比给我讲了这件作品的历史背景和重大意义，他的见解显然来自我早餐时读过的同一个维基条目。他说话时，我望着他。他滔滔不绝，指出了一些哪怕对艺术仅有一知半解的人都显而易见的事情。估计他是想给我普及艺术知识吧。事实上，这个话题被他说得相当乏味，但我没出声，以那句"有其什么必有其什么"的谚语聊以自慰。

我们在阿托查火车站对面的通勤咖啡馆里吃了西班牙巧克力油条。头顶的灯在镀锌桌面上的反光很刺眼，地上到处是油乎乎的废弃餐巾纸。似乎绝对不应该在一天中的这个时候、一年中的这个季节蘸着厚厚的热巧克力，吃油炸压面糊，但远离正午阳光原子弹般的热力总算令人欣慰。阿尔比向我保证，在这儿每个人都这么干，尽管咖啡馆里空无一人，但我选择不跟他抬杠。

"你住在哪里？"

"我就住在这家青年旅社。"

"是什么样的？"

他耸了耸肩："就是青年旅社。"

"我从来没有住过青年旅社。"

"什么？你这样的旅行老手没住过青年旅社？"

"它是什么样的？"

他笑起来："条件很差。一看就不想住。一家'请撵走自己'

旅社。"

"我在格兰大道有一间宾馆套房。"

"套房？你是谁，大鳄吗？"

"我知道。那房间非常奢华。"

"我希望你没有在迷你吧喝东西，爸爸。"

"阿尔比，我没有生气。反正，我只想告诉你，正好有个比较舒服的房间可以住。一张折叠沙发床。你可以住进去，在那儿考虑一下接下来去哪里。"

他没说话，只是专心地擦掉胡楂儿上的糖："你不吃油条吗？"

我把盘子推向他："你怎么吃这么多还这么瘦？"

他转动着瘦骨嶙峋的肩膀，又往嘴里塞了一只甜甜圈："神经紧张吧，我猜。"

"是的，这个我多少懂一点儿。"

161. 聪明人

我们拿上他的行李，傍晚时回到酒店，阿尔比花了好长时间淋浴，其间我一直躺在床上。我已经二十四小时没看手机了，我怀着几分恐惧开了机，收到康妮的一堆短信，她的不耐烦已经升级成了烦躁。

"你什么时候回家？等不及要见你了。请说一下情况。你还活着吗？"

"你今天还是明天回家？还是永远不回来？这边已经疯了。道格拉斯，请打电话。"

语音信箱里有一条我妹的留言，我让手机远离耳朵，播放了语音消息。

"你怎么不接电话？你从来不会不接电话。道格拉斯，我是凯伦。这到底是怎么回事？康妮慌了。她说你在欧洲到处寻找阿尔比。她逼我发誓保密，但她认为你可能精神崩溃了，或者是中年危机了，或者都有！"凯伦叹了口气，我不禁微笑起来，"放弃吧，道格拉斯。阿尔比想回家的时候会回来的。不管怎样，打电话给我。打电话，D。这是命令！"

阿尔比站在过道上，身上裹着酒店睡袍，展示出淋浴二十分钟后仍然看起来脏兮兮的独特天分。

"我可以借你的剃须刀刮胡子吗？"

"请便。"

"谁在打电话？"

"你凯伦阿姨。"

"我听见有人在嚷嚷。"

"我要给你妈妈打电话，阿尔比。你要和她说话吗？"

"当然。"

"现在打可以吗？"

他犹豫了片刻，说："好的。"

我马上拨号，等了一会儿。"喂？"康妮说。

"你好，亲爱的。"

"道格拉斯，你答应回家的！我等了你一早上。你在机场吗？"

"不，我没有赶上飞机。"

"你还在意大利？"

"其实我在马德里。"

"你去马德里做什么？"她顿了顿，定了定神，用那种劝人别跳楼的声音继续说，"道格拉斯，我们说好现在就该回家了……"
我尽量忍着不笑出声来。

"康妮？康妮，你能别挂吗？这边有人想和你说话。"

我递过电话。阿尔比犹豫了一下，接了过去。"哈啰。"他说完就关上了门。

我拿起一本一字不差也叫"哈啰"的西班牙语杂志，盯着不认识的名人照片看了一会儿。我把杂志从头到尾翻了一两遍。康妮和阿尔比聊了很长时间，我的胜利感愈来愈弱，对电话费的担心越来越强，我想过要不要打断他们，让康妮给我们回电。但是当我从门缝里往另一个房间窥探时，我注意到阿尔比的眼睛红红的，这意味着康妮也在哭，想来她应该没心情讨论国际长途电话费。我还注意到，阿尔比按惯例把酒店提供的八条大小毛巾用了个遍，扔得到处都是，其中一条跑到了灯罩上，这很容易引起火灾。深呼吸，让它去吧，燃烧的毛巾就让它去吧。我第三次翻开杂志，这时一只手伸进卧室门，朝我晃了晃手机。

"请把毛巾捡起来，鸡蛋仔。"我接过电话。

"住酒店就要有住酒店的样子！"阿尔比说着关上了门。

我等了片刻，然后把手机放在耳边："喂？"

沉默。

"喂，康妮？"

我能听到她的呼吸声。

……

……

"康妮，你在吗？"

"聪明人。"她说完就挂了电话。

162. 楚埃卡区

我不知道康妮在那通电话里是怎么跟阿尔比说的，但后来，好长时间以后的后来，在凌晨某个不该喝酒的时刻，我们俩在马德里的一个小酒馆一杯又一杯地点酒时，我试探着提起行程规划的事。酒吧里十分昏暗，墙上镶着木板，挤满了吵闹又迷人的马德里人，他们喝着酒——雪莉酒？苦艾酒？——以塞拉诺火腿、凤尾鱼和油滋滋的辣香肠佐酒。

"十分美味！"我大声说着，擦掉下巴上的油，"但我担心蔬菜吃得不够。我是说西班牙人。"

"我明天就要走了！"阿尔比喊道，"去巴塞罗那！先去那儿再说！"

我试图掩饰我的失望。事实上，我并没有完全放弃让康妮来跟我们会合的想法，我们继续进行欧洲环游旅行，也许可以折回佛罗伦萨。我们预订的酒店仍然有效，还有那几张乌菲齐美术馆的门票……

"哦，好。真丢脸。我以为我们要回——"

"你可以跟我一起！"

房间里真的很吵，我让他再说一遍。他把嘴凑到我耳边："你想和我一起去吗？"

"去哪儿？"

"去巴塞罗那，就住一两个晚上。"

"我从没去过巴塞罗那。"

"是啊，所以我才问的。"

"巴塞罗那？"

"巴塞罗那在海上。"

"我知道巴塞罗那在哪里，鸡蛋仔。"

"我觉得在海里游游泳会很不错。"

"我很愿意。"

"你可以把身上晒黑的地方调均匀，在你的左半边身子上也上上色。"

"还有颜色吗？"

"一点点儿。"

我笑了。

"好的。好的！我们去，到海里游泳去。"

第八部

巴塞罗那

——

她对伊莎贝尔说:"来欧洲没什么;我觉得
人们没必要为此替自己找那么多理由,这
和待在家里没什么两样。这一点很重要。"

——亨利·詹姆斯《一位女士的画像》

163. 奔向大海

当我发现巴塞罗那几乎没有画廊时，多少松了口气。

当然，这么说并不准确。这里有一个毕加索博物馆和一个米罗博物馆，也许在欣赏了众多传统艺术巨匠的作品后，我也该涉足非具象艺术的抽象世界。但这里没有卢浮宫或普拉多艺术馆那种大型综合博物馆，所以也没什么压力。巴塞罗那为我们提供了一个"到处晃晃"的机会。一天左右，我们要出去闲逛，只是……闲逛。

阿尔比的行程计划就做到这个程度，他已经表现出令人钦佩的组织能力，我们得以及时赶到马德里阿托查火车站，搭上九点三十分的火车。阿托查火车站相当壮观，它更像是一座温室植物园，而非传统的交通枢纽，中庭里种满大丛的热带植物，要不是还在忍受有生以来最骇人的一次宿醉，我本可以欣赏得更充分些。

我们在丘埃卡的那一晚过成了阿尔比所谓的"奇妙夜"。我们专门在那间酒吧待了好几个小时，坐在高脚凳上吃着美味的食物——它们全部来自我的舒适区以外。鱼糜、鱿鱼、章鱼碎和油炸青辣椒，一切都非常咸，我们只得不停地补充水分，导致我们又喝了不少苦艾酒——我已经爱上了苦艾酒——我们又借着酒劲与陌生人愉快畅谈西班牙、经济衰退和欧元、安格拉·默克尔和佛朗哥时代对今天的影响，全是酒吧里常见的闲聊。阿尔比醉态可掬，不停地对陌生人说那是"我爸，著名科学家"，说完又不知溜到了哪里，但每个人都很和善，和其他国家的人们真正地聊聊天，而不只是买车票和点菜，着实令人耳目一新。反正这一夜过得很精彩——太精彩了，我们走出酒吧时已是雾蒙蒙的黎明，鸟儿已经在丘埃卡广场上唱着歌。我常把黎明与焦虑和失眠联系在一起，但我们回去的路上遇到不少从派对和俱乐部狂欢回来的人，个个都情绪高涨。"¡Buenos Días! ¡Hola! "[1]这里的一切都非常开放、友善，我们一致决定喜欢马德里，尤其是丘埃卡，非常非常喜欢。直到几个月后，阿尔比向我和康妮宣布他的恋情，说他正在跟他的一个同学认真交往的时候，我才意识到和我出去的这一夜其实是他第一个明显的暗示。当时我没看出来，只是觉得他非常善于交际。

四个小时后，我们慌张地穿过车站大厅，一阵阵的恶心，嘴里一股苦艾酒和辣椒粉的臭味。阿尔比的身体比我好，拽着我的胳膊肘把我拉上了火车。火车开出马德里后，我们又经过了两天前坐飞机经过的同一个地方，但这次我只是通过颤动着的眼皮瞥了一眼，就一直睡到了海边，醒来发现阿尔比已经在海边的一家大型时髦酒店订了一个双床房。"我把账挂在你的卡上了，希望你不介意。"我不介意。

164. 小巴塞罗那

这家酒店有不少最潮流的设施，可惜从2003年建成后就几乎没有翻新过——米色皮面模块家具、大屏幕电视，还有超多竹子。

"不错，到处都很妙！"我说着，选了左边那张床，"你确定

---

1. 西班牙语：早上好！你好！

不想自己住一间？"

"怕你妨碍我尽情挥洒？我觉得我们俩不会有问题的。"我
走到阳台上：一派地中海的景观，一条四车道街道的对面是海滩，
像任何一个城市的购物街一样人挤人。"那你想去吃点东西吗，爸？
还是我们直接去海滩？"他真是随和到了极点，随和得有些不自然，
我把原因归结为前一天与康妮打的电话。"照顾你的老爸，对他好
点儿，也就一两天，然后把他打发回家"，诸如此类。他是严格按
指示行事，坚持不了几天，但就眼下而言，我决定好好享受这种融
洽。我们都一反常态，也许这样才是最好的。我卷起裤腿，从浴
室里抓了一条毛巾，酒店大堂的礼品店卖的游泳裤选择有限，我
买了条尺码小了两号的桃粉色"速比涛"，然后出发去海滩。

我一向认为海滩有种独特的不适感。油腻、硌脚，看书光线
太亮，睡觉又太热、太不舒服，没有树荫已经是赤裸裸的警告，
也没有像样的公共厕所——当然，除非你像很多游泳的人一样把
大海当厕所。在人挤人的海滩上，即使是最蓝的大海也呈现出与
陌生人的洗澡水同样的质感，而我们这片海滩尤其拥挤，水泥建
筑、烟雾和头顶的起重机让人觉得自己身处一个纪律松懈的大工
地。巴塞罗那小伙子们英俊、强壮、狂妄、晒得黝黑，还能看见裸
露的乳房，但我和阿尔比大谈特谈了一番，认为不要大惊小怪。
"这里一点儿都不像沃尔伯斯威克海滩，是吧？"我评论道，无
动于衷地看着一群几乎赤身裸体的女孩在附近安营扎寨。我们一
致认为这里一点儿都不像沃尔伯斯威克海滩。

那双怪里怪气的运动鞋扔在马德里了，我现在基本上没有适
合海滩的衣服了，所以我松开粗皮鞋的鞋带，身子扭了几扭，好
不容易裹着浴巾套上那条找打的游泳裤。这是个烦琐的过程，堪

比将两只气球的底部绑在一起，然后我们便多少有些难为情地躺在滚烫的沙滩上。尽管阿尔比对大海无限向往，但他似乎不想去游泳，下午的热气简直就像个烤火蜥蜴的大烤炉。我逐渐意识到自己的头皮十分脆弱，终于忍无可忍地坐起来，在头上喷了防晒霜。"鸡蛋仔，可以借用你的护目镜吗？"

165. 夜光水母

靠近岸边的海水被防晒霜弄得十分浑浊，像礼拜天烤肉之后的水槽一样油腻。人们密密麻麻地呆立着，表情困惑，双手叉腰，好像在回想他们把钥匙放在了哪里。鱼在我们的小腿间游来游去，但在靠近海岸的地方，它们看上去十分乏味，而且病恹恹的，天知道这些食腐动物以什么为食。我蹚着水往前走了几步，沿海大陆架越来越深，水也变清了，呈现出令人吃惊的湛蓝色。享受的感觉又回来了。我把阿尔比的护目镜在眼睛上架好，往水下潜去，昨夜的苦艾酒味瞬间被冲得干干净净。在游泳这方面，我有力气和自信，很快脱离了人群，独自回望这座城市：城里的无线电塔、起重机吊车、出租车，还有远处雾蒙蒙的小山。多么奇怪的感觉，在整个欧洲东跑西颠、上蹿下跳了这么一气，现在竟然到了海里。从这里看去，巴塞罗那十分美好，帅气又摩登，我憧憬着和儿子一起探索这座城市。他正混在海滩上的人堆里，安全无虞。旅程水到渠成地接近了尾声，两三天后，我会回到康妮身边证明自己有能力——有什么能力就不管了，现在不去操心这个。我闭上眼睛，翻了个身，把脸转向午后的阳光。

接下来的事至今一团模糊，尽管我清楚地记得从脚背上传来第一阵刺痛时的震惊，那是一种极其痛楚的感觉，像被刀片划伤了似的。原因应该很明显，但我的第一反应是踢到了碎玻璃，而直到我把头浸到水下，看见离水面很远、很远的地方才是沙子的时候，当我发现自己的前后左右围满了粉色和绿色的水母时——水母有一大簇，除了这个词真的没法形容——才猛地意识到大事不好了。我试图稳住呼吸，自我安慰，慢慢来，完全有可能穿过这个地雷阵，抵达海岸。但怎么会有这么多水母？我吸了口气，再次沉入水下，却不禁大口呼出空气。我仿佛是入侵地球的外星人在海滩登陆的第一个目击者，已经深陷敌人的阵营，而当我腰上突然感到一阵鞭子抽似的尖锐刺痛时，这种印象便更加实在了。我向四面乱抓，摸到一个好像浸透了的餐巾纸似的软东西，随即那鞭子抽似的刺痛又来了，这次是手腕上。我探头到水面上一看，伤口已经隆起，成为一片可怕的粉色，水母的触手在皮肤上留下了十分清晰的烙印。我咒骂了一句，尽量保持不动，可是一旦静止下来，我反而再次沉入水下，像渔民的浮标似的垂直下沉。我看见了另一只可恶的水母与我的脸仅有咫尺之遥，仿佛在故意向我示威，吓得我在本该呼气的时候大大吸了一口气。荒唐的是，我竟然给了它一拳，要说如何给水母致命一击、杀杀它的自尊心，没有什么比得上在水下照着它的脸蛋来一拳了。水母又向我蜇过来，我后退着躲开，稳住身体，手脚画着小圈使自己浮在水面上。我扫视了一眼海面。最近的游泳者离我也有五十码，我正好看见他也疼得哇哇叫，猛砸着海水朝岸边游去，就剩我自己了。

我张开嘴大喊。或许我应该呼救，但是"救命"这个词卡在了我的喉咙里。这个词突然显得无比愚蠢。"救命！"谁会真的呼救呢？多么没创意啊！再说，"救命"用西班牙语怎么说——或者应该是加泰罗尼亚语？有用吗？溺水的法国人会不会觉得喊"aidez-moi"[1]很傻？即使附近有人能听见，他们又怎么可能帮得到我，像我一样被水母围住？他们得用直升机把我吊起来，这些魔鬼似的水母构成的一大团胶状物质正挂在我没有血色的腿上。"抱歉！"这才是我应该喊出来的，"抱歉！为了我那要命的愚蠢！"

我望向岸边，想找到阿尔比，但我离得太远了。我徒劳地摇晃着身体，可脚背和手臂上的疼痛半点儿都没减轻。我又沉到水下了，这次我紧紧闭上眼睛，再也不要知道自己周围是什么。又一记鞭子抽过来，这次是肩膀。我想，天哪，我会淹死在这里，我会被无数次蜇伤毒晕，然后滑向海底。我确信自己要死在这儿，比以往任何时候都要确定，于是我对自己笑了起来。这是何等荒谬的死法，没准儿会登上英国的报纸。我想起了自己的游泳裤，讨厌的肉色系，腰围三十英寸——本该穿三十四或三十六英寸的。我想，老天爷啊，求求你了，不要让人们发现我的尸体穿着三十英寸的游泳裤。我不想让康妮辨认这具穿着儿童泳裤的尸体："是的，那是我丈夫，但这条泳裤是别人的。"也许他们还要让我穿着泳裤下葬。"哦，天哪！"我大喊起来，又哈哈大笑起来，发出呼噜呼噜的、灌了一嘴海水的笑声。"哦，老天，康妮，抱歉了。"我的神志相当清醒，脑海中浮现出她的脸，那张我经常想起的脸，一张照片上的脸，我知道这么说很伤感，但是我认为这种场合应该允许伤感一下。就是那张脸。我想到了康妮，也想到了阿尔比和我们的小家。我又吸了口气，全力游向海岸，使出浑身解数劈开海面。

---

1. 法语：救命。

166. 美杜莎，美杜莎

我撤退的姿势比我入水的姿势更加不优雅。我活像个海难幸存者，蹒跚地爬上岸，五体投地地缩着身体，趴在什么人的沙滩排球场中央。情急之下，我误判了方向，登陆的地方距离阿尔比有一百多码之遥，这儿的人根本没扶我站起来或问我出了什么事。因此，我跪下大口喘着气时，中断的排球比赛在我的脑袋正上方继续进行了起来。

当我终于觉得自己可以走路时，我开始寻找阿尔比。太阳残暴地发出热气，仿佛透过了放大镜。水下至少还凉快些，离开水面，我觉得自己像一块烤肉。被蜇伤的地方，连空气的流动也能造成痛苦，而且痛苦的也不光是我一个人。消息已经在海滩传开了，我又开始寻找阿尔比，同时听到自己所到之处不断地响起"美杜莎，美杜莎"这个词。

我总算找到了他，睡得正香。

"阿尔比！阿尔比，醒醒。"

"爸——爸!"他低声吼着，挡住刺眼的光线，"出什么事了?"

"我被水母突袭了。"

他坐了起来："在水里?"

"不，是在陆地上。他们抢了我的钥匙和钱包。"

"你在发抖。"

"因为痛，阿尔比，真的、真的很痛。"

阿尔比看到我痛苦的样子，一跃而起，冲向手机，用谷歌搜索"水母蜇伤"，而我则躲在一块浴巾下，浴巾碰到蜇伤处，痛得我龇牙咧嘴。

"我不能在你身上撒尿，是吗？因为那太弗洛伊德，太离谱了。那是用了五十年的方法。"

"我想，撒尿的方法是虚构的。"

他指了指手机："是的！是虚构的！其实网上说必须摘掉所有触手和刺囊，大量服用止痛药。你要去哪里？"

我扯着衬衫，五官扭曲，一股可怕的恶心蹿了上来："我要在房间里躺一会儿。我包里有扑热息痛。"

"好吧，我跟你一起去。"

"不，你就待在这儿。"

"我想要——"

"我说真的，阿尔比，你玩得很开心。我睡一会儿就好了。不要游泳。顺便问一句，你用的防晒霜防晒指数是多少？"

"8。"

"你疯了。看看太阳在哪里！至少得30。"

"爸爸，我又不是小孩子，我自己能——"

"给你……"我把防晒乳液扔给他，"别忘记耳朵尖。酒店见。"我拿着鞋和裤子，举着胳膊穿过人群，跌跌撞撞地回到酒店。

大堂里挤满了人，我的装束很不得体，但我不在乎。终于到达房间时，恶心的感觉更厉害了，但疼痛有所缓解，与连珠炮似的心脏病发作的痛楚相比，几乎可以忽略不计，仿佛有人抡着大锤接连砸在我的胸骨上，第一锤就放倒了我，使我气息全无。

167. 在衣柜下

我小时候偷偷喜欢过恐怖故事里突然揭示出主人公早已死去的老套桥段。我在电影里也看到过这种桥段，除去其中暗含着的有关意识和来世的假想外，我一向觉得这种把戏很浅薄。所以我应该立即说明我并没死，也没被谁邀请朝着什么白光走去。

事实是儿子救了我的命。不知是出于愧疚还是担心，他在沙滩上总有些心慌，于是几分钟后他也跟在我后面。他走进房间，发现两张单人床之间伸出了我的双脚。疼痛已经顺着我的胸口蔓延开，侵袭到手臂、脖子和下巴，我已经有些呼吸困难，同时惊慌失措。在鸡蛋仔赶到之前，我认为自己没有任何得救的可能，只能躺在硬木地板上，仿佛被一只巨大的旧衣橱死死压在地上。我凝视着床底下的毛球，远处是儿子扔了一地的袜子、运动鞋和毛巾，突然，我儿子那双神圣的脏脚奇迹般地出现在了门口。

"爸爸？你在玩什么呢？"

"拜托你过来，阿尔比。"

他从床上爬过来，低头看见我正苦不堪言地蜷身靠在床头桌上，我向他说明了自己的猜测。他没有在谷歌上搜索"心脏病发作"，而是拨通了前台的电话。他的语气明智而清晰，是我闻所未闻的，镇定得令人肃然起敬，与我的行事风格一模一样。他确信救援即将来到后，两脚跨在我的左右两侧，两只手伸进我的腋窝，试图抱着我坐起来。但是我丝毫动弹不得，一点儿力气也使不上，因此他又挤到我和床之间，待在地板上，握着我的手，陪我等待救援。

"这回知道了吧？"过了一会儿，他说，"我告诉过你那条游泳裤太紧了。"

我抽搐了一下："别逗我，阿尔比。"

"你疼吗？"

"疼，我疼。"

"为你难过。"

"阿司匹林会有用。"

"我们有吗？"

"我们有扑热息痛。"

过了一会儿，约莫有三四分钟，虽然我竭力保持冷静，但还是忍不住想到我自己的父亲可能也以同样的姿势独自躺在那间公寓里，身边没有人，没人陪他开笨拙的玩笑。没人在身边？我不在他身边。"他的心脏等于是爆炸了。"医生的语气中有种不得体的津津有味。我感到胸口又是一阵痉挛，我的脸抽搐了一下。

"你还好吗？"

"我很好。"

"保持呼吸，爸爸。"

"我尽量。"

时间一分一秒地流逝，可又像是没有。

"如果你失去知觉会怎样？"

"也许我们应该说点儿别的，鸡蛋仔。"

"对不起。"

"如果我失去知觉，那就是心脏骤停。你必须给我做心肺复苏术。"

"生命之吻？"

"我想是的。"

"哦，天哪，不要失去意识，好吗？"

"我尽量。"

"太好了。"

"鸡蛋仔，你知道怎么做心肺复苏术吗？"

"不会。我用谷歌搜一下，也许我该马上搜。"

"会有用吗，爸爸？"

"恐怕没用。"

"好的，那就躺着不动吧。"

我又笑起来。假如我死了，一定是被阿尔比拼命研读心肺复苏术的样子笑死的。"算了。就陪我躺会儿吧。我会没事的，一切都会好起来的。"阿尔比慢慢地呼出一口气，捏住我的手，用拇指搓着我的指关节。我想，以这样的代价才能再跟他亲昵一次，真是一种耻辱。

"阿尔比——"

"爸爸，你知道你不该说话。"

"我知道——"

"一切都会好起来的。"

"我知道，但如果不好的话，如果我不是……"

我想，有些人可能希望能有这种机会对这个世界说出确凿的、最后的话，我的脑海中迅速闪过各种台词。但这些话都太忧伤，太像哭哭啼啼的电视剧了，于是我们只是躺着不动，一言不发，夹在两张床之间，握着彼此的手等待救护车的到来。

168. 心脏病发作

我简直不知道怎么赞美西班牙的卫生系统才好。这里的医护人员不说废话，他们的"男子汉气概"令人安心，我被他们用毛茸茸的手臂抱起来，带到不远处的当地医院，在那里进行了X光检查并服用了稀释血液的药物后，一位叫约兰达·吉门尼斯的医生用清晰流利的英语解释说，我需要做手术。我的脑海中立马出现了手术电锯的嗡嗡声和我的肋骨像龙虾壳般裂开的情形，但医生说只是局部手术。局部麻醉后，他们会把一根管子从我的大腿插进去，有点儿不可思议地一直通到我的心脏，拓宽动脉，留下一个支架。我的脑海中又浮现出了管道清洁剂、牙线、拨开塑料套的金属衣架。手术将在次日上午进行。

"嗯，听起来不算太坏。"医生走后，我情绪高涨地说。事实上，我对将导管插入大腿，并一路窥探内脏的前景并不太感冒，但我不想让阿尔比担心。"要是穿得过了头，说不定还会从我的耳朵里钻出来！"我说。他勉强笑了笑。

阿尔比回到酒店，给我拿了几件换洗衣服。不正经的游泳裤被丢进了垃圾箱，当晚我们搬到病房过夜。我希望能说这里有只属于巴塞罗那的浪漫，大家沿着走廊散步，用鸡尾酒里的小棍挑着吃章鱼，一直嗨到天亮。然而，这里与世界上任何一家医院的病房一样焦虑、压抑，只是咒骂、呻吟和哭泣的口音比较与众不同。阿尔比自从出生后就没进过医院，他似乎被镇住了。"爸爸，如果这是你为了让我戒烟而精心设计的把戏，它已经奏效了。"

"嗯，我觉得挺了不起的。阿尔比，你愿意的话，可以把我一个人留在这里。"

"然后呢？去参加派对？"

"至少可以回酒店吧。你不能睡在椅子上。"

"我晚点儿会回去，现在我们得给妈打电话。"

"我知道。"

"你打，还是我打？"

"我和她说几句话，然后让你接电话。"

我打了电话给她。第二天术后，我在镇静剂的辅助下睡了一觉醒来后，发现我的妻子已经出现在我身边。

169. 她的脸

康妮有点儿笨拙地用半张身子躺在病床上，她那张迷人的脸蛋紧挨着我的脸。

"你怎么样？"

"我没事！挂了点儿彩。"

"我以为是锁孔那样的微创手术。"

"更像耶鲁锁的锁孔，不太像丘伯锁的锁孔。"

"你痛吗？要不要我下床去？"

"不，我喜欢你在这里。别动。要是我身上有臭味，那就抱歉了。"畅游地中海之后我就没好好洗过澡，现在我痛苦地发现自己有口臭和体臭。

"天哪，我不在乎，发臭说明你还活着。感觉怎么样？"

"有点儿不舒服。胸口有压迫感，好像有人把手指头伸进你的身体里掏——"

"该死的，道格拉斯！"

"我很好。抱歉你大老远跑来。"

"嗯，我想过要不就这样吧，让他自己扛着手术吧，但没什么好看的电视节目，所以我就来了。"她的手现在贴在我的脸颊上，"看看这些疯长的胡子。你看起来好像遭遇了海难什么的。"

"我很想你。"

"哦，天哪，我也很想你。"她哭了，也许我也哭了，"明年我们再这样度个一模一样的假，好吗？"

"一模一样的，什么都不要变。我要今后每年都度个跟今年一模一样的假。"

"绝妙的度假。"

"绝妙的度假。"

170. 枕头

做了血管造影后，医生认为血管成形手术成功了，由此可以确定，我的心脏病发作"不算严重"。当初瘫在两张床铺之间的地板上的那一刻，我当然感觉自己生命垂危，但我没有狡辩，因为好处是再住一晚我就能出院了，而且只要好好吃药，差不多十天之后，医生就会允许我乘飞机回到英国。

康妮和阿尔比以令人赞许的高效率控制了局面，他们找到了一套公寓。那里比酒店更舒适，也没那么憋得慌，于是我们填写了医疗表格，预约了各种检查，然后坐出租车来到了巴塞罗那的扩展区，这是一片充满小资情调的住宅区，随处可见一座座相当宏伟的公寓楼。我们住在二楼，舒适、安静，到处摆着书籍——没那么多台阶——主人是一位暂时不在家的学者，公寓后面还带个阳台，附近有不少可以散步的地方。有高迪的建筑物和餐馆，离圣家堂只有七个街区；这里的一切都精致讲究，物价奇高，令人崩溃，但也让我有生以来第一次看到了全方位的旅行保险的价值所在。我们根本不担心费用问题。我什么也用不着操心，这对我非常重要。

康复期是奢侈的，他们小心翼翼地领着我去这里、去那里，像对待一只旧花瓶。尤其是阿尔比，他非常贴心，时刻关注着我，仿佛在此之前他根本不相信存在死亡似的。几个月后，我发现自己这次住院的经历成了一系列写实风格的摄影作品的主题，高对比度的黑白照片上是一张张我睡觉时张着大嘴喘气的脸，连接在我胸口处的各种心脏监护仪的超级特写和刺穿我皮肤的套管。对这个少年来说，一切不幸都有种仪式感，但我很高兴自己总算为他提供了一些灵感，至少我现在出现在他的照片上了。

一旦弄清楚我一时半会儿不会死，阿尔比就失去了兴趣。我和康妮鼓励他别管我们自己去玩，而他明显有种解脱的感觉。他高中的朋友们约定在各奔东西之前到伊维萨聚聚，于是他飞出去跟他们碰头，还有不少跌宕起伏的故事可以讲。也许他会夸大其词，也许他会说自己施展了心肺复苏术，也许他多少会想象一下要是我没有挺过去会如何，谁知道呢？出生入死的是我，但我很高兴他有机会得到关注和赞美。我为他感到骄傲。

那年夏天阿尔比在伊维萨岛做了什么，我永远不会知道，事情本应如此。他每天联系我们，向我们保证他安全、开心，我们别无所求。此时此刻，我和我亲爱的妻子又能独处了。

171. 向加泰罗尼亚致敬

也许听起来很荒谬，但我认为，在巴塞罗那的康复期是我们的婚姻中最幸福的一段时光。

我很晚起床，根本没想过要定闹钟，康妮坐在阳台上，吃着橘子、喝着茶看书。一切收拾停当后，我们会出去散步，也许一直走到我们都很爱的博盖利亚食品市场。我在那儿喝果汁，不喝咖啡，也不喝酒。我们不厌其烦地讨论，说我从现在开始必须采用地中海饮食，在伯克郡时这是个火药味十足的话题，但在这里却十分可爱。我们挑了喜欢的小摊买了面包、橄榄和水果，再继续往前走。

兰布拉大道更适合游客，而不是我们当地人，所以我们通常会向左或向右直接拐进拉巴尔区或哥特区深处的小巷里，走上几步就找个咖啡馆歇歇脚。康妮在格拉西亚区的一家小小的英文书店里找到一本奥威尔的《向加泰罗尼亚致敬》和有关西班牙内战的历史书，我们坐在树荫下读书，喝着新鲜的橘子汁。下午晚些时候我们会打个盹，然后像其他游客一样早早来到院子里的餐馆，像其他游客一样早早地吃个晚餐，略带几分遗憾地抵制住西班牙香肠、炸鱿鱼和冰镇啤酒的诱惑，然后慢悠悠地走回家，上床睡觉。

一天早上，我们乘坐出租车来到位于城市高处的琼·米罗展览馆，康妮在这里不断发出阵阵惊叹，我却迟疑不决，感到在抽象艺术这方面自己仍然差着那么一大截。随后是从蒙特惠奇公园到海边的美妙缆车旅行，我们高高地俯瞰着一个个港口、起重机、游泳池、仓库和高速公路，俯瞰着远洋货轮和集装箱货船的甲板。看到那边了吗？那是圣家堂，那是我跟儿子手牵着手，以为自己命不久矣的旅馆。从山上到海边的一路上，缆车徐徐下降，而我在巴塞罗那剩下的时间里也有着同样的感受，仿佛被高高举起，然后又被精心地、满怀深情地背在背上，有点儿像美好的童年，而日子不可能永远如此美好。我迟早要狠狠地一头撞上门柱，整个人被拉回现实世界，准备迎接这场心脏病的后果：焦虑、各种化验和检查。我的生活方式和我的事业会受到何种影响？但是眼下，我和康妮还是相敬如宾，互相关怀，仿佛在热恋中，因为我们都想回到过去有过的更好的阶段。显然，未来四十年要维持一段长久的幸福婚姻，前提条件是每三个月来一场不要命的心脏病。假使我能想办法做到，我们的婚姻应该还有救。

一天晚上躺在凉爽的大床上，我问："你觉得我们还有没有机会做爱了？我是说，不攥着胸口，死在你身上那种？"

"实际上，我查过。"

"你查过？"

"我查过。建议先等四个礼拜，但我认为，如果我主动，你别兴奋，应该没问题。"

"就是说跟以前一样。"

她笑了，这让我非常高兴。

"我想我们会没事的，你觉得呢？"我说。

"我也是这么想的。"康妮说。果然如此，我们都没事。

172. 回家

大约一个礼拜后，我们差不多成了巴塞罗那人——如果真有这个词的话。不用地图，不看游客指南，不规划行程。我们甚至还学了几句加泰罗尼亚语："¡Bona tarda!"[1] "¡Si us plau!"[2] 我们每隔几天去医院，舒适地坐在西班牙人的候诊室里，直到警报完全解除，我又被移交给英国国家卫生体系。旅行又是安全的了，我们可以回家了。

"是个好消息。"我说。

"难道不是吗？"康妮说。

然而我们还是有些不情愿地收拾行李，我看着康妮把手提箱搬上出租车，完全帮不上忙。我们手牵手坐在驾驶室里，探头探脑地从两边的窗户向外望。我们在飞机上也牵着手，康妮的食指摩挲着我的手腕，好像在偷偷给我号脉似的。要实现没有压力的旅行，这种执着本身就令人焦虑，我们俩都没怎么说话。我坐了靠窗的座位，额头抵着玻璃。

那天，整个欧洲阳光普照，我向下俯瞰，依次是西班牙、地中海，然后是法国大片大片的绿地。英格兰的画卷在我们面前徐徐展开：白色悬崖，高速公路，整齐划一的玉米田、小麦田和油菜田，带有环形公路和本地超市的沉闷英国城镇，镇上的商业街和路口的环岛。弗兰在希思罗机场迎接我们，他不停地说笑话，一反常态地表示关心，我们坐着他的车回到自家门口。"你下车没事吧？""你上楼没事吧？""你能喝大杯的咖啡吗？"这种体贴很快开始令人抓狂：扶在我胳膊肘上的手、侧过来的脑袋和充满关切的语气，和我偶尔对老年生活的恐惧想象一模一样，而我以为

---

1. 加泰罗尼亚语：下午好！

2. 加泰罗尼亚语：拜托！

那至少也得再过上三四十年，因此我决心竭尽所能，恢复健康。不，不仅要恢复健康，还要比以前更健康、更强壮。这一年以来，我本已小有成就，现在医生对我很满意。我沿着乡间小路骑自行车；我和朋友们打打羽毛球，一般是双打，尽管不如以前发力那么凶猛。我时不时慢跑，可两只手无处安放，因此有些难为情。总的来说，预后良好。

但我在大步前进。我对琼斯先生大呼小叫，放下身段允许它舔我的脸。我无助地看着康妮把箱子搬上楼。我帮忙收拾行李，把所有东西放回到原来的位置上——牙刷放回支架上，护照放回抽屉。弗兰总算走了，房子里又只剩了我们两人，感受着久别归来的伤感和幸福。一堆未拆封的邮件，吐司配茶，收音机的声音，空气中的浮尘。客厅的桌子上摆着一大摞未读的报纸，描述着我们不曾知道的新闻。

"你忘记暂停订报纸了。"我一股脑儿填满垃圾箱。

"我得操心别的事！"康妮有些愠怒，"我以为你不行了。还记得吗？"

我们带琼斯先生出去散步，走的还是通常的路线，上山，下山。天气比通常的八月凉爽些，空气中弥漫着一丝秋天的气息，这是季节即将更替的暗示，如同有人轻拍我的肩膀。"要是带件外套就好了。"我说。我们正手挽着手，沿着小巷慢慢地走着。

"要不要我回去拿？"

"康妮，我不想让你——"

"我跑着回去，马上就能回来……"

"我觉得你最好别离开我。"

有好大一会儿，我谈起了过去这段日子。我一直在思考哪里出了问题以及未来可以如何做些改变。也许我们会搬回伦敦，或者至少在伦敦找个小房子，在城里过周末。找个像样的郊区，搬到小点儿的房子里。多出去走走，到更远的野外去。我们谈论着新的开始，谈论将近二十五年来的共同生活，谈论我们的女儿和儿子，以及我们经历的一切，以及这一切如何让我们变得亲密无间。无法分割，我说，因为我发现，没有她的生活几乎不可想象，在最切实的意义上是不可想象的；我想象不出自己的未来怎么能没有她在左右，我热切地相信，我们在一起可以，而且一定会比分开更幸福。我要我们两个一起变老。一个人变老，一个人死去，光是想想就——还是那句话——"不可想象"。不光是不可想象，甚至是面目狰狞、毛骨悚然。我稍微地想象了一下就不寒而栗了。"所以我觉得你最好别离开我。一切都会好起来的。我们以后只会越来越好，我会重新让你幸福起来的，我发誓。"

虽然夜风很凉，但我们在山坡上的长草里躺了下来。康妮吻了我，把头靠在我的肩膀上，我们就这样待了很久，M40高速公路听上去有点儿遥远。"我们走着看吧。"过了一会儿，她说，"不用着急，走走看。等一等，拭目以待。"

旅行出发时，我发誓要重新赢得她的心，但我似乎没能做到，尽管我已经尽了最大努力——也许正是因为我尽了最大的努力——可我还是无法让她再快乐起来，或者像她想要的那样快乐。第二年的一月，也就是距离我们相识二十五年纪念日还有两周的时候，我们拥抱道别，分居了。

Part Nine
England, Again

第九部

重返英格兰

——

家这样伤心。还是被弃时的样子，
布置得让最后一个离开的人感到自在，
以为这样就能将他们挽留。相反，失去了
可以取悦的人，它萎缩成这样，
更没有心思放下这场洗劫，
重新回到它起初的样子，
飞向家的愿景的欢乐一击，
早已失却了目标。你能想见它曾经的样子：
只要看看这些画像和餐具。
搁在琴凳里的乐谱。还有那只花瓶。[1]

——菲利普·拉金《家这样伤心》

1. 译文选自阿九译《菲利普·拉金诗全集》，河南大学出版社，2018年版。

173. 不同的观点

故事还是你听过的故事，不过换了一个叙述的角度。

一个少年，母亲是他的偶像，父亲则几乎不像亲生父亲。他们整天争吵，不吵架的时候就保持沉默。父亲是好心，却缺乏想象力，没有情商、同理心或诸如此类的东西。长此以往，父母的婚姻关系紧张，充满引而不发的怨恨，男孩则渴望着逃离。和很多青春期的孩子一样，他有点儿自命不凡，他不负责任，渴望踏入生活，寻找真正的自我。但他必须先要忍受一个漫长而沉闷的假期，在各种积满尘土的博物馆里逛来逛去，看着父母争吵，和好，再争吵。他遇到了一个女孩，一个离家出走的叛逆者，他们方方面面都一拍即合：艺术！政治！生活！父亲公开羞辱他，于是男孩带着女孩逃跑了，不理会父母焦急的电话，靠卖艺挣钱过活。然而冒险的生活很快索然无味了。女孩对他一往情深，可尽管他尽了最大的努力，却怎么也无法回报。一个多年盘旋在脑海里的问题现在迫切地需要答案，于是他逃到一个举目无亲的城市，问自己：我他妈到底是谁？他的父亲满心愧疚，跟踪而来，他和父亲终于勉强休战。在巴塞罗那的一家旅馆里，他设法救了父亲一命，而且是名副其实地救了他，他们的休战协议才变得牢固起来。风波平息了，富有魅力、心思复杂、不走寻常路的年轻人离开心存感激的父母，独自踏上社会。谁知道他的未来有什么风浪，等等，等等。

我相信这类事被冠以"成长文学"的名字。我知道其中混杂着理想、犬儒、自恋和自以为是的正义感，再添上点儿性之类的东西。我的成长不是这样的，也许是因为我从来不明白"我是谁"这种问题。我在青春期时也很清楚自己是谁，即使我并不太在意答案是什么。但我看得出，阿尔比的青春期比我更焦虑。我看得出，也许某些人会对这个故事感兴趣。

要是没人感兴趣，那换个故事怎么样？

美丽聪慧、有点儿缺乏安全感的年轻艺术家，和暴躁却很有才华的男朋友过着放荡不羁、随心所欲的生活。他们吵架总是很凶，最后一次分手后不久，她在一次聚会上遇到了另一个男人，这次是一位科学家，容貌尚可，性格也许有点儿保守，但还算和善，于是他们开始相处。男人可靠，有头脑，显然对她十分钟情，后来两人陷入热恋。但当他向她求婚时，她又犹豫了。她的工作怎么办，还会有从前那种激情和刺激的生活吗？她不顾这些疑虑，说愿意。两个人结了婚，也幸福过。但是他们的第一个孩子夭折了，第二个孩子又很难带。她的脑海中时常浮现出疑问。她的画家梦去哪儿了？过去的生活呢？丈夫忠诚，正派，非常爱她，但她的日子琐碎而乏味，于是有一天时机成熟了，她鼓起全部勇气，半夜把他叫醒，对他说自己已经决心离开。他当然很心碎，他的心碎也让她有些难过。他们的单身生活都很艰难。他求她回来，她也动摇了。

她在伦敦的一间小公寓里开始了新的生活，尽管偶尔也会孤独，但还是令她感到振奋。她又开始绘画了。她拒绝了丈夫的请求。他可以留着狗。

她今年五十二岁，不知道未来会怎么样，反正一个人很开心。

但是后来——剧情最后一次反转——有天晚上，她在伦敦的一个老友的聚会上遇到了昔日的情人。他不再是以前那个狂野、傲慢的艺术青年了。他生活无定，是个汽车修理工，住在北约克郡的荒原上，有时间还会画画，画得还是那么出色，但早年的生活、酗酒和日夜颠倒的作息已经磨去了他的锋芒，他的心满是悔恨和谦卑。

艺术家多了肚腩，少了头发，却仍然不失英俊和风度。他们彼此还念着旧情，就算她的腰也粗了，头发也灰白了。重逢的那个晚上，他们就同床共枕，不久重新坠入爱河。女人找回了幸福，还不算晚。

说到这里，我开始觉得难过，康妮和昂格罗的故事比我自己的故事好得多。我想象出他们在现在常常参加的那种派对上对人们讲述这个故事。"你们两个是怎么认识的？"不认识的人看到他们亲密依偎时的浓浓爱意，看到他们仍然像只有他们一半年龄的恋人一样亲吻、牵手时，会这样问，于是他们你一句我一句地讲起三十年前的相遇，各自与其他人结婚，却如同彗星一般沿着漫长的轨道返回，或者诸如此类傻蛋似的乱七八糟的叙述。"哦，"听众感叹道，"多么温馨的故事，多么浪漫。"而与此同时，其间所有的时光、我们共同经历的风风雨雨、我们的婚姻，全被扔到了括号里。

174. 从理论上说

"不是这么简单，道格拉斯，"康妮告诉我，"我们两个有点儿找到感觉了。我们……越来越明白是怎么回事了。他说他变了，但本性难移，对吗？就算愿意改变。"我同意。的确，本性难移。"反正我想告诉你，我觉得你应该第一时间知道。我觉得你也应该告诉我。如果你遇到了什么人，立刻告诉我。我希望你能遇到。"

这段对话发生在六月伦敦的一次午餐时分，我们谈分居时承诺这样定期见个面。我们没有离婚，可能很长一段时间内不会离婚，但我想这一天迟早会来。目前，从理论上说我们还是夫妻，从理论上说。"我不着急。你着急吗？"她说。不，我不急。

餐厅在苏荷区，怀旧的西班牙主题，却又时髦得不得不排了好长的队。现在排队似乎也很时髦。有个位置你应该觉得荣幸和感恩，我想知道还得等多久你才能有幸去给他们刷碗。反正，排队等位时我们喝了葡萄酒，进入座位——其实是长椅，周围的一对对男女比我们年轻得多，一切都非常高雅，非常愉快。任何旁观者都会认为我们是来城里享受生活的老夫老妻，我想这或多或少是事实。舒服、亲切，隔着桌子触摸彼此，只是康妮很快就要回到她在肯宁顿的地下室里，而我将坐上回牛津的火车。

"你的公寓怎么样？"康妮问道，我猜她是为了安心，"住得舒服吗？遇到什么人了吗？你在那儿开心吗？"请回答"是的"。

175. 财产

我已经搬到了牛津郊区一个小而舒适的花园公寓。一直住着一家人的老房子太大了，独自住在里面让我感到十分压抑。我也不喜欢花费晚上的时间为买主展示迷人的厨房和一间间明亮宽敞的卧室，对他们说这里是最适合一个小家慢慢壮大的地方。因此，等待房子出售期间，我们就租好了公寓。想到父亲的经历，我确信这个地方会是个热情而振奋的地方。有一间空房留给阿尔比来的时候住，有一个小花园，可以到河边散步，附近有朋友。四十五分钟可以到工作的地方。有些时候——工作日哭泣的晚上或礼拜天下午三点的伤心时刻——剧烈的伤感会吞没这里，像某种蠕动的气体般涌进每一个房间的角角落落，每到这时，我就不得不把琼斯先生关进车里，自己出去快走一通，不过大多数情况下我算是挺开心的。断舍离，只留下必需品，原来我需要的东西比预想的还要少，我喜欢这种井井有条的简单生活。所有东西都物归原位，就像达尔文在"小猎犬号"上的舱房一样。我工作到半夜，自己做些简单的健康饮食，想看什么电视节目就看什么。我健身、阅读，带琼斯先生散步，洗碗机一礼拜只用两次。

176. 愉快的礼拜五

在一年里第一个暖和的日子，康妮开着一辆租来的面包车从伦敦回到老房子（"你能行吗？""我当然行。我是不是该坐火车去伦敦，把面包车开过来？""道格拉斯，我能行！"）那个漫长的复活节周末，我们把混在一起的生活分了个一清二楚。我们也邀请了阿尔比，答应他气氛不会很严肃、很尖刻，几乎是狂欢节的气氛！但他说忙，应该是忙着给人家拍后脑勺什么的吧。我给他打电话，问他所有的东西，比如旧作品和小时候的玩具该怎么处理，他说："烧了，全烧了。"我和康妮哈哈大笑了一通。我们戴上橡胶手套清理他的房间，每找到一只脏兮兮的球鞋或一条老掉牙的裤子，我们都会念咒语似的说："烧了！全烧了！"

实际上我们什么都没有烧，那样太悲情了，尽管如此，这个复活节周末还是有种相当忧郁的气氛，像在举行某种仪式。东西在不同的房间里堆了五堆，一堆给康妮，一堆给我自己，有的丢进垃圾堆，有的卖掉，有的捐给慈善机构。有趣的是，我们发现自己拥有的各种东西全都很容易分门别类地归进去。我们尽了最大努力，保持积极乐观。康妮把她新发现的音乐归成一堆——她又在听音乐了——礼拜六，我们喝了葡萄酒，没用太多盘子，简单吃了一餐。我为礼拜天早上和傍晚准备了复活节巧克力蛋，被阁楼里的灰尘和蜘蛛网弄脏了脸。康妮和我上了床，最后一次做爱。我不想多说，但值得庆幸的是，我们并没板着脸。事实上，有笑声，有温暖，有柔情。我想这就是亲情吧。事后，我们在徒有四壁的房间里躺了很久，什么也没说，拥抱着睡了一会儿，然后醒来，穿衣服，下楼清空橱柜。

177. 复活节礼拜天

其他时间，那个周末颇有考古挖掘的气氛，我们向过去越挖越深，挖出来的东西灰尘更多，也更破旧。大多数东西很容易归类。我和康妮一向品位不同，尽管多年来这些东西在一定程度上开始趋同，但基本上不需要问哪些是我的、哪些是她的。刚开始相处时，我们都用各自心爱的书籍和唱片当炸弹互相轰炸——或者应该说是康妮轰炸我——而现在想要把它们抢回来似乎也很无礼。所以我留下了约翰·科尔特兰的唱片、卡夫卡的短篇小说、波德莱尔的诗歌和雅克·布雷尔的黑胶唱片，尽管我没有播放机，而且即使有也不会放。我很高兴都留着，因为正是这些东西使我们成为"我们"。在兰波诗集的扉页上，我找到这么一句话："情人节快乐，你是个了不起的男人。我非常爱你，签名???"我拿给康妮看。

"这是你寄的吗？"

她笑着摇摇头："不是我。"

我把这本书放进我的那堆，我知道自己永远不会去读它，也永远不会扔掉它。

只有少数几样东西模棱两可。在一罐35毫米胶卷——古代遗留物——里，我们发现了十到十二颗黄色的小牙齿——阿尔比的乳牙，没被他在操场吞下去或丢了的乳牙。事实上，这些东西让人不舒服，有点儿瘆得慌，人们在博物馆的埃及区看到这些东西可能会皱起鼻子，但扔掉似乎也不对。每人六颗？为乳牙讨价还价简直有几分荒谬。"你拿走吧。"我说。因此乳牙是康妮的了。

但照片就不好分了。我们当然有底片，可是比起录像带和录音带，照片底片似乎更像是古代文明的遗物，于是我们全扔了。我们女儿那沓薄薄的照片归康妮，她安慰我说，会尽快为我好好复制这些照片，后来她果然履行了承诺。我们坐在地板上处理其他数字时代之前的照片，把它们像扑克牌似的分成几堆，没意思的和没对焦的不要。我们选出了一摞最佳照片，是两个人都想翻拍的。这几张是我们在没完没了的派对和婚礼上，那几张是在斯凯岛的雨中竖起大拇指，再来几张是威尼斯，又是下雨，这张是阿尔比躺在妈妈怀里。过程缓慢而折磨，每张照片都印着我们旧日的时光，带领我们穿过回忆的小巷。那谁谁后来怎么样了？天哪，还记得这辆车吗？这是我在基尔伯恩的公寓里装架子，脸蛋光溜溜的，怎么会这么年轻？这是康妮，在我们的婚礼上。

"那条糟糕的裙子——真不知道我怎么想的。"

"我觉得你美极了。"

"看看你穿那件西装，十足的九十年代风格。"

"这些你想要翻拍吧？"

"当然想！"

这张是阿尔比在度假时学游泳，两岁、三岁、四岁、五岁生日时吹蜡烛；这张是在吊床上他躺在我怀里睡着的样子；这些是圣诞节的早晨、学校运动会，还有以前的复活节，比今天更开心的复活节。良久，我觉得难以忍受了。从进化的角度讲，大多数情绪——恐惧、欲望、愤怒——总有个实际的目的，但怀旧则无用而徒劳，因为我们渴望的是一去不返的过去，此时此刻的我真切地体会到，这是多么无力啊。我心如刀绞地把其余照片倒在地板上，咬牙切齿地让她全都自己留着好了。她嘟囔了几句要翻拍什么的，便全部归入"康妮"那堆里。那天晚上，我睡在了另一个房间。

178. 复活节的早晨

礼拜一赶上法定假期的话，最好的情况也不过是令人沮丧，到了第二天则是满目疮痍。吃午饭的时候，康妮已经把东西装进了厢式货车。车子连一半都没装满。

"你要我帮你把车开回去吗？"

"我能开车。"

"高速路的情况会很恐怖的。我可以开车送你回去，晚上坐火车回来。"

"道格拉斯，我没事。我们伦敦见，下周。我来选餐厅。"我们有个约定，每个月吃一次午饭，雷打不动。对于这类约会她总是分毫不差，像个上门的治疗师和社会服务人员。说不定她也想监督我的情况。

"开车当心点儿，注意看反光镜。"

"我会的。"

片刻沉默。

"我觉得很难。"我说。

"我也觉得很难。但不这样会更难，道格拉斯。"

"我想是的。"

"再也不会往墙上砸东西，再也不会撕东西。"

"不会了。"

"谢谢你，道格拉斯。"

"谢什么？"

"谢谢你不恨我。"

事实上，我恨过她，在前几个月咬牙、泪崩的时候，现在不了。

我们吻别了彼此。她走后，我一路上轰着油门又回到老房子，清洗地毯，收起水壶，关掉煤气和水。我把后备厢和后排座位堆满东西，然后在每个房间逐一走了一遍，最后一次关上门窗，空房子的感觉是多么空虚啊。我们在这里渡过了多少难关啊，我从来没想过要离开，然而此时此刻，我却要关起大门，把钥匙放进信箱。我没有理由再回来了，我觉得自己一败涂地，羞愧难当。

179. 和蔼可亲

四月和五月那几次午餐聚会还算开心和轻松。我说过，身边没有了她，我的生活是不可想象的，而眼下的我已经有点儿憧憬着未来我们可以是朋友。显然她很高兴能到城里来。肯宁顿的公寓很局促，但她不在乎。她见朋友，看展览，甚至又开始绘画，我不得不承认,这种新的生活很适合她。她走路带风,脸上有光,妙语连珠,还有了一丝不易察觉的"痞",这让我想起那个最初认识的康妮。我既高兴又难过,高兴的是她的生机勃勃,难过的是我方才醒悟自己的确拖累了她的精神生活。我们尽量开开心心、和和气气,十有八九还挺成功,至少在六月的一次聚会之前是这样,那一次,她给我讲了昂格罗的事。

"没分居的时候他没出现过?跟我说说嘛。"

"没有——"

"你们这么多年都没有联系吗?"

"三个礼拜之前才联系上。"

"你发誓?"

"这真的那么重要吗?"

"如果他破坏了我们的婚姻,那么是很重要!"

"不是因为他,你知道的。"

"那么他一定还挺得意。"

"为什么?"

"因为最后是他赢了!"

"滚他妈的,道格拉斯!"

"康妮!"

"真的,你怎么敢说这种话!我不是你和昂格罗打得头破血流的他妈的战利品。他也没'赢'!我们是在约会。我们想慢慢来。我以为你有权利知道——"

可我已经站起身,翻着钱包。

"别走!拜托别闹事!"

"康妮,你想和平分手,我能理解,但是办不到。明白吗?

你不能就这么……一刀两断，还和和气气的。"

"你真的要走了？"

"是的，我要走了。"

"那多坐一会儿。等账单送来，我陪你出去。"

"我不想让你陪——"

"要往外冲，也得两个人一起冲。"

我坐了下来。我们默默地各付了一半账单，然后从苏荷区走回帕丁顿，两个人都沉着脸不说话。走到梅尔伯恩大街时，她突然挽起我的胳膊。

"你还记得那次我出轨吗？"

"跟同事？"

"安格斯。"

"安格斯。天哪，你不会也还在跟他约会吧？"

"别逼我把你往汽车轮子下面推，道格拉斯。那个人，他是个傻瓜，不过这不重要。重要的是，你把我赶出去了——就是这样——你给了我最后通牒，我想了很久很久。成为某个人的妻子让我头昏眼花的。我从没想过自己要当谁的妻子，我想，我是不是该回去？结婚是不是个错误？"

"显然是个错误！"

"不是的！你还不明白？"这下她真的生气了，她拉着我的两只胳膊，强迫我对着她。

"不是错误！就这么简单。不是错误！我从来没觉得我们结婚是个错误，绝对没有过，我也从没后悔过，以后也不会后悔。遇见你，嫁给你，是我这辈子最美好的事。你拯救了我，不止一次，因为简死的时候，我自己也想去死，而我活了下来，唯一的原因就是你。是你。你是个了不起的男人，道格拉斯，你真的是，你根本不知道我多么爱你，多么愿意做你的妻子。你逗我笑，教我长进，让我幸福，而你将成为我的前夫，也还是个了不起的前夫。我们的儿子也了不起，十八岁的小伙子就该这么疯，这么荒唐，他是我们的儿子，我们两个人的，既是我的也是你的。你和我没有走到最后，这件事你不应该认为是打败了，是输了。现在很难过，我知道，但你的世界还不是末日，道格拉斯。不是末日，不是的。"

那次谈话很动感情，我认为在公共场合谈话时不该这么又哭又笑的，于是我们走进一家酒吧，待了一下午，笑了又哭，哭了又笑。

过了很久很久以后，我们分开了，又成了朋友，回家的路上互相发了不少温情脉脉的消息。我到家时是九点过一点儿，公寓里凉快又安静。琼斯先生在门口等我。它得遛遛，但我突然觉得很累，外套也没脱，灯也没关，就重重地跌进沙发。

我从陌生的房间里拿了几样不陌生的东西，几张我还不打算马上挂起来的照片和海报。窗户上，光线渐渐暗淡了，那张我看不上的地毯，太刺眼了。

寂静了几分钟后，电话响了起来，是座机，久违的铃声几乎把我吓了一跳，我有种久违的紧张感。

"喂？"

"爸爸？"

"阿尔比，你吓死我了。"

"才九点。"

"不，我是说你打的是固定电话，我都不习惯了。"

"我以为你更喜欢固定电话。"

"没错，只是……只是我还不习惯。"

"那么，你想让我打你的手机？"

"不，这样就好。出什么事了吗？"

"没事，我只是想聊聊。"

他肯定跟他妈妈打过电话了，我暗想。她告诉他："给你爸爸打个电话。"

"那个，你怎么样？大学怎么样？"

"还行。"

"你最近忙什么呢？"他给我讲了各种作业，啰啰唆唆又难以理解，还是那种理直气壮、以自我为中心的态度——全是句号，没有问号——我们聊得非常好，整整聊了十一分半，再次刷新父子通话的世界纪录。我一边聊，一边热了热昨天晚上剩下的相当美味的汤，跟阿尔比说再见之后，站着全喝了。之后，我带琼斯先生去散了个步。

回家后，我关上门，神清气爽，心情愉快，而且没有丝毫睡意，于是，我做了一件暗地里筹划了好久的事。

我坐在电脑前，打开一个新的窗口，敲下一行字：

180. 芙蕾雅·克里斯滕森　牙科医生　哥本哈根

〔全书完〕

我要感谢汉娜·麦克唐纳、迈克尔·麦考伊、罗安娜·本、达米安·巴尔和伊丽莎白·基尔加里夫，感谢他们的建议和鼓励。宝拉·亚历山德拉、里安农·罗丝·怀特、马尔科姆·罗根、萨迪·赫兰德、娜塔莉·多尔蒂、克莱尔·伊萨克博士、艾莉森·摩尔丁、格林威尔·福克斯、简·布鲁克和安德鲁·申南提供了专业建议，在此一并致以谢意。书中疏漏之处，均为本人之过。

感谢乔尼·盖勒、柯尔斯滕·福斯特和柯蒂斯·布朗文稿代理中心的所有人，感谢我的编辑尼克·赛尔斯、罗拉·麦克多格尔、艾玛·奈特、奥丽奥尔·毕晓普和霍德&斯托顿出版公司团队的全体成员。一并要致以谢意的还有安博尔·柏玲森、爱思·塔什基兰、苏菲·希伍德，同时还要特别感谢艾丽卡·斯图尔特和沙联死胎和新生儿死亡慈善机构（https://www.uk-sands.org/）。

本书的写作得益于E. H. 贡布里希的《艺术的故事》、维基百科以及谷歌地图。我在伊万·S. 康奈尔的小说《布里吉先生》中找到了纳撒尼尔·霍桑写给索菲娅·皮博迪的信。《背离亲缘》中的题记已获得兰登书屋授权使用，来自洛丽·摩尔和菲利普·拉金作品的引文获得费伯出版社授权，引用佩内洛普·菲茨杰拉德作品已获得第四权出版社授权，引用伊丽莎白·泰勒的引文已获利特尔&布朗出版集团旗下的维拉戈出版社授权。写作本书的过程中，对道格拉斯的旅途安排力求精确，但偶然做了些微调整，略有失真。例如，从西贝雷斯广场上无法看到普拉多博物馆，委拉斯贵支的《宫娥》前并没有长凳。

最后，我要将爱和谢意献给汉娜·韦弗，感谢她的耐心、幽默、鼓励和对我的启发。

The Grand Tour
欧洲大环游路线

巴黎

○ ○ ────────────────────────── ○ ──────────

卢浮宫　　　　　　　　　　　　　　　奥赛博物馆

波提切利　　　　　　　　　　　　　　库尔贝——《世界的起源》
——《维纳斯和美惠三女神向少女馈赠》（壁画）
乌切洛——《圣罗马诺之战》
阿尔钦博托——《秋》
达·芬奇——《蒙娜丽莎》
提香——《田园合奏》
皮耶罗·德拉·弗朗切斯卡——《西吉斯蒙多·潘多尔夫·麦雷斯塔肖像》
籍里柯——《美杜莎之筏》

慕尼黑　　　　　　**威尼斯**　　　　　**佛罗伦萨**

○ ○ ──────── ○ ○ ──────── ○ ○ ────────

老绘画陈列馆　　　　　学院美术馆　　　　　乌菲齐美术馆

勃鲁盖尔——《安乐乡》　　委罗内塞　　　　　　提香——《乌尔比诺的维纳斯》
丢勒　　　　　　　　　——《利未家的宴会》　伦勃朗——《自画像》
拉斐尔　　　　　　　　卡巴乔　　　　　　　波提切利——《春》
伦勃朗　　　　　　　　——《圣乌苏拉传奇》（壁画）

阿姆斯特丹

荷兰国立博物馆　　　伦勃朗博物馆　　　凡·高博物馆

伦勃朗
——《扮作圣保罗的自画像》《夜巡》
维米尔
——《倒牛奶的女仆》

凡·高——《向日葵》

马德里　　　　　　　　　　巴塞罗那

普拉多博物馆　　　索菲亚王后
　　　　　　　　　艺术中心

博斯——《人间乐园》
委拉斯贵支——《宫娥》　　毕加索——《格尔尼卡》
戈雅——《农神吞噬其子》

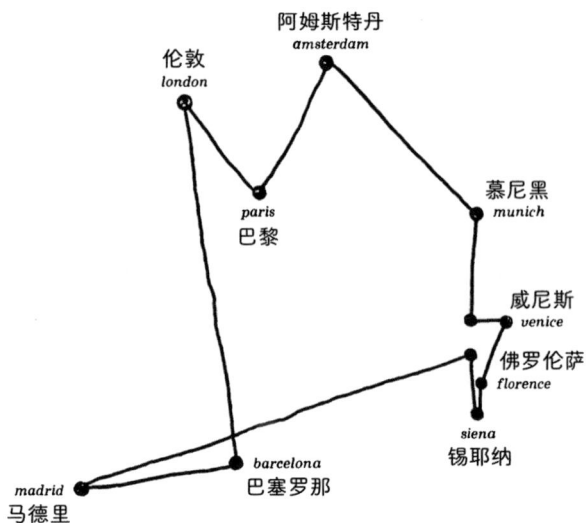

伦敦
london

阿姆斯特丹
amsterdam

慕尼黑
munich

巴黎
paris

威尼斯
venice

佛罗伦萨
florence

锡耶纳
siena

barcelona
巴塞罗那

madrid
马德里

我需要呼吸新鲜空气。

晚安，晚安。

我找得到回酒店的路。

当爱消散的那一天

作者 _ [英]大卫·尼克斯　　译者 _ 郭雯

产品经理 _ 徐羚婷　　装帧设计 _ 星野　　产品总监 _ 周语

技术编辑 _ 顾逸飞　　责任印制 _ 刘淼　　策划人 _ 吴涛

营销团队 _ 毛婷　魏洋　石敏　　物料设计 _ 星野

果麦

www.guomai.cn

以 微 小 的 力 量 推 动 文 明

著作权合同登记号：06-2023 年第 279 号

图书在版编目（CIP）数据

当爱消散的那一天 / （英）大卫·尼克斯著 ；郭雯
译 . -- 沈阳 ：万卷出版有限责任公司，2024.3

ISBN 978-7-5470-6398-9

Ⅰ . ①当⋯ Ⅱ . ①大⋯ ②郭⋯ Ⅲ . ①长篇小说—英
国—现代 Ⅳ . ① I561.45

中国国家版本馆 CIP 数据核字（2023）第 224805 号

出 品 人：王维良
出版发行：北方联合出版传媒（集团）股份有限公司
　　　　　万卷出版有限责任公司
　　　　　（地址：沈阳市和平区十一纬路 29 号　邮编：110003）
印 刷 者：天津丰富彩艺印刷有限公司
经 销 者：全国新华书店
幅面尺寸：145mm×210mm
字　　数：305 千字
印　　张：13
出版时间：2024 年 3 月第 1 版
印刷时间：2024 年 3 月第 1 次印刷
责任编辑：史　丹
责任校对：张　莹
装帧设计：星　野
ISBN 978-7-5470-6398-9
定　　价：68.00 元
联系电话：024-23284090
传　　真：024-23284448